신을 죽인 여자들

Catedrales

신을 죽인 여자들

C a t e d r a l e s

클라우디아 피녜이로

엄지영 옮김

푸른숲

하느님 없이, 저들만의 대성당을 짓는 이들에게

차례

일러두기

본문의 모든 주석은 옮긴이가 단 것이다.

한 시대의 종교는 다음 시대의 문학적 여흥거리다.

랠프 월도 에머슨 Ralph Waldo Emerson*

---

* 랠프 월도 에머슨(1803~1882)은 미국의 시인이자 사상가이다.

리아

그것은 내가 생각하고 싶은 것이자 믿고 싶은 것이다.
하지만 나는 그것을 더 이상 믿지 않게 될까 봐 두렵다.
그것을 그토록 굳게 믿는다는 것이 이제는
믿지 않는다는 증거가 아닌지 의심스럽다.

엠마뉘엘 카레르 Emmanuel Carrère*, 《**왕국**》

---

* 엠마뉘엘 카레르(1957~)는 저널리즘식 글쓰기로 유명한 프랑스의 소설가이자 극작
가이다.

1

나는 30년 전부터 하느님의 존재를 믿지 않았다. 정확히 해두자면 30년 전에 그 사실을 당당하게 밝혔다고 말해야겠다. 어쩌면 그 이전부터 믿지 않았을지도 모른다. **믿음**을 하루아침에 버릴 수는 없다지만 내 경우에는 꼭 그렇지도 않았다. 몇 가지 낌새와 사소한 조짐, 그리고 애당초 무시해 버리는 게 낫다고 생각될 정도로 부차적인 일들이 나타났었다. 마치 자그마한 씨앗 하나가 내 안에서 싹을 틔우는 것만 같았다. 그것이 머지않아 땅을 가르고 나와 아직 연약하지만 꿋꿋하게 자라날 이에게 "나는 하느님을 믿지 않아요!"라고 고함치는 초록의 여린 줄기를 드러낼 것 같았다.

처음 그런 생각이 떠올랐을 때는 불쾌했다. 나중에 생각해보니 불쾌함의 정체는 두려움이었다. 만약 믿음이 부족하다는 것을 인정한다면 어떻게 되는 걸까? 어떤 대가를 치러야 하는 걸까? 처음 그런 생각들이 떠올랐을 때 나는 그것을 어서 깨어나야 할 악몽으로, 그리고 조금 더 현명한 생각이 떠오르기를 기다리며 단호히 물리쳐야 할 불경한 생각으로 여기고 아예 머릿속에서 지워버렸다.

그러던 어느 날 큰 충격에 빠지고 말았다. 그 일 때문에 나는 마치 벌거벗은 채 세상 앞에 선 것처럼 망연자실했다. 내 주변에서 무슨 일이 일어나고 있는지, 무엇보다 왜 이런 일이 일어나는지 이해할 수가 없었다. 거북하면서도 불안한 마음을 가눌 길이 없어서 더는 믿음을 가진 듯이 행세할 수 없었다. 나는 더 이상 하느님을 믿지 않았다. 내 여동생 아나가 싸늘한 시신으로 나타났다는 소식을 듣는 순간, 그 사실을 분명히 알 수 있었다. 장례식장에서 밤을 새는 동안 나는 모든 것을 솔직하게 털어놓았다.

"귀염둥이"—아빠는 아나를 늘 그렇게 불렀다—아나. 나와 같은 방에서 자던 아이. 몰래 내 옷을 입고 나가던 아이. 내 침대로 기어 들어와 나 말고는 아무도 알 수 없는 비밀을 귓속말로 속삭이던 아이. 오후에는 본당 신부가 찾아와 조의를 표하고 아나를 위해 기도해 주었다. 당시 신학생이던 훌리안도 그를 따라왔다. 부모님은 내게 다가와 닫힌 관 옆에서 함께 기도하자고 했다. 하지만 나는 거부했다. 부모님도 물러서지 않고, 기도를 하면 내게도 좋을 거라고 했다. 그러고는 왜 기도를 안 하려는지 계속해서 따져 물었다. 한두 번은 모른 체하고 넘어갔지만 결국 솔직하게 대답했다. "난 하느님을 믿지 않아." 고개를 숙인 채 나직한 목소리로 입을 열었다. 고개를 들어 보니 모두의 시선이 일제히 내게 쏠려 있었다. 큰 소리로 같은 말을 되풀이했다. 그러자 엄마가 다가오더니 내 턱을 잡고 억지로 눈을 마주보게 하면서 한 번 더 말해보라고 했다. 나는 베드로처럼, 하지만 마음을 굳게 먹고 물러서지 않으며 세 번째로 믿음을 부정했다. 그때 "베드로는 닭이 울기 전에 네가 나를 세 번 부정하리라"라던 예수님의 말씀이 생각났다. 마태복음 26장 75절. 나는 지난 30년간 무신론자임을 자임해 왔지만, 아직도 복음서의 구절을 줄줄 외울 수 있다. 마치 뜨거운 불에 달군 쇠붙이로 그 많은 구절을 살갗에 새기기라도 한 것처럼 말이다. 복음서의 몇 장 몇 절인지까지 기억나지 않을 때는 책을 펼쳐서 찾아본다. 내가 굳이 그렇게 하는 건 강박장애 때문이 아니라 직업상 습관 때문이라고 생각하고 싶다. 왜 아직도 그 구절들이 떠오르는 걸까? 저들이 어떻게 협박해 그 구절들을 모두 내 머릿속에 새겨놓은 걸까? "그러자 베드로는 밖으로 나가 하염없이 울었다." 베드로와 달리 나는 울지 않았다. 다리가 후들후들 떨렸지만 이 세상 모든 것이 의심스러운 나이에 나라는 존재의 어엿한 주인이 된 것만 같아 뿌듯했다. 내 자신이 더 강해진 것 같았다.

내가 무신론자라고 밝히자, 아무 말도 못 들은 척하던 신부를 제외한 모두가 불쾌한 표정을 지었다. 마누엘 신부는 내 말을 이해하려는 듯 미소를 지으며 입을 열었다. 아나가 살해된 잔혹한 상황에 너무 큰 충격을 받은 나머지 청소년기의 분노가 일시적으로 표출되었을 뿐 충분히 이해할 수 있는 일이라고 했다. 엄마는 신부의 말을 듣고 나서야 마음이 다소 진정된 듯했다. 하지만 분이 채 다 풀리지 않았는지 내가 관심을 끄는 것 말고는 아무 데도 관심도 없다고, 자기 동생이 죽은 마당에도 어떻게든 주목을 받고 싶어 한다며 불평했다. "넌 전형적인 둘째 딸이야." 엄마는 나 때문에 속이 상할 때마다 그렇게 말하곤 했다. 그날은 그 말을 입 밖에 내지는 않았지만 분명 속으로 그렇게 생각했을 것이다. 어린 막내딸을 잃고 삶이 지리멸렬해진 마당에 어디서 저런 힘이 나오는지 도무지 이해할 수가 없었다. 그나마 아버지는 내 마음을 잘 알아주었고, 내가 진심이라는 사실을 전혀 의심하지 않았다. 고민 끝에 아버지는 나를 따로 불러내 다시 한번 생각해보라고 조용히 타일렀다. 그러더니 무신론자라고 우기기보다는 불가지론자라고 하는 것이 어떻겠느냐고 했다. 반면 언니 카르멘은 밤을 새우느라 경황이 없는 가운데에도 뱀 마술사 역할을 포기하지 않고 우리 가족이 겪은 비극으로 가장 큰 충격을 받은 것처럼 보이려고 애썼을 뿐만 아니라, 이 기회를 통해 오래전 내게 진 마음을 빚을 갚으려고 했다. 언니는 〈가톨릭 운동〉* 소속 친구들의 품에 안겨 서럽게 울었다. 그리고 놀랍게도 그날 이후로 내게 일절 말을 걸지 않았다.

지금 내가 유일하게 기억하고 있는 것은 아나의 단짝 친구인 마르셀라와 주고받은 눈빛이다. 둘이 몰래 무언가를 공모하는 듯 친밀함이 느껴지는 눈빛이었다. 마르셀라는 누구도 자기를 건드리거나 공허한 말로 위로하지 못하도록 관에서 몇 미터 떨어진 바닥에 혼자 주

---

*   가톨릭 운동Acción Católica은 로마 가톨릭 교회의 평신도들이 사회적으로 가톨릭 정신을 장려하려는 목적으로 만든 조직이다.

저앉아 있었다. 쓰러지지 않으려고 벽에 등을 기댄 채 넋 나간 사람처럼 멍한 얼굴을 하고 있었지만 나처럼 북받치는 슬픔을 억누르지 못해 울음을—나는 속으로 울음을 삼킨 반면, 마르셀라는 얼굴이 눈물로 범벅이 되어 있었다—멈추지 못했다. 표면상으로 우리 둘은 같은 편이었다. 나는 그 아이의 눈에서 내 마음속에 도사리고 있는 것과 같은 고통과 공포를 보았다. 그뿐 아니라 그녀의 눈빛에 막연하고 혼란스러운 부탁이, 그녀 자신도 이해하지 못하는 무언가를 전하려는 듯 끝내 말로 표현하지 못한 간청이 있다는 것을 알아차렸다. 어쩌면 그 아이는 거기서 제발 자기를 꺼내 달라고 내게 사정하고 있었는지도 모른다. 어쩌면 그 아이도 더 이상 신을 믿지 않게 되었는지 모른다. 나는 약지에 낀 반지를 만지작거리면서 위아래로 움직이던 마르셀라의 시선을, 나를 빤히 쳐다보던 그 눈동자를 지금도 잊지 못한다. 나는 한참 후에야 그 반지를 알아보았다. 그 반지는 내 것이었다. 우리 손에 비해 너무 큰 청록색 터키석이 박힌 반지였다. 아나는 그것을 **행운의 반지**라고 불렀다. 그러고는 내 힘이 필요할 때마다 그 반지를 가져가곤 했다. 아나는 내게서 무슨 힘을 보았던 걸까? 그 아이의 눈에 나도 모르는 내 힘이 보였던 걸까? 아나는 시험을 볼 때, 마음에 드는 남자아이와 데이트를 할 때, 그리고 학교 대표팀 소속으로 배구 대회에 나갈 때—어느 날, 아나는 시합을 하는 동안 방해가 되지 않도록 반지를 팬티 속에 넣어두었다고 털어놓았다. 나는 그 말을 듣자마자 소리를 질렀다. "아, 더러워!"—반드시 그 반지를 꼈다. 그러다 반지를 친구에게 주었거나 집에서 잃어버렸을 것이다. 동생을 고통스러운 죽음으로부터 지켜주지 못한 반지가 이제 와서 뭐 그리 중요할까? 그날 나는 끝내 마르셀라에게 다가가지 않았고, 그 후로 한동안 그 아이는 보이지 않았다. 마르셀라는 아나의 죽음으로 인한 트라우마와 머리에 입은 강한 충격의 결과로 단기 기억상실증 진단을 받았다. 이제는 그 아이와 이야기를 나눌 수도 없게 되었다. 아나의 죽음은 이처럼 우리 모두에게 깊은 상흔을 남겼다.

내가 무신론자라는 사실을 밝힌 그 순간부터 우리 가족은 동생의 몸과 함께 내 믿음도 다 감춰버렸다. 아나의 장례식 때 굳이 그런 말을 할 필요가 있었을까? 나는 그토록 슬픈 순간에 그 말을 꺼낸 것에 아무런 후회도 없다. 지금 돌이켜봐도 내가 옳았다고 믿는다. 따지고 보면 내가 그런 말을 하게 된 것이 동생 덕분이기 때문이다. 그 아이의 몸—정확히 말하면 몸의 토막들—이 영원히 땅속에 묻히기 전에, 내가 아나와 영원히 작별하기 전에 꼭 그 말을 하고 싶었다. 그날 나는 **무신론자**라는 말이 저주이자 욕이라는 사실을 알게 되었다. 그리고 대부분의 신자가 다른 신을 믿는 사람과는 함께 살아도, 어떤 신도 믿지 않는 사람과는 절대 같이 살 수 없다는 사실도 깨달았다. 노골적으로 말하든, 아니면 돌려 말하든 사람들은 무신론자를 좌절한 군상쯤으로 여기고 있는 것이 분명하다. 급기야 종교적 믿음을 갖지 않으면 결과적으로 악이 어느 정도 불가피하게 나타날 수밖에 없다고 예단하는 이들도 있다. 어떤 신도 믿지 않는 사람은 결코 선량한 사람이 될 수 없다는 논리다.

나는 가급적 그날 일을 떠올리지 않으려고 한다. 아나를 내 침대에 들어와 비밀 얘기를 속삭이곤 하던 아이로 기억 속에 간직하고 싶다. 나는 의아하거나 미심쩍은 점이 있으면 모두 믿음 혹은 믿음 부족의 문제로 치부해 버린다. 아나의 닫힌 관 옆에서 기도하기를 거부했을 때부터, 나는 어떤 종교든 간에 허구적으로 지어낸 이야기가 21세기에도 유일한 진리인 양 세상에 퍼져나가고 있는 현실을 문제 삼게 되었다. 수천 년이 흐른 지금까지 그 어떤 진실성 검증조차 통과하지 못한 이야기들을 믿고 있는 사람이 많다. 무엇 때문에 그런 현상이 일어나는지 도무지 이해할 수가 없다. 확고한 믿음을 의심할 때 부수적으로 잃을 수 있는 이점이 두려워서 그러는지도 모른다. 가령 산타클로스나 동방박사가 가져다주는 선물, 생쥐 페레스*가 베개 밑에 넣어두는 동전, 최후의 심판 이후 우리를 기다리고 있을 천국 같은 것들. 내게는 그러한 판결이 아무런 의미도 없는데, 나는 왜 계속 **최후의 심판**을 강조해서 쓰는 걸까? 하느님을 믿지 않는 이는 더 이상 영생을 얻지도, 수호천사의 보호를 받지도 못할뿐더러 주변 사람들에게 인정을 받지도 못한다. 타락을 불가피한 악으로 여기는 세상에서 그런 이점을 누리는 대가로 신을 믿는 척하는 이도 분명 많을 것이다. 하지만 나는 도저히 그럴 수 없었다. 예상치 못한 사건이 잔

* 스페인에서 내려오는 설화로, 처음 빠진 유치를 아이의 베개 밑에 넣어두면 생쥐 페레스가 가져가고 대신 그 자리에 동전이나 선물을 놓아둔다는 이야기다.

혹함으로부터 일상을 보호하고 야만과 조용한 생활을 분리해 주던 베일을 갈기갈기 찢어버리자, 믿음을 가지고 있다고 거짓말할 수 있는 공간도 함께 사라지고 말았다.

사람들이 아나의 관 주위에 둘러서서 성모송을 읊기 시작했을 때 나는 모든 사람 앞에서 그 말을 되풀이했다. 내 대담한 행동이 청소년기의 반항 심리가 아니라 신념의 표현이라는 것을 명확히 하려는 것처럼 말이다. 나는 나의 믿음을 네 번째로 부인했다. 아무리 베드로라도 이렇게까지는 못했을 것이다. 거기 있는 이들이 "태중의 아들 예수님 또한 복되시나이다"라고 말하자마자 나는 관 한쪽 끝으로 가서 내 동생의 잘린 몸이 들어 있는 반짝이는 나무 위에 손을 얹고, 나직하지만 단호한 목소리로 기도하듯이 말했다. "나는 어떤 동정녀의 태중에 아들이 있었다는 것은 물론 천국과 지옥이 있다는 것, 예수님이 부활했다는 것, 천사와 성령이 있다는 것 또한 믿지 않나이다." 나는 이처럼 긴 문장을 몇 번이고 되풀이했다. "나는 어떤 동정녀의 태중에 아들이 있었다는 것은 물론 천국과 지옥이 있다는 것, 예수님이 부활했다는 것, 천사와 성령이 있다는 것 또한 믿지 않나이다." 처음에는 모두가 중얼거리고 있었기 때문에 나도 자기들과 함께 기도를 하는 줄 알았던 모양이다. 하지만 어느 순간 누군가 내 표정에서 무슨 낌새를 눈치챘는지 기도를 멈추고 내 말에 귀를 기울였다. 그러자 다른 사람들도 내 말을 듣기 위해 차례로 한 명씩 입을 다물었고, 마침내 내 목소리만 남았다. 신부는 성호를 그었다. 엄마가 내게로 빠르게 세 걸음 다가가서 뺨을 때리려는 찰나 아버지가 엄마의 치켜든 손을 붙들었다. 설령 뺨을 후려쳤다고 해도 아무 소용없었을 것이다. 나는 더 이상 두려울 것이 없어 더는 하느님을 믿을 필요가 없었으니까. 그리고 하느님을 두려워하지 않는 이상 내가 두려워할 사람은 아무도 없었다. 믿음을 버린다고 해서 이보다 더 나쁜 일이 일어날 수 있을까? 아나의 토막 난 몸이 공터에서 발견된 뒤, 나는 그 처참한 사건을 통해 한 가지 사실을 분명히 알 수 있었다. 내 믿음이 두려움과 내 주변 사람들이 떠받드는 하느님—혹은 다른 신—이라는 존재를 믿지 않으면 나쁘고 끔찍한 일, 즉 세상의 종말이 올 수도 있다는 가정에 바탕하고 있다는 것을 말이다. 나는 이처럼 하느님에 대한 경건한 두려움을 갖도록 교육받고 자랐다. 하지만 어떤 자들이 내 동생을 죽인 것도 모자라 시신을 불태워 없애버리려고 하다가 결국 토막까지 내고 말았다. 내가 믿음을 버린대도 얼마나 더 끔찍한 일이 일어날 수 있단 말인가?

나는 아나의 장례식에서 울지 않았다. 아니, 울 수가 없었다. 마음속의 분노와 공포가 극에 달한 나머지 눈물을 한 방울도 흘릴 수 없었다. 침묵이 내 울음을 대신했다. 30년이 지난 지금까지도 나는 눈물을 흘린 적이 거의 없다. 동생이 죽었는데도 눈물 한 방울 흘리지 않았는데 대체 어떤 일에 울 수 있단 말인가? 분노뿐만 아니라 동생을 죽인 자를 향해 가졌던 증오심조차 고통과 딱 들어맞았고, 지금도 여전히 그렇다. 그날 이후 나는 미사를 가거나 기도를 하지 않았고, 장식용이라도 십자가를 매달지 않았다. 또한 그 누구의 몸도 될 수 없는 성체를 받아 모시려 신부에게 죄를 고하지도 않았다. 나는 집단적 신경증을 과감히 버리고 무신론자라고 선언했다. 그러자 자유로워졌다. 모든 이에게 버림받고 외로워졌지만 그래도 마음만큼은 자유로웠다.

그 후로 몇 달 동안 사람들은 나를 문제아라고 손가락질했다. 그 시선을 견디기는 어려웠다. 카르멘 언니가 내게 일절 말을 걸지 않는 것도, 그리고 엄마의 못마땅해하는 표정과 아버지의 중립적인 태도―사실 아버지는 가족들 모두가 여전히 힘들어하는 상황에서 또다시 분쟁과 갈등의 싹을 틔울 수 없었을 것이다―도 견디기 어려웠다. 그리고 특히나 아나의 빈자리가, 또 누가 그 아이를 무참하게 죽였고, 왜 그랬는지, 누가 그 아이를 불태우고 톱으로 목과 다리를 잘랐는지, 누가 동생의 토막 난 몸을 동네 사람들이 쓰레기를 갖다 버리는 공터에 내팽개치고 갔는지 아무도 내게 말해줄 수 없다는 사실이 견디기 어려웠다. 그래서 끝내 나의 집과 도시, 나라와 이전의 모든 삶에서 도망치듯 떠났다. 나는 수천 킬로미터 떨어진 산티아고 데 콤포스텔라*에서 새 삶을 시작했다. 아나는 산티아고 순례길에 관한 다큐멘터리를 본 후 나하고 같이 그 길을 걷는 장면을 상상하곤 했다.

* 산티아고 데 콤포스텔라Santiago de Compostela는 스페인 서북부 칼리시아 자치주의 주도로, 산티아고 순례길의 종착지인 산티아고 대성당으로 특히 유명하다. 산티아고 순례길Camino de Santiago은 프랑스 각지에서 피레네 산맥과 스페인 북부를 가로질러 산티아고 대성당에 이르는 길을 말한다.

그 무렵 우리는 사춘기를 갓 벗어난 애송이들이었다. 그런 종류의 여행은 적어도 우리가 일을 해서 비행기 표를 살 수 있는 **어른**이 되었을 때나 가능했다. 아나는 더 이상 자랄 수 없게 되었고, 나는 그날 이후로 갑자기 조숙해졌다. 병원 접수원으로 취직해 부지런히 돈을 모아 가장 싼 스페인행 비행기 표와 마드리드에서 산티아고 데 콤포스텔라로 가는 가장 저렴한 기차표—거의 모든 역에 다 서는 기차였다—를 샀다. 산티아고로 가는 나의 길은 부에노스아이레스에서 시작되었다. 산티아고 데 콤포스텔라에 자리 잡은 지 얼마 되지 않아, 나는 어느 호텔에서 프런트 데스크 직원으로 일하게 되었다. 내가 이미 버린 믿음을 가진 순례자들이 매일 그곳에 도착했다. 내가 굳이 이곳으로 온 것은 아나의 소원을 이뤄주고 싶어서이기도 했지만, 왜 사람들이 굳이 수백 년에 걸쳐 전해져 내려오는 허무맹랑한 이야기를 믿으려고 하는지 알고 싶었기 때문인지도 모른다.

이제 나는 이 도시에 서점을 하나 가지고 있다. 호텔을 그만둔 다음 미용실에서 영업사원으로, 그리고 나중에는 매니저로 오랫동안 일했다. 미용실 주인이 세상을 떠나자 그의 상속자들은 내게 분할불로 미용실을 사지 않겠냐고 제안했다. 작게나마 내 소유의 서점을 가질 수 있게 된 것은 모두 그들 덕분이다. 나는 이 서점에서 살다가 죽으리라는 것을 믿어 의심치 않는다. 이곳이 내가 머물 자리니까. 서점은 순례자들이 매일 지나다니는 거리에 있다. 물론 그들은 목적지인 산티아고 대성당에 도착하기 전에 책을 사러 서점에 들르지는 않는다. 고

작해야 곁눈질로 진열장을 힐끗 쳐다볼 뿐이다. 그래도 그들 중 몇몇은 호텔이나 호스텔에 짐을 푼 다음 서점에 들러 마음에 드는 책을 고른다. 스페인어를 모르는 경우에는 도시의 사진집이라도 사 간다. 여기가 순례길의 종착지이기에 짐이 좀 늘어나도 크게 신경 쓰지 않기 때문이다. 나는 그들의 몸짓과 표정을 통해 무슨 말을 하는지 대충 알아듣고, 종종 그들의 언어를 이해하기도 한다. 나는 순례자들 다수가 아무 신도 믿지 않으며 나처럼 무신론자라고 확신한다. 그들을 산티아고 순례길로 이끄는 것은 결코 종교가 아니다. 그들은 특정한 장소에 도착하기 위해, 그리고 한 가지 목표와 확신을 갖기 위해 힘든 길을 마다하지 않고 걷는 것이다. 스스로 정한 목표라면 무엇이든 충분히 달성할 수 있다는 것을 증명하기 위해서 말이다. 그들은 목적지에 도착하기 전에 포기하지 않도록 자기 자신을 믿고, 자신의 인내력과 신체적·정신적 힘을 믿는다. 즉 그들이 믿는 것은 그들 자신이다. 그건 나의 믿음과 훨씬 더 가까운 믿음이다. 그렇다면 나도 저 많은 무신론 순례자들 중 하나가 될 수 있으리라.

"미안한데, 리아." 서점 매니저로 일하는 앙헬라가 노크도 하지 않고 내 사무실 문을 열며 말했다.

"응." 나는 갑작스러운 그녀의 출현에 기분이 상했지만 아무 내색도 하지 않고 말했다.

"손님이 찾아왔어."

"누구지?" 나는 심드렁하게 물었다.

"카르멘 알베르틴이라고 하던데."

나는 앙헬라의 입에서 나온 이름을 듣고 잠시 정신이 멍해졌다. 훌리안의 성이 붙은 언니의 이름을 듣고 너무 놀랐기 때문이었다. 훌리안이 신학교를 중퇴하고 카르멘과 결혼했다는 소식은 아버지가 보낸 편지를 통해 이미 알고 있었다. 그때 편지를 읽으면서 화가 났다. 비록 주기적으로 편지를 주고받으며 부녀간에 대화를 나누자는 데 동의하기는 했지만, 아버지도 아나를 죽인 범인이 밝혀지지 않는 한 자신이나 다른 식구들에 관한 소식을 편지에 담지 말자는 요청에 선뜻 응했기 때문이었다. 그건 계속 진실을 찾아 나가자는 약속이자 합의였다. 나는 거기 남겨놓고 온 것에 관해서라면 그 어떤 소식도 듣고 싶지 않았고, 내가 여기서 어떻게 새로운 삶을 살고 있는지도 밝히고 싶지 않았다. 다만 아버지와 계속 연락하고 싶었고, 글로라도 아버지의 목소리를 들어야 했을 뿐이다.

카르멘이 훌리안과 결혼했다는 것을 들었지만, 나는 단 한 번도 언니의 이름을 그의 성과 연관시켜 보지 않았다. 카르멘 알베르틴. 우리는 모두 사르다라는 성을 가진 자매였다. 카르멘, 리아, 그리고 아나 사르다. 파란 눈을 가진 예쁜 아나. 아버지가 다른 사람들 앞에서 "귀염둥이"라고 부르면 얼굴이 빨개져 갈색 머리카락으로 얼굴을 가리곤 하던 아나.

앙헬라는 여전히 문 앞에서 내 대답을 기다리고 있었다. 나는 아무 말도 하지 못한 채 멍하게 서 있었다. 앙헬라가 더는 기다릴 수 없다는 듯이 불쑥 말했다.

"자기 이름을 말하더니, 네 가족들이라고 하더라고."

"왜 가족**들**이라고 해? 카르멘 말고 누가 또 있어?"

"남편인가 봐. 내게 소개해 주지는 않았지만 부부 사이인 것 같아. 궁금하면 가서 물어볼까?"

굳이 그럴 필요는 없었다. 안 물어봐도 그 두 사람이 뻔하니까. 언니는 30년이 지난 지금에 와서야 내게 말을 걸기로 마음먹은 것이고, 나는 언니의 게임에 참여할 것인지를 결정해야 했다. 어렸을 때부터 카르멘은 우리가 언제 무슨 놀이를 하고 각자가 무슨 역할을 맡을지를 일방적으로 결정했다. 아나와 내가 그 결정에 대해 불평하거나 투덜거릴 수 없었을뿐더러 그래 봐야 소용도 없었다. 큰언니가 우리와 함께 시간을 보내주기만 한다면 그것으로 충분했고, 한두 번 **처녀 이모** 역을 맡긴대도 고마워해야만 했다. 언니는 성격상 무슨 계획이든 한번 정하고 나면 절대 바꾸지 않았다. 카르멘의 세계는 "자기중심적"이었다. 감히 동생들이 자신의 지시를 따르지 않으려고 하면 한동안 불복종의 대가로 아무 말도 하지 않거나 비아냥거리고, 심한 경우 집에서 가장 외지고 어두컴컴한 곳에 가둬버리곤 했다. 유년기와 청소년기 내내 우리는 언니가 어떻게 하든 고분고분 순종했다. 카르멘은 큰언니였을 뿐 아니라 아나와 내가 가장 무서워하는 사람이었다. 그건 우리가 부모님에게서도 못 느꼈던, 특히 우리를 겁주는 데 뛰어난 재주를 가진 엄마한테도 느끼지 못한 두려움이었다. 그런 언니가 대문만 나서면 완전히 다른 사람으로 변했다. 나는 언니가 문턱을 넘자마자 어쩜 그렇게 카리스마 있고 유쾌할 뿐 아니라 매력적인 사람이 되는지 영원히 이해하지 못할 것 같다. 앙헬라에게 카르멘의 첫인상이 어땠는지 물어보았더라면 분명히 이렇게 대답했을 것이다. "정말 아름답고 매력적이더라고!" 언니는 다른 이들을 만날 때, 우리와 있을 때와는 전혀 딴판이 된다. 내가 언니에게 정말 화가 났던 건 바로 그런 양면성 때문이었던 것 같다.

하지만 카르멘이 내 새로운 세계에 나타났을 때, 우리의 유년 시절은 이미 먼 옛날의 일이 되었다. 두려움과 분노 또한 이미 오래전에 지나간 일이었다. 나만 그렇게 생각한 것일 수도 있지만.

"리아, 손님들을 사무실로 들여보낼까? 아니면 서점에서 볼 거야?"

2

앙헬라는 문을 활짝 열더니, 카르멘과 훌리안이 사무실 안으로 들어오도록 옆으로 비켜섰다. 언니는 들어오면서 상냥한 표정으로 그녀에게 고맙다고 인사했다. 앙헬라의 미소를 보니 예상했던 것처럼 그녀의 눈에 언니가 **아주 매력적**으로 보이는 게 틀림없었다. 마음을 단단히 먹고 맞을 준비를 했지만 그들을 보는 순간 숨이 턱 막혔다. 나는 책상 뒤에 서 있었다. 두 사람이 내게 다가왔지만, 우리는 한마디도 하지 않았다. 갑자기 한쪽 다리가 떨렸다. 나는 다리를 진정시키려고 바닥에서 들어 올려 무릎을 구부렸다. 카르멘이 나타나자 이상한 반응을 보이는 내 몸에 화가 났다. 우리가 오래전 함께 있을 때 그랬던 것처럼 내 작은 사무실에도 냉랭한 침묵이 흘렀다. 여기에 훌리안까지 더하자 이 상황이 거북하게만 느껴졌다. 우리 셋은 그토록 오랜 세월이 흐른 뒤에 만나서도 아무 말 없이 과연 누가 먼저 선수를 칠 것인지 각자 머릿속으로 계산하고 있었던 것 같다.

"리아, 잘 지냈어? 서점을 예쁘게 꾸몄네." 마침내 훌리안이 입을 열었다. 어쩌면 그는 자기가 남자니까 먼저 대화의 주도권을 잡아야 한다고 생각했는지도 모른다. 하지만 그런 친근한 태도와 말투가 부담을 덜어주기는커녕 오히려 짜증스러웠다.

"안녕." 나는 쌀쌀맞고 퉁명스럽게 대답했다.

"오랜만이네." 잠시 후 카르멘이 조심스러우면서도 거만한 투로 말했다. 그제야 내가 언니 특유의 말투를 아직 잊지 않았다는 것을 깨달았다.

나는 형식적인 인사치레를 건너뛰려고 아무 말 없이 자리에 앉으라고 손짓했다. 훌리안은 카르멘이 앉을 의자를 가지고 왔다. 그러고는 그녀가 거기에 앉을 때까지 뒤에 서서 기다렸다. 내가 이전 주인에게 물려받은 우아하지 않은 사무용 의자였지만, 거기에 앉은 언니는 여왕처럼 보였다.

나는 그들과 입맞춤도, 포옹도 하지 않았다. 심지어는 악수조차 나누지 않았다.

세월이 흘러도 카르멘은 변한 게 전혀 없었다.

머리카락은 염색을 한 덕분에 지금도 예전 색깔 그대로였지만 젊은 시절의 윤기는 사라지고 없었다. 엉덩이는 펑퍼짐해졌고, 느슨한 실크 스카프 아래로 턱살이 축 늘어져 있었다. 하지만 나는 카르멘이 군중 속에 파묻혀 있었더라도 금세 알아보았을 것이다. 도도한 눈빛, 왼쪽으로 살짝 기울어진 고개, 미소와 경멸의 중간쯤 되는 입가의 묘한 움직임. 그리고 어머니의 것이었지만, 이제는 그녀의 목 한가운데 늘어뜨려져 있는 폭이 넓고 두꺼운 은 십자가 목걸이.

　반면 예고 없이 훌리안과 마주쳤더라면 나는 그를 쉽게 알아보지 못했을 것 같다. 그건 수단*이나 하얀색 성직 칼라를 착용하지 않아서, 혹은 사제가 될 사람이라는 것을 나타내는 회색이나 검은색, 또는 파란색 등 칙칙한 색깔의 옷을 더 이상 입지 않아서가 아니라, 그가 어엿한 남자로 변했기 때문이었다. 그리고 그것, 남자가 되었다는 것은 분명히 다른 사람이 되었다는 것을 의미했다. 그의 얼굴은 까칠하고 칙칙한 데다가, 관자놀이 뒤로 듬성듬성 흰머리가 나 있고, 이마에는 나이에 걸맞지 않게 두 개의 깊은 주름이 파여 있었다. 하지만 내가 아드로게** 본당에서 만났던 그 청년이 이 신사—"리아, 잘 지냈어? 서점을 예쁘게 꾸몄네"라고 말한 뒤 단 한 마디 말도 하지 않고 내 앞에 앉아 있었다—와 가장 다른 점은 어딘가를 바라볼 때 갈색 눈동자가 더 이상 흔들리지 않는다는 점이었다. 옛날에 아나와 내가 우리의 **꼬마 신부님** 앞에서 경솔한 말이나 심지어 욕설을 내뱉으면, 훌리안은 처음에는 무슨 말인지 이해하지 못해 눈을 가늘게 뜨다가 나중에는 놀라서 눈을 휘둥그레 떴다. 그럴 때면 자기도 모르게 눈동자가 이리저리 흔들렸다. 그의 놀란 눈빛과 흔들리는 눈동자를 보려고 우리는 일부러 그에게 장난을 치곤 했다. 하지만 이제는 그런 모

＊　　가톨릭 성직자가 제의 밑에 받쳐 입거나 평상복으로 입는 발목까지 오는 긴 옷이다.

＊＊　　아드로게Adrogué는 부에노스아이레스 남쪽에 위치한 도시다.

습이 전혀 보이지 않았다.

가만히 돌이켜 보면, 그때 아나는 훌리안에게 푹 빠져 있던 것 같다. 당시 우리는 금지된 것에서 에로티시즘을 발견하고, 남성과 여성의 역할이 확연하게 나뉘어 있던 시대에 자신의 남성적 지위를 내세우지 않는 남자에게 빠진 채, 마음속에 고백할 수 없는 환상 같은 것을 품고 있었다. 다만 아나의 사랑은 사뭇 진지해 보였다. 아나는 죽기 이틀 전 비밀을 이야기해 줄 테니까 내 침대에서 재워달라고 했다. 나는 너무 피곤하고 졸려서 내일 해달라고 타이르면서 돌려보냈다. 그날 밤 아나가 나한테 해주려던 이야기가 바로 그것이라고 확신한다. 그렇지만 내일이라는 것이 없을 때도 있는 모양이다. 아나는 더이상 조르지 않았다. 평소에는 원하는 것이 있으면 절대 순순히 물러나는 법이 없는 아이였는데, 그날 밤은 조금 이상했다. 몸이 좀 안 좋다고 말하기는 했지만 정말로 그 이야기를 하고 싶었다면 그보다 더심한 복통이 있었더라도 마다하지 않았을 것이다. 어쩌면 아나는 그이야기를 내게 털어놓을 만큼 확신이 없었는지도 모른다. 내가 당장은 피곤하니까 내일 듣자고 했을 때, 아나는 오히려 안도감을 느꼈는지도 모른다. 한밤중에 그 아이가 숨죽여 흐느끼는 소리를 들었던 것같다. 고개를 돌려 보니 아나가 이불을 머리까지 덮어쓴 채 온몸을 덜덜 떨고 있었다. 그러나 잠시 후, 깊게 숨을 들이마시니 조금 진정된것 같았다. 나는 다음 날 대학교에 입학하고 처음 보는 시험이 있어서아침 일찍 일어나야 했기 때문에 다시 잠을 청했다. 게다가 그 주 내

내 시험이 있어서 마음의 여유가 없었다. 그래서 동생이 아프다는 것을 알면서도 잠을 청했던 것이다. 솔직히 나는 열일곱 살짜리 여자아이가 곧 사제가 될 남자, 우리의 이름조차 모르는 남자와 사랑에 빠진 것이 그렇게 심각한 문제가 되리라고는 생각지 않았다. 오히려 그 무렵 내가 겪은 것처럼 마음대로 사랑할 수 있지만 딴 데 한눈을 파는 남자와 사랑에 빠지는 것이 훨씬 더 고통스러웠다. 물론 우리는 이불 속에서 오순도순 이야기를 나눌 수도 있었다. 하지만 그때 나에게는 무엇보다 휴식이 필요했다. "내일 이야기하자." 나는 눈이 스르르 감기기 전에 혼잣말하듯이 말했다. 나는 지금까지도 그날 밤의 일을 자책한다. 물론 그 이야기를 들어주었다고 해도 이틀 후 그 아이가 살해당한다는 사실은 바뀌지 않았을지 모른다. 하지만 그 아이와 마지막으로 함께한 순간의 기억이 나를 괴롭힌다. 그날 밤, 그 아이는 내게 부탁—내가 거절한—을 하는 대신, 내 어깨에 손을 올리고—아니면 내 머리를 가지고 놀면서—나를 껴안고 있을 수도 있었다. 그러고는 내 등 뒤에서 따뜻한 몸을 웅크린 채, 우리 집에서 나 말고는 아무도 몰라야 하는 이야기를 내 귀에 속삭일 수도 있었다.

"갑자기 우리가 나타나서 놀랐을 거야." 카르멘이 말했다. 물론 나는 거기 나타난 그들을 보고, 특히나 두 사람이 함께 온 것을 보고 적지 않게 놀랐다.

"아나를 살해한 범인이 나타났어?" 나는 조금의 망설임도 없이 물었다. 그러자 카르멘은 가슴을 펴고 고개를 똑바로 들어 나를 위에서 빤히 내려다보았다. 하지만 아무 대답도 하지 않았다.

그녀의 대답을 굳이 들을 필요도 없었다. 그녀가 그 일로 내 사무실까지 찾아왔을 리 없다는 것을 잘 알고 있었기 때문이다. 그럼에도 내가 그것을 물어본 것은 일단 그녀를 거북하게 만들기 위해서, 그리고 그녀의 방문에 내가 관심을 가지는 것은 그 질문에 대한 대답뿐이라는 것을 알려주기 위해서였다. "아나를 살해한 범인이 나타났어?"

나는 언니가 왜 여기까지 왔는지 가늠할 수가 없었다. 카르멘은 하고 싶은 이야기가 있으면 언제나 말을 빙빙 돌려서 한다는 사실이 기억났다. 아무것도 아닌 이야기를 듣고 있는 것도 고역이었지만, 무엇보다 문제에 접근하는 언니의 방식이 훨씬 더 짜증스러웠다. 어렸을 때부터 카르멘은 말하는 것 자체만으로 만족했다. 그리고 남들이 자기 말을 들어주면 굉장히 좋아했다. 가령 밤에 무엇을 할지 우리에게 말하기 위해, 아침에 어떻게 양치질을 했는지부터 시작하는 것이 그녀가 가장 좋아하는 이야기 방식이었다. 이번에도 예외는 아닐 거라는 생각이 들었다. 얼마간 무거운 침묵이 흐른 뒤, 그녀는 숨죽여 내 질문을 되풀이해서 말했다. "아나를 살해한 범인이 나타났다면" 그러고는 이어서 말했다.

"리아, 아나의 죽음은 어차피 다 지나간 일이야. 살인 용의자를 찾아다니는 사람은 이제 아무도 없어. 넌 아직 포기하지 않았니? 정말이야? 30년이나 지났는데?"

"난 아직 포기하지 않았어. 정말이야. 30년이 지난 지금도."

우리 사이에는 여전히 냉랭한 분위기가 감돌고 있었다. 훌리안은 이 자리가 너무 거북하고 어색해 보였다. 솔직히 말해서 나도 편안한 분위기를 만들지는 못했다. 하지만 얼어붙은 분위기를 풀려고 노력해야 하는 것은 카르멘이었다. 나를 만나러 이곳까지 온 사람은 그녀였으니까. 마음 같아서는 그녀를 내 사무실에 앉히고 싶지도 않았다. 나는 저 두 사람에게, 또 30년 전에 떠난 그곳에 전혀 관심이 없었다. 그 세계와 나를 이어주는 유일한 연결 고리는 아버지였다. 그리고 우리는 그 연결 고리를 통해서 오로지 서로의 존재와 말, 그리고 애정을 전했을 뿐 그 외의 소식은 일절 알리지 않았다. 나는 3, 4주 전에 아버지의 편지를 받았고, 며칠 전에 답장을 보냈다. 그러므로 1, 2주가 지나면 아버지에게 또 편지를 받게 될 것이다.

바로 그 순간, 카르멘이 의자에서 갑작스럽게 움직이자 깜짝 놀란 훌리안이 그녀의 허벅지에 손을 대며 제지했다. 그 모습을 보자 그들이 내게 급한 볼일이 있어서 온 거라는 확신이 들었다. 그런 게 아니라면 카르멘은 내가 "난 아직 포기하지 않았어. 정말이야. 30년이 지난 지금도"라고 말한 순간 곧장 자리를 박차고 일어나 뒤도 돌아보지 않고 떠났을 테니까 말이다. 카르멘은 고압적인 자세로 감정을 숨기지 못하고 씩씩거리면서 과거 신학생이었던 남편을 끌고 나가버렸을 것이다. 내 말을 듣고도 언니가 그 자리에 그대로 앉아 있었던 것은 그만큼 내 도움이 절실하게 필요하기 때문이었다. 언니는 잠시 후 모든 것이 다시 시작되기를 바라는 것처럼 비로소 의자에 편하게 앉

왔다. 훌리안은 고개를 숙이고 한숨을 쉬었다. 잠시 바닥을 내려다보
던 그는 고개를 들어 휴전을 요구하는 눈빛으로 내 눈을 똑바로 바라
보았다. 이제 그의 눈동자는 더 이상 흔들리지 않았다. 나는 아무 말
도 하지 않았지만 그의 눈을 똑바로 쳐다보며 그의 요청을 받아들이
겠다는 표정을 지었다. 카르멘이 아니라 그를 위해서. 그러자 훌리안
은 용기를 얻었는지 자기들이 이곳에 올 수밖에 없었던 사연을 에두
르지 않고 털어놓았다.

"우리에게 마테오라는 아들이 하나 있는데, 얼마 전에 스물세 살이
됐어."

그들에게 아들이 있건 말건 나와는 아무 상관도 없는 일이었다. 나
는 신경 쓰고 싶지도, 알고 싶지도 않았다. 그들이 아들에게 마테오
나 다른 사도의 이름, 아니면 헤수스*라는 이름을 붙였다고 해도, 그
리고 딸이었을 경우 마리아 임마쿨라다**라는 이름을 붙였다고 해도
딱히 놀라울 것은 없었다. 나는 그때까지 소식이 없던 그 아이에 대해
물어보기는커녕 아무 말도 하지 않았다. 누군가의 이모가 된 것이 기
쁘지도 않았을 뿐더러, 이모가 될 생각도 없었다. 나는 그때까지 훌리
안의 의도를 제대로 파악하지 못하고 있었다. 나는 그들이 아들을 찾
으러 여기 왔다는 사실을 전혀 눈치채지 못한 채, 그가 어색한 분위
기를 조금이라도 누그러뜨리려고 그 말을 꺼낸 줄로만 알았다. 솔직

*   스페인어로 "헤수스Jesús"는 예수라는 뜻이다.
**   "마리아 임마쿨라다María Inmaculada"는 성모 마리아라는 뜻이다.

히 나는 언니의 삶에 관해서라면 전혀 관심이 없었다. 누가 아나를 죽였는지 알려주기 위해 여기 온 것이 아니라면 언니와 훌리안이 서점에 와서 뭘 하려는 건지, 또 내가 있는 곳을 어떻게 찾아냈는지 도무지 알 수가 없었다. 나는 아버지가 나와의 비밀을 지켰다고 굳게 믿고 있었다. 아버지는 그러기로 나와 약속했다. 나는 편지를 보낼 때 아무도 나를 추적하지 못하도록 발신인 주소를 사서함으로 해두었다. 아버지는 내 주소는 물론 내가 살고 있는 도시 이름조차 알려주지 않았을 것이다. 그렇다면 그들은 틀림없이 다른 경로로 내 주소를 알아냈을 것이다.

나는 조금 더 인내심을 가지고 기다려보기로 했다. 훌리안이 말해준 것에 더해, 이제는 카르멘이 나서 사정을 더 상세히 이야기할 차례였다.

"마테오는 성당을 답사하려고 여행을 떠났어. 건축학을 공부하고 있는데 어려서부터 하느님을 찬미하기 위해 세운 건축물에 대해 커다란 동경심을 품고 있었거든. 우리는 가톨릭 신자로서 우리가 실천하는 깊은 신앙심으로 아이를 교육시켰지. 유럽에는 놀라운 성당이 많잖아? 우리는 이번 여행을 통해 두 가지를 하나로 일치시키는 것이 중요하다고 판단했어. 그 아이의 장래 직업과 **신앙**."

언니는 **신앙**이라는 말을 하고 나서 갑자기 말을 멈췄다. 우리 사이를 갈라놓은 것이 무엇인지 드러내기 위해 의도적으로 그렇게 한 것이 틀림없었다. 또다시 침묵이 흘렀다. 카르멘이 내가 거북하다고 여길 만한 것을 강조하기 위해 일부러 말을 중단했다고 해도, 나는 불편한 기색을 드러낼 생각이 없었다. 하지만 그렇다고 둘 사이의 어색한 공백을 피하기 위해 상투적인 말이나 케케묵은 속담 따위를 대화에 끼워 넣을 생각도 없었다. 이번에는 웬일인지 훌리안도 침묵을 깨뜨릴 기미를 보이지 않았다. 그는 말 한 마디 한 마디마다 위세를 부리는 자매들 간의 기 싸움에 더 이상 끼어들지 않기로 한 것 같았다. 나는 자리에서 일어나 커피를 타서 그들이 앉아 있는 책상으로 가져갔다. 사무실은 여전히 침묵에 잠겨 있었다. 카르멘은 설탕을 넣고 저은 다음 말을 이었다. 반드시 내가 필요한 모양이었다.

"얼마 전부터 마테오한테서 연락이 안 오는 거야. 핸드폰도 꺼져 있고. 처음에는 그 아이가 아르헨티나를 떠나면서 돈을 아끼려고 칩을 빼놓은 줄 알았어. 유럽에 도착해 와이파이를 찾으면 어련히 알아서 연락하겠지 싶어 가만히 있었던 거지. 그런데 그 아이 생일날에도 여전히 연락이 안 되는 거야. 그때 처음으로 안 좋은 예감이 들었어. 우리는 그제야 그 아이가 이메일은 물론, SNS 계정까지 모두 삭제했다는 걸 알았어. 우리가 연락을 주고받을 수 있는 온라인에서 종적을 감춰버린 거야. 그 후로는 그 아이가 어떻게 됐는지 아무것도 몰라." 그녀는 갑자기 말을 멈췄다. 목소리가 갈라진 듯했지만 측은하다는 생각이 들지는 않았다.

카르멘은 더 이상 말을 잇지 못했다. 그녀는 고개를 들어 시선을 둘 창문을 찾아 이리저리 두리번거렸다. 하지만 내 사무실에는 그녀의 성에 차지 않을 자그마한 창문 하나뿐이었다. 카르멘은 손짓으로 물한 잔만 갖다 달라고 했다. 나는 자리에서 일어나 물을 갖다주고 그녀가 말을 계속하기를 기다렸다. 물을 한 모금 들이키고도 그녀는 여전히 말을 잇지 못했다. 그러자 훌리안이 말을 이어받으며 그녀를 그 고통에서, 적어도 내 입장에서는 전혀 예상치 못한 취약성에서 해방시켜 주었다. 그 순간 나는 언니가 엄마처럼 느껴졌다.

"우리는 무슨 일이 생겼는지 알아보려고 전문가를 보냈어. 다행히 그 아이가 살아 있다는 소식을 들었지. 사실 그게 무엇보다 중요한 거니까. 그런데 그 아이한테 무슨 문제가 생긴 건 아닌지 걱정스러워. 워낙 예민한 아이라서. 지나치게 예민한 사람들은 가끔 현실과 자기 생각 사이에서 줄타기를 할 때가 있으니까. 하지만 마테오는 또래 아이들과 달리 우리와 함께 살았어. 더구나 유럽 여행을 마치면 곧장 돌아오기로 했다고. 그런 아이가 우리한테 한 마디 말도 없이 연락을 끊어버린 건 납득하기 어려워. 떠나기 전에 우리와 싸우지도 않고 말다툼도 하지 않았다니까."

"하긴 그 아이가 자초지종을 설명했어도 이상했을 거야." 카르멘은 이제 마음이 가라앉았는지 담담하게 말했다. "우리 셋은 마음이 아주 잘 맞았어. 그래서 행복하게 살았지. 이렇게 갑자기 사라질 이유가 전혀 없잖아."

언니의 말을 듣자 갑자기 의심이 들었다. 정말 행복한 사람은 자기가 행복하다는 말을 구태여 입 밖에 꺼내지 않는 법이다. 특히나 이런

극적인 상황에서는 더더욱 그렇다. 언니는 자기 이야기가 얼마나 허무맹랑한지 알아차리지 못한 채 멋진 가족생활을 자랑하기 바빴다. 그녀의 말이 내가 아니라 자기 자신을 속이려 한다는 데는 의심의 여지가 없었다. 그녀의 말은 사실을 설명하는 것이 아니라 자신은 아무 잘못도 없다고 믿기 위해 꾸며낸 알리바이처럼 들렸다. 자녀의 성장 과정에서 일어나는 일이 부모의 책임이라고 해도, 그리고 마테오가 언제든 자기 부모 곁을 **떠나려는** 청년으로 변했다고 해도, 카르멘은 여기에 자신과 훌리안이 그 어떤 책임도 없다는 점을 알리고, 또한 단호하게 이를 되돌려 놓을 것이라는 점을 밝히고 싶었던 것 같다.

"어떻게 알고 여기까지 온 거야? 그리고 지금 말한 일이 대체 나랑 무슨 관련이 있다는 거야?"

"사설탐정이 가까스로 마테오의 신용카드 사용 내역을 알아냈어. 기록을 확인해 보니까 마지막으로 카드를 사용한 세 건의 거래가 이 서점에서 책을 구입한 거더라고. 그때까지 우리가 알고 있던 정보는 마테오가 산티아고 데 콤포스텔라에 있다는 정도였어. 그런데 그건 그 아이의 여행 목적을 감안하면 크게 주목할 만한 내용은 아니야." 훌리안이 말했다.

"그리고 그 아이가 책을 샀다는 것도 딱히 놀랄 일은 아니야. 평소에도 병적으로 책을 읽는 아이니까." 이번에는 카르멘이 말했다. 나는 언니가 무슨 병을 염두에 두고 저런 말을 하는지 궁금했다. 그녀에게 "책을 병적으로 읽는다는 것"은 대체 어떤 의미일까? 하루에 몇 시간이나 읽어야, 그리고 한 달에 몇 권이나 읽어야 병일까? 언니는 서점 주인에게 저런 말을 하고 있다는 걸 자각이나 하고 있을까?

"우리가 정말 놀란 건 그런 게 아니야." 훌리안의 말이 계속되었다. "사설탐정이 왜 하필 이 서점에서만 책을 샀는지 알아보겠다고 하더라고. 그렇게 해서 이 서점의 주인이 너라는 사실을 알게 된 거야." 그가 말했다. 그 순간, 언니의 눈에서 불꽃이 이는 것을 알아차렸다. 그들이 말한 것을 전혀 모르고 있던 내가 무슨 잘못이라도 저지른 것처럼 말이다.

"그래서?" 내가 말했다.

"우리 아들이 어디 있는지 알고 있니?" 카르멘이 단도직입적으로 물었다.

"언니한테 아들이 있다는 것도 방금 알았어. 설령 여기 왔다고 해도 자기가 누군지 밝히지 않는 이상 내가 알 도리가 없지. 아마 여기가 자기 엄마의 동생이 운영하는 서점이라는 것도 전혀 몰랐을 거야. 길 가다가 그냥 우연히 들렀겠지. 순전히 우연이었을 거야."

"물론 우리도 그럴 가능성에 대해 생각해 봤어." 카르멘이 말했다. "하느님의 뜻에 따라 그 아이가 너를 찾아갔을지도 모르니까."

"어쩌면 하느님은 우리가 다시 만나기를 바라셨는지도 몰라, 리아." 훌리안이 덧붙여 말했다.

"나는 하느님을 믿지 않아요. 두 분도 잘 알고 있겠지만."

"어쩌면."

"나는 하느님을 믿지 않아요." 나는 그들이 끼어들기 전에 같은 말을 되풀이했다. 내 입장이 워낙 단호하고 강경했기 때문에 굳이 서너 번 부인할 필요도 없었다. 그래서인지 그들도 더 이상 자기주장을 내세우지 않았다.

카르멘은 핸드백을 뒤적거리며 무엇을 찾는지, 필요 없는 물건을 하나둘씩 꺼내 책상 위에 올려놓았다. 그녀는 자기 물건을 놓기 위해 책상에 있던 책과 서류를 옆으로 치우면서도 내게 양해를 구하지 않았다. 그런 걸 보면 역시 카르멘은 변한 게 전혀 없었다. 마침내 그녀는 아들의 사진을 꺼내 내게 건넸다. 나는 사진 속의 아이를 보았다. 눈에 확 띌 정도로—어떤 면에서는 퇴폐적인 느낌마저 줄 정도로—아름다운 용모를 가진 아이였다. 나는 이 아이를 한 번도 본 적이 없었다. 정말로 그를 만났더라면, 절대 잊었을 리가 없었다.

"모르는 아이야." 나는 그들에게 분명히 말했다.

"장부를 보고 이 아이가 어떤 책을 샀는지 확인해주면 우리가 몇 가지 결론을 내리는 데 도움이 될 거야." 그렇게 말한 카르멘은 그녀답지 않은 말을 한 마디 덧붙였다. "리아, 제발 부탁이야."

그 순간, 어쩌면 언니의 애원이 진심인지도 모른다는 생각이 들었다. 남들 앞에서만 보여주던 카르멘의 모습에 나도 마음이 흔들려서 하마터면 깜빡 속아 넘어갈 뻔했다. 그러나 바로 그때, 카르멘이 손수건을 꺼내 쓸데없이 과장스럽게 거짓으로 코를 풀었다. 어렸을 때도 그랬다. 카르멘은 저렇게 코를 풀면서 자기 몸이 안 좋다는 사실을 나와 아나가 믿게 만들려고 했다. 자기가 어떤 행동이나 말을 해도 우리가 꼼짝 못 하게 하려는 의도였다. 언니는 그렇게 나를 방심하게 만들고 나서 급소를 찌르곤 했다. 그렇게 호락호락 당하고만 있지 않겠다고 매번 다짐했지만 아무 소용이 없었다. 그러자마자 카르멘이 다시 내 허점을 노리고 공격을 했으니까. 어떻게 하면 좋을까.

"한번 알아볼게. 그런데 마테오의 이름이 나올 때까지 구매 송장을 다 확인하려면 시간이 좀 걸릴 거야."

"그 아이가 또 여기를 들를 것 같아." 훌리안이 말했다. "우리도 이 부근에 머물면서 그 애를 찾아볼 생각이야. 혹시 마테오를 만나면 잠시라도 좋으니까 붙잡고 뭐라도 얘기해봐. 어떤 내용이라도 좋으니까 우리에게 알려주면 고맙겠어. 지금으로서는 그 아이가 심각한 위험에 처해 있거나, 누군가에게, 또는 어떤 사건에 휘말려 위협받고 있는 것 같지는 않아. 하지만 가끔은 이런 생각 자체가 최악의 위협이 되기도 하잖아. 무언가를 무분별하게 미친 듯이 믿게 되니까."

"아니면 아무것도 믿지 않게 되거나." 나는 제대로 알지도 못하는 그 아이보다 내 자신에 관해 더 많이 생각하면서 비꼬듯이 말했다. 아나의 장례식 때만 해도 카르멘과 훌리안은 연인 사이가 아닌 남남이었다. 거기서 내가 무신론자라고 당당하게 밝혔을 때, 저 두 사람은 분명 내가 미쳤다고 생각했을 것이다.

"요즘 그 아이가 혼란을 겪고 있는 것 같아. 한창 그럴 나이잖아. 지금은 힘들겠지만 다 지나갈 거야. 어떤 고난이라도 우리한테 받은 교육 덕분에, 그리고 무엇보다 **믿음**의 힘으로 잘 이겨내리라 믿어." 카르멘이 엄숙하게 말했다. 그 순간 "나는 아니야"라고 맞받아치려고 했지만, 그녀는 틈을 주지 않고 이어서 말했다. "혹시 모르니까 우리 연락처를 남기고 갈게."

언니는 아까 책상 위에 늘어놓았던 물건 중에서 명함 지갑을 집어 들었다. 그러곤 지갑을 열어 하늘색 명함을 내게 건네주었다.

"사진은 가지고 있어. 여러 장 뽑아뒀으니까 괜찮아. 그리고 네가 직원들한테 이 사진을 꼭 보여주면 좋겠어. 그들은 이미 그 아이를 만났을지도 몰라. 처음에는 그 사람들에게 이 사진을 보여줄까 생각했는데, 괜히 호들갑을 떠는 것 같아 꺼려지더라고. 너도 알겠지만 우리 둘 다 워낙 성격이 신중하잖아."

나는 다시 언니의 눈에서 불꽃이 이는 것을 느꼈다. 나는 저 불꽃이 곧 여러 증오심으로 나타날 거라는 생각이 들었다. 마치 내가 아나의 장례식에서 무신론자라고 밝히며 한바탕 소동을 일으킨 데 이어, 아드로게를 떠나 다시는 돌아오지 않겠다고 소란을 피웠을 때처럼 말이다. 카르멘에게 아나의 살인은 결코 **가족 스캔들**의 범주에 속하지 않을 것이다. 왜냐하면 그 사건은 그저 비극의 주인공이 되는 것 외에 가족의 명성과 명예에 아무런 보탬도 되지 않았기 때문이다.

카르멘은 자기 물건을 하나씩 핸드백에 집어넣고 천천히 자리에서 일어나면서 훌리안에게도 일어나라고 손짓했다. 그는 잠시 머뭇거렸다. 서로의 안부조차 알지 못한 채 30년이라는 세월이 흐른 지금, 무슨 할 말이라도 있는 것처럼 여기 조금 더 머물고 싶어 하는 눈치였다. 하지만 카르멘이 계속 노려보고 있는 통에 훌리안은 하는 수 없이 일어나 그녀를 뒤따라갔다.

우리는 책상을 사이에 두고 그렇게 헤어졌다. 도착했을 때와 마찬가지로 포옹은커녕 손 한 번 잡지 않고 가볍게 고개를 끄덕여 인사를 나눴다. 나는 언니가 책상 위에 금속 케이스를 놓고 가는 것을 보고 급히 알려주었다.

"아냐. 그건 너한테 주려고 갖고 온 거야." 그녀가 말했다. "아버지의 유골재야."

"뭐라고?" 나는 어안이 벙벙해져서 물었다. 언니가 내가 경계심을 늦춘 틈을 노려 내 급소를 찌른 것이다. 정신이 아득해졌다.

"절반이야. 나머지 반은 엄마 무덤 위에 뿌렸어. 엄마는 땅에 묻히고 싶어 하셨지. 그건 가톨릭 교인으로서 엄마의 마지막 소원이었어. 하지만 아버지는 당신이 돌아가시면 화장을 해달라고 하시더라고. 내키지 않았지만 우리는 아버지 말씀대로 했어. 처음에는 유골함에 보관하려고 했는데. 내가 잘못한 거니?"

나는 아무 대답도 하지 않았다. 서 있기조차 힘들었다. 충격적인 소식을 듣고 나는 망연자실해 있었다. 갑자기 어지러워서 자리에 주저앉았다. 아버지가 돌아가셨다. 언니는 하필 작별인사를 하고 나서야, 그리고 언니의 급작스러운 방문이 아버지와 아무 관련이 없다는 걸 확인하고 나서야 그 소식을 알려주었다. 언니는 마치 지나가는 말로

슬쩍 던지듯이, 또 방금 전 내 앞에서 했던 다른 이야기들이 훨씬 더 중요한 것처럼 아버지가 돌아가셨다는 소식을 전했다. 어머니는 이미 오래전에 돌아가셨다. 그게 정확히 언제였는지 모른다고 해도 문제될 건 없었다. 하지만 아버지는 분명 살아계셨다. 나는 엄마를 미워했고, 언니를 미워했다. 하지만—마음속에 겹겹이 쌓인 언니를 향한 해묵은 증오심과 달리—그때 나의 증오심은 갓 나타난, 새롭디 새로운 것이었다. 내 마음을 갈기갈기 찢어놓는 소식을 그토록 덤덤하게 알려주다니, 아무리 언니라도 절대 용서할 수 없었다.

아버지의 죽음으로 인해 괴롭고 슬픈 데다 언니의 태도에 대한 증오심까지 타올랐지만, 그녀의 일관성만큼은 인정할 수밖에 없었다. 오랜 세월이 흘렀지만 카르멘은 조금도 변하지 않았다. 그녀는 아버지의 죽음을 알리러 온 것이 아니라, 자기 아들 때문에 여기 온 것이었다. 그녀는 마치 알파호르*를 가지고 온 것처럼, 아무 예고도 없이 아버지의 유골을 들고 불쑥 찾아왔다. 내가 자기를 위해 시간을 쓴 것에 대해 보답이라도 하려는 듯이 말이다.

"아버지는 언제 돌아가셨어?" 나는 정신이 들자마자 물었다.

"두 달쯤 됐을 거야. 마테오가 여행을 떠나기 며칠 전이었으니까." 홀리안이 말했다. 그사이 나는 머릿속으로 계산을 맞춰보고 있었다. 그렇다면 내가 편지를 읽고 있을 때 아버지는 이미 돌아가셨다는 얘

---

* 알파호르alfajor는 밀가루, 꿀, 견과류 등을 섞어 만든 샌드위치 비스킷으로 아르헨티나와 파라과이의 전통 디저트다.

45

기였다. "의사나 우리 모두가 예상했던 것보다 더 오래 사신 거야."

"편찮으셨는데, 모르고 있었니?" 이번에는 카르멘이 물었다.

"응. 까맣게 몰랐어." 내가 대답했다.

"암에 걸리셨어. 뇌에 종양이 생겼는데 그것 때문에 빨리 돌아가신 거야. 설상가상으로 돌아가시기 직전에는 완전히 딴 사람으로 변해버리더구나." 언니가 말했다.

"**딴 사람으로 변해버리다니** 그게 무슨 소리야?"

"헛소리를 하거나 고래고래 소리를 지르기도 하고, 거짓말을 하기도 하시더라고. 물론 고의로 그런 건 아니고 종양 때문이지만 말이야."

"전혀 몰랐어. 미안해."

"당연히 몰랐겠지. 네가 그걸 어떻게 알 수 있겠니? 누구든 집을 떠나 가족과 연을 끊으면 그런 일이 일어나게 마련이야. 좋든 나쁘든 모를 수밖에 없는 일들이 있다고."

홀리안은 대화를 나누는 우리를 이해할 수 없다는 표정으로 물끄러미 지켜보았다. 그는 카르멘이 당장 입을 다물기를 원하는 것처럼 못마땅한 표정을 지었지만, 다른 한편으로는 울림이 있었는지 눈에 눈물이 그렁그렁 맺힌 것 같았다. 나는 홀리안과 아버지 사이가 어땠는지 전혀 모르고 있었다. 어쩌면 아버지를 진심으로 사랑한 나머지 그의 죽음에 크게 상심했는지도 모른다. 아니면 카르멘의 폭력성을 더 이상 견딜 수 없어 눈물지은 건지도 모른다. 분명한 것은 그들이 여기에 찾아온 데는 어떤 목적이 있었고, 그녀의 어떤 말도 결코 도움이 되지 않았다는 점이다. 그들은 내게 부탁을 하려고 집에서 수천 킬로미터 떨어진 서점까지 왔다. 하지만 카르멘은 자기가 필요로 하는 이에게 몹쓸 소리를 퍼부어 대면서 마음에 상처를 주고 싶은 욕망을 억누르지 못했다. 결국 언니의 표정에서 그런 의도가 분명히 드러났다. 나는 언니가, 아니 두 사람이 어서 나갔으면 했다. 그들과는 더 이상 할 이야기가 없었다. 불과 몇 분 후에 떠난 걸 보면, 카르멘과 훌리안도 똑같은 생각을 한 모양이었다. 나는 책상에 앉아 미동도 않고 아버지의 유골재가 든 케이스를 빤히 바라보았다.

그때 전화벨이 울렸다. 갑작스러운 벨 소리에 정신이 번쩍 들었다. 나는 아버지의 유골함과 마테오의 사진을 책상 서랍에 넣어두고, 언니의 명함은 휴지통에 던져버렸다.

그러고 나서야 전화를 받았다.

3

그 후로 며칠 동안 나는 마테오를 잊고 지냈다. 그뿐 아니라, 거의 모든 것을 잊고 살았다. 내 머릿속은 온통 아버지의 죽음으로 가득 차 있었다. 사람들에게 둘러싸여 있어도 투병 기간 내내 피할 수 없었을 외로움, 그리고 자신의 최후가 임박했다는 것을 알았을 때 느꼈을 괴로움과 분노 같은 것 말이다. 나는 아버지에게 아나를 죽인 범인에 관한 것 외에는 그 어떤 소식도 알리지 말라고 했던 내 자신의 이기심을 자책했다. 나는 아버지 곁을 지켰어야 했다. 그게 불가능하다면 적어도 바다 건너편에서 보름에 한 번씩 보내는 편지를 통해 아버지의 고통을 함께 나눴어야 했다. 나는 아버지의 편지를 꺼내 여러 번 다시 읽었다. 하지만 아버지가 보낸 편지 그 어디에도 그의 생명을 위협하던 암과 관련된 언급이나 암시는 전혀 없었다. 카르멘이 말한 것처럼 아버지가 섬망에 빠져 있다는 것을 눈치챌 만한 구절도 전혀 없었다. 다만 여러 편지를 꼼꼼히 비교해 보니 글씨가 조금—거의 알아차릴 수 없을 만큼—삐뚤삐뚤해졌다는 것을 알 수 있었다. 카르멘과 훌리안이 결혼했다는 편지를 받고 나서 나는 곧바로 답장을 보내 화를 내며 더 이상 편지를 주고받지 않겠다고 일방적으로 선언했다. 그 후로 아버지는 내가 다시 자취를 감출까 봐 두려워했던 것 같다. 아버지는 재촉하지 않고 내가 다시 연락할 때까지 인내심을 가지고 기다렸다. 오랜 시간이 지났다. 서로 멀리 떨어져 있었음에도 아버지는 나를 잘 알고 있었다. 대화를 강요하는 것이 오히려 나를 영원히 침묵 속에 빠뜨릴 수 있다는 것 또한 잘 알았다.

나는 여러 달 동안 아버지에게 편지를 쓰지 않았다. 그러던 어느 봄날 오후, 한 남자가 서점 안으로 들어왔는데 그에게서 내 기억 속에 남아 있는 아버지의 체취가 났다. 그가 내 앞을 지나가는 순간 갑자기 속이 울렁거렸다. 울고 싶었지만 여느 때처럼 눈물이 나오지 않았다. 나는 사무실에 틀어박혀 편지를 쓰기 시작했다. 아무튼 그때부터 우리는 일상생활을 담은 간략한 편지만 주고받았다. 그래서 어쩌다 한번씩 만나는—고맙지만 불편하게 하고 싶지는 않은—이웃이나 친구와 이야기할 때처럼 늘 조심스럽고 두려웠다. 우리는 아버지와 딸의 관계가 아닌 척, 우리 사이에 대서양이 가로놓여 있지 않은 척하면서 거리를 둔 우정과 호의를 통해 우리의 진정한 유대감을 숨겼다. 누가 어떤 이야기를 꺼내면 자연스럽게 다음 이야기로 이어갔다. 그렇게 편지를 주고받으면서 우리는 서로에게 마음의 상처를 주지 않고 서로를 가깝게 느낄 수 있었으며, 또 사람들의 눈을 피해 계속 서로를 사랑할 수 있었다. 내게 도착한 편지를 만지는 것은 아버지가 손에 들고 있던 종이를 어루만지는 것이었고, 그건 아버지에게도 마찬가지였을 것이다. 지난 수년 동안 우리가 이메일로 편지를 주고받거나 전화로 이야기하자고 제안하지 않았던 것도 바로 그런 이유였으리라.

우리가 함께 몰입했던 첫 번째 주제는 대성당이었다. 갑자기 편지가 중단되기 전에 나는 몇 달 전부터 산티아고 데 콤포스텔라 대성당의 복원 공사가 진행 중이어서, 지칠 대로 지친 상태로 목적지에 도착해 힘없이 주저앉거나 쓰러진 많은 순례자가 가림막으로 덮인 성당을 보고 실망감을 감추지 못한다고 편지에 썼다. 그 당시 나는 대성당 사진집을 여러 권 팔았는데, 비계飛階와 가림막 뒤에 가려진 성당의 본모습을 궁금해하는 사람들이 많았기 때문인 것 같다. 내가 다시 편지를 보낸 뒤 처음 받은 답장에서 아버지는 우리 도시의 대성당을 자세히 설명해 달라고 부탁했다. "마치 내가 그곳에 있는 것처럼, 그러니까 우리 둘이 나란히 앉아서 대성당을 보고 있는 것처럼 설명해다오. 사진이나 영상, 아니면 스케치를 보내서 대충 넘어가려고 하지마. 오로지 글로 설명해주기 바란다." 아버지는 글로만 설명해 달라고 당부했다. 아버지는 내가 그림에는 영 소질이 없다는 것을 알고 있었다. 반면 아버지에게 재능을 물려받은 아나는 우리 자매들 중에서 그림을 가장 잘 그렸다. 카르멘은 아나가 가진 재능을 부러워했지만 다른 면에서 아버지와 닮은 데가 있었다. 언니는 도자기와—철, 구리, 청동과 같은 재료를 다루는—금속 공예에 뛰어난 재주가 있었다. 언니는 신학 선생으로서 처음 받은 월급을 모두 쏟아부어 전기 가마와 연마기를 샀고, 차고에 **작업장**이라고 부르던 공간을 마련했다. 하지만 그녀가 만든 것은 천사상이나 성모상, 성인상처럼 다른 이들이 만든 작품을 뻔뻔스럽고 형편없이 베낀 것에 지나지 않았다. 반면 아나가 살아 있었다면 분명 인정받는 예술가가 되었을 것이다. 하지만 나는 동생이 무엇이 될 수 있었을지 가급적 생각하지 않으려고 했다. 어쩌다 생각이 그런 쪽으로 흘러가면 한동안 슬픔과 절망에서 헤어나오지 못했기 때문이었다. 아나는 모델이 눈앞에 없어도 실물과 똑같은 초상화를 그릴 수 있었다. 나는 아버지가 아나와 함께 그림을 그리던 그 시절을 나만큼 또렷이 기억하고 있는지 알 수 없었다. 어쩌면 아버지는 떠올리고 싶지 않은 그 기억을 마음에 품고 살았기 때문에 일절 언급하지 않았는지도 모른다.

　나는 아버지가 부탁한 대로 요령을 부리지 않고 답장을 썼다. 대신 내가 하고 싶은 대로 했다. 사진은 단 한 장도 보내지 않았다. 그렇다고 내가 알고 있는 바를 글로 설명하지도 않았다. 대신 다른 사람의 글을 보냈다. 나는 레이먼드 카버*의 단편인《대성당》을 복사해서 몇몇 구절에 강조 표시를 했다. 그 뒷면에는 내 손 글씨로 다음과 같이 덧붙였다. "카버가 말했듯이 말로는 대성당을 묘사할 수 없어. 우리 중 한 명이 다른 이의 손을 이끌면서 함께 성당을 그려야 할 거야.

＊　　레이먼드 클레비 카버Raymond Clevie Carver(1938~1988)는 리얼리즘과 미니멀리즘의 대가로 평가받는 미국의 소설가이자 시인이다.

그런데 지금 우리의 손은 너무 멀리 떨어져 있어." 카버의 단편은 화자가 시각장애인에게 대성당이 어떻게 생겼는지 설명할 방법을 찾지 못해 고심하는 장면으로 끝난다. 그전에 화자는 이런 변명을 둘러댄다. "사실대로 말하자면 대성당이라고 해서 나한테는 특별할 게 없거든요. 아무 의미도 없어요. 대성당들. 이렇게 늦은 밤 텔레비전에서 볼 수 있는 것뿐이죠. 그게 전부예요." 그러나 그 시각장애인은 포기하지 않고 화자에게 다른 방법을 제안한다. 화자의 손 위에 자기 손을 얹고, 그의 손이 움직이는 대로 따라 움직이면서 함께 대성당을 그려보자는 것이었다. 아버지는 역사 선생이라서 주로 논문 종류의 글을 읽으면서 시간을 보냈고 소설은 많이 읽지 않았다. 그럼에도 아버지는 카버의 단편을 무척이나 좋아했다. 아버지는 답장에 이렇게 썼다. "시각장애인의 말이 무척 가슴에 와닿더구나. 이 세상에는 시각장애인이 아니더라도 보고 싶어 하지 않는 사람들이 너무 많거든. 누군가가 그런 이들의 손을 잡아주면 그들도 볼 수 있게 될 거야." 아버지는 내가 보낸 단편을 읽은 다음 손수 대성당을 그리기 시작했다고 썼다. 그리고 오랫동안 붓을 잡지 않아서 조금 낯설지만 그림 그리는 즐거움을 되찾은 것 같다고도 했다. 이름을 언급하지는 않았지만 그 문장 속에 아나가 있었다. 아버지는 아나와 함께 사람들을 그렸다. 그 덕분에 우리는 각자의 초상화를 얻었다. 나는 아버지의 편지를 읽으면서 내 초상화가 어디 있는지, 집을 떠날 때 왜 그것을 가져오지 않았는지, 그리고 내가 없어도 그 그림이 무사히 남아 있을지 궁금해졌다.

《대성당》을 읽고 열정이 되살아나자, 그다음 편지부터는 그 작품뿐만 아니라 다른 책들에 관해서도 대화를 나눴다. 나는 카버가 어떤 신인 작가를 새로 발굴했는지, 그리고 어떤 책을 다시 읽었는지, 자신의 전작 소설을 마무리하지 못한 후에 어떤 이에게 새로운 기회를 주었는지, 또 어떤 작가를 읽지 않았는지 아버지에게 말해주었다. 그뿐 아니라 서점의 서가에 책을 어떤 식으로 배열했는지, 지금처럼 책이 늘어난다면 책장들이 몇 달이나 버틸 수 있을지, 그리고 새로 주문한 서가가 어떤 색이고 무엇으로 만들어졌는지도 이야기했다. 내가 벚나무의 재질을 언급한 편지를 보내자 아버지는 정원—나의 어린 시절을 고이 간직하고 있는 정원—에 있는 나무의 종류를 상세하게 적어서 보냈다. 그리고 그 이후 편지에서는 텃밭—내가 가족과 함께 살던 시절에 아드로게의 집에는 텃밭이 없었다—을 어떻게 가꾸었는지, 계절마다 무엇을 심었는지, 어떤 색깔이 가장 먼저 나타났는지, 싹을 틔우기만을 간절히 기다리던 씨앗 중에서 어떤 것이 자신의 기대를 저버렸는지도 일일이 설명했다. 아르헨티나에서 부르는 이름이 잘 기억나지 않았을뿐더러 스페인에서 통용되는 이름과는 너무 달랐기 때문에 아버지가 말하는 식물이나 종이 정확히 무엇인지 이해하기 어려울 때가 종종 있었다. 그래서 물어보았더니 아버지는 이렇게 대답했다. "그것이 무엇인지 알려면 대성당을 그린 사람처럼 네 손을 잡고 그려야 할 것 같구나." 돌이켜보면 우리는 그렇게 두 손을 포개고 함께 그림을 그릴 수 있기를 바라고 있었지만 시간이 많지 않았다. 나는 아나를 죽인 범인이 누구인지 밝혀지면 집으로 돌아가겠다고 아버지에게 약속했다. 하지만 그건 당치 않은 약속이었다. 그 약속으로 인해 아버지는 어쩔 수 없이 조사를 진행시켜야 할 중책을 떠맡게 되었으니까. 내가 아버지한테 그런 얘기를 한 것은 가족 중에서 동생을 누가, 그리고 왜 죽였는지 알고 싶어 하는 사람이 나 말고는 아버지밖에 없었기 때문이다. 엄마와 카르멘은 **하느님의 계획**을 받아들이기 위해 오로지 기도만 했다. 반면 아버지는 끝까지 포기하지 않으려는 듯했다. 매주 직접 법원에 찾아가서 사건 기록을 열람했을 뿐 아니라 형편이 허락하는 한 최고의 변호사를 고용했다. 그렇게 노력을 기울였지만 모든 조사는 곧 수렁에 빠지고 말았다. 적어도 내가 아르헨티나를 떠나기로 결심하기 전까지는 그랬다. 그러고 나서는 상황이 어떻게 돌아갔는지 알 길이 없었다. 아버지와 편지를 주고받았음에도 불구하고 제대로 아는 것이 거의 없었기 때문이다.

아버지도 나에 관해서 아는 것이 없었다. 아버지는 내가 15년 전부터 루이스와 함께 살고 있다는 것과 아이를 낳지 않기로 결정했다는 것을, 그리고 우리가 꼭 껴안고 잔다는 것을 모르고 있었다. 또 우리에게 포라는 이름의 고양이가 있다는 것과 내가 한밤중에 일어나면 루이스가 나를 찾으러 발코니로 온다는 것, 아나의 꿈을 꾼 날이면 밤을 하얗게 새운다는 사실을 루이스도 다 안다는 것을 모르고 있었다. 아버지가 편지에서 일절 언급하지 않았기 때문에 엄마가 돌아가

신 것조차 몰랐다. 아버지도 내게 알려주고 싶었을 것이다. 오히려 내게 그 사실을 숨긴다는 자체가 이상하게 느껴졌을 것이다. 하지만 그것은 우리가 편지를 주고받기로 했을 때 정한 규칙이었다. 암에 걸렸다는 소식을 들은 날, 아버지는 기분이 어땠을까? 엄마는 하늘나라에서도 아버지와 함께 지낼까? 누가 마지막 날까지 아버지를 병원에 모시고 갔을까? 아버지가 세상을 떠나기 전에 누가 그의 손을 잡아주었을까? 누가 아버지와 함께 대성당을 그렸을까? 아버지가 마지막 순간을 카르멘과 함께했다고 생각하니 마음이 아팠다. 언니와 아버지는 사이가 좋지 않았기 때문이다. 하지만 언니가 아니라면 누구일까?

마지막으로 주고받은 편지에서 우리는 아버지의 정원이 아니라 나의 정원, 즉 산티아고 데 콤포스텔라에 있는 알라메다 공원에 관해 이야기를 나누었다. 우리 집에는 발코니밖에 없다. 하지만 창문을 열면 공원이 내려다보인다. 모두 내 것이다. 나는 서점에 갈 때도, 집으로 돌아올 때도 그 공원을 가로지른다. 가끔 공원 벤치에 앉아 책을 읽기도 한다. 내가 서점 일을 끝내기 전에 대학 강의가 끝나면 루이스는 함께 집으로 가려고 언제나 그곳, 산타 수사나 언덕*의 떡갈나무 아래에서 책을 읽으며 기다린다. 시간이 잘 맞아 떨어지면 중간에서 만나기도 한다. 아버지는 공원에 있는 식물 종에 관해 엄청나게 많은 질문을 했다. 나는 아버지가 보낸 편지를 하나도 빠짐없이 모두 다 보관

---

* 산타 수사나 언덕Carballeira de Santa Susana은 알라메다 공원 내에 있는 언덕이다.

하고 있다. 내 편지의 사본도 모두 가지고 있다. 아버지가 내 악필을 읽느라 고통받지 않도록 우선 편지 초안을 작성한 다음, 한 글자 한 글자 정성 들여 옮겨 적었다. 마지막으로 보낸 편지에서 아버지는 집 —과거 나의 집이었던 곳—에 산타리타*가 활짝 폈다고 했다. 그러고는 알라메다 공원에도 그 꽃이 있는지 물었다. 나는 잠시 망설였다. 눈을 감고 그 꽃을 상상해 보려고 했지만, 산타리타**가 어떤 식물인지 도무지 기억이 나지 않았다. 우리가 식물, 꽃, 과일에 이름을 붙이는 방식은 설령 같은 언어를 사용하는 경우에도 어떤 발음만큼, 혹은 그 이상으로 우리의 태생을 드러낸다. 우리 모두는 바로 거기에서 비롯되는 것이고, 그곳은 모든 단어가 꽃을 피우고 열매를 맺는 장소다. "눈을 감아 보지만 아무것도 떠오르지 않아. 마치 과거의 기억이 하나도 안 보이는 것처럼 말이야." 아버지는 답장에서 "너의 손을 잡고 그릴 수가 없기 때문에" 그 식물을 글로 자세히 설명해 주었다.

"뾰족한 가시가 난 데다 너무 우툴두툴해서 늙어 보이는 줄기, 다른 식물이나 벽, 아니면 우리 집처럼 기둥을 타고 높이 올라가려는 덩굴, 그리고 햇빛이 비치는 방향에 따라 자주색이나 자홍색을 띤 잎사귀로 둘러싸여 세 장씩 모여 피는 하얀 꽃."

다른 이들과 마찬가지로 나도 자주색 잎이 꽃인 줄 알았기 때문에

---

* 산타리타santarrita는 분꽃과의 부겐빌레아, 틸부겐빌레아 등을 통틀어 이르는 것으로 남아메리카가 원산지다.

** "산타리타"는 산타 리타Santa Rita, 즉 성녀 리타를 합성해서 만든 말이다.

아버지가 하얀 꽃이라고 하자 어리둥절했다. 아버지가 산타리타라고 부른 것이 나의 새로운 삶에서는 부간비야라는 이름을 가진 식물이라는 것을 곧 알게 되었다. 그 무렵 한 편지에서 아버지는 그 관목이 가진 다양한 이름을 일일이 열거했다. 스페인에서는 부간비야, 멕시코, 페루, 칠레, 과테말라에서는 부감비야, 그리고 페루 북부 지방에서는 파펠리요, 온두라스, 니카라과, 코스타리카, 파나마에서는 나폴레옹, 쿠바, 파나마, 푸에르토리코, 도미니카 공화국, 베네수엘라에서는 트리니타리아, 콜롬비아와 엘살바도르에서는 베라네라라고 불린다고 했다. 내 정원이라고 여기는 알라메다 공원에도 그 꽃이 자태를 뽐내고 있다. 나는 **부간비야**의 정확한 위치가 표시된 지도를 아버지에게 보냈다. "산타리타란다." 아버지는 답장에 그렇게 썼다. 나는 태어나고 스물한 살까지 살던 곳에서 배운 말을 잃어버리고 말았다. 아버지는 내가 그 말을 되찾기를 원했다.

그사이 얼마나 많은 말을 잃어버렸을까? 잊힌 말들은 결국 기억 속 어디로 가게 되는 걸까? 나는 아버지가 알려줄 때까지 그런 사실조차 모르고 있었다. 그 뒤부터 마지막 편지에 이르기까지 모든 편지에 산타리타/부간비야가 한 번도 빠지지 않고 언급되어 있었다. 그러다 마지막 편지에서 아버지는 장난스럽게 고백했다.

"추신: 아무래도 마음이 편치 않아서 네게 털어놓아야 할 것 같구나. 일전에 보내준 이름의 목록은 사실 내가 만든 게 아니란다. 훌륭한 친구에게 좀 도와달라고 부탁했더니 인터넷에서 나라별로 다른 이름을 모두 찾아내더구나. 그러고는 그 친구가 불러주는 대로 하나씩 받아썼어. 만약 잘못된 것이 있으면, 그건 우리의 실수가 아니라 젊은이들이 진실을 찾는 저 뜬구름 같은 세계에서 생긴 실수일 거야. 너랑 마테오가 만나면 참 좋은 친구가 될 텐데. 아무튼 나는 아직 새로운 기술이 낯설기만 하구나."

아버지가 돌아가셨다는 것을 알고 나는 편지를 다시 읽기 시작했다. 세 번째, 아니면 네 번째로 읽던 도중 아버지가 언급한 이름이 카르멘의 아들과 같다는 사실을 깨달았다. 나는 이를 그다지 중요하게 여기지 않았지만 일단 루이스에게 그 사실을 알렸다. 그는 절대 우연의 일치일 리 없다고 잘라 말했다.

"당신 언니의 아들이 틀림없어. 굳이 손자라고 밝히지는 않았지만 아버지는 마테오라는 사람이 있다는 것, 아주 믿을 만한 사람이고 자기와 친구라는 것, 그리고 당신도 그와 마음이 잘 맞으리라는 것을 알려주려고 일부러 단서를 남긴 거야. 그가 굳이 이렇게 먼 곳까지 온 것도 바로 그 때문인지 몰라. 아무래도 당신이 나서서 그 친구를 찾아야 할 것 같아. 당신 언니를 위해서가 아니라 당신과 그를 위해서 말이야."

나는 아무 대답도 하지 않았다. 루이스는 내가 생각하느라 대답하지 않는다는 것을 잘 알고 있었다. 생각해 보면 나는 성질이 참 못된 것 같다. 무언가가 마음에 들지 않으면 곧장 앙칼지게 쏘아붙이니까 말이다. 그가 나를 **화약고**나 **시한폭탄**이라고 부르는 것도 바로 그 때문이다. 반면 내가 아무 말도 안 한다는 것은 전혀 다른 의미다. 루이스는 내 침묵을 마주한 채 조용히 미소 지으며 창가에 앉아 책을 읽었다.

그다음 날, 나는 서점에 도착하자마자 책상 서랍에서 마테오의 사진을 찾았다. 그러고는 그 사진을 곧장 앙헬라에게 보여주었다.

"아, 아르헨티나에서 온 꽃미남 말이구나! 물론 봤지. 그런 남자가 왔는데 왜 못 봤겠어?" 그녀가 말했다.

"멋지게 생기긴 했어."

"그 정도가 아니라니까. 캘빈 클라인 모델처럼 생겼더라고."

"여기 안 온 지 오래됐어?"

"응. 안타깝게도 못 본 지 좀 됐네. 그전에는 계속 왔거든. 책을 올 때마다 사지는 않았지만, 거의 매일 들르다시피 했어. 더구나 한 번 오면 오래 있었어. 그런데 그 말을 듣고 보니 생각났는데 좀 이상한 일이 있었어. 어쩌면 우연이 아닐지도 몰라."

"뭔데? 어서 말해봐."

"그 부부가 널 보러 왔던 날 기억나? 이름이 뭐더라?"

"응, 카르멘."

"맞아. 카르멘과 남편. 그 부부가 오기 몇 분 전에 그가 서점에 들어왔어. 2, 3일 전에 와서 책을 찾았는데 마침 **재고**가 없어서 주문만 해놓고 갔거든. 그 책을 찾아서 그에게 주려고 하는데 그 부부가 들어온 거야. 그들이 계산대로 다가오는데 낌새가 좀 이상하더라고. 보니까 그 남자가 숨으려고 하는 것 같았어. 주문한 책을 계산대 위에 올려놓고는 마치 재주라도 넘듯이 몸을 날리는 거야. 그러고는 서가 뒤로 들어가 책을 찾는 척했어. 별로 중요하지 않은 것 같아서 너한테 아무 이야기도 안 했던 거야. 게다가 그 남자가 너무 잘생겨서 뭘 하든 다 이해해 주고 싶었거든. 그런데 수상하기는 했어. 그가 거기 숨어 있는 동안 너한테 손님이 왔다고 알려주려고 사무실로 갔는데, 그 부부를 사무실로 들여보내고 나오니까 이미 사라지고 없더라고. 그가 곧 돌아올 거라고 생각하고 그 책을 옆으로 밀어 놨는데 지금까지도 소식이 없네."

  나는 앙헬라에게 그가 주문한 책을 아직 가지고 있으면 좀 보여줄 수 있는지 물었다. 그녀는 그렇게 하겠다고 했다. 하지만 이미 며칠이 지나서 그중 한 권은 다른 손님에게 팔았다고 했다. 그녀는 아직 남아 있는 책을 내게 갖다주었다. 리처드 도킨스의 《만들어진 신》이라는 책이었다.
  "다른 한 권이 무슨 책이었는지 기억나?"
  "물론이지. 카버의 《대성당》이야." 앙헬라가 대답했다. 그 순간 아버지의 체취를 풍기는 남자가 서점에 들어왔을 때처럼 갑자기 속이 울렁거렸다.
  "혹시 그 아이가 서점에 오면 잊지 말고 내게 꼭 알려줘. 부탁이야." 나는 그녀에게 거의 사정하다시피 말했다.

"혹시 내가 미리 알아둬야 할 게 있니?" 앙헬라도 불안해하는 눈치였다.

"그렇게 중요한 건 아니야. 그 남자는 내가 아는 사람의 아들인데, 행방이 묘연한가 봐."

"알았으니까 걱정하지 마, 리아. 오면 꼭 알려줄게."

나는 책상으로 돌아가 마테오의 사진을 전화기 옆에 놓고 일했다. 늦은 오후가 되자 나는 물건을 정리하면서 그 사진을 다시 서랍 속에 넣었다. 내가 서랍을 확 여는 바람에 아버지의 유골재가 든 케이스가 가장자리로 미끄러졌다. 나는 케이스를 집어 들었다. 그 재로 뭔가를 해야 할 때가 된 것 같았다. 집으로 돌아오는 길에 평소처럼 알라메다 공원을 가로지르다가 부간비야가 있는 쪽으로 돌아갔다. 화창한 오후였다. 내가 집으로 향하는 동안 서서히 잔해로 변해가던 해가 오솔길에 특별한 빛을 비춰주었다. 나는 벤치에 앉아 부간비야를 멍하니 바라보면서 아버지의 얼굴을 떠올렸다. 나와 같은 갈색 눈동자, 환한 미소, 그리고 구릿빛 피부. 아버지는 어떤 계절이든 항상 햇볕 아래에서 책을 읽었다. 나는 아버지의 목소리를 떠올리려고 해봤지만 허사였다. 그사이 아버지의 목소리를 완전히 잊어버리고 만 것이다. 나는 핸드백에서 케이스를 꺼내 몇 분 동안 손에 그대로 들고 있었다. 차마 뿌릴 엄두가 나지 않았다. 내 몸의 온기가 전해지면서 금속 케이스가 점점 따뜻해졌다. 나는 아버지에게 영원히 작별을 고할 용기가 나기를 바라면서 흐드러지게 핀 부간비야 꽃을 바라보았다. 울고 싶은 마음이 들었지만 이번에도 눈물 한 방울 나지 않았다. 루이스가 같이 올 수 있는 날로 이 의식을 미루는 것이 좋을지 모르겠다는 생각이 들었다. 나는 유골재가 든 케이스를 다시 넣고 집에 가기로 했다. 그런데 핸드백을 여는 순간 누군가 내 어깨에 손을 얹었다. 나는 그 손의 주인이 루이스라는 것을 의심하지 않았다. 마치 내 마음이 전해져 그가 여기로 온 것만 같았다. 나는 우연의 일치에 안도하며 미소를 지었다. 그런데 놀랍게도 내 뒤에 서 있는 사람은 루이스가 아니라 마테오였다. 그는 아무 말도 꺼내지 못하고 나를 바라보기만 했다. 그는 사진 속 모습만큼이나 외모가 수려했고 생각보다 훨씬 더 컸다. 하지만 성격이 소심한지 나를 보고 수줍어 어쩔 줄 몰라 하는 통에 거의 2미터나 되는 키가 무색하게 나약해 보였다.

나는 그가 마음을 가라앉히고 말할 수 있도록 잠시 기다렸다.

"안녕하세요, 리아 이모." 그는 잠시 머뭇거리더니 마침내 입을 열었다.

"안녕, 마테오." 내가 대답했다. "만나서 반가워."

마테오

왜 다른 이들과 과거의 예술 작품으로 살아가려고 하는가?
그럴 바에는 차라리 각자의 손으로 자신의 대성당을 짓기를.

호르헤 루이스 보르헤스[*]

＊   호르헤 루이스 보르헤스Jorge Luis Borges, "Una sentencia del Quijote(《돈키호테》의 경구)
    [1933]", Textos recobrasdos[복원된 텍스트](1931-1955).

1

나는 어느 일요일, 산티아고 데 콤포스텔라에 도착했다. 가방에는
세 통의 편지가 들어 있었다. 그중 하나는 내 것으로 이미 열어보았
다. 다른 한 통은 알프레도 할아버지를 대신해 내가 리아 이모에게 직
접 건네줘야 하는 편지였다. 세 번째는 우리 둘 모두에게 보내는 편지
였다. 우리 둘이 함께 읽기로 결정한 경우에만 열어볼 수 있었다. 이
와 함께 청록색 터키석이 박힌 반지도 가져왔다.

나는 호스텔에 짐을 풀고 도시를 둘러보기 위해 밖으로 나갔다. 누
구한테 일일이 알릴 필요 없이 남의 눈을 의식하지 않고 미지의 자유
를 누리며 걷는 것이 왠지 낯설기만 했다. 아르헨티나를 떠난 지 몇
주가 지났음에도 불구하고 나는 그제야 진정한 자유를 느꼈다. 그날
오후가 될지 아니면 그다음 날이 될지 딱 집어서 말할 수는 없었지만,
나는 지금과는 다른 삶이 내 눈앞에 펼쳐지리라는 희망에 부풀어 있

65

었다. 산티아고에 도착했을 때만 해도 나는 리아 이모의 서점이 어디 있는지 몰랐다. 이모가 항상 사서함 번호로 편지를 보냈기 때문에 할아버지도 모르기는 마찬가지였다. 하지만 서점의 위치를 찾는 것은 그리 어렵지 않았다. 와이파이가 연결되자마자 나는 핸드폰으로 인터넷 검색창에 **서점, 콤포스텔라**라는 단어와 이모의 이름을 조합해서 입력했다. 첫 번째로는 처음 들어보는 어느 스페인 작가의 신작 소설 발표에 관한 보도 자료가 나왔다. 그리고 발표회 행사 사진―한 남자와 여자가 책을 들고 찍은 사진이었다― 아래에 그 작가와 이모의 이름, 그리고 다음과 같은 설명이 써 있었다. *부에노스아이레스 어페어 서점 대표 리아 사르다.* 구글에서 서점 이름을 검색하니 임시 계정인지 엉성한 페이스북 페이지로 연결되었지만 다행히 한 구석에 주소가 나와 있었다. 그날 오후에 그곳으로 가니 마침 일요일이라서 서점 문이 닫혀 있었다.

 이모와 당장 연락할 생각은 없었지만 일단 그 주변이라도 알아두고 싶었다. 우선 며칠 동안 그 부근을 배회하면서 염탐하고, 그녀가 누구인지 또 어떻게 생활하는지 살펴보면서 우리 둘 사이에 어떤 연결 고리가 있는지 알아보기로 했다. 그러고 난 뒤, 이모에게 편지에 대해 이야기할 생각이었다. 만약 계획한 대로 되지 않거나 이모를 만났는데 어색하고 마음이 편치 않다면, 내가 누구인지 밝히지 않고 익명으로 이모의 편지만 건네주고 할아버지가 우리 둘에게 보낸 편지는 찢어버리기로 했다. 리아 이모와 내가 서로 마음이 맞지 않으면 그 편지는 아무 의미도 없을 테니까 말이다. 나는 서점에 여러 번 찾아간 끝에 마침내 이모를 만날 수 있었다. 놀랍게도 이모는 할아버지를 꼭 빼닮았다. 우리 엄마와는 영 딴판이었다. 할아버지가 내게 보여줬던 이모가 지금의 나보다 어린 나이에 찍은 사진뿐만 아니라 아나 이모가 그린 초상화, 그리고 소설 발표회에서 작가와 함께 찍은 사진에서도 그 점을 눈치채지 못했다. 나는 내심 이모가 엄마보다 부드러운 인상을 가졌기를 기대했지만, 얼굴만 봐도 엄마의 동생이라는 것을 금세 알 수 있었다. 그런 생각이 들자 덜컥 겁이 났다. 나는 겁쟁이가 분명하다. 하지만 나는 엄마가 두렵다. 지금까지도.

30여 년 전, 사르다가의 막내인 아나 이모가 불에 타 토막난 채 쓰레기장에 버려졌다. 아나 이모는 그때 겨우 열일곱 살이었다. 리아 이모는 열아홉 살, 그리고 엄마는 지금 내 나이와 같은 스물세 살이었다.

다행히 리아 이모는 성격이 활달해서 누구에게든 호감을 주는 사람이었다. 이모는 손님이 원하는 책을 찾기 위해 아무 거리낌 없이 가파른 사다리를 오르락내리락하고 손님이 책을 찾도록 도와주었고, 또 책을 추천하고 대화를 나누면서 자주 웃었다. 그런 모습을 지켜보던 중 문득 이모의 손짓이 할아버지와 똑같다는 것을 알아차렸다. 그 순간 희망으로 가슴이 벅차올랐다. 그날 호스텔에 도착하자마자 나는 내가 리아 이모와 닮은 데가 있는지, 화장실 거울에 비친 내 모습을 자세히 살펴보았다. 그러고는 인터넷에서 찾은 이모의 사진을 다시 한번 보았다. 어쩌면 갈색 머리카락이나 약간 처진 눈매가 닮았는지도 모른다. 하지만 나는 아나 이모처럼 파란 눈이다. 누군가 아나 이모 이야기를 할 때마다 몸에서 잘려나간 머리와 눈동자가 떠올랐다. 엄마의 눈은 투명에 가까울 만큼 밝은 빛깔로 나와 달리 차가운 인상을 풍긴다. 나는 늘 내 얼굴이 아버지와 판박이라는 말을 듣고 자랐다. 하지만 그렇지 않다는 증거를, 적어도 꼭 그렇지만은 않다는 증거를 찾을 수 있다면 마음이 놓일 것 같다.

내가 리아 이모를 관찰하기만 한 것이 아니다. 알라메다 공원으로 따라간 적도 몇 번 있다. 그러다가 이모의 남편, 혹은 연인으로 보이는 사람을 만나기도 했다. 두 사람이 서로 반대 방향에서 오다가 마주쳤을 때, 서로를 다정한 눈빛으로 바라보는 모습을 보면서 얼마나 가슴이 뿌듯했는지 모른다. 그가 이모의 뺨을 부드럽게 어루만지면 이모는 얼굴 가득 미소를 띤 채 그를 바라보았다. 우리가 가족이라는 사실을 알게 되자 괜스레 가슴이 설렜다. 스스로 선택하지 않은 구성원들로 이루어져 있고 태어나는 순간 일방적으로 정해지는 가족이라는 기이한 제도에 머물러 있다는 것이 꼭 그것의 가장 어두운 측면—즉 우리 부모님—만 부각시키는 것이 아니라는 사실을 알게 되었기 때문이다. 그래서 산티아고 데 콤포스텔라에 도착하고 며칠 후, 나는 리아 이모를 찾아가 이렇게 말하기로 마음을 먹었다. "안녕하세요? 저는 마테오예요. 이모의 조카죠. 할아버지가 이모에게 보내는 편지 한 통과 우리 둘에게 보내는 편지 한 통을 가지고 왔어요. 두 번째 편지는 우리가 함께 보기로 결정할 경우에만 열어볼 거예요." 그리고 이모가 미소를 지으면 나는 스스로가 고아처럼 느껴지는 데다 친구도 없어서 여자들을 만나기가—특히 마음에 드는 여자들을 만나기가—너무 어렵다고 털어놓을 것이다.

아니, 그런 이야기는 나중을 위해 남겨두는 것이 좋을 것 같다.

어느 순간 세 번째 편지를 읽을 수 있을 거라는 확신이 들었다. 멀리서 이모를 지켜보는 동안 이모도 분명 편지를 보고 싶어할 거라는 생각이 들었다. 하지만 그 순간, 놀랍게도 부모님이 나타났다. 그들과 더불어 어두운 그림자와 불길한 일, 그리고 거짓말이 함께 따라왔다. 그들이 서점에 들어오는 모습을 보자 갑자기 혈압이 떨어지는 것 같았다. 오래달리기를 하고 난 것처럼 눈앞이 뿌옇게 흐려지면서 다리에 힘이 풀렸다. 나는 그들을 피해 숨었다. 마치 공을 가지고 놀다가 유리창을 깨뜨린 꼬마가 된 것 같은 기분이었다. 키가 큰 편이어서 들키지 않고 숨기가 여간 어려운 것이 아니었다. 땅바닥에서 무언가를 찾는 사람처럼 몸을 최대한 웅크렸다. 엄마가 그런 내 모습을 봤더라면 "넌 아직도 아이구나"라고 말했을 것이다. 그러고는 위협조로, 혹은 경고를 하거나 악담을 퍼붓듯이 내가 아직 집을 떠날 준비가 되지 않았을뿐더러 더 성숙해질 필요가 있다고, 또 인내심을 가지고 노력하면, 그리고 그것이 "하느님의 뜻이라면" 결국 그런 날이 올 거라고 말했을 것이다. 하지만 속으로는 그런 날이 끝내 오지 않기를, 그것이 절대 하느님의 뜻이 아니기를 간절히 기도할 테지. 만약 그날 오후 엄마가 나를 찾아냈더라면 당장 내 손을 낚아채거나, 손이 닿는다면 내 한쪽 귀를 잡고 호텔로 끌고 갔을 것이다. 동의하든 안 하든 무조건 엄마의 뜻에 따르는 아버지는 부끄러움에 떠는 내 모습을 외면해 버렸을 것이다.

사실 부모님이 부끄러울 때가 많았다. 물론 그런 생각이 잘못되었으며, 비난받아 마땅할 일이라는 것쯤은 알고 있다. 그 무엇보다 부모님을 있는 그대로 사랑하고 존경해야 한다는 것도 잘 알고 있다. 그게 아니라면 그 무엇보다 사랑해야 할 분이 하느님이란 말인가? 거기에는 동의하지 않는다. 많은 이가 의지로 그 어떤 율법도 따를 수 있다는 것을 안다. 그렇지만 나는 그저 부모님의 아들일 뿐이다.

부모님은 내가 필요했고, 내가 가능한 한 의존적이 되도록 교육시켰다. 그렇게 해서 그들은 자기들이 만들어낸 세계 안에 내가 존재하는 것을 정당화했다. 나는 그들이 세운 가족계획의 중요한 부분이었다.

나는 라틴아메리카 작가들의 작품이 꽂혀 있는 서가 뒤에 숨어 그들을 훔쳐보았다. 계속 쪼그리고 앉아 있었던 탓에 허벅지에 경련이 일었다. 나는 무릎을 꿇고 책들이 비어 있는 틈으로 그들의 뒤를 쫓았다. 지치고 침울한 기색이 역력했다. 내가 갑자기 자취를 감추는 바람에 그렇게 됐다고 해도 내 알 바 아니었다. 물론 그들과 당당히 맞서지 못하는 내 모습이 비겁하게 느껴지기도 했다. 너무 비겁해서 하마터면 선반 뒤에 숨어 바지에 오줌을 쌀 뻔했다. 그들이 리아 이모의 사무실에 들어가는 것을 보자마자 나는 아무 말도 하지 않고 서점을 빠져나왔다. 서점 점원은 며칠 전에 내가 주문한 책을 가지고 나를 기다리고 있었을 것이다.

왠지 나는 그녀가 마음에 들었다.

나는 부모님이 무슨 일로 산티아고 데 콤포스텔라에 와서 리아 이모의 서점을 찾았는지 전혀 모르고 있었다. 하지만 그 이유를 짐작하기는 어렵지 않았다. 가장 유력한 가설은 내가 이 도시에 있다는 것을 알아내고 나를 찾으러 왔다는 것이다. 엄마는 리아 이모를 경멸했던 터라 이모가 집을 떠난 뒤로는 연락을 완전히 끊어버렸다. 또는 단순히 아나 이모가 살해된 후 리아 이모에게 말을 걸지 않은 건지도 모른다. 하지만 부모님은 그건 사실이 아니라고 손사래를 쳤다. 그들은 내 앞에서 죽은 이모에 대해 말한 적이 거의 없다. 리아 이모에 대해서도 마찬가지였다. 만약 할아버지가 없었다면 내 인생에서 리아 이모는 어느 날 마음대로 집을 뛰쳐나가 가족을 배반한 죄로 그 누구도 입에 올리지 않는 친척에 지나지 않았을 것이다. 하지만 부모님은 스스로를 배반하고 거기, 산티아고 데 콤포스텔라의 **부에노스아이레스 어페어** 서점에 와 있었다. 그리고 그들이 거기 나타난 걸로 봐서 엄마는 살아 있는 유일한 동생과 다시 이야기를 하기로 결정한 것이 틀림없었다. 그게 사실이라면 나는 이모에게 내가 조카라는 사실을, 그리고 이모를 만나려고 바다를 건너 이 먼 곳까지 왔다는 사실을 굳이 전할 필요가 없었다. 내가 상상했던 것처럼 할아버지의 편지를 들고 알라메다 공원에서 이모를 놀라게 하기는 틀린 셈이었다. 부모님은 항상 이런 식으로 모든 일을 망쳐버리곤 했다.

사람들은 왜 부모가 되려고 하는 걸까? 우리 집의 경우 부모가 된다는 것은 소유의 문제, 즉 **자녀를 갖는 것** 혹은 자녀의 주인이 되는 것과 연관되어 있는 것 같았다. 언젠가 엄마에게 왜 신학을 공부했는지 물었을 때 엄마는 이렇게 대답했다. "어머니가 되고 싶었거든." 그 당시 나는 어머니가 된다는 것과 신학이 무슨 관계인지 이해하지 못했다. 그러다 엄마로부터 어머니가 되는 것의 반대가 수녀가 되는 것이라는 말을 듣고는 온몸에 소름이 돋았다.

부모님이 왜 아이를 더 낳지 않았는지는 알다가도 모를 일이다. 궁금증을 참지 못하고 묻자 부모님은 이렇게 대답했다. "하느님이 바라셨기 때문이란다." 그러고는 그 이상의 대답을 회피했다. 나는 외아들이어서 내게 지나치게 집중되는 부모의 관심을 나눌 사람이 아무도 없었다. 그들은 나한테 무슨 일이 일어날까 봐 지나치게 걱정했고, 내가 성인이 되었음에도 불구하고 자기들의 동의 없이는 집을 떠나지 못하게 할 생각이었다.

내가 신학교에 들어가 사제가 되기를 거부한 것은 그때까지 그들이 내게 행사하던 지배력에 커다란 타격을 주었다. 아버지가 원하지 않았거나 꿈도 꾸지 못한 일을 언젠가 내가 해내고야 말 것이라고 확신하고 있었다. 나는 자기 아들이 성직자가 되기를 바라는 부모의 마음을 도무지 이해할 수 없었다. 그런데 우리 부모님이 그런 소망을 품고 있었다. 그들이 산티아고에 도착해 내가 건축학을 이미 그만두었다는 사실을, 혹은 내가 그들에게 그 소식을 알리지 않았다는 사실을 알게 되었는지 나로서는 알 길이 없다. 물론 내가 돌연 종적을 감춘 터라 그들은 무언가 이상한 일이, 자신들의 논리로는 이해할 수 없는 일이 일어난 게 틀림없다고 확신했을 것이다. 그들은 집이나 성당에서 기도를 많이 했을 것이다. 하루빨리 다시 아들이 나타나게 해달라는 구체적인 것부터 그들의 신앙과 그들의 하느님으로부터 너무 멀리 벗어난 내 영혼이 온전히 구원받게 해달라는 추상적인 것에 이르기까지 매일 기도를 드리면서 간구했을 것이다.

나는 붙임성이 없고—그렇게 보일지 모르겠지만—먼저 나서지도 않는다. 반면 엄마는 내가 아는 사람 중에서 가장 고고하다. 엄마는 처음 보는 사람들 앞에서 자신의 본모습을 교묘하게 숨겨서 호감을 산다. 게다가 다른 사람들이 엄마처럼 똑똑하고 중요한 사람이 자세를 낮추고 관심을 보인다는 인상을 받게 만들 줄 안다. 하지만 그건 모두 가식이자 상대방의 마음을 자신의 의도대로 움직이는 엄마만의 방식이다. 사람들은 심지어 이런 말도 한다. "네 어머니는 목소리가 참 고와." 하지만 내 귀에 엄마의 목소리는 꽤나 거슬린다. 반면 나는 사람들과 거리를 잘 조절하지 못한다. 어떨 때는 정신이 마비될 정도로 자신이 없어진다.

내 태도가 거만해 보인다면 전혀 의도치 않은 것이다. 나는 나 자신을 보호해야 한다. 특히 타인들의 시선으로부터. "타인은 지옥이다." 나는 사르트르의 말을 왼쪽 손목에 팔찌처럼 문신으로 새겼다.
남의 비위를 맞추기보다 멀리하는 게 훨씬 더 좋다. 가능하다면 위험을 피하는 편이다.
나로서는 엄마의 행동을 도무지 이해할 수가 없다.

7월의 어느 화요일, 할아버지는 결국 병상에서 일어나지 못하고 세상을 떠나셨다. 정확한 날짜는 생각나지 않지만 방학 중이었던 것으로 기억한다. 그때는 수업이 없었기 때문에 오후 내내 할아버지 곁에 머물렀다. 할아버지는 내가 보는 앞에서 돌아가시지 않으려고 무진 애를 쓰셨던 것이 분명하다. 내가 떠나려고 하자 할아버지는 잔잔한 미소를 지어 보였다. 내 눈에 비친 할아버지는 몹시 여위었고 말도 거의 하지 않았지만 얼굴에 미소가 넘실대고 있었다. 집에 도착하자마자 전화벨이 울렸다. 엄마가 전화를 받았다. 할아버지를 보살피던 수사나 부인이었는데 방금 할아버지가 돌아가셨다고 전했다. 엄마는 전화를 끊고 무덤덤하게 말했다. "돌아가셨다는구나."

누가 돌아가셨는지 밝히지도 않았다. 사실 그럴 필요도 없었다. 엄마는 오히려 안도하는 기색이었다. 그 모습을 보자 부아가 치밀었다. 엄마는 무거운 마음의 짐을 벗어 던진 사람처럼 한숨을 내쉬었다. 할아버지의 병은 몇 달간 극심한 고통으로 이어진 끝에 결국 형벌로 변해버렸다. 무엇보다 할아버지 자신에게 그랬다. 할아버지는 괴로워했지만 그 고통의 끝에는 가치가 있었다. 어쩌면 할아버지가 더 오랫동안 우리 곁에 머물러 주기를 바라는 것조차 이기적이었는지 모른다. 나는 곧장 할아버지 집으로 달려갔다. 거기 도착하고 나서야 맨발이었다는 것을 깨달았다. 수사나가 문을 열자 나는 조금도 지체하지 않고 안으로 들어갔다. 방으로 간 나는 할아버지의 몸을 껴안고 그 위에 엎드린 채 울었다. 할아버지의 몸에는 아직 온기가 남아 있었다. 조금 지나자 부모님이 도착했다. 그때 수사나는 할아버지가 내게 편지 세 통을 남기셨다고 말했다. 그 편지는 수사나가 가지고 있었다. 할아버지는 그 편지를 그녀의 손에 쥐어 주면서 자기가 죽으면 내게 직접 건네주라고 당부했다. 수사나는 부모님이 아니라 나를 보고 말했지만 그들은 그녀의 말을 주의 깊게 듣고 있었다. 그녀는 잠시 양해를 구하고 자기 방으로 가서 편지를 가지고 왔다. 수사나가 편지 봉투의 뒷면을 위로 오게 해서 내밀었을 때, 엄마는 그것을 움켜잡으려고 했다. 수사나는 누구한테 보내는 편지인지 보이지 않게 하려고 일부러 봉투를 뒤집어서 준 것 같다. 그녀는 엄마의 의도를 짐작했는지 팔을 조금 더 뻗어 편지를 내 손 위에 올려놓았다. 나는 조금도 망설이지 않고 그 편지를 주머니에 넣었다.

돌이켜보면 수사나는 우리의 계획을 알고 있었던 듯하다. 어쩌면 할아버지가 따로 이야기했는지도 모른다. 이 세상에는 지키기 힘든 비밀이 있기 마련이니까.

탄화炭化와 신체 절단. 나는 이 두 단어를 너무 이른 나이에 알게 되었다. 일반적으로 어린아이들은 죽은 채 발견된 친척에 관한 이야기도, 불에 탄 채 토막 난 이모의 시신에 관한 이야기도 함부로 입에 올리지 않는다. 하지만 나는 그런 이야기를 했다. 어쩌면 나는 아주 짧은 시간 동안만 아이였는지도 모른다. 만약 모든 것이 부모님의 뜻대로 이루어졌더라면 나는 계속 아이 같은 상태였을 것이다.

할아버지의 죽음은 죽음 그 자체로서가 아니라 새로운 기회라는 측면에서 나를 놀라게 했다. 우리는 할아버지가 머지않아 돌아가시리라는 것을 분명히 알고 있었다. 다만 정확히 언제 돌아가실지는 몰랐다. 우리는 모두 언젠가 죽는다. 그건 나도 예외가 아니다. 하지만 이제 막 스무 살이 된 내가 굳이 그런 생각을 할 필요는 없다. 그럼에도 나는 나의 죽음에 관해 생각한다. 코앞에 닥친 것이 아니라 확실하면서도 예측 불가능한 죽음에 관해. "네 앞날은 창창하단다." 이는 우리 부모님이 가장 좋아하는 말이다. 그런데 얼마나 창창하단 말인가? 문제는 바로 그것이다. 몇 시간, 며칠, 몇 주, 아니면 몇 년?

할아버지를 고통의 늪으로 몰아넣었던 것 같은 병에 걸리면 아직 시간이 많이 남아 있는 척하기가 불가능해진다. 할아버지의 머릿속에 있는 종양은 수술이 불가능한 곳에 있었기 때문에 우리는 더 이상 치료할 방법이 없다는 것을 알고 있었다. 하지만 그날 오후가 할아버지와 함께 보내는 마지막 시간이 되리라고는 전혀 생각지 못했다. 그렇게 될 줄 알았더라면 침대 곁에서 할아버지의 손을 잡고 임종을 지켰을 것이다. 내가 어리석었다. 할아버지가 편찮으신 동안 나는 이런 생각을 자주 했다. '아직은 아니야. 지금 당장 돌아가시지는 않을 거야.' 하지만 얼마 지나지 않아 그 생각이 자기기만이었음을 알리는 전화벨이 울린 것이다. 언젠가 우리의 유별난 가족 체계 속에 나 혼자 남게 되리라고 짐작은 했지만, 막연했기에 그렇게 헛된 환상에 빠져 살았다. 그날 밤 전화벨이 울릴 때까지 할아버지의 증상이 확실한 죽음이 아니라 죽음의 위협인 양 여겼다. 위협은 우리를 깜짝 놀래키기는 하지만 현실로 나타나지는 않는 법이다.

내가 잘못 생각했던 것이다.

내게 서서히 다가오던 외로움을 나보다 할아버지가 더 많이 걱정했던 것 같다. 할아버지는 내가 외로움을 혼자서 잘 헤쳐나갈 수 있으리라 생각하지 않았던 모양이다. 물론 할아버지의 걱정은 내 부모님의 걱정과는 달랐다. 부모님은 자기들이 그렇게 만들어 놓고도 내게 무슨 영구적인 장애 같은 것이 생길까 봐 항상 불안해했다. 반면 할아버지는 나의 내성적인 성격과 원만하지 못한 인간관계, 그리고 심약하고 **샌님** 같은 성품이 성장하는 과정에서 나타나는 과도기적 현상이기 때문에 적절한 훈련만 받으면 충분히 바꿀 수 있다고 여겼다. 할아버지는 잊지 않고 자신의 생각을 분명히 밝혔다. "네가 그런 것들을 바꾸고 싶은 마음이 든다면 언제든 말이다." 하지만 그 모든 것이 어머니의 뜻에 따라 이루어진다면 내가 영원히 그녀의 거미줄에 갇혀 살게 될 거라는 사실을 할아버지도 알고 있었다. 그래서 할아버지는 살 날이 얼마 남지 않았다는 사실, 아니 죽을 날이 기다리고 있다는 사실을 수용하고 내가 혼자 힘으로 살아갈 수 있도록 훈련시켰다. 할아버지는 분명한 의도를 가지고 나를 훈련시키기도 했지만 무언의 방법을 택하기도 했다. 나는 나중에야 할아버지가 아직 건강하던 때부터 내가 살아남을 수 있도록 의도적으로 가르쳤음을 알게 되었다.

이 세상에는 살기 어려운 곳들이 있다. 사막, 무인도, 산꼭대기, 화성, 전쟁 중인 나라, 그리고 밀림이 그런 곳이다. 하지만 내게는 우리 가족과 함께 사는 것이 가장 어렵다.

우리 가족은 살인 사건이 남긴 하나의 상처다. 내가 태어나기 몇 년 전, 나의 이모 아나는 온몸이 절단된 채 불에 탔다. 나는 아나 이모를 만난 적이 없었다. 집에는 이모의 사진이 한 장도 남아 있지 않았다. 더구나 부모님은 말하지 않는 것은 존재하지도 않는다는 터무니없는 생각을 하면서 잔인하기 짝이 없는 그 사건을 입에 담으려 하지 않았다. 하지만 이모가 절단된 채 불에 타 죽었다는 사실을 알고 난 후로 나는 누군가와 이야기할 기회가 있으면 곧장 그 사건에 관한 이야기를 꺼내어 우리 가족 중에 잔혹하고 끔찍하게 죽음을 맞은 이가 있다는 것을 알려야 한다고 생각했다. 그 덕분에 우리 집안의 상처를 자기 소개서처럼 보여주는 것이 습관처럼 되어버렸다. 상대가 여자일 경우에는 더더욱 그랬다. 나는 그 여자들이 내게 호감을 품고 있다는 것을 눈을 통해 알 수 있었다. 그럴 때마다 나는 그녀에게 모든 이야기를 들려줘야 할 뿐만 아니라 미리 경고해야 할 필요가 있다고 생각했다. "조심해요. 난 겉보기와 달라요. 그래도 내 이야기가 듣고 싶어요?" 만약 그렇다고 대답하면—그녀들은 항상 그렇다고 대답했다—나는 우리 가족의 상처를 자세하게 이야기해 주었다. 내가 그렇게 한 것은 그 상처가 다른 사람들에게도 피해를 줄 수 있기 때문이 아니라 나에 관해 이야기하면서 빼놓을 수 없기 때문이었다. 그 흔적 뒤에 숨겨진 이야기도, 그리고 상처도 입을 다문 채 그냥 넘길 수는 없었다. 아나 이모의 죽음은 어쩔 수 없이 나의 일부를, 그리고 우리 모두의 일부를 이루고 있었다. 아나 이모가 그렇게 죽지 않았더라면 부모님이 두려움과 불안을 느끼면서 나를 키우지 않았을지도 모른다. 자기 딸이 죽지 않았더라면 할머니가 생의 마지막 순간까지 그렇게 가슴 아프고 힘들게 살지 않았을지 모른다. 막내딸이 아직 살아 있고 둘째 딸이 저 먼 대륙으로 떠나지 않았더라면 할아버지의 눈에 참을 수 없는 슬픔의 빛이 어리지 않았을지 모른다. 우리 모두의 가슴에 남은 상처가 없었더라면 리아 이모를 만나기 위해 산티아고 데 콤포스텔라에 도착했을 때 가방에 들어 있던 세 통의 편지가 존재하지 않았을지도 모른다.

생각이 거기까지 미치자 마음속에서 반발심이 솟구쳐 올랐다. 이를 악물고 속내를 쉽게 드러내지 않는 법을 배웠다. 아나 이모의 죽음에 대해 곧바로 이야기하지 않고 조금씩 뒤로 미룰 수 있게 되었다. 특히 내가 고등학교 때 아주 좋아하던 여자애와 데이트를 한 후에 그렇게 되었다. 꽤나 오랜 시간 동안 고민한 끝에 빨개진 얼굴을 하고 그녀에게 데이트 신청을 했다. 그녀는 무심하게 대답했다. "그래, 좋아." 어쨌든 그때는 승낙을 받아서 기뻤다. 나는 그녀를 위해 맥주를 주문했다. 웨이터가 맥주잔을 가져오기 전에 나는 다른 친구들처럼 그녀에게 키스를 하려고 치근거리지는 않았지만, 그렇다고 미리 어떤 경고를 하거나 부드럽게 돌려 말하지 않고 곧장 나의 상처를 보여주었다. "아나 이모는 열일곱 살 때 온몸이 불에 타고 토막 난 채 발견됐어. 그런데 누가, 왜 그런 짓을 했는지 아무도 몰라." 그녀와 마주 보고 있으면서 그 이야기를 하지 않을 수 없었다. 입을 다물고 있으면 오히려 마음이 찝찝해서 견딜 수가 없었다. 잠시 동안 그녀의 눈동자가 더 짙은 녹색으로 변했다는 생각이 들었다. 무슨 이유 때문인지 그녀의 눈은 지금까지 거의 본 적이 없을 정도로 강렬한 색조를 띠고 있었다. 그런데 문제는 그녀의 눈동자 색깔이 진해진 것이 아니라 얼굴색이 하얗게 질린 것이었다. 그녀의 얼굴은 핏기 하나 없이 창백했고, 이마에는 땀방울이 맺혀 있었다. 그녀는 어정쩡한 자세로 일어서서 잠시 화장실에 다녀오겠다고 하더니 끝내 돌아오지 않았다. 나는 그렇게 맥주 두 잔을 앞에 놓고 밤새 멍하니 앉아 있었다. 맥주를 마실 수도, 내가 뭘 잘못했는지 이해할 수도 없었다.

가족 중 한 명이 절단되고 소각된 채 죽은 탓에 하루아침에 삶이 바뀌어버린 어른들 틈에서 자라는 것은 다른 가족 체계에서 성장하는 것과 같을 수 없다. 가족은 하나의 체계다. 마리오 붕헤*의《철학 사전》에 따르면 체계는 "부분 단위나 구성 요소들이 다른 구성 요소들 중 적어도 일부와 서로 관계를 맺으면서 구성된 복합적 실체"다.

---

*   마리오 아우구스토 붕헤Mario Augusto Bunge(1919~2020)는 아르헨티나 출신의 캐나다 철학자이자 물리학자다. 영어권에서는 마리오 분게라고도 한다.

나는 할아버지가 돌아가시는 그날까지 할아버지와 관계를 맺었다. 할아버지는 모든 사람들과 관계를 맺었다. 돌아가시기 얼마 전부터 우리 부모님과 관계가 소원해지기는 했지만 말이다. 나는 할아버지가 자기 자신과 나를 위해, 그리고 리아 이모에게 편지를 쓰기 위해 힘을 아꼈기 때문에 그럴 수밖에 없었을 거라고 생각했다. 할아버지가 돌아가시면서부터 우리 가족이라는 체계는 여기저기가 절단되고 연결 고리가 사라져 결국 **오류**가 나타나기 시작했다. 부모님은 자기들만의 **폐쇄 회로**loop를 만들어 그 안에 갇혀 지냈다. 나는 관계가 단절된 채 **체계에서 벗어나** 배제되고 말았다.

나는 전前 신학생과 신학 선생 사이에서 태어났다. 어쨌든 그런 명에를 벗어던져야 한다. 우리 집 형편이 그나마 넉넉했던 것은 아버지가 가업으로 물려받은 가전제품 판매점 덕분이었다. 아버지와 엄마는 모두 가톨릭 활동가로서 피정, 수련회, 9일 기도, 모금 행사, 무료 급식소, 선교 활동—자기들의 신앙을 다른 사람들이 믿도록 설득하는 것을 의미한다—등 여러 면에서 성당과 밀접한 관련을 맺고 있었다. 오랫동안 그들은 예비부부들을 대상으로 혼인 강좌를 열어 혼인 성사의 성공을 뜻하는 **가장 큰** 조건, 즉 평생 결혼 생활을 지속하는 방법을 설명했다. 그런 걸 보면 그들은 여전히 자신들의 결혼 생활이 성공적이라고 믿는 것이 틀림없다. 내가 결혼을 한다면, 그리고 결혼하는 것이 그들처럼 사는 것이라면 무조건 실패할 것이다. 아마 생각할 수 있는 가장 큰 실패를 맛볼 것이다.

부모님과 진정한 대화를 나눈 적이 한 번도 없다. 대화라고 해봐야 언제나 일상적이고 틀에 박힌 내용에 지나지 않았다. 가령 "학교는 어땠니?" "잘했어. 고마워." "공부할 게 많니?" "아니. 별로 없어." "밖에 추우니까 옷 따뜻하게 입어." "목도리 했으니까 걱정하지 마." 같은 식이었다. 한편 성체가 그리스도의 몸이나 다른 누구의 몸이 아닌 상징일 뿐이라고, 그리고 봉헌된 미사주 또한 피가 아니라 포도주에 불과하다고 사제와 언쟁을 벌이고 사흘간 정학 처분을 받았을 때, 눈 하나 깜짝 안 하고 내 말을 들어준 것은 할아버지였다. 또 한 번은 피정을 갔는데 빵과 물, 쌀만 먹고 지내다 결국 친구 중 세 명이 기절한 일이 있었다. 그 모습을 보고 수도자들은 "저들의 몸속으로 예수 그리스도께서 들어가셨다"라고 말하는가 하면 어떤 강사는 "받아 모시라! 예수 그리스도를 받아 모시라!"라고 소리를 질렀다. 그때 나는 119에 신고를 했는데 그 바람에 오랫동안 훈계를 받았다. 하지만 나중에 그 이야기를 할 때도 할아버지는 말없이 가만히 듣고만 계셨다. 할아버지가 내게 리처드 도킨스의 《이기적 유전자》* ―내가 처음 읽은 도킨스의 책이었다―를 선물로 주셨을 때, 나는 겨우 10대였다. "'종교는 수백만 명의 사람이 겪고 있는 망상이다.' 내가 아니라 이 사람이 한

* 《이기적 유전자》는 진화생물학을 포괄적으로 다룬 리처드 도킨스의 저서로 1976년에 출간되었다.

말이란다." 할아버지는 방금 내게 선물한 책 표지의 저자 이름을 검지로 툭툭 치면서 도킨스의 말을 인용했다. 그날 이후로 할아버지는 나에게 자기 의견을 분명히 드러내거나 종교에 의심을 품고 있다는 말을 하지 않고, 또 부모님이나 성당에 공개적으로 맞서지 않고도 자유로워질 수 있는 방법을 가르쳐주셨다.

그것 또한 할아버지의 훈련 중 일부였다.

그렇게 해서 나는 도킨스보다 훨씬 앞서 종교의 개념을 집단적 망상이라고 이해한 프로이트에 이르게 되었다. 그리고 프리츠 에릭 회벨스의 에세이 모음집인《종교, 집단적 망상》*을 접하게 되었다. 뒤이어 그를 좋아하는 사람들과 증오하는 사람들의 작품들도 읽었다. 그러다 결국 라캉**의《세미나 11》, 특히 5강 〈투케와 오토마톤〉에 이르렀다. "무신론의 진정한 공식은 **신은 죽었다**가 아니라 […], **신은 무의식**이라는 점이다." 라캉 덕분에 나는 결국 진로를 바꾸었다. 나는 건축학을 포기하고 심리학을 공부 중이다. 심리학은 내가 아르헨티나를 떠날 때 공부하던 것일 뿐만 아니라 최종적으로 정착하게 될 곳에서도 계속 공부하게 될 분야다. 건축가의 길을 포기하기로 결정했을 때, 나는 전공을 심리학으로 바꿀지 철학으로 바꿀지를 놓고 잠시

*   프리츠 에릭 회벨스Fritz Erik Hoevels(1948~)는 독일 출신의 정신분석학자이자 정치 활동가다. 저술 활동과 더불어 〈순응주의 대항 동맹Bund gegen Anpassung〉이라는 단체를 이끌고 있다.

주저했다. 그러다 일단 그 두 전공과목을 모두 들어보기로 했고 결국 정신의 프로세스에 대해 배우기로 했다. 그 분야가 사유 그 자체보다 덜 추상적인 것 같았기 때문이다. 나는 그 사실을 부모님에게 말하지 않았다. 그들은 아들이 신부는커녕 건축가도 되지 못한다는 사실을 알고 난 뒤 실망감을 이겨낼 수 없을 것이 분명했다. 건물을 설계하고 세우는 일이라면 어느 정도 수긍했을 것이다. 하지만 그들이 보기에 기독교 세계관을 버린 채 타인의 머릿속으로 들어간다는 것은 수치스러운 일이었을 것이다.

"그것이 채택하는 방법(종교의 방법)은 삶의 가치를 끌어내리고 현실 세계의 모습을 망상으로 왜곡시키는데, 이것은 지성에 대한 위협을 전제 조건으로 삼는다." 프로이트는 《문명 속의 불만》에서 이렇게 썼다. 나는 할아버지와 이 책에 대한 이야기를 나누고 싶었다. 할아버지는 이 문장을 줄줄 외울 정도였기 때문에 그 책 이야기를 꺼내 놀라게 하기는 어려웠다. 할아버지는 역사학 선생님이었지만 관심 분야는 훨씬 넓어서 철학, 심리학, 인류학, 생물학, 신학 등 다양한 주제의 글을 두루 섭렵했다. 이처럼 할아버지는 모든 것에 관심을 가지고 있었다. 반면 할머니는 할아버지가 은퇴 후 책 뒤에 숨어 시간을 허비

**   자크 라캉Jacques Lacan(1902~1981)은 프랑스의 정신의학자이자 정신분석학자다. 라캉은 총 27권의 라캉 세미나를 출간했는데 그중 《세미나 11: 정신분석의 4가지 근본 개념》(1973)은 1963~1964년에 이루어진 11번째 구술 세미나를 책으로 옮긴 것이다.

하고 자기를 멀리한다며 끊임없이 불평을 늘어놓았다. 나라도 할아버지처럼 살았을 것 같다.

나는 할아버지한테서 탐욕적인 독서가의 기질을 물려받았다.

"부디 거짓말에 현혹되지도 망상에 사로잡히지도 말고 행복해지려고 노력하렴." 할아버지는 내게 보낸 편지, 나만 읽을 수 있는 편지에 그렇게 썼다. 무엇보다 그가 **노력하다**라는 동사를 골랐다는 것이 나에게는 가장 중요했다. 할아버지는 내게 **행복하라**고 요구하는 대신 행복해지려고 노력할 것을 당부했다. 또한 그 편지에서 할아버지는 나에게 사랑에 관해 말했다. 그리고 리아 이모와 함께 읽을 편지에서 그 문제에 대해 다시 말하겠다고 약속했다. 하지만 나에 대해서가 아니라 자기 자신에 대한 이야기를 하고 싶다고 했다.

나는 마침내 아르헨티나를 떠났다. 떠나는 순간, 나를 그 누구와 하나로 묶는 체계와 굴레에서 벗어나 마음이 홀가분해졌다. 나의 가족 체계는 오류를 일으키면서 금세 작동을 멈추었다. 그것은 결국 궤도를 잃어버린 위성이 되고 말았다.

2

할아버지와 나는 산티아고로 가는 경로를 함께 짰다. 나는 폴란드에서 출발해 산티아고 데 콤포스텔라에 가자는 할아버지의 의견에 동의했다. 하지만 그가 거기를 여행의 종착지로 삼은 것이 그 도시에 성인*으로 알려진 이의 무덤이 있기 때문은 아니었다. 그렇다고 산티아고가 순례자들의 메카이기 때문도 아니었다. 나중에 할아버지의 편지를 전해야 한다는 사실을 알고 나서야 진짜 이유를 알게 되었다. 거기에 리아 이모가 살고 있었다. 사르다 가족의 세 자매 중 둘째. 지금까지 유일하게 살아 있는 이모. 이모는 내가 태어나기도 전에 아드로게를 떠나 그 도시로 향했다. 그리고 다시는 돌아오지 않았다. 우리 가족의 상처가 남긴 또 다른 결과다.

---

*   예수 그리스도의 열두 사도들 가운데 한 사람으로 사도 요한의 형제인 야고보, 혹은 제베대오(또는 세베대)의 아들 야고보(스페인어로는 산티아고^{Santiago})를 가리킨다. "대(大)야고보"라고 불리는 순례자들의 수호성인인 야고보의 무덤이 산티아고에 있는 것으로 추정된다. 이 도시에 산티아고라는 이름이 붙은 것도 그런 이유 때문이다.

할아버지는 자기가 없어도 우리가 함께 그린 경로를 따라 유럽에서 가장 아름다운 성당들을 둘러보라고 내게 단단히 일러두었다. 그길을 따라 가면 할아버지가 꿈에도 잊지 못하는 곳에 이르게 된다. 할아버지가 가장 그리워하던 딸을 만나러 가는 것이다. 할아버지는 심지어 아나 이모보다도 리아 이모를 더 그리워했다. 어쩌면 살아 있는 사람을 보고 싶어 하는 것이 이미 세상을 떠난 사람을 그리워하는 것보다 더 이해하기 쉬울지도 모르겠다. 죽음은 체념을 요구하지만 떠나버린 이는 그렇지 않으니까. 하지만 내가 아무리 꼬드겨도 할아버지는 리아 이모를 가장 좋아한다는 사실을 끝내 인정하려고 하지 않았다. "어떤 아버지에게나 딸들은 모두 똑같이 소중하단다." 하지만 그건 사실이 아니었다. 우리 엄마는 절대로 할아버지에게 귀여움을 받기 위해 경쟁할 수 없었을 것이다. 엄마는 이모들과 전혀 다른 사람이었다.

여행은 폴란드에서 시작되었다. 크라쿠프의 성모 마리아 성당*은 대성당에 속하지 않기 때문에 우리는 속임수를 썼다. "저 사람들은 우리보다 훨씬 더 간교하고 해로운 존재들이지. 우리도 순진한 속임수를 한번 써보는 게 어떨까?" 할아버지는 그것을 순진한 속임수라

---

* 크라쿠프Kraków는 폴란드 마워폴스카주의 주도이며, 17세기 초반에 바르샤바로 천도할 때까지 폴란드-리투아니아 연방의 수도였다. 크라쿠프의 성모 마리아 성당은 고딕 양식의 성당으로 성모 승천 성당이라고도 불린다.

고 불렀다. 그건 우리 둘 모두에게 적대적인 세계에서 무언가를 이루기 위한 작은 지름길이었다. 할아버지가 간교하다고 비난한 "저 사람들"은 사제들이었다. 할아버지는 자신이 가톨릭 신자라는 것을 부인하지 않았지만 세월이 흐르면서 로마 교황청과 성당 제도에 대해 깊은 반감을 갖게 되었다. 그러한 반감을 알아차린 덕분에 처음으로 믿음에 대한 회의에 빠졌을 때 나는 할아버지를 찾아가 모든 것을 솔직하게 털어놓을 수 있었다. 반면 우리 부모님은 마치 신앙에 대한 나의 의문이 외설적인 문제거나 정신병의 전형적인 증상인 것처럼 여기고 심리 치료사들—가톨릭 대학교 졸업장이 **필수** 조건이었다—과 함께 그러한 불안감을 해결하려고 했다. 나는 그들이 나를 무신론자라기보다 정신병자로 취급하려 했다는 것을 분명히 알고 있다.

할아버지는 크라쿠프의 성모 마리아 성당을 대성당이라고 단언하면서 내 손을 잡더니 자기 손을 그 위에 올리고 그림을 그리기 시작했다.

우리가 산티아고의 길에 품고 있던 꿈은 가톨릭 종교나 신비주의와 아무런 관련이 없었다. 오히려 그것은 이유를 찾는 것, 특히나 우리 가족을 둘러싸고 있던 집단적이고 광범위한 망상 속에서 우리 자신의 온전한 정신과 분별력을 재확인하는 것이었다. 그리고 작고 하찮아 보이는 저항 행위가 우리에게 안겨주는 행복을 맛보기 위한 모험이기도 했다. 또한 이것은 단지 이모를 만나는 데 그치는 것이 아니라 할아버지가 우리 둘을 만나게 하려 했던 이유를 이해하기 위한 궁극적인 만남이자 진정한 종착지였다. 할아버지는 우리를 위해 무언가 다른 것도 준비해 두셨다. 그것은 과감하게 진실을 밝힘으로써 우리의 상처에 결정적인 일격을 가하는 것이었다. 아픈 상처를 벌려 더 잘 아물게 하려는 의도였으리라. 상처가 벌어진 채로 혼자 떨어져 있으면 우리가 계속 살아가기 어려울 수도 있다는 점을 고려한 것이 분명하다. 나는 할아버지가 자신의 몫으로 무엇을 남겨놓았는지 궁금하다. 그가 사건의 진상을 말해야 할지 말아야 할지를 놓고 망설이는 모습이 상상된다. 할아버지는 우리가 언젠가 진실을 알게 될 거라고 확신하고 있었던 듯하다. 그래서 충격적인 사실을 들었을 때 우리가 하나가 될 수 있도록 신중에 신중을 기했다. 할아버지는 용감했다. 할아버지는 자신의 두 대상인 리아 이모와 내가 **오류** 메시지를 마음속에 간직한 채 만난다면 **가족**이라는 체계가 다시 기능을 발휘할 거라고 확신했다. 하지만 그러기 위해서는 거짓말을 막을 필요가 있었다. 순진한 속임수가 아무리 유용한 것이라고 해도 그런 거짓말 앞에서는 무용지물이니까.

"피카소는 크라쿠프의 성모 마리아 성당에 있는 목각 제단이 여덟 번째 불가사의라고 했지. 그렇다면 이 성당이 우리가 첫 번째로 둘러볼 만한 곳인지 살펴보자꾸나." 스페인어로 가이드 투어를 제공하는 폴란드 관광 안내 블로그에서 내가 찾아낸 사진을 토대로 우리는 함께 성당을 그렸다. 오랜 시간 동안 바다를 건너 비행한 끝에 마침내 그곳에 도착했을 때, 우리가 그것을 과대평가했다는 생각이 들었다. 성모 마리아 성당은 관광 안내 책자와 여행 블로그에 따르면 세계 최고의 광장 중 하나로 간주되는 크라쿠프 시장의 광장에 있다. 내가 들어간 여행 사이트에서는 높은 별점과 긍정적인 리뷰가 눈에 많이 띄었다. 포석이 깔린 길을 따라 걷다 보니 어느새 그 지역에서 가장 인상적인 건물인 수키엔니체Sukiennice 직물 회관 앞에 와 있었다. 나는 걸음을 멈추고 주변을 둘러보았다. 여름이 끝날 무렵, 테라스에 앉아 햇볕을 쬐며 대화를 나누고 무언가를 마시는 이들의 즐거움이 광장 전체에 넘실거렸다. 아케이드 아래에는 상점들과 오래된 건물들, 그리고 귀족의 저택들이 자리 잡고 있었다. 그 너머로 작은 성당이 보였다. 중세 석조 건축물인 보이치에흐 성당이었다. 그 옆쪽으로 구 시청사 탑이 서 있었다. 광장 아래에 건물들을 연결하는 통로와 지하 공간이 있다는 것을 어디선가 읽은 적이 있다. 생각이 거기에 미치자 마치 발바닥에 개미들이 기어다니는 것처럼 내 밑으로 무언가가 움직이는 느낌이 들었다. 바로 그때 광장에서 트럼펫 소리가 울려 퍼졌다. 소리가 나는 곳을 올려다보니 높이와 모양이 다른 성모 마리아 성당의 두 탑이 눈에 들어왔다. 나는 음악 소리에 이끌려 나도 모르는 사이에 그곳으로 걸음을 옮겼다. 그 멜로디는 내가 도착하기 전에 갑자기 끊겼다. 나는 타타르 군대가 쏜 화살에 목을 맞아 사망한 나팔수를 기리기 위해 이처럼 멜로디를 갑자기 중단시킨다는 사실을 나중에야 알

았다. 그 나팔수는 더 높은 탑에서 **헤이나우 마리아츠키**Hejnał Mariacki*
—매일 성문을 열고 닫을 때, 혹은 적의 공격이 시작될 때 연주하던
폴란드 곡이다—를 연주하는 동안 죽고 말았다. 그 이야기가 사실인
지 전설인지 크라쿠프 사람들에게 물어봤지만 아무런 확답도 얻지
못했다. 하지만 소중한 이야기 같아서 사실로 받아들였다. 여행하는
동안 여러 곳에서 우연히 접한 이런 이야기들을 수첩에 모두 기록했
다. 사실인지 아닌지 아무도 모르지만 요리법이 대대로 전해져 내려
오듯 사람들의 입에서 입으로 전해지는 이야기들이었다. 그것은 이
름 없는 대중들의 역사가 되고 때로는 어떤 민족의 정체성 일부를 이
루지만 종교적 성격은 전혀 없는 장면들로 이루어져 있다. 만약 종교
가 수 세기에 걸쳐 우리의 입에서 입으로 전해지는 이야기들의 전체
라면 내가 무신론자가 될 이유는 없을 것이다. 나는 어떤 종교보다 이
야기를 더 좋아한다. 부모님이 너무 심하게 나를 자기들의 것으로 바
꾸려고 한 탓에, 내게는 배교자背敎者라는 운명의 낙인이 찍힐 수밖에
없었다. 만약 그들이 자신을 가톨릭 신자라고 여기면서도 미사에 가
지 않는 부류의 사람들이었다면, 나는 스스로에게 그토록 많은 질문
을 던질 필요가 없었을 것이다. 어쩌면 나는 앞으로도 계속 가톨릭 신
자를 자처할지도 모른다. 진즉 그랬더라면 분명히 많은 문제를 피할
수 있었을 것이다. 눈에 튀지 않고 남들과 비슷하게 사는 것이 항상

*　　헤이나우 마리아츠키는 '성모 마리아의 새벽'이라는 뜻의 트럼펫 연주곡으로 요즘은
　　성모 마리아 성당의 높은 탑에서 하루 네 번씩 연주되고 있다.

더 편한 법이니까. 그건 작용과 반작용이다. 그런 점에서 나는 부모님에게 감사한 마음을 가지고 있다. 그건 내가 그들에게 고마워하는 몇 안 되는 것 중 하나다. 그들의 광신적 태도에 맞서 저항해야 했기 때문이다. 그 결과 **아웃사이더**, 이상한 놈이 되고 말았지만 말이다. 어렸을 때부터 나는 종교적인 문제뿐 아니라 여러 면에서 남들과 좀 **다른** 편이었다. 나는 그저 **이방인**에 불과했다. 부모님이 일방적으로 정해준 본당 소속 학교, 그들이 운동하라고 억지로 보낸 스포츠 클럽, 일요일마다 강요에 못 이겨 갔던 성당의 청년부 모임 등 어디를 가든 마찬가지였다.

음악 소리를 따라 성모 마리아 성당으로 갔는데도 여전히 개미들이 발바닥을 기어다니는 느낌이 들었다. 나는 다소 실망스러웠다. 할아버지와 함께 그린 첫 번째 성당이 겉으로 봐서는 그다지 대단한 것 같지 않았기 때문이었다. 하지만 안으로 들어가 목각 제단에 다가가자마자 모든 것을 이해할 수 있었다. 나는 제단 조각의 아름다움에 넋을 잃었다. 제단은 파이트 슈토스**가 1477년에서 1489년 사이에 만든 200개의 조각으로 이루어져 있다. 여행을 가기 전에 나는 제단에 관한 글을 읽었다. 심지어 할아버지가 살아계실 때는 둘이 함께 그에 관한 책을 읽고 의견을 나누기도 했다. 그러던 어느 날 오후, 할아버지가 내게 말했다. "모든 사람은 언젠가 치욕으로 드러날 비밀을 숨

** 파이트 슈토스Veit Stoss(1450~1533)는 독일 후기 고딕 바로크 양식을 대표하는 목조각가로 크라쿠프 성모 마리아 성당의 〈대제단〉이 대표작이다.

기고 산단다." 할아버지는 평소 **치욕**이라는 단어를 즐겨 사용했다. 처음 들어 보는 단어라서 할아버지가 그 의미를 설명해 주었다. 그리고 이렇게 덧붙였다. "우리는 그것을 발견하게 될 날에 대비하고 있어야 해. 그리고 그 비밀, 그러니까 우리의 비밀과 주변 사람들의 비밀에 어떻게 반응할지 생각해 두는 게 좋을 거야." "할아버지는 아니에요. 할아버지가 뭘 숨기실 게 있다고요." 나는 그에게 이렇게 대답했다. "나도 마찬가지란다." 할아버지가 답했다. "이 암보다 나를 더 고통스럽게 만드는 것이 있으니까 말이다." 그러곤 더 이상 아무 말도 하지 않았다. 할아버지는 굳게 입을 다물고 골똘히 생각에 잠겨 더 이상 나를 쳐다보지도 않았다. 그래서 계속 물어볼 수가 없었다.

파이트 슈토스도 치욕스러운 과거를 가지고 있었다. 이 독일 조각가는 크라쿠프에서 여러 해 동안 가족과 함께 살면서 **성모 승천 제단**이라는 걸작을 만들어냈다. 그 제단 앞에 서자 벅차오르는 감동을 억누를 수 없었다. 지금까지도 나무를 조각하는 손이 옷의 주름 속에서 어떻게 삶의 진실을 포착했는지를 생각하면 가슴이 떨려온다. 파이트 슈토스의 치욕은 크라쿠프에서가 아니라 몇 년 뒤 뉘른베르크로 돌아가는 길에서 일어났다. 어느 날, 사기 행각을 벌인 어느 도급인都給人의 인장과 서명을 그가 위조했다는 사실이 밝혀졌다. 고향으로 돌아간 그는 결국 사람들이 보는 앞에서 뺨을 맞고 법원의 허락 없이 그 지역을 벗어나지 말라는 판결을 받는다. 하지만 그는 이를 아예 무시해 버렸다. 선고일 이후, 다른 도시에서 그가 완성한 작품이 있다는 사실이 그 증거다.

완벽에 가까운 목각 제단을 보면서 이토록 놀라운 작품을 조각한
사람이 후일 도급인의 인장을 위조한 죄로 사람들이 보는 앞에서 뺨
을 맞는 것이 마땅하다고 말할 사람은 아무도 없을 것이다. 사람들이
삶에서 마주치는 불운. 치욕스러운 상처.

여러 가지 이유로—때로는 그럴 만한 이유가 있었지만 그렇지 않
은 경우도 있었다—우리는 유럽에서 가장 아름다운 곳을 찾아가는
길의 일부가 될 수도 있었던 몇몇 중요한 대성당을 제외했다. 할아버
지는 모스크바의 붉은 광장에 있는 성 바실리 대성당은 아름다운 자
태와 특이한 색상을 가지고 있지만 가톨릭이 아니라 정교회 사원이
기 때문에 건너뛰어도 된다고 했다. 나는 할아버지의 의견이 타당하
다고 생각했다. 설령 그렇지 않더라도 나는 할아버지가 고맙기만 했
다. 몇 달 전 아르헨티나 관광객이 봉변을 당했다는 기사를 인터넷에
서 읽었다. 주머니에 마리화나를 넣고 다니다가 나도 감옥에 갇히게
될까 봐 모스크바에 가기가 두려웠다. **마리화나**를 러시아어로 뭐라
고 하지? **개인 소비**는 또 뭐라고 할까? 만약 언어가 통하지 않는 나라
에서 마리화나를 두 모금 빨다가 걸려 감옥에 갇히게 될 사람이 있다
면 그건 바로 나였다.

할아버지는 바티칸에 있는 성 베드로 성전에도 가지 말라고 했다.

"네가 가톨릭 **권력 기관**에 가까이 가지 않았으면 좋겠구나." 많은 이가 알고 있는 것과 달리 성 베드로 성전은 대성당이 아니다. 그리고 우리는 크라쿠프처럼 굳이 예외를 만들 필요가 없었다.

파리의 노트르담 대성당은 우리의 여행 경로에 있었지만 내가 그 도시에 들렀을 무렵 성당에 대형 화재가 발생했다. 가족 중 누군가의 신체가 절단된 다음 그 시신이 불에 탄 경험이 있는—아니면 그 순서가 반대일 수도 있다—사람이라면 누구든 불이나 화재 소식을 듣고 싶지 않을 것이다. 나는 센 강변을 따라 걸었지만 화재 사건 이후 노트르담 대성당이 어떻게 변했는지 보고 싶지는 않았다. 차라리 나는 할아버지와 함께 그린 그림, 불이 나도 끄떡없는 성당의 모습을 마음속에 간직하고 싶었다. 그래서 노트르담 대성당 대신 또 다른 프랑스 고딕 양식 건축물인 아미앵 대성당에 가기로 했다. 할아버지가 살아계셨더라면 분명 내 결정에 동의하셨을 것이다.

아미앵 대성당은 화첩에 없었기 때문에 내가 직접 그려야 했다. 나는 처음으로 내 손 위에 포개져 나를 이끌던 그의 손길을 느끼지 않고 성당의 윤곽을 그렸다. 그리고 화창한 오후, 성당 앞 땅바닥에 앉아 그림을 그리는 동안 할아버지가 더 이상 내 곁에 없다는 사실을 깨달았다. 나는 정문의 장미창* 앞에서 건물의 나머지 부분을 그릴

---

*   13~14세기 유럽 고딕 건축 양식에서 볼 수 있는 꽃 모양의 둥근 방사형放射形 투각透刻 (조각에서 묘사할 대상의 윤곽만을 남겨 놓고 나머지 부분은 파서 구멍이 나도록 만들거나 윤곽만을 파서 구멍이 나도록 만드는 기법) 창으로 보통 유리창이나 스테인드글라스가 달려 있다.

때보다 훨씬 더 많은 시간을 보냈다. 나는 창문에 미세하게 이어진 곡선 하나하나에 사로잡혔다. 그림을 그리는 동안 나도 모르게 눈물이 났다.

스페인에 들어가기 전에는 오스트리아 빈의 슈테판 대성당과 독일의 쾰른 대성당에 들렀다. 그다음 이탈리아로 가서 피렌체의 산타 마리아 델 피오레 대성당과 시에나의 산타 마리아 델라순타 대성당, 그리고 밀라노의 두오모 대성당에 찾아갈 예정이었다. 우리가 그린 것보다 훨씬 더 아름다운 곳도 있는 반면 그렇지 않은 곳도 있었다. 하지만 모든 성당에서 놀라울 정도로 신비스러운 섬세함이 나를 기다리고 있었다. 성 슈테판 대성당의 다채로운 모자이크 타일 지붕, 시에나 대성당을 화려하게 장식하고 있는 흰색과 녹색의 대리석 줄무늬, 쾰른 대성당에 있는 12개의 종, 밀라노의 두오모 대성당을 가로지르는 자오선과 건물 양쪽 바닥에 그려진 별자리 12궁이 바로 그것들이다. 그 앞에 서 있는 나 자신이 한없이 초라하고 작게 느껴졌다. 이는 종교적인 것이 아니라 실존적인 감정이었다. 이러한 감응은 이런 건축물이 추구하는 것 그 자체다. 즉, 그것들은 자신의 목적을 이루었다. 하늘을 찌를 듯 높이 치솟은 천장뿐 아니라 특수한 방식으로 유입되어 내부를 휘감으면서 인간의 존재를 미미한 것으로 만드는 효과를 연출하는 빛이 한층 환상적인 분위기를 자아냈다. 이런 장면은 우주에 인간 존재보다 훨씬 더 큰 무언가가, 즉 우리와 전혀 다르고 인간의 능력으로 파악할 수도 없지만 분명히 존재하는 그 무언가가 있다고 느끼도록 하기 위해 구상한 몽타주 같았다. 픽션, 암시나 연상 혹은 믿음. 그 어떤 말로도 이를 적절하게 표현할 수 없을 듯하다. 이러한 광경 앞에 서 있으면 다른 이들이 무엇을 느끼는지 이해할 수 있었다. 나는 산타 마리아 델 피오레 대성당에서 결국 정신을 잃고 말았다. 그 성당은 격정적인 감동을 자아낼 정도로 아름다웠다. 다행히 스탕달 증후군*이라는 것을 알아차린 몇 명의 관광객들이 보살펴준 덕분에 잠시 후 정신을 차릴 수 있었다. 그들은 모국어가 아니라 영어로 말했다. 그들이 나처럼 되는 대로 아무렇게나 말한 덕분에 오히려 나는 다른 이들보다 그들의 말을 더 잘 알아들을 수 있었다. 그들의 말에 의하면 스탕달 역시 피렌체에 있는 산타 크로체 성당에서 나오면서 나와 똑같은 증세를 일으켰다고 한다. 위대한 걸작이나 아름다운 여인을 보면 위압감을 이기지 못해 가슴이 뛰고, 현기증, 의식 혼란, 환각 같은 과민 증상이 나타날 수 있다는 것이다. 그저 아름다운 여인을 그릴 때는 그러한 기분을 느낄 수 없을 것이다. 그런 증세는 오로지 매혹적인 여인을 마주하고 있을 때만 나타난다.

---

*　스탕달 증후군Stendhal syndrome은 아름다운 그림 같은 뛰어난 예술 작품을 감상할 때 심장이 빨리 뛰고, 의식 혼란, 현기증, 심한 경우 환각을 경험하는 현상이다. 스탕달 증후군이라는 명칭은 스탕달이 1817년 이탈리아의 피렌체를 방문하여 르네상스 시대의 미술품인 〈베아트리체 첸치의 초상〉을 감상하던 중 갑자기 무릎에 힘이 빠지고 심장이 빠르게 뛰는 것을 수차례 경험한 데서 비롯되었다.

내가 어떤 여인, 특히 너무 마음에 드는 여인 앞에 있을 때도 그와 같은 일이 일어난다. 물론 지금까지 그런 일은 거의 없었다. 그런 여자들을 만났을 때 내 몸에서 어떤 느낌이 일어나도록 가만히 내버려 두지 못하기 때문이다. 왠지 두렵다. 그런 이유로 한때 내가 동성애자일지도 모른다고 생각했다. 그런 생각을 할 수밖에 없었다. 하지만 그건 아니었다. 적어도 지금까지 성적으로 끌리는 쪽은 항상 여성이었으니까 말이다. 나는 여자들에게 끌리지만 동시에 그들이 두렵다. 그들에게 어떻게 다가가야 하는지 그리고 어떻게 어울려야 하는지 잘 모른다. 그럴 때마다 어딘지 모르는 곳으로, 그리고 영원히 돌아올 수 없는 곳으로 이어진 터널 속으로 들어가는 것만 같다. 대개 어떤 여자를 만나 이런 일이 일어날 것 같으면 나는 우선 우리 사이에 장벽을 친다. 그것은 그녀가 아무것도 못 보게 하는 동시에 감정으로부터 나를 안전하게 지켜주는 방탄유리다. 가슴이 뛰기 전 나를 제때 숨기지 못한 적도 몇 번 있다. 그럴 때면 혼란스럽고 어지러워서 나를 그렇게 만든 이에게 다가가지도 못했다. 피렌체 대성당 앞에 있었을 때처럼 말이다.

간혹 그녀들이 내게 다가온 경우도 있었지만 언제나 결말은 같았다. 또 아주 드물기는 하지만 벌거벗은 채 여성과 함께 침대에 누운 적도 있다. 처음에는 흥분해서 빳빳하게 발기가 되었지만 삽입에 실패하고 좌절의 쓴맛을 삼키곤 했다. 그걸로 끝이었다. 한 번 그러고 나면 다시 하고 싶은 생각이 안 들 정도로 오랫동안 두려움에 떨었다.

이러다 영영 시도조차 못 하는 건 아닐까 가끔 걱정이 되기도 한다.

이러한 곤경이 부모님과 얼마나 관련이 있는지, 내가 포기한 종교나 마음의 상처와 얼마나 관련이 있는지는 모른다. 우리가 왜 지금과 같은 고통을 당하는지, 그 이유가 정말 중요할까?

할아버지가 돌아가신 후, 나는 누군가 내 방을 최소한 세 번은 뒤졌다는 것을 알아차렸다. 그런 일을 벌일 수 있는 사람은 엄마밖에 없었다. 대체 무엇을 찾으려고 한 걸까? 마리화나? 포르노? 동성애 잡지? 술병? 아니면 테러 선언문이라도 찾으려고 했던 걸까? 엄마의 광신적인 세계에서는 모든 것이 가능했다. 엄마가 어떤 망상에 사로잡혀 그런 헛수고를 했는지 나로서는 알 길이 없었다. 마리화나는 방에 있었다. 그렇지만 엄마가 찾을 수 없을 정도로 깊이 숨겨놓았다. 나머지도 마찬가지였다. 엄마가 방을 뒤진 것을 알고는 속에서 불이 났지만 이와 동시에 엄마가 시간을 허비했다는 사실에 내심 기뻤다. 그러던 어느 날, 나는 엄마가 무엇을 찾고 있었는지 알게 되었다. 저녁을 먹는 동안 엄마와 아빠는 내게 편지에 관해 물었다. 그러고는 편지가 왜 여러 통인지, 누구한테 보내는 편지인지, 편지에 무슨 내용이 담겨 있는지, 할아버지가 자기들에 관해 언급했는지, 리아에 관한 언급은 없는지 물었다. 그리고 그 편지들을 자기들에게 보여주지 않는 것이 너무 무책임하고 이기적인 것 같다는 말도 빼놓지 않았다. 이와 더불어 할아버지가 돌아가시기 전에 횡설수설한 것을 알고 있었는지 물었다. 나는 그 어떤 질문에도 대답하지 않고 그 어떤 요구도 받아들이지 않았다. 하지만 엄마가 내 방을 왜 뒤졌는지 마침내 알 수 있었기 때문에 오히려 고맙다는 생각마저 들었다. 나는 그 편지를 항상 내 가방 속에 넣고 다녔다. 수사나 아주머니가 편지를 건네준 후로 나는 잠시도 그것들과 떨어진 적이 없었다. 그러니 엄마가 편지를 찾지 못한 것도 당연한 일이었다. 그날 저녁을 먹은 후 나는 우리 가족이 함께 살아온 그 집에 단 하루도 더 머물고 싶지 않다고 생각했다. 그러고는 곧장 구체적인 여행 계획을 짜기 시작했다.

여행을 떠나기 얼마 전, 아나 이모의 어린 시절 친구인 마르셀라가 나를 만나러 왔다. 그녀가 우리 집으로 찾아오지는 않았다. 그 대신 내가 간직하고 싶은 유품을 찾으러 할아버지 댁으로 갈 때 자전거를 타고 사거리로 나왔다. 장례식이 끝나고 일주일이 지나자 엄마는 할아버지의 집을 치워서 한시라도 빨리 팔아야 한다고 성화를 부렸다. 그래서 몇 안 되는 물건이나마 건지려고 서둘러 할아버지 집으로 가야 했다. 나는 할아버지 댁에서 마르셀라를 두어 번 만난 적이 있었다. 할아버지가 내게 직접 그녀를 소개해 주었지만 매번 처음 만난 듯한 느낌이 들었다. 누구도 그 자리에서 그녀의 기억상실 증세에 관해 설명해 주지 않았기 때문에 나는 그녀가 산만한 사람이라고 결론지었다. 하지만 그날 사거리에서 마르셀라와 만나 몇 마디를 주고받은 뒤, 나는 그녀가 심각한 기억력 장애를 겪고 있다는 것을 알게 되었다. 그녀는 조금 전에 했던 말을 다시 하기 일쑤였다. 내 대답을 기억하지 못하는 것 같았다. 그녀는 자전거 바구니에 공책을 넣고 다녔는데 대화를 나누면서 필요한 말을 거기에 적어두었다. 겉으로 봐서는 속기로 쓰는 것 같았다. 그녀는 그 공책을 펼쳐 들고 읽었다. "반지를 알프레도 할아버지의 손자에게 주고 그것을 리아에게 보내달라고 부탁할 것." 나는 곁눈질로 공책을 흘끔거리다 그 밑에 적힌 글을 얼핏 보았다. 우유, 블레이저, 세탁소. 그런데 놀랍게도 그 공책 안에 내 사진이 들어 있었다. 그건 할아버지 댁 거실 벽난로 위에 있던 액자 속 사진을 복사한 것이었다. 내가 엿보는 것을 알아차린 그녀는 불쾌한 듯이 공책을 덮어버렸다. 그녀는 곧장 내게 청록색 터키석이 박힌 반지를 주면서 "이건 리아 거야"라고 말하고는 자리를 떴다. 내가 리아 이모를 만나러 가는지 어떻게 알았냐고 물어볼 틈도 주지 않았다. 멍한 기분으로 할아버지 집에 들어갔다. 수사나 아주머니가 아직 거기 있었다. 집이 팔리기 전에 물건을 정리하도록 엄마가 그녀를 잠시 고용한 모양이었다. 아주머니에게 방금 마르셀라와 만났다고 얘기했다. 아주머니는 그녀에 관해 나보다 더 많은 것을 알고 있었다. 아주머니의 말에 따르면 할아버지는 마르셀라를 무척이나 아꼈을 뿐만 아니라 무엇보다 그녀의 인내심을 높게 평가했다고 한다. "소통하기가 어려웠겠지만 두 사람은 서로의 마음을 잘 이해했지." 서로의 마음을 잘 이해했다는 말이 끝나기가 무섭게 아주머니는 나의 궁금증을 풀어주었다. "네가 리아를 만나러 가는 걸 마르셀라도 알고 있었다면 할아버지가 그녀에게 말해주었을 뿐 아니라 공책에 적게 했기 때문일 거야. 그러니까 알프레도 씨의 판단력을 믿어 봐." 아주머니가 내게 조언했다. 그래서 나도 더 이상 물어보지 않고 할아버지를 믿었다. 아주머니는 어린 시절, 아나와 마르셀라가 둘도 없는 친구 사이였다고 했다. 그리고 아나 이모가 세상을 떠난 뒤 마르셀라에게 갑자기 정신의학적 증상이 나타났다고 덧붙였다. 아니면 신경학적 증상이라든가. 수사나 아주머니는 정확하게 기억하지 못했다. "맞아, 아무튼 그 사건으로 인해 단기 기억 처리 과정에 후유증이 생긴 거라고 하더구나." "선행성 기억상실증* 말씀이군요." 내가 말했다. 수사나 아주머니는 처음 들어보는 말이라 긍정도 부정도 하지 못하고 나만 빤히 쳐다보았다. 잘난 체하고 싶지는 않았지만 여행 때문에 학업을 중단하기 전에 심리학부에서 수강한 과목에서 그 용어를 배운 적이 있었다. 교수는 그 증상을 이해하려면 〈메멘토〉**라는 영화를 보라고 했지만, 그때까지 실제로 그 증상으로 고통받는 사람을 만나본 적은 없었다. 비록 그 증상의 이름은 몰랐지만 수사나 아주머니는 마르셀라가 아나 이모의 죽음 이전에 있었던 일은 모두 기억할 수 있지만, 그 이후부터는 더 이상 기억을 저장할 수 없다는 사실을 알고 있었다. 다

＊ 선행성 기억상실증amnesia anterógrada은 대뇌의 해마가 손상되어 새로 겪는 경험을 기억하지 못하는 질병을 말한다. 전향성前向性 기억상실증이라고도 한다.

＊＊ 〈메멘토Memento〉는 2001년 개봉한 크리스토퍼 놀런Christopher Edward Nolan 감독의 영화로 선행성 기억상실증에 걸린 남자의 복수극과 반전을 그린 미국의 범죄, 스릴러 영화다.

시 말해 그 사건 이후의 기억이 텅 비어 있는 셈이었다. "사람들 말로는 머리를 어디에 부딪쳐서 그렇게 됐다고 하더구나. 그런데 내 생각에는 아나 사건으로 너무 큰 충격을 받아서 그런 것 같아." 아주머니는 시간이 흐르고 약물 치료와 각종 훈련을 거치면서 마르셀라의 증세도 많이 호전되었다고 덧붙였다. 그 훈련 중 하나가 자전거 바구니에 넣고 다니는 공책이었을 것이다. 공책에 계속 겪은 일을 기록하면 사라진 기억 대신 글로 쓰인 기억을 남길 수 있었을 것이다.

나는 마르셀라에게 더 이상 물어보지 않고 부탁을 들어주기로 했다. 반지를 낀다고 해서 무슨 초인적인 능력이 생기는 것도 아닐 테니까. 나는 할아버지의 책 몇 권과 시계, 그리고 아기였던 나를 품에 안고 찍은 사진과 둘이 함께 대성당을 그릴 때 쓰던 연필을 가방에 집어넣었다. 그리고 마르셀라가 건네준 청록색 터키석이 박힌 반지를 가방 안쪽에 넣었다.
나는 산티아고로 떠날 마음의 준비를 하고 할아버지의 집을 나섰다.

3

산티아고 데 콤포스텔라에 도착하기 전, 대성당 순례 여행의 마지
막 기착지인 바르셀로나에 머무는 동안 스물세 살이 되었다. 할아버
지는 엄밀히 따지면 대성당에 속하지는 않지만 가우디가 미완성으로
남긴 유명한 성당, 라 사그라다 파밀리아* 또한 예외가 될 거라고 말
했다. 할아버지는 바르셀로나에서 사람들이 가장 많이 찾는 이 기념
비적인 건축물이 엄청난 명성을 누리고 있기는 하지만 그 도시에서
자기가 가장 좋아하는 것은 14세기에 항구 근처에 살던 이들이 세운
마르 대성당**이라고 귀띔해 주었다. "그 사람들은 귀족도, 왕족도,

---

* 사그라다 파밀리아 성당Templo Expiatorio de la Sagrada Familia은 스페인 바르셀로나에 짓고
  있는 성당으로 카탈루냐 출신의 건축가 안토니 가우디 이 코르네트Antoni Gaudí i Cornet
  (1852~1926)가 설계하고 직접 건축을 맡았다. 1882년에 착공되어 아직도 건설 중이다.

** 카탈루냐의 해상무역이 가장 활발하던 1329년~1383년까지 바르셀로나의 리베라 지
  구에 세워진 성당으로 정식 명칭은 산타 마리아 델 마르 대성당Basílica de Santa María del
  Mar이다. 카탈루냐 고딕 양식의 대표적인 건축물로 여기서 '마르'는 스페인어로 '바다'
  라는 뜻이다.

그렇다고 고위 성직자들도 아니었지. 그들은 그 지역 주민들, 특히 부두에서 짐을 내리던 인부들, 그러니까 **바스타이쇼스***였단다. 그들이 시간이 나는 대로 몬주익 언덕이나 부두에서 커다란 바위를 등에 짊어지고 거기까지 간 거지. 마르 대성당은 한번 가볼 만한 성당이야."

나는 또 다른 이유로 그 성당을 찾아가 보고 싶었다. 성당에 성모 마리아나 성인들의 이름 대신 바다를 갖다 붙였다는 사실이 나를 기대에 부풀게 했던 것이다. 하지만 이름에 붙은 **엘 마르**el mar(바다)가 **라 세뇨라 델 마르**la Señora del Mar**(바다의 성모 마리아)의 약자라는 것을 곧 알게 되었다. 다시 말해 성당 이름에 마리아가 들어가 있는 셈이었다. 다만 **바스타이쇼스**의 노고에 경의를 표하기 위해 성당 정문에 그들의 구리 조각상이 붙어 있다는 사실을 할아버지께 말씀드리고 싶었다. 이 성당은 우리가 그린 것 중에서 가장 소박한 성당일 뿐 아니라 학교에서 배웠던 예수 그리스도의 가르침과 가장 가깝고, 내가 가톨릭 신자로 여겨지는 동안 머릿속에 그렸던 성당의 모습과도 가장 밀접했다.

그날이 내 생일인지도 모르는 사람들에게 둘러싸인 채 엘 보른*** 주

---

*   바스타이쇼스bastaixos는 13세기에서 15세기까지 바르셀로나 항구에서 일하던 하역 인부로 노예 출신이다. 14세기경 이들은 모두 자유인 신분이 되었으나 천민 계층을 벗어나지 못했다.

**   '바다의 동정녀la Virgen del Mar'라고도 하며 스페인 남부 알메리아와 북부 산탄데르의 수호 성녀인 동정녀 마리아를 가리킨다.

*** 엘 보른El Born은 바르셀로나 고딕 지구에 위치한 거리로 각종 문화 시설이 즐비한 곳이다.

변을 거닐며 하루를 보냈다. 수많은 사람과 거리를 가득 메운 인파. 라 메르세 축제**** 행사가 시작되었다. 도시 전역의 모든 광장에서 콘서트가 열렸다. 바르셀로나는 축제를 즐기러 나온 인파로 정신 없이 붐볐다. 사람들로 넘쳐 나는 도시는 평소 내가 원하던 것처럼 남의 눈에 띄지 않고 다니기에 나쁘지 않았다. 날씨도 그럭저럭 괜찮았다. 그런데 호스텔을 나서려고 하는 순간, 프런트에 있는 남자가 내게 불쑥 인사를 건넸다. **"몰테스 펠리시타츠!"***** 투숙객의 생일을 미리 기록해 뒀다가 축하 인사를 건네는 것이 이곳의 전통일 거라는 생각이 들었다. 그가 다시 영어로 **"해피 버스데이!"**라고 한 걸 보면 내가 그를 이상한 눈으로 쳐다본 모양이었다. 그의 입에서 영어가 튀어나오자 당황스러웠다. 그건 그가 영어로 말해서라기보다 내가 영어로 말했다고 그가 지레짐작한 것 같았기 때문이었다. 나는 아무 대꾸도 하지 않고 열쇠를 맡겼다. 그랬더니 그는 오늘이 내 생일이라는 것을 게시판에 붙여놓겠다고 덧붙였다. 나는 그에게 그러지 말라고 했다. 말다툼을 하거나 그를 혼란스럽게 만들지 않으려고 아무 설명도 없이 그가 내게 사용한 언어로 **"돈 두 잇!"**이라고만 했다. 나는 괜한 의심을 사지 않으려고 가능한 한 단호하게 말했다.

밤늦게 돌아올 생각을 하고 길을 나섰다. 하지만 그 남자가 내 요구

**** 라 메르세La Mercè는 바르셀로나의 수호 성녀인 라 메르세를 기리기 위해 매년 9월 24일 도시 전역에서 거행되는 축제다.
***** 카탈루냐어로 "축하드립니다!"라는 뜻이다.

를 잘 이해했더라도 내 말대로 해줄지는 전혀 확신이 서지 않았다. 이 호스텔에 체크인할 때 나는 다른 사람과 방을 함께 쓰고 싶지 않아서 요금을 조금 더 냈다. 두리번거리지 않고 프런트를 지나쳤고 아무한테도 말을 걸지 않았다. 바르셀로나는 라 메르세 축제로 한창 들떠 있었지만 수천 명에 이르는 생면부지의 사람들 사이를 혼자 걷는 것보다 더 짜릿한 것은 없었다.

밤이 깊어지자 즐거운 음악과 불꽃놀이도 끝났다. 자정이 지나서야 호스텔로 돌아왔다. 게시판에 붙어 있을지 모르는 안내문을 보고 내게 인사를 건네는 이는 아무도 없었다. 숙소 입구는 조용했다. 그런데 침실에 있는 탁자 위의 불을 끄고 얼마 지나지 않아 어떤 남자가 방 안으로 들어왔다. 나보다 나이가 많은 남자였는데 공용 화장실에서 몇 번 마주친 적이 있었다. 내가 묵던 방에는 화장실이 별도로 마련되어 있지 않았다. 그가 실수로 들어온 것인지 아니면 의도적으로 그런 것인지 당장은 알 길이 없었다. 더구나 그가 어떻게 문을 열었는지 모를 일이었다. 당황스러운 와중에 그가 알아들을 수 없는 말로 내게 생일 축하 인사를 건네려는 것 같다는 생각이 들었다. 그는 음절이 끊어지고 목구멍 소리가 강하게 나는 언어로 말했다. 생전 처음 들어보는 언어였다. 그의 손에 들린 맥주병에서 거품이 흘러내리고 있었다. 그는 팬티 차림이었는데 성기가 빳빳하게 서 있었다. 그가 천천히 내게 다가오자 나는 자리에서 벌떡 일어나며 말했다. "멈춰! 대체 뭐 하는 거야!" 하지만 그는 걸음을 멈추지 않았다. 나는 조금 더 격하게 말했다. "야, 인마, 멈추라니까!" 이번에는 그가 알아듣지 못할 단어 —**인마**—를 덧붙였다. 그 덕분에 내가 무슨 말을 하려고 하는지 다시 확인할 수 있었다. 마침내 나는 "**스톱!**"이라고 소리를 질렀다. "**스톱!**"은 세계 공통의 단어니까 알아들을 거라고 생각했다. 하지만 이마저도 먹히지 않았다. 침입자는 움찔하기는커녕 오히려 너털웃음을 터뜨렸다. 그가 침대에 닿기 전에 나는 반사적으로 잠들기 전에 읽던 책을 집어던졌다. 하드커버 책이었다. 그 책은 날아가 그의 이마를 때렸다. 그 순간 남자가 자기 말로 욕을 내뱉은 것 같았다. 그는 바닥에서 책을 집어들더니 벽에 내동댕이쳤다. 그러고는 문을 쾅 닫고 나가버렸다.

나는 9월 21일에 태어났다. 생일치고는 참 별로다. 아르헨티나에서 9월 21일은 봄의 시작을 알리는 날이자 학생의 날이기도 하다. 워낙 여러 가지 축제가 한꺼번에 열리다 보니 내가 낄 자리조차 없었다. 그래서 그날이 내 생일이라고 챙겨주는 사람도 없었던 것 같다. 그날이 내 생일이 되는 바람에 가장 귀찮게 된 사람은 엄마였지만 말이다. 내가 생일 파티를 열기로 하면 엄마는 내 친구들이 오는지 여부를 확인하고 내 생일 전날이나 그다음 날에 파티를 여는 수밖에 없었다. 9월 21일은 학생의 날이라 다들 공원에 모여 일광욕을 즐기고 기타를 치며 노래를 부르다—더군다나 사춘기가 되면서부터는—취하도록 마실 게 뻔했기 때문이었다. 그렇게 모여 노는 동안 누군가 그날이 내 생일이라는 것을 떠올리는 경우도 종종 있었다. 그럴 경우 기쁘기보다는 친구들의 시선이 온통 내게 쏠리는 것 같아 부담스러웠다. 그러고는 나를 툭툭 치면서 일부러 웃기려고 시시껄렁한 농담을 던지곤 했다. 남자들 사이에서 암호처럼 주고받는 그런 식의 인사치레는 나를 짜증나게 했다. 공원에 놀러 나온 마당이라 선물은 물론 케이크와 양초를 가져온 녀석도 없었다. 아르헨티나에서 맞이하는 최악의 생일을 꼽자면 9월 21일이 12월 24, 25, 31일, 그리고 1월 1일과 호각을 다툰다. 차라리 라 메르세 축제가 한창인 바르셀로나에 혼자 있는 편이 훨씬 더 좋았다.

나는 9월 21일에 태어났기 때문에 이름이 마테오로 정해졌다.* 엄마는 혹시 길거리에서 갑자기 출산할 경우를 대비해 지갑에 항상 건강보험 카드와 9월의 성인력聖人曆**을 넣어 다녔다고 한다. 부모님은 내가 정확히 언제 태어날지 몰랐기 때문에 임신 중에도 내 이름을 짓지 않았다. 내 이름은 하루 더 일찍 태어났다면 안드레스가, 하루 더 늦게 태어났다면 마우리시오가 되었을 것이다. 내 이름은 소망이 아니라 강요와 우연의 결과로 지어진 것이다. 하지만 그들은 아직도 이 이름이 **하느님의 계획**에 따라 지어진 것이라고 믿고 있을 것이다.

* 　로마 가톨릭 교회에서 정한 '마테오Mateo', 즉 '마태'의 축일은 9월 21일이다.
** 　로마 가톨릭교회에서 인정하는 그리스도교의 성인 축일을 표시한 달력.

이처럼 부모님은 세상의 모든 것이 **하느님의 계획**에 따라 이루어진 것이라 믿었다. 단 하루도 그 이야기를 꺼내지 않은 날이 없을 정도였다. 우리에게 좋은 일이 일어나도 나쁜 일이 생겨도 모두 하느님의 뜻이었다. 성인력을 손에 쥔 채 출산하는 날까지 아기의 이름을 짓지 않았다는 말을 누가 믿겠는가? 사실 로마 가톨릭 교회에서 성인으로 추앙되는 마테오는 은행가들의 수호성인이라서, 그를 믿는 이들은 자기 사업의 번영을 위해 기도하고 어떤 이들은 손에 돈 가방을 들고 그를 기리지만 엄마는 조금도 개의치 않았다. 나는 9월 21일에 태어났기 때문에 마테오라는 이름을 갖게 된 것이고 그 성인의 보호를 받게 될 터였다.

"그분은 성인이자 선지자였어. 더구나 사대복음서 중의 하나가 그분 거라고. 사람들은 마태 성인을 날개 달린 천사라고 표현한단다. 그러니 그분을 욕되게 하지 마." 내가 이름을 가지고 투덜거릴 때마다 엄마는 이렇게 말하곤 했다. 가톨릭교 계율을 엄격하게 지키고 신학적 지식을 철저하게 연구했기 때문에 엄마는 여러 가지 독선을 저질렀을 뿐 아니라 할머니를 넘어 우리 집안에서 가장 보수적이고 광신적인 표본이 되고 말았다.

그러니 내가 어떻게 그런 망상에서 벗어나지 않고 살 수 있었겠는가. 그리고 어떻게 공포에 질려 종교로부터 가능한 한 빨리 도망치지 않을 수 있었겠는가.

할머니도 자기 딸들에게 모두 성녀의 이름을 붙이고 싶어 했지만 엄마처럼 성인의 축일에 날짜를 맞추지 못했다. 그럼에도 할머니는 성녀의 이름을 붙이려 했으나 딸의 이름을 리아라고 짓자는 할아버지의 속임수에 넘어갔다. 또 하나의 **순진한 속임수**였다. 장녀인 엄마의 이름은 맨발이든 아니든 모든 가르멜회 수도자들의 바탕인 가르멜의 동정녀 마리아, 가르멜 산의 성모*에서 따온 카르멘이다. 아나 이모의 이름은 임신한 여성들의 수호 성녀인 성모 마리아의 친모, 성녀 안나의 이름을 따서 지은 것이다. 리아 이모의 경우, 할머니는— 아들이 태어날 것으로 굳게 믿고 헤수스라는 이름까지 미리 정해두었다—딸이 태어나면 할아버지가 이름을 선택할 수 있도록 했다. 다만 성녀의 이름 중에서 골라야 한다는 조건을 내걸었다. 결국 할아버지의 예감대로 딸이 태어났다. 그러자 할아버지는 성경을 전혀 고려하지 않고 자기 마음에 든다는 이유로 딸에게 리아라는 이름을 붙였다. 사실 그것은 직장 동료 여동생의 이름이었다. 그 이름을 처음 듣는 순간 할아버지는 자기 딸에게도 그 이름을 지어주면 좋겠다고 생각했다. 하지만 **리아**는 할머니의 엄격한 기준을 통과하지 못했다. "그 아이를 지켜줄 성녀의 이름이 아니면 안 돼." 할아버지는 곰곰이 방도

---

*   가르멜 산의 성모는 성 시몬 스톡에게 나타나 가르멜 산의 성모 스카풀라를 준 성모 마리아를 일컫는 호칭이다. 가르멜 산의 성모 축일 날짜는 7월 16일이다. 가르멜회는 12세기 가르멜 산에서 설립된 가톨릭교회의 수도회로 1562년 테레사 수녀가 초기의 엄격한 규율을 부활시켜 맨발의 가르멜 수녀회를 창설했다. '카르멘'은 가르멜의 스페인어식 표기이다.

를 궁리하기 시작했다. 리아는 야곱의 아내이고 성경에도 나오지만 성녀가 아니었다. 할머니의 입장은 확고했다. "성녀가 아니면 절대 이름으로 쓸 수 없어." 결국 레아라는 이름의 로마 성녀가 있다는 것을 안 할머니는 딸의 이름을 레아라고 쓰라고 허락했다. 할아버지는 할머니의 요구를 받아들이는 듯했다. 할아버지는 알았다고 대답한 다음 출생 신고를 하러 호적 등기소로 갔다. 하지만 호적에는 둘째 딸의 이름이 리아 사르다라고 나와 있다. 그 이야기가 나올 때마다 할아버지는 호적을 작성한 직원의 실수라고 주장했지만 아무래도 거짓말 같다.

할아버지가 거짓말을 했던 것이다.

어떤 이들—가령 할머니—앞에서 알프레도 할아버지는 아나 이모에게 무슨 일이 일어났는지 더 이상 알려고 할 필요가 없다고 했지만 정작 본인은 이리저리 계속 알아보고 다녔다. 정확히 말해 할아버지는 병마에 시달리던 몸이 허락할 때까지 그렇게 했다. 나는 자전거를 타고 할아버지 댁에 갔던 날 오후에 그 사실을 알게 되었다. 마침 가던 도중에 자전거 바퀴에 펑크가 났다. 할아버지는 창고에 공기 주입기가 있으니 가서 바람을 넣으라고 했다. 할아버지가 시킨 대로 창고에 가서 찾아보았지만 공기 주입기는 잘 눈에 띄지 않았다. 그래서 있을 법한 곳을 모두 뒤지기 시작했다. 안 쓰는 가구, 한때 엄마가 창고를 금속 공예 작업실로 썼을 때 갖다 둔 전기 가마와 각종 연장, 오래된 페인트 통, 아우토모빌 클럽 잡지가 들어 있는 상자, 잔디 깎는 기계, 삽, 그리고 원예 및 조경 용품 등이 있었다. 구석 쪽 벽에는 여행 가방 세 개가 있었다. 혹시 그 뒤에 공기 주입기가 있을지 몰라 가방을 옮겼다. 그중 두 개는 텅 비어 있는 반면 하나가 유독 무거웠다. 나는 할아버지가 그 가방 안에 무엇을 넣어뒀는지 궁금했다. 호기심을 참지 못해 결국 가방을 열었다. 그 가방에는 아나 이모의 살인 사건과 관련된 신문 기사 스크랩과 법원의 사건 기록 사본 뭉치가 가득 차 있었다. 서류와 종이의 여백에는 여러 표시와 메모가 빼곡히 적혀 있었다. 나는 그 서류들을 바닥에 꺼내놓고 무슨 내용인지도 모른 채 읽기 시작했다. 다른 사람의 일을 몰래 엿본다는 생각에 죄의식이 느껴졌다. 하지만 마음속에 도사리고 있던 상처가 한번 읽어보라고 나를 꼬드겼다. 나는 잠시 망설였다. 할아버지의 스크랩을 몰래 훔쳐 봐도 될지 제대로 판단이 서지 않았다. 나는 조금 더 살펴보다가 그것들을 원래 있던 순서대로 정리해 다시 넣고 가방을 닫았다. 그 후로도 그 가방이 그 자리에 그대로 있는지, 여전히 그 무게를 지탱하고 있는지 보려고 이따금씩 창고로 가곤 했다. 가방은 여전히 거기에 있었다. 가방을 몇 번 더 열어보았지만 다시 내용을 확인하지는 않았다. 다만 할아버지가 계속 그 자료를 살펴보고 정리하면서 새로운 내용을 추가하는지, 아니면 아나 이모가 죽은 직후에 필사적으로 정의를 추구하려고 노력한 산물일 뿐인지 알고 싶었다. 그런데 가방을 열 때마다 서류 더미 위에 새로운 자료가 얹혀 있거나 수집한 자료의 순서가 바뀌어 있었다. 할아버지가 돌아가시기 직전까지 그 자료들을 계속 살펴보고 정리했다는 것은 자기 딸을 누가, 왜 죽였는지에 관해 스스로에게 끊임없이 질문을 던졌다는 것을 의미했다. 할아버지는 딸의 죽음에 관련된 것이라면 무엇이든 질문했을 것이다. 누구든 아는 만큼 더 잘 물어볼 수 있을 테니까.

할아버지가 내게 보낸 편지, 그러니까 리아 이모와 함께 보지 않아도 되는 편지를 읽은 뒤 나는 곧장 핸드폰 칩을 바꾸고 인스타그램과 페이스북 계정을 삭제했다. 나는 크라쿠프행 비행기로 갈아타기 위해 내린 여행의 첫 번째 기착지, 마드리드의 바라하스 공항 바닥에 앉아 가방을 껴안고 그 편지를 읽었다. 그전까지는 편지를 읽어볼 엄두도 내지 못했다. 어쩌면 그것을 읽고 나서 여행을 포기하게 될까 봐 두려웠는지도 모른다. 차라리 그랬더라면, 할아버지가 여행을 포기하게 만들 만큼 충격적인 내용을 알려주었더라면 그 불안감에 이끌려 여행을 그만두려고 했을지도 모른다. 나는 그냥 떠나기로 마음먹었다. 그 편지는 내 길을 막기는커녕 오히려 더 나은 삶을 살기 위해 모험을 감행하는 계기가 되었다. 눈물이 났다. 할아버지와 함께라면 얼마나 좋았을까. 나는 이 세상에 나밖에 없음을 절감했다. 거기 그 공항에서 나는 난생 처음으로 내가 전혀 모르는 아버지와 어머니 사이에서 태어났다는 느낌이 들었다. 하지만 우려했던 것처럼 여행을 취소할 필요는 없었다. 오히려 내가 찾고자 하는 단 한 사람—지금 당장은 어떤 사람인지 전혀 감이 잡히지 않는 사람—을 만나기 위해 종적도 없이 사라지는 것이 급선무였다. SNS 계정을 폐쇄했다고 큰 문제가 일어나지는 않았다. 어차피 나는 이따금 새 게시물을 올렸을 뿐 그다지 많이 사용하지도 않았다. 거기에 있는 메시지 기능은 이용했지만 첫 번째 목적지로 향하는 동안에는 어떤 종류의 메시지도 받고 싶지 않았다. 더구나 부모님이 보내는 메시지는 더 이상 받고 싶지 않았다. 그들이 왓츠앱으로 보낸 메시지에 내가 답장을 하지 않으면 그들은 다른 네트워크를 통해 메시지 폭탄을 보내곤 했다. 만약 통신용 비둘기나 드론이 있었다면 충분히 사용하고도 남을 분들이었다. 나는 여전히 바닥에 쭈그리고 앉아 있었지만 다시 돌아가지 않으리라는 것을 알고 있었다. 단순히 여행을 마치고 출발했던 곳으로 돌아가지 않는다는 것이 아니라 다시 예전의 나로 돌아갈 수 없을 것 같은 느낌이 들었다. 그때의 울음 속에는 할아버지에게 바치는 눈물 말고도 일종의 이별, 즉 다시는 돌아가지 않으리라는 깨달음—어렴풋하지만 충분히 느낄 수 있는—때문에 흘리는 눈물이 포함되어 있었다. 그때까지만 해도 언젠가 다시 아르헨티나로 돌아가게 되지는 않을지 의구심을 품고 있었다. 할아버지가 나와 리아 이모에게 남긴 편지, 우리 둘이 함께 읽어야 하는 그 편지는 아직 읽지도 않았지만 이전의 삶과 인연을 끊고 싶은 마음이 들었다. 할아버지의 편지는 결국 내가 누구인지, 그리고 우리 가족이 어떤 이들인지를 설명하고, 우리 모두의 가슴에 새겨진 상처의 기원과 깊이, 심각성을 명확히 보여주면서 끝날 것이다.

　그 공항에 있을 때만 해도 나는 여전히 지난 시절의 모든 것을 거부하는 초기 단계에 머물고 있었다. 그래도 이름을 바꿀 수 있었다면 당장이라도 다른 이름을 지었을 것이다. 그리고 성인의 이름은 절대로 택하지 않았을 것이다. 그때 이름을 바꿀 수 있었다면 과거의 내 흔적은 하나도 남기지 않았을 것이다. 그게 불가능하다면 아주 조금만 남겼을 것이다. 물론 고등학교 때 자주 어울리던 친구는 있었지만 졸업한 후에도 인연을 이어갈 정도로 친한 친구는 하나도 없었다.

　건축학부에 입학한 후에는 사람들과 거의 말을 하지 않았을뿐더러 타인의 시선을 피해 혼자 숨어 지내기를 좋아했다. 수업이 있는 날이면 나는 가장 늦게 강의실에 들어갔다. 친구들이 다 들어가고 난 뒤 빈 자리가 없으면 그 핑계로 바닥에 앉을 수도 있을 거라는 기대를 하면서 말이다. 그리고 수업이 끝나기 5분 전에 교수의 따가운 눈총을 받으며 강의실을 제일 먼저 빠져 나왔다. 교수가 팀 프로젝트를 내줄 때마다 나는 속으로 투덜거렸다. 강의실 밖에서는 누구와도 만날 생각이 없었기 때문이다. 나는 낯선 이들과 좁은 방에 틀어박혀 마테차를 마시거나 마리화나를 피우면서 건축 모형을 만드느라 밤을 새우는 것이 너무 싫었다. 어차피 그렇게 열심히 만들어서 제출해 봐야 우리의 정신을 단련시킨다는 명분으로 퇴짜를 놓고 다시 만들어오라고 할 것이 뻔하니까. 학생들이 훌륭한 건축가가 되기 위해서는 실패와 좌절에 대해 무한한 인내심과 내성을 길러야 한다는 점을 이해해야만 대학교의 위엄이 선다고 여기는 것 같았다. 어쩔 수 없이 주말을 포함해서 장시간 동안 아르바이트를 하기 때문에 동기들과 함께 프로젝트를 진행할 수 없다고 거짓말을 했다. 그러고는 내가 개인적으로 맡을 부분을 정해서 나중에 그것을 전체 프로젝트에 덧붙일 수 있게 해달라고 부탁했다.

심리학으로 전공을 바꾸었지만 그런 외톨이 생활은 더 심해졌다. 다행히 팀 프로젝트가 그다지 많지 않았다. 그 학부에서는 조금 **이상**한 것이—무슨 장애나 결함이라기보다—심리학계의 위대한 스승들과 그들의 저명한 후학들이 거의 필적할 만한 인상을 풍기는 것 같았다. 나는 아르헨티나에서 누군가를 사랑해본 적이 없을뿐더러, 그어떤 연애 관계도 기대하지 않았다. 오히려 나는 나의 감성적인 면이나 성적인 수치를 알고 있는 여자 아이 중 하나를 만나게 될까 봐 언제나 노심초사했다. 하지만 그런 면, 즉 성적인 측면에서 다시 시작할 수 있을 거라는 기대에 가슴이 설레기도 했다.

여행을 하는 동안 내 자신을 다시 그리기 위해 나는 조금씩 사라지고 있었다. 산티아고로 가는 길의 매 정류장마다 나는 쓰나미에 휩쓸려, 혹은 우리 가족의 전통인 화마에 휩쓸려 이전 삶에서 완전히 사라지게 될 순간을 향해 새로운 한 걸음을 내딛었다. 쓰나미에 휩쓸리든 화마에 휩쓸리든 간에 나는 결국 다른 사람이 될 것이다.

부모님이 나타난 지 3주 뒤에 다시 서점을 찾아갔다. 서점에 가기 전에 그 지역을 샅샅이 돌아다니며 그들이 부근에서 산책을 하고 있지는 않은지, 아니면 카페나 레스토랑에 들어가 있지 않은지 확인했다. 아직 위험이 도사리고 있었지만 일단은 부딪혀 봐야 했다. 마침내 용기를 냈다. 이렇게 계속 숨어 다닐 수는 없는 노릇이었다. 아무튼 집에 있을 때와는 다른 옷차림을 하고 다니려고 나름대로 애를 썼다. 우선 종아리 중간까지 내려오는 올리브 색 버뮤다 반바지와 어깨와 팔의 근육이 훤히 드러나는 검은색 셔츠를 입고 프란체스코회 수도사 샌들을 신었다. 그리고 챙에 **산티아고 스포츠**라는 글자가 수놓아진 빨간색 캡모자를 쓰고 다녔다. 만약 엄마가 내 꼴을 봤다면 가장 먼저 옷차림을 나무랐을 것이다. 모자는 서점에 가는 길에 샀고, 나머지는 바르셀로나에서 가져온 것들이었다. 마르 대성당을 처음 보고 한눈에 반해 이따금씩 그곳을 찾았는데, 어느 날은 아르헨티나에서 가져온 옷이 너무 두꺼웠는지 더워서 견딜 수가 없었다. 그래서 급히 대성당 부근에 있는 어느 상점에 들어가 옷과 신발을 샀다.

나는 **부에노스아이레스 어페어 서점**에 들어가 신간 서적 코너에 있는 책을 살펴봤다. 서점 직원인 앙헬라가 바로 내게 다가왔다.

"드디어 왔군요! 우리 둘 다 얼마나 기다렸는지 몰라요."

"며칠 동안 도시를 떠나 있었어요." 나는 거짓말을 했다.

나는 그녀가 내 어깨를 보고 있다는 것을 알아차렸다. 처음에는 그녀도 엄마처럼 내 옷차림을 못마땅하게 여기는 줄로만 알았다. 그 눈빛이 예사롭지 않아서 나도 경계심을 늦추지 않았다. 그녀는 나보다 열 살 정도 더 많아 보였지만 우리의 몸이 서로를 이해할 수 있으리라는 느낌을 받았다. 그때 그녀가 몇 걸음 더 다가왔다. 너무 가까이 있다고 느껴질 정도로 다가온 것을 보면 나도 모르게 그런 속마음을 은근히 내비쳤는지도 모른다. 나는 뒷걸음질 치면서 몸을 돌려 계속 책을 보는 척했다. 앙헬라는 눈치도 없이 계속 나를 따라왔다.

"여기 주인인 리아가 내게 신신당부를 했는데요, 당신이 다시 여기 찾아오면 곧장 자기한테 알려달라고 했어요. 꼭 만나고 싶다고요."

"나도 그녀를 만나고 싶어요."

"아, 그거 참 잘됐네요. 이런 우연의 일치가 또 있을까요! 그런데 이를 어쩌면 좋죠. 리아는 오후 내내 여기 있다가 방금 나갔거든요. 혹시 내일 다시 와줄 수 있어요? 그러지 않으면 그녀한테 혼날 거예요."

"집으로 갔나요?"

"글쎄요. 아무튼 방금 전에 나갔어요."

"집으로 가는 길을 아니까 따라가 볼게요."

"그러면 좋죠. 그렇게 하세요! 행운을 빌어요. 어쨌든 놓치지만 마세요. 아까 말씀드린 것처럼 서점에서 우리 둘이 당신을 많이 기다렸거든요."

나는 앙헬라의 도발적인 눈빛을 견디지 못해 시선을 내리 깔았다. 왠지 그녀가 마음에 들었다. 설령 그녀가 나를 바보 취급하려고 저러는 것이라도 마음에는 변함이 없었다. 하지만 지금 당장 해야 할 일이 있었기 때문에 마음에는 실험할 여유가 없었다. 나는 서둘러 서점을 나서 급한 마음에 신호등이 바뀌기를 기다리지 않고 자동차를 요리조리 피하면서 길을 건넜다. 나는 곧장 알라메다 공원으로 들어가 리아 이모가 지나다니던 길을 따라 걸었다. 리아 이모가 매일 같은 길로 다니는 것을 여러 번 봤기 때문에 거의 외울 정도였다. 어쩌다 돌아서 가는 경우도 있었지만 이모는 항상 다시 주 산책로로 돌아왔다. 산타리타가 있는 곳으로 갈 때만 제외하고 말이다. 이모의 모습이 보이지 않아서 나는 그곳으로 돌아갔다. 예상했던 대로 이모는 산타리타 맞은편의 벤치에 앉아 있었다. 나는 조용히 앉아 있는 이모를 지켜보았다. 숨 쉬는 리듬을 따라 이모의 몸이 가볍게 흔들리고 있었다. 이모는 손에 무언가를 들고 있었는데 그것이 무엇인지는 보이지 않았다. 나는 몇 걸음 더 다가가 이모 바로 뒤에 섰다. 나는 그녀의 어깨에 손을 얹었다. 리아 이모는 자신 있게 고개를 돌렸지만 나를 보자 깜짝 놀랐다. 그녀가 기대했던 이는 다른 이였기 때문이다. 놀라긴 했지만 그녀는 나를 보고 반가워하는 눈치였다. 굳이 내 소개를 할 필요는 없었다. 이모는 내가 누구인지 이미 알고 있었다.

나는 편지와 반지 이야기부터 꺼내려고 했지만 리아 이모는 간단한 인사와 더불어 몇 가지 약속을 한 다음, 우리 둘을 하나로 연결해 주는 곳으로 곧장 갔다. 그녀는 손에 들고 있던 금속 케이스를 내게 보여주었다.

"네 엄마가 이걸 내게 주더구나. 네 할아버지이자 내 아버지의 유골 일부란다. 나는 재를 여기다 뿌려야겠다고 생각하고 있었어. 아버지는 잘 모르셨겠지만 여기가 나와 아버지가 만나던 장소였으니까 말이야."

리아 이모는 케이스를, 나는 그녀의 손을 응시하고 있었다. 문득 30년 전에 이모가 그 청록색 터키석 반지를 어느 손가락에 끼고 있었을지 궁금해졌다. 잠시 후 이모가 말했다.

"이 재를 나 혼자 뿌릴 엄두가 나지 않네. 괜찮다면 같이 뿌릴까?"

"물론이죠." 내가 대답했다.

편지와 반지에 관해 이야기하고 서로에게 헤아릴 수 없이 많은 것을 물어보고, 또 서로 부둥켜안고 울 시간은 충분히 있을 것이다. 그리고 함께 공포에 떨 시간도. 지금은 할아버지의 재를 뿌려야 할 시간이었다. 리아 이모는 뚜껑을 연 다음 대성당 그림을 그릴 때 할아버지가 그랬던 것처럼, 내 손을 이끌어 자기 손 위에 포갰다. 우리는 함께 케이스를 허공에 대고 흔들었다. 그러자 하얀 가루가 오후의 축축한 공기 속으로 날아가다 알라메다 공원의 산타리타 꽃 위로 서서히 떨어져내렸다.

마르셀라

우리는 기억이 우리 삶 전체를 구성한다는 것을
깨닫기 위해 비록 그 일부라 할지라도 기억을 잃어야
했다. (…) 우리의 기억은 우리 존재의 통일성이자
우리의 이성이고 우리의 행동이자 우리의 감정이다.

루이스 부뉴엘,《루이스 부뉴엘》*

---

* 루이스 부뉴엘Luis Bunuel(1900~1983)은 스페인 출신의 초현실주의 영화감독이다. 자
   신의 삶을 기록한 자서전《루이스 부뉴엘: 마지막 숨결》은 죽기 직전인 1982년에 출간
   되었다.

1

아나는 내 품에 안긴 채 죽었다.

죽은 사람을 또 죽이는 것은 불가능하다.

이 세상 그 누구도 두 번 죽지 않는다.

재킷 소매가 가브리엘 대천사상을 올려둔 청동 받침대 모서리에 걸리고 말았다. 윤이 나는 하얀색 무거운 대리석 조각상. 날개를 등 뒤로 접은 채 걸음을 내딛는 대천사상. 그것은 특별한 경우에만 본당에 전시하는 작품이었다. 누군가 나를 잡아채는 것 같아서 고개를 획 돌렸다. 그러고는 그것을 뿌리치려고 재킷을 잡아당겼다. 그러자 석상이 넘어질 것처럼 비틀거리더니 결국 아래로 떨어지고 말았다.

갑자기 눈앞이 까매지더니 모든 것이 암흑으로 변했다. 그러고는 텅 빈 화면처럼 아무것도 보이지 않았다.

기억나는 것은 그 순간까지다. 물론 그 이전의 일은 모두 기억나지만 그 이후는 전혀 기억나지 않는다. 혹은 거의 기억나지 않는다. 기억이 난다고 해도 어쩌다 한 번, 그것도 잠시 동안만 떠오를 뿐이다. 그러고 나서는 다시 망각 속에 묻혀버린다. 그러고 나서는.

(   )

그때의 충격으로 인해 혈관이 손상되고 세포가 죽었다. 결국 선행성 기억상실증 진단을 받았다. 그 무거운 대천사상이 내 머리 위로 곧장 떨어지는 바람에 뇌의 일부가 손상되었다. 그 이후로 나는 새로운 기억을 머릿속에 저장할 수 없게 되었다. 그 어떤 기억도. 몇 시간 전에 누구와 사랑에 빠졌는지와 같이 아주 중요한 사건은 물론 레스토랑에서 웨이터가 음식을 가져올 때 내가 무슨 음식을 주문했는지 또는 외투를 찾으려고 의류 보관소로 간 순간 내가 어떤 옷을 입고 왔는지와 같은 자질구레한 일상사에 이르기까지 하나도 기억이 나지 않았다. 그 사건 이전의 기억은 온전하다. 하지만 머리에 충격을 받은 후로 단기 기억 능력에 장애가 생겼다. 그때부터 나는 일어난 일들 중에서 몇 가지만 기억할 수 있다. 가령 내가 기계적으로 배운 절차들, 감각적 지각, 어떤 이미지와 향수 냄새 정도가 기억날 뿐이다. 예를 들어 나는 사고를 겪고 난 다음 꽤 늦은 나이에 자전거 타는 법을 배웠다. 이 방법은 까먹지 않는다. 한편, 누군가의 국적을 듣고 나면 곧장 잊어버린다. 하지만 그의 얼굴을 그가 태어난 나라의 국기 바로 옆에 놓으면, 나중에 누가 물어보더라도 그 두 가지를 연상하면서 정확하게 대답할 수 있다. 사람들의 말에 의하면 그건 **기억하는 것**이 아니라 **감각을 통해 연상하는 것**이라고 한다. 나는 그들의 말을 이해하고 받아들인다. 물론 조금 지나면 모두 기억에서 사라지겠지만 말이다. 이처럼 새로운 상황이나 경험을 기억으로 저장하지는 못하지만 나는 사건들이 사라진 빈자리를 상상력으로 채우기 때문에 어떤 대화든 할 수 있다. 내가 모르는 것은 모든 사람들이 그러듯이 새로 만들어낸다. 내 머릿속의 공백은 망각의 늪이자 텅 빈 화면, 아무 내용도 없는 괄호나 마찬가지다. 그래서 나는 공책에 적어둔 내용을 훑어보고 거기서 찾은 자료로 빠져 있는 부분을 채운다. 나는 어떤 일이 일어날 수 있었는지 빠르게 생각하고 그 상황에서 잠재성을 제거한다. 그러면 **그건 일어날 수도 있었다**가 아니라 **일어났다**로 바뀌게 된다.

머리에 충격을 받기 전의 일은 모두 자세히 기억난다. 따라서 그 부분은 굳이 다른 것으로 채워 넣을 필요가 없었다. 그때 일은 마치 지워지지 않는 인장처럼 내 머릿속에 새겨져 있을 뿐만 아니라 시간이 흐를수록 더 선명해진다. 심지어는 잊어버린 줄로만 알았던 세세한 사항들이 갑자기 기억나기도 한다. 사고를 당하기 전에 나는 기억하는 삶을 살았다. 하지만 그 후로는 그렇지 않다.

아나는 내 품에 안긴 채 죽었다.

(   )

나는 읽고 괄호 안을 채운다. 그날 오후, 머리를 부딪치고 난 뒤 그들은 나를 성구실로 옮겼다. 정신이 돌아왔을 때 나는 의자에 몸을 기대고 있었다. 내가 실신하고 다시 눈을 뜨기까지 얼마나 오랜 시간이 흘렀는지는 모른다. 하지만 적어도 누군가가 우리 부모님에게 그 사실을 알리고 그들이 한걸음에 달려올 정도의 시간이 흘렀을 것이다. 그들의 계산에 따르면 한 시간이 넘었다. 나는 날이 저물고 비가 내리기 시작했을 때 옷이 다 젖은 채 성당 안으로 들어왔다. 엄마는 내 손을 붙잡고 있었고 아버지는 근심스러운 표정으로 내 얼굴을 붙들고 있었다. 의사는 내 맥박을 재고 있었고 본당 신부인 마누엘 신부는 조용히 기도하고 있었다.

(   )

아무도 아나 이야기를 꺼내지 않았던가? 무슨 일인지 내게 물어본 사람이 아무도 없었던가? 나는 공책을 읽는다. 아무도 없었다. 나는 기억나지 않는 것을 부모님에게 물어가며 그날의 상황을 하나씩 재구성해 나갔다. 그러고 나서 그들이 내게 말해준 것을 모두 공책에 적었다. 그리고 필요할 때마다 공책을 꺼내 읽었기 때문에 거기에 적힌 이야기는 내 것이 되었다. 공책에서 찾지 못한 것은 내가 알아서 완성한다. 괄호 안을 채우는 것은 어렵지 않다. 상상의 날개를 펼치면 된다. 머리를 부딪치고 나서는 무척이나 혼란스러웠던 것 같다. 성구실에 실려 갔을 때, 내 단기 기억은 이미 손상된 상태였지만 나는 그런 사실조차 모르고 있었다. 머리를 부딪치기 전에 일어난 일은 모두 또

렷하게 기억났다. 아나와 함께 한 마지막 몇 분이 마치 끝날 때마다 다시 시작되는 영화처럼 계속 머릿속에 떠올랐다. 하지만 아무도 물어보지 않았다. 누군가 물어봤더라면 나는 이렇게 말했을 것이다. "아나는 내 품에 안긴 채 죽었어요. 우리는 비에 흠뻑 젖은 채 성당 제일 뒷자리에 앉아 있었죠. 나는 그 아이를 조심스럽게 의자에 기대어 놓고 도움을 구하러 달려 나갔어요. 성구실 쪽으로 가려고 했죠. 그런데 제단 앞을 지나다가 재킷이 대천사상 받침대에 걸렸어요. 조각상이 넘어질 듯 비틀거리더니 결국 내 머리 위로 떨어졌어요."

그리고 모든 것이 암흑으로 변했다. 잠시 후 텅 빈 화면처럼 아무것도 보이지 않았다.

그런데 아무도 물어보지 않았다.

(   )

서서히 의식이 돌아오면서 나는 내가 누구인지 떠올려냈고 부모님도 알아보았다. 부모님은 내가 좀 괜찮아졌으니 일단 집으로 데려가서 휴식을 취하도록 하는 것이 최선이라고 생각했다. 하지만 나는 고개를 저었다. 아나는 이미 죽었지만 그 아이 곁을 절대로 떠나지 않겠다고 완강하게 버텼다. 성구실에서 몇 걸음 떨어진 곳에 누워 있는 내 친구의 시신은 못 본 체하면서 나를 염려하는 그들의 모습을 보자 부르르 치가 떨렸다. 그 순간 나는 그 모습에 분노가 치밀었던 것 같다. "누가 아나를 좀 살펴줬나요? 그 아이 부모님에게 알렸어요?" 필사적으로 물어보았던 것 같다. 어쩌면 악을 쓰고 소리를 질러댔는지도 모른다. 어쩌면 안 그랬을 수도 있다. 내가 그랬을 것 같지는 않다. 나한테는 그런 용기가 없다. 그때도 용기는 없었다. 소리를 지르지는 않았겠지만 아마 고집을 부렸을 것이다.

(   )

"잠이 안 들게 해주세요." 내가 아나에 대해 물었지만 의사는 들은 척도 하지 않고 이렇게 말했던 것 같다. 의무 기록에 따르면 그때 의사는 몇 가지 후속 검사를 지시했다. "급할 것 없어." 엄마가 말했다. "우리를 진정시키려고 하는 검사니까 말이야." 이런 말을 한 걸 보면 엄마는 당시 내 상태가 얼마나 심각한지 조금도 깨닫지 못했던 것 같다. 나는 넋이 나간 상태였지만 부모님은 내가 깨어나고 의식도 돌아왔기 때문에 그런 사실을 전혀 알아차리지 못했다. 그들은 의사의 지시를 귀담아 듣고는 검사에 관해 미주알고주알 캐물었다. 마누엘 신부는 성당에 무슨 일이 없는지 살펴보려고 잠시 자리를 비운 것에 대해 사과했다. 그러고는 내가 좀 괜찮아졌으면 집에 가서 쉬는 게 어떻겠느냐고 물었다. 성당 문을 열어두기에는 너무 늦어서 어서 문을 잠가야 한다는 말도 덧붙였다. 신부는 그렇게 말했다. 아니면 마누엘 신부의 말을 부모님이 내게 전해준 것인지도 모른다. 그래서 우리는 성당을 떠났다. 안 그래도 신부가 그런 말을 하기 전에 부모님은 내게 일어나라고 했다. 하지만 몸이 천근만근 무거워 일어나기도 쉽지 않았다. 간신히 몸을 일으키는 순간 머리가 핑 돌았다. 옆에 있던 이 중 하나가 내 팔을 꽉 잡았다. 그리고 다른 이는 내 손을 잡았다. 누가 무엇을 했는지, 나는 모른다. 하지만 그들은 내가 다시 주저앉지 못하도록 나를 꽉 붙들었다.

(   )

나는 집에 가기 전에 성당 안을 잠깐 둘러볼 수 있게 해달라고 했다. 내가 그런 말을 한 것은 분명하다. 그래서 우리 모두, 심지어 의사도 성당으로 갔으니까. 신부가 앞장서서 길을 안내했는데 짜증스러운 표정을 짓고 있었다. "신부님이 그렇게 언짢아하는 모습은 거의 본적이 없어." 엄마가 내게 말해주었다. 나는 지금 내가 되살피며 읽고 있는 공책에 그 말을 적어두었다. 나는 성당의 가장 뒷자리로 가서 아나를 찾아보았지만 아나는 거기 없었다. 나는 아나의 시신이라도 찾아보려고 했다. 시신을 찾았을까? 나는 얼룩과 땀방울, 그리고 우리 몸에서 떨어진 빗물을 찾아보았다. 하지만 그곳은 멀쩡했다. 사람들 말로는 그곳이 깨끗했다고 한다. 공책에 그렇게 쓰여 있다. 그렇다면 내가 꿈을 꾼 것일까? 나는 아나를 생각하며 울었다. 엄마가 나를 안아주었다. "가엾은 것, 이런 끔찍한 일을 겪다니." 엄마는 실제로 내가 왜 우는지도 모르고 말했던 것 같다. 엄마가 상상한 트라우마와 실제 트라우마는 달라도 너무 달랐다. 그래도 대리석 조각상만큼은 날개가 부러진 채 바닥에 널브러져 있어야 했다. 사람들의 말에 의하면 부서진 조각을 살펴보러 온 신부가 하필 가장 중요한 부분이 박살났다며 투덜거렸다고 한다. "아나는 대체 어디 있는 거지?" 나는 그 아이가 죽은 의자 옆에 서서 불같이 화를 내며 여러 번 물었다. 그들은 흠칫 놀라 모호하게 대답을 얼버무렸다. 부모님과 의사, 심지어 신부까지 나서서 나를 진정시키려고 했고, 당장 그곳을 떠나고 싶어 했다. 그들은 내가 저 무거운 가브리엘 대천사상에 머리를 부딪치는 바람에 이상한 행동을 보이는 거라면서 안타까운 표정을 지었다.

(   )

나는 공책을 쭉 훑어본다.

엄마가 입을 내 귀에 대고 물었다고 했다. "아나가 너를 밀었니?" "아나는 죽었어, 엄마." 나는 손으로 의자를 가리키면서 대답했다. 엄마의 눈에 눈물이 그렁그렁 맺혔다. 엄마는 충격이 내 지적 능력에 영향을 미쳤다고 생각한 것이 틀림없다. 그것이 내 능력에 영향을 미친 것은 사실이다. 하지만 그것이 내가 진실을 말할 능력마저 잃어버렸다는 뜻은 아니다. "자고 일어나면 생각이 더 잘 날 거야." 아버지는 나를 안심시키기 위해 옆에서 거들었다. 하지만 그렇지 않았다. 다시 생각이 잘 날 일은 결코 없을 테니까. 생각을 하려면 우선 기억에 새로운 내용이 추가되어야 하는데, 나는 더 이상 그럴 수가 없었다. 흐릿한 내 의식 상태로는 아나의 문제를 끈질기게 물고 늘어질 수가 없었다. 그래서 나는 입을 굳게 다물고 있을 수밖에 없었다. 그리고 그들이 나를 그 상태에서 꺼내주기만을 기다렸다.

(　　　　)

집으로 돌아가는 길에 나는 아직 맞추지 못한 퍼즐 조각들이 저절로 제자리에 들어가 있기를 헛되이 바랐을 것이다. 그리고 아나의 부모님이든 내 부모님이든 아니면 경찰이든 누군가가 나에게 찾아와 아나에 관해 물어보기를 바랐을 것이다. 그날 밤을 어떻게 보냈는지는 기억나지 않는다. 하지만 그다음 날이 무척 일찍 시작되었다는 것은 알고 있다. 우리 가족 중 누구도 아침을 먹으러 내려오지 않은 이른 아침에 전화벨이 울렸다. 아나가 살해당했다는 소식을 알려준 것은 학교 친구의 어머니였다.

(　　　　)

나는 읽는다.

"아나 사르다가 토막 나고 불에 탄 채 발견되었대요." 그건 친구 어머니가 한 말이었다. 또한 그건 엄마가 침실 복도에서 고래고래 소리를 지르며 했던 말이 틀림없다. 동네 사람들도 분명 그렇게 수군거렸을 것이다. 나는 그 내용이 있는 곳을 찾아 괄호 안을 채운다. 소문은 사람들의 입에서 입으로 전해지면서 빠르게 퍼져 나갔다. 아드로게에서는 여간해서 그런 일이 일어나지 않았기 때문에 더 그랬을 것이다. 아마 엄마는 아침 내내 그 말을 되풀이했을 것이다. 그리고 분명 내게 이렇게 물었을 것이다. "너 혹시 그 아이를 죽인 사람들을 봤니? 그래서 그놈들이 너를 천사상으로 내리친 거 아니야?" 정말로 엄마가 물어봤더라면 나는 주저하지 않고 아니라고, 아무도 그 아이를 죽이지 않았다고, 아나는 이미 죽어 있었다고 대답했을 것이다. 나는 제일 먼저 엄마에게, 그리고 내 이야기를 듣고 싶어 하는 이라면 누구한테든 그렇게 대답했을 것이다. 심지어 나는 읽는다. 몇 주가 지난 뒤 나는 경찰서에 가서 진술할 수 있게 해달라고 요구했다.

내 경찰 진술서 사본.

(   )

그러나 사람들이 내 말에 주의를 기울이지 않는 것에 진절머리가 난 나머지 나는 서서히 진실을 혼자 가슴속에 조용히 간직하게 되었다. 시간이 흐르면서 나만 알고 있던 것은 침묵으로 바뀌었다. 과거는 침묵으로, 현재는 망각으로, 그리고 미래는 공백으로 바뀌었다.

(   )

주변 사람들이 무슨 말을 하고 무엇에 관해 말하는지 이해할 수 없을뿐더러 그것을 즉시 잊어버릴 수도 없는 세상을 산다는 건 정말 두려운 일이다. 그들은 내 품에 안겨 죽은 아나를 죽였다. 그건 도무지 불가능한 일이다. 이 세상 그 누구도 두 번 죽지 않는다. 그때만 해도 내가 정말 미쳐버린 것만 같았다. 말만 안 했을 뿐이지 많은 이가 나를 미친 아이로 여겼을 것이다.

(   )

성구실에서도 분명 어지러웠던 것 같다. 그때부터 술을 마신 것처럼 가벼운 현기증이 만성적으로 일어났다. 너무 오랫동안 현기증과 더불어 살다 보니 이제는 아무렇지도 않게 느껴진다. 문제가 그것뿐이었다면 논리적으로 생각하는 것이 그다지 어렵지는 않았을 것이다. 하지만 내가 겪고 있는 기억상실증은 나의 사고 능력을 제한한다. 생각하기 위해서는 기억이 꼭 필요하다는 사실을 이전에는 전혀 몰랐다.

(   )

나는 읽는다.

"머리 좌측에 충격을 입었기 때문에 언어 기억과 의미 기억*에 가장 큰 손상을 입었어요." 사고 몇 주 후, 마지막으로 만난 전문가는 이렇게 말했다. 아는 사람들의 소개로 만나게 된 그는 **신경학 분야의 최고 권위자**였다. 나는 여러 가지 검사를 받은 끝에 확정 진단을 받게 되었다. 만약 그 순간 그 신경과 의사가 나비가 수놓인 공책을 내게 건네주지 않았더라면, 그가 내 의료 사례의 결론으로 표현한 그 문장

＊   경험이 배제된 단순한 지식으로서의 기억으로 명시적 기억explicit memory의 일종이다.

을 나는 영원히 잊어버렸을지도 모른다. 공책 표지에는 검은색 나비가 그려져 있었다. 나는 지금도 그것을 가지고 있다. 그 공책을 떠올릴 때면 가장 먼저 그 나비가, 그다음으로 표지 색깔과 내지가 눈앞에 나타난다. 그 후로 나는 기록 시스템을 도입했다. 그것은 잊히기 직전의 사건들에 대한 첫 번째 기록이었다. 나는 그 공책을 내 자신의 기억인 것처럼 다루었지만 그때는 여러 페이지에 걸쳐 연결되지 않은 단발적인 기록만 남겼을 뿐이다. 언젠가 잊어버릴지도 모르는 것을 기억하려는 의도에서가 아니라 이해하지 못한다는 것에 대한 분노와 내가 강조하고 싶고, 또 만트라처럼 되풀이하고 싶은 문장을 써야 할 필요성을 느껴 생각나는 대로 적었던 것이다. 기억을 회복하는 데 도움이 될 만한 시스템을 시험하기 위해 기록을 시작한 것은 결코 아니었다. 물론 지금은 나름대로의 기록 시스템을 갖추고 있다. 그리고 이제는 아버지의 도움으로 컴퓨터에서 **공책**을 관리하고 있는데, 단어, 날짜, 이름으로 검색하면 필요한 정보와 자료를 쉽게 얻을 수 있다.

(   )

그날 나는 의사의 진료실에서 아무런 이유나 목적도 모른 채 나의 첫 번째 공책이 될 것을 받아왔다. 신경과 의사는 심각한 표정으로 나를 바라보며 말했다. "거짓말은 하지 않을 테니까 잘 들어. 이제부터 잊고 싶지 않은 것이 있으면 무엇이든 기록으로 남겨야 해. 반드시. 알았니? 네게 하고 싶은 말은 거기에 써놓았단다." 그는 명령하듯 말하면서 자기가 불러주는 대로 받아쓰게 했다. "기억하려면, 반드시 기록해 두어야 한다." 나는 공책에 그렇게 썼다. "어쩌면 기억의 일부를 되찾게 될 수도 있을 거야. 정보가 이동하는 경로는 다양하고 지름길도 있으니까. 그런데 네 경우는 가장 큰길이 끊어져 있는 셈이란다." 나는 무슨 말인지 알아들은 것처럼 고개를 끄덕였다. 나는 당황스럽고 어지럽고 화가 났지만 어쨌든 공책에 받아 적었다. "기억하려면, 반드시 기록해 두어야 한다." "지름길도 있으니까." "거짓말은 하지 않을 테니까 잘 들어." "가장 큰길이 끊어져 있는 셈이란다." 의사, 공책, 진단, 그의 조언. 나는 그가 말한 것을 되풀이해서 말할 수 있다. 검은 나비―서로 다른 크기와 디자인의 나비들이 그 뒤를 잇고 있다―와 더불어 자수가 놓인 공책의 첫째 줄에 모두 적혀 있고, 나는 그것을 읽을 수 있기 때문이다. 가까운 미래에 다시 봐야 할지도 모르는 중요한 문제가 있으면 핑크색, 초록색, 또는 노란색 형광펜으로 표시해 두었다. 공책에서 형광펜으로 표시된 부분은 시간이 흘러 내 컴퓨터의 즐겨찾기 파일이 되었다. 내가 강조 표시를 해둔 것은 "선행성 기억상실증" "의미 기억" "뇌의 해마" "좌측 부분"과 "아나" "살해된 것일까?" "리아/반지" "마테오"(이름과 얼굴을 감각적으로 연결시키기 위한 사진 포함) "알프레도" 등이었다. 공책을 다 쓰면 강조된 단어를 새로 쓸 공책에 옮겨 적기 때문에 예전에 쓴 글을 뻔질나게 다시 살펴볼 필요가 없다. 공책의 기록 시스템은 여전히 유지하고 있지만 이제는 그런 단어들을 컴퓨터 즐겨찾기 파일에 복사해 넣는다. 이미 말했던가? 이

프로그램은 아버지가 손수 만들었는데 이것을 이용하면 필요한 정보를 더 빠르고 효율적으로 검색할 수 있다. 글로 쓰인 기억과 반복을 통해 기계적으로 학습된 절차. 그 절차는 다음과 같은 것들이다. 매일 아침마다 공책을 펴기, 쭉 훑어보면서 임의로 빠르게 검토하기, 강조된 부분을 꼼꼼히 살펴보기, 연결시키면서 생각하는 척하기 혹은 검색창에 단어를 입력하고 그것이 어떤 공책에 있는지 알려줄 때까지 기다리기. 기억이 지속되기를 바라는 욕망을 망각이 억압하지 못하도록 가능한 모든 일을 하기.

아직 기억상실증에서 벗어나지 못했지만 계속 기억을 떠올리고 아니면 그런 척이라도 하기.

(   )

사고가 내 기억을 훔쳐간 그다음 날, 아나를 위한 밤샘 의식이 있었다. 아니면 이틀이 지나서였던가? 경찰이 시신을 유족에게 늦게 인도한 것 같다. 그날 부모님은 내게 장례식장에 가고 싶은지 아니면 집에서 쉬고 싶은지 물었다. 그날 비가 왔던가? 아나가 죽었을 때는 분명 비가 내리고 있었다. 그래서인지 밤샘 의식이 있던 날, 날씨가 궂었다는 생각이 자꾸 든다. 부모님은 같이 가자고 채근하지 않았을뿐더러 그 이야기를 거의 꺼내지도 않았다. 그들은 왠지 내가 집에 있었으면 하는 눈치였다. "그들은 내가 따라가는 것을 원치 않았다." 엄마의 말에 의하면 그때 내가 이렇게 대답했다고 한다. "나는 아나가 죽는 것을 지켜봤어. 내 품에 안고서. 죽은 아나를 위해 밤샘 의식을 하러 갈 거야." 나는 괄호 안을 채운다. 부모님은 아나의 첫 번째 죽음에 관한 나의 의견을 전달하는 걸 허락했지만 그들은 물론 어느 누구도 내가 왜 그런 말을 했는지 묻지 않았다. 그들은 내가 아나에 관해 한 모든 말을 무시했을 뿐 아니라 이를 사고로 인한 충격 탓이라고 여겼다. 이와 더불어 그들은 내가 아나의 살해 현장에 있었다고 하더라도 현재 나타나는 **증상**으로 미루어 신뢰할 만한 증인이 될 수 없다고 결론 내렸다.

(   )

"아니야, 우리는 너한테 아무것도 묻지 않았어. 넌 그때 심한 **쇼크**를 받은 상태라서 아무 말이나 나오는 대로 하더구나. 정신이 혼미한지 횡설수설했단다." 내가 설명을 해달라고 요구할 때마다 엄마는 이렇게 대답했다. 나는 엄마가 한 말을 그대로 공책에 적었다. 아버지도 같은 대답을 했지만 엄마와는 다른 어투로 더 간략하게 말했다. 나는 공책에 적힌 글을 읽은 다음 빠져 있는 부분을 채우고 새로운 내용을 기록한다. 나는 새로 기록한 부분을 강조하고 싶어 한 번 더 적는다. 그러고는 그 부분을 노란색 형광펜으로 표시하고 컴퓨터의 즐겨찾기 파일로 옮긴다. 아나가 죽던 당시의 상황은 굳이 기록할 필요가 없다. 조각상에 머리를 부딪치기 전이라서 정확히 기억하고 있는 데다, 기억으로 바뀔 사실들을 아직 머릿속에 모을 수 있었기 때문이다. 나는 아나가 떨면서 울다가 결국 숨이 멎을 때까지 함께 있었다. 그리고 그 전에도 나는 그 아이와 함께 있었다. 그래서 아나가 언제 죽었는지 뿐만 아니라 어떻게, 그리고 왜 죽었는지도 알고 있다. 아나는 내 품에 안긴 채 죽었다. 그녀의 관을 빙 둘러싸고 있는 사람들 중에서 그녀가 왜, 그리고 어떻게 죽었는지 아는 사람은 나 말고 아무도 없다. 그래서 나는 입을 다물고 있기로 맹세했던 것이다.

(   )

어쩌면 있었을지도 모른다. 어쩌면 그 관 옆에 그녀를 죽인 남자가 있었을 수도 있다. 하지만 그가 누구인지 알 길이 없었다. 나는 그의 이름도 얼굴도 몰랐다. 나는 그날 오후, 아나가 기다렸지만 끝내 오지 않은 정체불명의 남자가 누구인지 몸짓이나 표정으로 알아내려고 주변을 두리번거렸을 것이다. 물론 그가 그 자리에 없었을 가능성도 있다. 아나와 나는 떼려야 뗄 수 없는 친구로 친자매나 다름없는 사이였다. 만약 그녀를 돕고 구할 수만 있었다면, 그녀의 육체적·정신적 고통을 덜어줄 수만 있었다면, 그리고 내 친구의 육신을 품기에는 너무 하찮은 나무 관 속에 들어갈 때까지 그녀가 겪어야 했던 모든 것을 조금이라도 덜어줄 수만 있었다면 내 몸을 던져서라도 그렇게 했을 것이다. 시간을 되돌릴 수만 있다면 나는 안간힘을 다해 아나에게 호소했을 것이다. 네가 잘못 생각한 거라고, 사랑은 그런 게 아니라고, 나도 잘 모르지만 사랑은 네가 생각한 것과 다른 것이 분명하다고 말이다. 비록 그녀가 계속 고집을 부리며 누군가와 사랑에 빠진다는 것이 이토록 고통스러운 거라고 우긴다 할지라도 말이다. 하지만 그때나 지금이나 나는 시간을 되돌릴 수 없다. 기껏 열일곱 살밖에 안 된 우리는 삶과 사랑에 대해 아는 것이 없어도 너무 없었다. 그러니 죽음에 대해서는 아는 것이 더 없을 수밖에.

(   )

그날 이후로 주변에 있는 사람들이 모두 이상하고 어리석고 이기적으로 보이기 시작했다. 그들은 내가 만성적인 분노에 시달리고 있기 때문에 그런 거라고 한다. 마침내 나는 부모님과 친구들, 같은 반 학생들이 모두 지구를 침략하러 다른 행성에서 날아온 외계인들로 바뀌었다고 생각하게 되었다. 내가 너무나 잘 알고 있었지만 납치당해 사라져버린 이들과 똑같이 생긴 외계의 존재들. 언제가 쓰고 있는 완벽한 가면을 벗고 이마 한가운데 눈이 달린 초록색 얼굴을 드러내기 전까지 다른 사람의 모습으로 변장한 채 계속 숨어 지낼 외계인들. 내게 무슨 일이 일어났는지조차 이해하지 못하고 있을 때, 나는 이렇게 이미지와 단어들을 동원해 외계인 이야기를 지어내면서 빠진 부분을 채워 나갔다. 내가 아주 어릴 때 봤지만 아직도 한 장면 한 장면을 완벽하게 기억하는 어떤 영화—초록색 인간들이 지구를 침공해 세계가 곧 그들의 것이 될 거라는 영화—처럼 말이다. 나는 그 영화뿐만 아니라 머리에 충격을 받기 전에 본 어떤 영화라도 다 외울 정도로 훤히 기억하고 있다. 하지만 그 사건 이후, 더는 영화관에 발을 들여 놓지 않았다. 두 시간 동안 스크린에서 펼쳐지는 이야기를 이해할 가능성이 전혀 없었으니까. 물론 화면을 보면서 풍경을 감상하고 장면을 즐길 수는 있었지만 그 의미를 완전하게 이해할 수는 없었다. 아무튼 나는 외계인들을 따라 이야기를 계속 만들어 나갔다. 나는 그들이 바라는 대로 이야기했고 그들을 불쾌하게 만드는 이야기는 일체 꺼내지 않았다. 나는 그들이 두려웠다. 그들에게 맞설 생각이 전혀 없었다.

나는 아나를 위한 밤샘 의식에 갔지만 계속 관 옆에 웅크리고 앉아 있었다. 부모님은 그때 내 모습이 어땠는지 여러 번 말해주었다. 그들은 나를 보면서 큰 충격을 받았던 것 같다. 나는 엄마가 했던 말을 읽는다. 참, 앞에서 이미 말했었나? "그때 넌 아주 불안한 상태였단다. 바닥에 앉아 내내 울기만 했어. 아나가 네게 준 청록색 터키석 반지를 만지작거리면서 말이야."

그건 리아 언니가 끼던 행운의 반지였는데 아나를 구하지는 못했다. 그 반지는 지금도 기억난다. 밤샘 의식이 있던 그날 저녁, 나는 아나가 내 품에 안긴 채 죽었다는 말을 더 이상 반복하지 않았다. 누구도 죽은 사람을 다시 죽일 수는 없다는 말도 더 이상 하지 않았다. 아나가 성당의 가장 뒷좌석에 앉아 끝내 나타나지 않은 남자를 기다리고 있었다는 사실은 더 말할 것도 없었다. 사람들의 말에 의하면 나는 그 자리에서 입을 굳게 다물고 있었다고 한다. 외계인들이 당장 나를 잡으러 올지도 모르는데 어떻게 그런 이야기를 꺼낼 수 있겠는가. 나는 몸을 사리면서 버틸 수밖에 없었다.

(   )

나는 사건 당일 성구실로 찾아온 의사가 지시한 검사를 받지 않았다. 하지만 의사의 처방 지시는 내 공책 속에 꼼꼼히 적혀 있다. 나는 표지 바로 뒷장에 일종의 **전편** 이야기로 삼을 만한 코너를 만들었다. 내가 체계적인 기록 시스템을 만들기 전에 종이에 미친 듯이 써 내려간 글이 여기 포함되어 있다. "저들은 외계인들이다" "아나는 살해당하기 전에 이미 죽었다" "사람들은 내가 무슨 말을 하든 들어주지 않는다" 그리고 "그들은 나를 미치게 만들려고 한다". 아나의 장례식 때 받은 성인聖人 카드*—아나의 무덤 위치도 인쇄되어 있다—와 사랑한다는 말과 함께 내가 하루 빨리 회복되기를 바란다는 글이 적힌 반 친구들의 편지, 그리고 사르다가의 장녀인 카르멘이 보낸 짤막한 쪽지도 거기에 붙여 놓았다. 그 쪽지에서 카르멘 언니는 아나가 평소에 일기를 썼는지 물어보면서 "혹시 있다면 수사에 도움이 될 것 같아서"라는 말을 덧붙였다. 그때 언니에게 아니라고 대답했던 것 같다. 아나는 일기를 쓴 적이 없었다.

---

*   성인 카드는 기독교 성인들의 그림과 함께 기도문을 적어 놓은 카드다. 기도 카드라고도 한다.

(   )

　나는 공책에서 필요한 내용을 찾는다. 찾지 못할 때도 있지만 아무튼 빠진 부분을 채운다. 그렇게 며칠, 몇 주가 흘렀다. 마침내 부모님은 내 머릿속에 무언가 문제가 있다는 것을 알아차렸다. 집중력 부족과 아나의 죽음으로 인한 트라우마는 충분히 혼동할 만했다. 그런데 시간이 흘러도 증상이 쉽게 호전되지 않았다. 그러던 어느 날, 학교에서 부모님에게 연락을 해 그 사건으로 인해 심한 충격을 받은 것이 분명하니 당장 나를 심리 치료사에게 데려가라고 했다. 외상 후 스트레스 장애PTSD 같다는 이야기였다. 가장 친한 친구가 무참하게 살해당한 터라 내가 정신을 못 차리고 헛소리를 하거나 뭔가를 제대로 판단하지 못한다고 해도 그리 놀랄 만한 일은 아니었을 것이다. 그러나 몇 주가 지나도 증상이 완화되기는커녕 오히려 만성화된 것처럼 보이고, 전문가의 진단을 통해 적절한 치료를 하지 않으면 사라질 기미가 보이지 않았다는 점은 선생님들, 그리고 나중에는 부모님들에게까지 예사롭지 않게 여겨졌다.

(   )

　나는 읽고, 빠진 부분을 채워 넣는다.

　심리 치료사는 내게 정신과 의사를 찾아가 보라고 했다. 정신과 의사, 신경과 의사. 그렇게 해서 나는 검은 나비 공책을 준 의사를 만나게 되었다. 검은 나비 이야기는 벌써 했나? 나는 다시 살펴보고, 읽고, 결론을 내린다. 검은 나비는 이미 언급했다. 용서해 주기를. 엄마는 상담 내용을 수첩에 일일이 적어두었다. 시간이 흘러—적어도 그들에게—모든 상황이 더 분명해졌을 때, 엄마는 공책에 끼워 놓을 수 있는 낱장 종이를 선물했다. 엄마가 기록한 글도 전편 이야기로 공책에 묶어 놓았다. 엄마는 내 병력의 일부를 남겨 놓기 위해서가 아니라 내가 기억을 되찾을 수 있도록 자신과 아버지가 가능한 한 모든 것을 다 시도했다는 증거를 남기기 위해 그렇게 한 것 같다. 자식의 텅 비어버린 삶을 짊어지고 살기는 정말 힘들 것이다.

(   )

　내게 무슨 일이 일어났는지 알아차리자마자 나는 경찰서에 가서 목격한 것을 진술하겠다고 했다. 무슨 일이 있어도 꼭 가야 한다고 했지만 이를 또 한 번의 착란 증세로 여긴 부모님은 그래 봐야 경찰 수사나 나에게 거의 도움이 되지 않을 거라고 했다. 게다가 경찰서에서도 내 말을 진지하게 받아들이지 않을 거라고 했다. 하긴 경찰관도 마지못해 미친 여자를 상대하는 것처럼 내 진술을 아무 말 없이 받아적었을 것 같다. 설령 내가 범행을 목격했다고 해도 내 **문제**를 고려할 때 나의 진술은 신뢰하기 어렵고, 따라서 법적인 효력이 없었다. 나는 읽는다. "신뢰하기 어려운 진술." 하지만 그들의 판단은 틀렸다. 머리에 충격을 받은 후에 무슨 일이 있었는지는 그때도 몰랐고 지금도 모르지만 그전의 일이라면 모두 알고 있었고 지금도 알고 있다. 나는 자수가 놓인 공책에 경찰 진술서 사본을 보관하고 있다. 이에 관해서 벌써 이야기했던가? 내가 뭐라고 진술했는지 아무도 신경 쓰지 않았다는 것은 분명하다. 내가 경찰서에 가겠다고 떼를 썼을 때 부모님은 내가 가엾기도 하고 그런 일로 내 마음을 아프게 만들고 싶지 않았기 때문에 말리지 않았던 것 같다. 그들은 나를 아나와 같은 범죄의 피해자라고 여기고 있었다. 아나를 죽인 자들이 범행을 저지르는 과정에서 나도 피해를 입었다고 생각하는 것 같았다.

그 당시 부모님과 대다수의 사람들은 세 가지 가설을 세웠다. 그중 첫 번째 가설은 그날 오후 아나가 나와 함께 있었다는 사실을 전제로 했다. 아나를 죽인 바로 그 사람이 조각상을 내 머리 위로 떨어뜨렸고, 아직 살아 있던 아나를 납치해 강간하고 불에 태운 다음 쓰레기장에서 사체를 절단했다는 것이다. 공책에서 이토록 끔찍한 이야기를 읽을 때마다 숨이 막히고 가슴이 답답해지는 것을 느낀다. 아나가 죽었다는 것은 이미 알고 있지만 공책에서 범인이 그녀의 신체를 절단하고 불에 태웠다는 내용이 나올 때마다 견디기 어려운 충격을 받는다. 두 번째 가설은 나와 아나가 성당의 제단 위에서 아무도 모르는 무언가를 하고 있던 중에 대리석상이 내 머리 위로 떨어졌다는 것이다. 그 직후 아나가 도움을 청하기 위해 거리로 달려 나갔다가 범인에게 붙잡히고 말았는데, 그 자가 그녀를 강간하고 죽인 다음 불에 태우고 절단했다는 것이다. 다시 가슴이 옥죄어 오듯이 답답해진다. 마지막으로 세 번째 가설은 내가 이야기한 모든 것이 정신 착란 증세에서 비롯된 것이고, 내가 성당에서 사고를 당하는 동안 아나는 거기에 없었다는 것이다. 그녀는 몇 분 뒤 자기를 죽일 남자와 자발적이든 우연이든 함께 있었고, 내가 가장 친한 친구의 죽음을 받아들이지 못해 그녀가 내 품에 안긴 채 죽었다는 이야기를 꾸며냈다는 것이다. 대부분의 사람들, 특히 강간범으로부터 가능한 한 멀리 있는 나를 상상하고 싶었던 부모님은 이 세 번째 가설 쪽으로 기울어졌다. "부모님은 나를 믿지 않는다." 내가 무슨 말을 해도 소용이 없었다. 신경과 의사가— 나는 읽는다—"선행성 기억상실증은 정신적 외상이 아니라 부상이나 충돌에 의해서 일어난다"고 해도 아랑곳하지 않았다. 그들은 아나가 나와 함께 성당에 있었다는 증거를 찾지 못했고, 그녀가 거기 없었다고 결론 내렸다.

( )

마누엘 신부는 사고가 나기 몇 분 전에 그곳을 지나갔다. 그러고는 성체를 갖다 놓으러 곧장 제단으로 갔다. 사고가 일어나기 전이었기 때문에 또렷하게 기억난다. 그가 우리에게 인사를 건넸고 우리 둘이 거기 있는 것을 봤다고 맹세할 수 있다. 그런데 그는 우리를 보지 못했다고 말했다. 진실만 말하겠다고 선서해 놓고 그렇게 진술했다. 그는 제단에서 제일 뒷자리에 앉아 기도하고 있는 여자아이를 봤을 뿐이라고 했다. 그 여자아이는 분명 나 같았지만 자기가 근시인 데다 그날따라 안경도 끼지 않았고 또 너무 멀리 있어서 잘 보이지 않았기 때문에 확실하지는 않다고 했다. 신부는 말했다. 나는 읽는다. "우리 성당에 기도하러 오는 사람이 있으면 누구든 가리지 않고 인사를 했죠." 나는 그의 진술서 사본도 가지고 있다. 그런 다음 그는 성구실로 갔지만 대리석상이 내 머리로 떨어지는 소리를 듣고 놀라 밖으로 나왔다. 그날 그가 성당에서 봤다고 진술한 것은 여자아이 한 명이었다. 그의 진술로 인해 내 주장이 외상 후 착란 증세가 분명하다는 가설이 힘을 얻게 되었다. 그들이 저마다 다르게 이야기를 지어낸 덕분에 나는 내 이야기를 완성시킬 수 있었다.

(   )

경찰서에서 내가 아는 모든 것을 다 말하지도 않았는데 그나마 모두 묵살되고 말았다. 아나가 죽기 전에 어떤 고통을 받았고, 또 얼마나 고통스러워했는지는 이야기할 필요도 없었다. 아무도 물어보지 않았다. 나는 입을 다물기로 맹세했다. 나는 아나가 내 무릎 위에서 숨을 거두었다고 말했다. 나는 이 말을 하려고, 또 그들이 내 말을 믿어주기를 바라면서 경찰서에 갔던 것이다. 그들의 입장에서는 내 말이 이상하게 들렸을 테지만, 내 말 또한 진실이었다. 거기에는 착각하거나 혼동할 여지가 전혀 없으니까. 엄마는—엄마의 진술서에 이대로 나온다—내가 착란 증세 때문에 빠진 부분을 상상으로 지어낸 장면으로 채웠고, 그러다 보니 이야기가 확실한 결론에 이르기는커녕 자꾸 옆길로 샌다고 진술했다. 엄마는 거짓말한 것이 아니다. 정말 그랬으니까. 그건 나도 인정한다. 지금도 여전히 그렇다. 내가 겪은 고통과 불안감을 겪어보지 못한 이들은 나를 판단할 수 없다. 무언가를 간절히 말하고 싶어도 거기에 딱 들어맞는 말이나 이미지를 찾지 못해 답답하다. 어렴풋하게나마 기억이 남아 있는 곳으로 찾아가 보지만, 아무 것도 나타나지 않는 텅 빈 화면, 공허함만이 눈앞에 어른거릴 뿐이다. 예전에는 그렇지 않았다. 머리에 충격을 입기 전에는. 그렇다, 그 정도는 알고 있다. 이미 다 설명했던가? 나는 다시 찾아본다. 아, 그 이야기라면 이미 다 설명했다. 사고 전의 내 삶을 그 누구보다 더 자세하게 기억할 수 있다. 아나는 내 품에 안긴 채 죽었다. 나는 여러 번에 걸쳐 이 말을 했을 뿐만 아니라 내 진술서에도 나온다. 하지만 내 친구가 **그전에** 이미 죽어 있었다는 사실에는 아무도 관심을 기울이지 않았다. 그들은 우리가 함께 성당에 도착했는지, 혹시 우리와 같이 온 사람은 없었는지, 아는 사람이든 아니든 수상한 사람이 성당 안에 들어오는 것을 봤는지, 거리에서 우리를 쫓아오는 이들이 있었는지를 알고 싶어 했을 뿐이다. 그들이 궁금해하던 점들에 대해 나는 모두 아니라고 대답했다. 진술서에도 내가 모두 아니라고 대답한 것으로 나와 있다. 그리고 아나가 살아 있는 것을 마지막으로 본 사람도 나라고 되어 있다. 하지만 경찰은 그 아이가 내 품에서 죽지 않았다고 주장했다. 진술서에는 이렇게 적혀 있다. "진술인은 아나 사르다가 자신의 품에 안긴 채 죽었다고 주장했지만, 그녀는 10시간 후에 절단되고 불에 탄 채 시신으로 발견되었다. 사체가 발견된 범죄 현장은 산 가브리엘 본당에서 몇 블록 떨어진 곳으로 주민들이 쓰레기를 버리는 곳으로 사용하는 공터다." 그리고 몇 줄 아래에는 이렇게 적혀 있다. "진술인은 머리에 충격을 받아 뇌가 손상되었기 때문에 현실과 환상을 혼동한다."

아나의 몸이 절단되었나?

진술인은 바로 나다.

(   )

아무것도 나오지 않는 화면. 그리고 그전에는 모든 것이 암흑이다. 그리고 그전에 대천사상이 내게 떨어진다. 그리고 그전에 대리석상이 넘어질 듯 비틀거린다. 그리고 그전에 재킷 소매가 걸린다. 그리고 그전에 나는 도움을 청하러 거리로 뛰쳐나간다. 그리고 그전에 아나는 내 무릎 위에서 몸을 웅크린 채 숨을 거둔다. 이미 죽었지만 열이 펄펄 끓는 아나. 그전에 아나는 "이제 곧 올 거야"라고 말한다. 그리고 그전에 "나를 성당에 데려다 줘." 그리고 그전에 "나한테 무슨 일이 생기면 리아 언니에게 청록색 터키석 반지를 전해 줘." **그전보다** 더 전에 일어난 일, 그러니까 가장 먼저 일어난 일은 아직 말하지 않았다. 내가 그것에 관해 말하지 않는 이유는 무슨 일이 있어도 절대 입을 열지 않겠다고 아나와 약속했기 때문이다. 아나는 나에게 저기 제단 앞에서 다시 맹세하라고 했다. 오랜 세월이 흐른 지금도 그때 했던 맹세를 어기지는 않았지만, 나는 증거 앞에서 그 사실을 시인하고 말았다. 나는 공책을 읽는다. 엘메르 가르시아 베요모. 그는 마침내 그 사실을 이해하고 알프레도 아저씨에게 이를 설명했다. 그것을 설명한 것은 내가 아니라 그 사람이었다. 그러니 부인해 봐야 아무 소용이 없었다. 계속 입을 다물고 있었다면 오히려 더 큰 대가를 치렀을 것이다. 누군가 아나를 죽인 것은 분명하지만, 그렇다고 그를 살인자로 볼 수는 없기 때문이다. 나는 아나가 내 무릎에 기댄 채 죽고 나서 시신이 절단되고 불에 타기까지 어떤 일이 일어났는지 모른다. 나는 그런 내용의 글을 읽어도 곧바로 아나가 그렇게 되었다는 사실을 잊어버린다. 다시는 그 글을 읽고 싶지 않다. 아무리 애를 써도 이야기를 지어내는 것 말고는 그 빈자리를 메울 수 없다. 하지만 애당초 그 빈자리에 관해서는 그 어떤 기억도 없기 때문에, 내가 지어낸 이야기는 길든 짧든 결코 기억이라고 할 수 없다. 내 삶은 사고 이전에 있었던 일들로만 표현될 수 있다. 나는 예전에 갔고, 예전에 봤고, 예전에 있었다. 아나는 내 품에 안긴 채 죽었다. 그것은 현재 이전, 그러니까 내가 결코 기억하지 못할 시간 이전에 일어난 사건이었다. 내게 가능한 과거는 바로 그 이전의 과거다.

(   )

나는 아나를 위한 밤샘 의식에 갔다. 내 친구에게 마지막으로 작별 인사를 고하고 싶었기 때문이다. 이 말도 예전에 했었나? 나는 몇 걸음 떨어진 곳에서 다른 사람들이 하는 말을 하나도 이해할 수 없었다.

모든 것이 악몽 같기만 했다. 주변에서 하는 이야기는 죄다 미친 소리 같아서 듣고 있자니 분노가 치밀었고 이해할 수도 없었다. 엄마는 그때 내가 어땠는지 여러 번에 걸쳐 말해주었다. "너는 그때 굉장히 화가 나 있었단다." 나는 그 말을 공책에 기록했다. 그리고 아버지는 이렇게 말했다. "너는 아무하고도 이야기를 안 하려고 했어. 누가 네 몸에 손도 대지 못하게 했으니까. 너는 아나의 관 옆 바닥에 앉아 꼼짝도 하지 않더구나. 마치 다친 강아지 같았어." 나는 아버지가 한 말을 공책에 기록하고 형광펜으로 표시했다. **다친 강아지**. "그들은 나를 미치게 만들려고 한다." 이런 글도 적혀 있다. 하지만 이 말은 누가 해준 것이 아니라 나 혼자 생각한 것이 틀림없다. 공책은 내가 생각할 수 있도록 도와주었다. 밤샘 의식에 갔을 때만 해도 나는 아직 아무것도 기록하지 않고 있었다. 공책에 무언가를 기록하기 시작한 것은 선행성 기억상실증이라는 진단을 내리면서 내게 첫 번째 공책을 준 신경과 의사를 만나고 난 뒤부터였다. 그 의사는 내게 검은 나비 그림과 함께 수가 놓인 공책을 주었다. 검은 나비를 만나기 전에 나는 아무것도 기록하지 않았다. 그래서 그전에는 모든 것이 텅 비어 있다. 머리에 충격을 받은 날부터 공책이 생긴 날까지 무슨 일이 있었는지 알고 싶으면 나는 이야기를 지어내거나 목격자를 찾아가 물어보고 그의 대답을 상세히 기록한다. 어떤 면에서 나는 그 공책을 너무 늦게 만난 셈이다. 공책에 기록하기 전까지가 결정적으로 중요한 시간이었는데 그 시간을 허송세월하는 바람에 중요한 정보를 너무 많이 잃어버렸

기 때문이다. 마침내 그 저명한 신경과 의사를 만나러 갔을 때, 내 뇌
는 이미 돌이킬 수 없을 정도로 손상되어 있었다. 의사는 그렇게 말했
다. "이제는 돌이킬 수 없어요."

(   )

내 재킷의 소매가 가브리엘 대천사상의 받침대에 걸리고 말았다.
그전에 나는 도움을 청하러 성구실로 달려갔다. 그전에 아나는 내 품
에 안긴 채 죽었다. 그전에 아나는 우리 집에 왔는데, 열이 올라 몸이
불덩이처럼 뜨거웠고 얼굴은 누렇게 떠 있었다. 성당에 갔을 때는 살
갗에 푸르스름한 기운이 돌더니 급기야는 고통을 이기지 못해 울음
을 터뜨렸다. 이런 내용은 기억에 남아 있는 내 삶의 일부라서 절대
잊을 리 없기 때문에 굳이 공책에 적을 필요가 없었다. 그리고 내 친
구가 왜 그렇게 속을 앓고 힘들어 했는지도 절대 잊지 않을 것이다.
나는 어떤 일이 있어도 그 이유를 발설하지 않겠다고 아나와 약속했
다. 30년이라는 오랜 세월 동안 나는 그 맹세를 충실히 지켰다. 하지
만 몇 달 전, 그러니까 알프레도 아저씨가 돌아가시기 몇 달 전부터
그에게 진실을 알려야겠다는 생각이 들기 시작했다. 나는 아나와 맺
은 맹세와 알프레도 아저씨에 대한 신의 사이에서 갈피를 잡지 못하
고 우왕좌왕했다.

(　)

알프레도 아저씨가 돌아가셨던가? 나는 공책을 뒤져본다. 맞다. 알프레도 아저씨는 이미 돌아가셨다.

(　)

"나를 성당에 데려다 줘. 부탁이야. 제발 나를 성당에 데려다 줘." 아나는 가쁜 숨을 몰아쉬며 내게 사정했다. 나는 그녀를 성당으로 데려갔다. 우리는 성당의 가장 뒷좌석에 앉았다. 그러자 아나는 자기를 두고 가라고 했다. "이제 곧 올 거야." 나는 누가 오는지 물었지만 아나는 아무 대답도 하지 않고 같은 말만 되풀이했다. "조금만 있으면 그가 올 거야." "누군지 말해줘. 혹시 그를 찾으러 나가야 할지도 모르잖아." "그가 올 거야." 아나는 같은 말만 반복했다. 그녀는 나더러 어서 가라고 하면서 나를 더 세게 끌어안았다. 내 치마 위에 누운 아나는 열이 펄펄 올라서 땀에 젖은 몸을 부들부들 떨었다. 그녀는 나에게 자기가 한 일을 아무에게도 말하지 않겠다고 제단 앞에서 맹세하라고 했다. 나는 제단 앞에서 비밀을 지킬 것을 맹세했다. 아나는 오랫동안 울었다. 그녀의 눈물이 속옷을 타고 흘러내려 내 허벅지를 적셨다. 그러다 나는 아나가 더 이상 울지도 떨지도 숨을 쉬지도 않는다는 것을 깨달았다. 나는 그녀의 몸을 흔들었다. 그러고는 어서 정신 차리라고 화를 내면서 소리를 질렀다. 아나는 죽었다. 그건 의심할 여지가 없다. 지금 생각해도 마찬가지다. 숨이 턱 막혔다. 날카로운 칼에 찔린 듯 가슴이 아려왔다. 나는 그녀를 의자에 눕히고 도움을 청하기 위해 달려 나갔다. 제단 쪽으로 달려가서 계단을 뛰어올랐다. 그 순간 옷소매가 대천사상 받침대에 걸렸다. 고개를 돌리며 그것을 뿌리치려고 했다. 소매를 잡아당기자 대리석상이 넘어질 듯 비틀거렸고, 결국 대천사상이 내게 떨어지고 말았다.

(   )

대천사상의 날개가 부러졌다. 대천사상의 날개가 부러졌던가? 나는 공책을 읽는다. "충격" "부러진 날개". 암흑, 하얀 공백.

(   )

아나와 나는 초등학교 3학년 때 만난 지 겨우 몇 달 만에 **가장 친한 친구**가 되었다. 그녀가 죽었을 때 우리는 열일곱 살이었다. 그녀가 죽기 1분 전, 아니 1초 전까지도 우리는 세상에 둘도 없는 친구였다. 아나가 살아 있었더라면 우리는 평생 동안 가장 친한 친구로 지냈을 것이다. 아나는 나에 관해 모든 것을 알고 있었다. 나도 그녀에 관해 모든 것을 알고 있었다. 그 남자의 이름만 빼고.

(   )

그 아이의 시신이 절단되고 불태워졌다는 것을 받아들여야만 했다. 부모님도 그렇게 말했고, 신문에서도 그렇게 말했고, 경찰에서도 그렇게 말했다고 내 공책에 적혀 있다. 나는 그녀가 내 품에 안겨 죽는 것을 본 뒤에 무슨 일이 일어났는지 도무지 이해할 수 없었다. 이 세상 그 누구도 두 번 죽지 않는다. 누구도 이미 죽은 사람을 또 죽일 수는 없다. 그들은 존재하지도 않는 살인자를 찾고 있었지만 모두 해답을 가지고 있었다. 그 사건에서 분명하게 드러나지 않은 부분, 즉 빠져 있는 부분은 진실을 알고 싶어 하지 않는 이들에 의해 채워졌다. 나는 이야기를 지어낼 수도 없었다. 설령 그럴 수 있었다 할지라도 내 이야기는 "기억상실증 환자"라는 이유로, 아니면 "미친 아이"라는 이유로 묵살되었을 것이다.

(   )

잃어버린 기억, 새로운 기억. 침묵 당한 기억, 옛날 기억. 얼마 전 아나의 아버지, 알프레도 아저씨가 우리 집에 나타났을 때까지는 그랬다. 내 공책 4.342에 그렇게 적혀 있다. 그리고 형광펜으로 강조 표시를 해두었다. "알프레도 사르다가 나를 만나러 집으로 찾아왔다." 여기서 굳이 "나를"이라고 쓴 것은 그게 사실이기도 하거니와 나를 만나러 오는 사람이 전혀 없어서 그것이 생소하게 느껴졌기 때문이다. 그 당시 우리 집에 나타나는 사람은 파티나 기념일을 맞아 우리 가족이나 부모님을 찾아온 손님밖에 없었다. 그날 엄마는 내 방에 올라와 아나의 아버지가 나를 만나 이야기를 나누고 싶어 한다고 전했다. "엄마가 내 방에 올라온다." "엄마는 이렇게 말한다. 알프레도 사르다 씨가 왔어. 너를 만나려고 왔대." 그날은 마지막 물리치료사가 시킨 재활 운동을 하느라 방 안에만 있었기 때문에 — 다른 이들과 마찬가지로 — 잠옷을 입고 있었다. 하지만 엄마의 말을 듣고 옷을 갈아입었다. 나는 공책에 붙여놓은 그녀의 사진을 본다. 마지막 물리치료사는 내가 정말 좋아하던 여자였다. 재활 운동이 끝날 때마다 그녀를 잊었기 때문에 나는 그녀가 지시한 운동 옆에 그녀의 사진을 함께 붙여 놓았다. 나는 공책을 내려놓고 아나의 아버지를 만나러 아래층으로 내려갔다. 그렇게 한 것이 틀림없다. 엄마는 우리에게 차를 내주고 곧장 자리를 피했다. 그때 대화의 기록에서 엄마의 말은 전혀 나오지 않는다. 엄마가 우리와 함께 자리했더라면 무슨 말이라도 했을 것이다. 엄마는 늘 내가 기억하지 못하는 것을 알려주려고 한다. 엄마는 말라붙은 내 삶의 연못을 채울 물이 되고 싶어 했다. 그렇게 하면 내게 도움이 될 거라고 여기는 듯한데 나는 잘 모르겠다. 오히려 입에서 제대로 말이 나오지 않아 더듬고 있는데, 이를 조마조마하게 지켜보던 이가 서둘러 그 말을 대신 해주는 꼴이 된 듯한 느낌이 든다. 그들은 왜 내가 스스로 기억을 지어내도록 가만히 내버려두지 않는 것일까? 그들은 내가 상상력을 사용하는 것에 대해 왜 그렇게 놀라는 것일까? 내가 기억하지 못하는 것은 하기 싫어서가 아니라 할 수 없기 때문이다. 나는 연상하고, 느끼고, 상상하고, 필요한 경우 거짓말도 한다. 나는 아무것도 없는 하얀 화면을 나만의 색깔로 칠한다.

(   )

알프레도 아저씨는 아주 다정하게 나를 대해 주었다. 그는 먼저 내 안부를 묻더니 지난 30년간 내가 어떻게 살았는지 전혀 몰랐던 것에 대해 용서를 구했다. 나는 공책에 썼다. "마르셀라, 너는 그동안 어떻게 지냈니?" 그는 오랫동안 아나 친구들의 소식을 들을 때마다, 특히 아나가 없는 세상에서도 모두들 꿈을 향해 잘 살아가고 있다는 소식을 들을 때마다 가슴이 아팠다고 했다. "하지만 나도 이제는 아주 강해졌으니까 네 이야기도 좀 들려주렴." 그가 말했다. 그때 아저씨한테 할 이야기가 있었던가? 혹시 아무 기억도 나지 않았거나 할 이야기가 전혀 없지는 않았던가? 기억이 없기 때문에 나는 많은 것에서, 아니 거의 모든 것에서 배제되고 소외되었다.

문제는 더 이상 기억하지 못한다는 것이 아니라 다른 이들처럼 살 수 없다는 것이었다. 사고를 당하고 몇 년 동안 나는 그 어떤 경험도 할 수 없었을뿐더러 누군가와 사랑에 빠질 수도, 새로운 친구를 사귈 수도 없었다. 예전부터 알고 지내던 몇몇 친구들과 어쩌다 한 번씩 연락을 하고 지냈지만 나의 진정한 친구 아나가 죽은 이상 내게 그토록 중요한 친구는 이제 아무도 없었다. 알프레도 아저씨가 그동안 내가 어떻게 살았는지 알고 싶어 했던가? 재활, 훈련, 밥 먹기, 잠자기, 재활, 훈련. 재미있는 일은 하나도 없었다.

어쨌든 나는 대답했다. "대답하는 법을 배우지요." 나는 하나마나 한 말을 하며 미소 지었다. 그러고 나서 그에게 이야기를 해달라고 했다. 그가 이야기를 시작하기 전에 나는 양해를 구하고 기록하기 위해 필요한 물건들을 가지러 갔다. "준비됐니?" 내가 맞은편 자리에 앉아 치마 위에 공책을 올려놓자 알프레도 아저씨가 물었다. 그때 나는 표지가 노란색인 공책을 들고 있었다. 표지에 검은 나비가 있었지만, 그건 내가 그린 것이다. 공책 표지가 반들반들해지면 거기에 검은 나비를 그린다.

(   )

나는 기록할 준비가 다 되었다고 했다. 그러자 알프레도 아저씨가 천천히 입을 열었다. 평소에 가끔 그랬듯이 며칠 전에도 아나의 사망 원인을 다시 살펴보고 있었다고 했다. 이번이 마지막이 될 수도 있다는 생각에 각별히 조심해서 살펴보았지만 예전과 다름없이 아무 단서도 찾지 못한 채 제자리걸음을 하고 있어서 기분이 씁쓸했다고 했다. 더군다나 건강 상태가 좋지 않아 걱정스럽다는 말도 덧붙였다. 그런데 그때 "무슨 이유에서인지" 갑자기 경찰서에서 작성한 내 진술서를 꺼내 자세히 살펴보았고, 거기서 읽은 내용 덕분에 그 사건에 새로운 의미를 부여할 수 있었다고 말했다. 나는 그때의 상황이 기억나지 않았기 때문에 내가 경찰서에서 무슨 진술을 했는지 말해달라고 했다. 알프레도 아저씨는 침착하게 내가 한 진술을 알려주었다. 나는 컴퓨터에서 그 날짜를 검색하고 거기에 해당하는 공책을 찾을 때까지 몇 분만 기다려 달라고 했다. 아니, 몇 분만 기다려 달라고 했던 것 같다. 나는 자전거 타는 법을 배운 것처럼 아버지가 만든 컴퓨터 프로그램에서 사진, 이름, 날짜를 검색하는 방법을 배웠다. 그 덕분에 기록된 기억에 이르는 길과 시간을 크게 단축할 수 있었다. 나는 내 진술서를 읽었다. 기록할 준비가 끝났을 때, 나는 알프레도 아저씨에게 계속 말해달라고 재촉했다. 시간이 지나면 아저씨가 말한 것을 모두 잊어버릴까 봐 두려웠기 때문이었다. 아저씨는 머리를 부딪치기 몇 분전에 아나가 내 무릎 위에서 죽었다고 진술한 이유를 알고 싶어 했다. "네가 이렇게 말했더구나. '이미 죽은 사람을 죽일 수는 없는 법이다.' 마르셀라, 왜 그런 말을 한 거지?"

"그게 사실이니까요." 그 이야기를 한 지도 굉장히 오래되었기 때문에 나는 그때 무슨 일이 일어났는지 자세하게 말해주었다. 내 말을 들으며 고개를 끄덕이는 할아버지의 눈에 눈물이 홍건히 고여 있었다. 아무 편견 없이 내 말을 끝까지 들어준 사람은 알프레도 아저씨가 처음이었다. 나는 공책에 기록했다. "알프레도 아저씨는 내 말을 귀담아 듣는다."

"한나절 내내 너를 들볶을 생각은 없단다. 혹시 너하고 가끔이라도 만날 수 있을까? 그러면 너는 내게 공책에 적어놓은 것을 차분하게 말해줄 수 있을 테고, 나도 그중에서 중요한 것을 기록할 수 있을 테니까."

나는 공책을 읽는다. "알프레도 아저씨가 시간이 나면 가끔씩 오후에 만나자고 했다." "물론이죠. 만날 수 있어요. 그럼 알프레도 아저씨도 기록하실 건가요?" "나도 기록할 거란다, 마르셀라." 아저씨가 대답하자 우리는 둘 다 웃었다. 웃었던 것 같기도 하고 부둥켜안았던 것 같기도 하고 드디어 말이 통하는 사람을 만났다는 것을 깨닫고 흐뭇한 표정을 지으며 서로를 바라보았던 것 같기도 하다. 정확하게 기억나지는 않지만 아무튼 그때 우리 둘은 그랬던 것 같다.

나는 노란색 공책에 첫 약속 날짜와 시간을 기록하고 핑크색 형광펜으로 표시해 두었다. 이틀 뒤, 우리는 아나의 집에서 만났다.

나는 3학년 때 사그라도 코라손 데 헤수스 초등학교로 전학을 갔다. 지금은 아니지만 그 당시 그 학교에는 여학생들만 다녔다. 사람들에 의하면 지금은 남자아이들도 있다고 한다. 내가 금방 잊어버리기 때문에 그들은 내게 같은 말을 여러 번 되풀이해야만 한다. 첫날 교실에 들어갔을 때, 아는 얼굴이 하나도 없었다. 앞으로 같은 반 친구가 될 아이들이 모두 자리에 앉자 나는 유일하게 비어 있는 자리로 가서 앉았다. 내가 앉은 자리는 교실 한가운데였다. 나중에 알고 보니 그 자리는 얼마 전 브라질로 이민을 가서 더 이상 학교에 나오지 않지만, 한때 아이들 사이에서 우두머리 노릇을 하던 나디나의 자리였다. 다른 우두머리와 마찬가지로 나디나 또한 일부 아이들에게는 사랑을 받았지만 또 다른 아이들에게는 증오의 대상이었다. 그 자리는 작년 8월부터 비어 있었지만 여전히 나디나의 자리였다. 아무도 그 자리에 앉으려고 하지 않았다. 어떤 아이들은 그를 우러러보았기 때문에,

어떤 아이들은 혹시라도 나디나가 돌아와 자기 자리를 빼앗은 것에 대해 복수할까 봐 두려워서, 또 다른 아이들은 나디나가 책상에 사악한 기운을 불어넣었을지 몰라 불안해서 그 자리를 피했다. 따라서 그 빈자리는 나디나 그 자신보다 훨씬 불길한 존재였다. 하지만 교실에는 거기 말고 빈자리가 없었기 때문에 나는 쭈뼛쭈뼛하면서도 주변의 눈치를 무시한 채 그곳을 향해 걸어갔다. 마치 눈앞에 등장한 영화배우를 보고 카메라맨들이 ─ 한 명씩 차례대로, 혹은 여러 명이 한꺼번에 ─ 사진기 셔터를 눌러대는 것처럼 걸음을 옮길 때마다 아이들의 시선이 내 얼굴에 꽂히는 것을 느꼈다. 나는 아이들이 왜 못마땅한 눈초리로 나를 쏘아보는지 그 이유를 알 수 없었다. 나는 자리로 걸어가는 동안 그들의 따가운 시선을 느꼈다. 하지만 나는 그 자리를 향해 계속 걸어가야만 했다. 중간에 멈춰 섰더라면 더 끔찍한 일이 벌어졌을 것이다. 그토록 많은 시선이 쏠린 것이 내가 **전학생**이기 때문이라는 생각이 들었다. 짧은 거리지만 잔뜩 긴장한 채 걸음을 옮기는 동안 나는 혹시라도 뭔가 잘못된 것이 있는지 하나씩 확인했다. 혹시 신발을 짝짝이로 신고 온 건 아닐까, 아니면 치마가 말려 올라가 팬티가 보이는 건 아닐까, 손수건을 쓴 뒤에 혹시 코에 무슨 부스러기라도 묻은 건 아닐까, 그도 아니면 입술에 치약이 묻어 있는 건 아닐까. 하지만 전혀 그렇지 않았다.

그 후로 며칠 동안 누구도 내게 말을 걸지 않았다. 내 옆자리에 앉은 아이는 뭔가 필요한 것이 있어도 앞에 앉은 아이의 등을 치거나 몸을 돌려 뒷자리의 아이에게 말했다. 하지만 실수로라도 내게는 말을 걸지는 않았다. 그런 중에 이따금씩 내게 시선을 던지는 아이가 한 명 있었다. 뭔가 다른 기운이 느껴지는 아이였다. 그 아이의 이름은 아나 사르다였다. 그 아이는 저 멀리 떨어진 곳, 교실 맨 뒷자리에 앉아 있었다. 이따금씩 울음이 터지려고 할 때면 나는 고개를 돌려 그 아이를 찾곤 했다. 그럴 때마다 그 아이는 항상 그 자리에 앉아 나를 바라보고 있었다. 나를 가엾게 여기지도 못마땅하게 여기지도 않는 눈빛으로 말이다. 그녀의 시선이 내게 와 닿았다. 그러다 가끔은 미소를 지었던 것이 기억난다. 장담하건대 그 아이는 쉬는 시간에도 자기 친구들과 함께 놀자고 권하려고 내게 오려고 했다. 그런데 그럴 때마다 벨이 울리는 바람에 우리는 교실로 들어가야만 했다.

나는 그렇게 아무와도 말을 나누지 못한 채 겨울방학을 맞이했다. 나는 제발 방학이 끝나지 않기만을 바랐다. 학교생활을 할 자신도 없었고, 나를 그 어떤 학교의 전학생보다 더 심하게 왕따를 당하게 만든 그 자리에 다시 앉아야 한다는 사실을 받아들일 자신도 없기 때문이었다. 마침내 찾아온 개학 날 아침, 나는 심한 복통으로 배를 움켜잡고 학교 건물로 들어갔다. 배가 너무 아파 학교를 빠지고 싶었지만 엄마가 허락하지 않았다. 교실에 들어가려고 할 때, 아나가 선생님과 이야기를 나누는 모습이 눈에 띄었다. 그때 아나의 표정과 태도로 봐서는 반가워서 수다를 떠는 것 같지는 않았다. 오히려 선생님과 무슨 일을 꾸미는 듯했다. 더구나 둘이 가끔 힐끔힐끔 내 눈치를 살피는 듯한 느낌이 들었다. 나는 여느 때와 마찬가지로 혼자였다. 나는 거의 외우다시피한 만화 잡지를 가져왔지만 그건 읽기 위해서가 아니라 재미있게 훑어보는 척하면서 주변에 신경을 쓰지 않기 위해서였다. 그것은 지겨운 학교와 저주받은 책상으로 돌아갔을 때, 외로움을 숨기기 위해 방학 동안 생각해 낸 수많은 방안 중 하나였다. 입실을 알리는 벨이 울리기 전에 아나는 내게 다가오더니 인사를 건넸다. 인사라고는 하지만 겨우 몇 마디를 건넸을 뿐이었다. "안녕. 잘 지냈니?" 그러고는 내게 미소를 지어 보였다. 그 아이의 표정은 내 가슴속에 희망을 안겨주었다. 교실에 들어가자 놀랍게도—모든 것을 알고 있었을 뿐만 아니라 아마 그 아이디어를 생각해 냈을 아나만 제외하고—선생님이 아직 자리에 앉지 말라고 했다. 그러고는 우리에게 칠판 옆에 서 있으라고 했다. 모두 교실 앞으로 가자 선생님은 **교실 공간**에 약간의 변화를 주고 싶다고 말했다. 그러면서 예전처럼 줄지어 앉는 대신 서로 마주보면서 칠판도 잘 볼 수 있게 반원 모양이 되도록 책상을 옮기라고 했다. 말이 끝나기 무섭게 선생님은 소매를 걷어 올리고 책상 몇 개를 옮겼다. 다 옮기고 나자 책상이 누구의 것이었는지 구별하기가 어려워졌다. 책상 배치가 끝나자 선생님은 자리에 앉으라고 했다. 이번에도 나는 다른 아이들이 자리를 선택할 때까지 기다리느라 옆으로 비켜서 있었다. 바로 그때, 나는 반원의 왼쪽에 자리를 잡은 아나가 자기 옆자리에 와서 앉으라고 나에게 손짓하고 있다는 것을 깨달았다. 다른 아이들이 앉지 못하게 그 책상에 자기의 가방을 올려놓은 채였다. 나는 한 치의 망설임도 없이 그 아이의 옆자리에 가서 앉았다. 마침내 내가 그 아이들, 그 교실, 더 나아가 그 학교의 일부라는 것을 느낄 수 있었다. 그때부터 아나와 나는 세상에서 가장 친한 친구가 되었고 절대 헤어지지 않았다. 아나가 죽을 때까지.

10대 시절, 우리 앞에 기나긴 인생이 놓여 있다고 믿고 있을 때 우리 둘은 여러 번 사랑에 빠졌다. 그럴 때면 각자가 느낀 것을 서로에게 자세히 말해주곤 했다. 우리가 무엇을, 얼마나, 어떻게, 그리고 누구를 사랑했는지 말이다. 이와 더불어 우리가 무엇을, 얼마나, 어떻게 그리고 누구로 인해 가슴 아파했는지도 서로에게 털어놓았다. 때로는 놀이 같고 때로는 불꽃처럼 격렬하던 그 시절의 경험은 순진하고 희망에 부풀어 있으면서도 어딘지 모르게 유치했다. 우리는 문제의 남자보다 사랑 그 자체에 더 깊이 빠져 있었다.

하지만 아나가 죽은 바로 그해, 그녀는 또 다른 종류의 감정이 있다는 것을 알게 되었다. 그건 사랑이었을까? 그것이 무엇인지 그때도 궁금했지만 지금도 여전히 궁금하다. 여름에 우리는 거의 만나지 못했다. 나는 시골에 있는 할머니 집에서 거의 두 달을 보냈다. 할머니가 편찮으셨는데 엄마는 할머니와 최대한 많은 시간을 보내고 싶어 했다. 우리는 개학하기 며칠 전에야 다시 만날 수 있었다. 그때 아나는 사랑에 빠졌다고 내게 털어놓았다. "미친듯이 사랑에 빠져 있어." 그녀가 말했다. 궁금해진 내가 물었다. "누군데?" 그녀는 그 사람의 이름을 끝내 밝히지 않았다. 그래서 나는 **미친 듯이**라는 말이 단지 주체하지 못할 정도로 격렬한 감정을 가리키는 것이 아니라 어쩌면 문자 그대로의 의미일지도 모른다는 생각을 하기 시작했다. 다시 말해 아나는 사랑으로 인해 미쳐버렸는지도 모른다. "그럼 그 남자가 너를 사랑하지 않는다는 거니?" 나는 그녀가 허용하는 만큼만 앞질러 물어보았다. "물론 나를 사랑하지. 하지만 그 사람은 나를 사랑할 수 없어." 아나가 내게 대답했다. 나는 사랑하는 이를 왜 사랑할 수 없다는 것인지 도무지 이해할 수 없었지만 그녀와 함께 가슴 아파했다. 나는 그 후에도 몇 번이나 마음을 졸이며 금지된 질문을 던졌다. "그 남자, 누구니?" 아나는 끝내 대답하지 않았다. 미안하다고 했지만 자기도 이름을 밝힐 수 없어서 너무 괴롭다고 했다. 절대로 말하지 않겠다고 그와 철석같이 약속했다는 것이다. "그에게 맹세했거든." 그러고는 그의 이름을 털어놓지 않은 채 같은 말만 되풀이했다. "미안해. 하지만 그는 나를 사랑할 수 없어."

우리 사이에 비밀이 생기고, 이것이 어른이 되는 과정의 일부라는 것을 깨달은 것은 우리가 열일곱 살일 때였다. 이제 각자 자신의 개인적인 세계 일부를 비밀로 묻어둔 채 살아가리라는 생각이 들었다. 돌이킬 수 없다는 것을 깨닫자—왠지 우리 사이가 멀어졌다는 느낌이 들자—나디나의 자리에 앉았을 때, 그리고 아무도 내게 말을 걸지 않았을 때처럼 몸 어딘가에서 통증이 느껴졌다.

나는 우리 둘이 알고 있던 유부남 중에서 아나가 사랑에 빠질 만한 사람을 골라 명단을 만들었다. 그리고 여자를 **능숙하게** 유혹하는 남자들의 명단도 만들었다. 학교 선생님들, 친구의 형제들, 그리고 사촌들. 친구들의 아버지는 차마 쓰지 못했다. 아나가 그런 남자들과 사랑에 빠질 수 있다는 생각만 해도 역겨웠기 때문이었다. 명단에 오른 남자들 이름 옆에 아나의 사랑을 받았을 가능성이 있는지 여부에 따라 1에서 5까지 점수를 매겼다. 대다수는 1점(불가능)이거나 2점(가능성이 거의 없음)이었다. 몇 사람은 3점(가능성 있음)을 받았다. 예를 들어 최근에 학교에 들어온 젊은 남자 선생이 그중 하나였다. 그는 휴직 교사를 대신해서 몇 달 동안 수업을 맡았는데 해리슨 포드를 닮아서 '인디아나 존스'라는 별명이 붙었다. 4점(가능성 높음)과 5점(바로 이 사람이다)을 받은 남자는 단 한 명도 없었다.

아나가 비밀 애인과 맺은 관계로 인해 우리 둘 사이는 점점 멀어지고 있었다. 그렇다고 서로에게서 마음이 멀어진 것은 결코 아니었다. 우리의 우정은 조금도 변치 않았다. 다만 예전처럼 많은 시간을 함께 보내며 이야기와 즐거움과 웃음을 나누지 않을 뿐이었다. 나는 아나가 그 남자와 자주 만났는지 모른다. 하지만 그가 언제나 그녀를 **자기마음대로** 하려고 했던 것은 분명하다. 그녀는 혹시 그를 만날지도 모른다는 생각에 늘 마음을 졸이며 전화를 기다리고, 그에게서 연락이 없거나 만나지 못하면 울었다. 아나는 자신의 상황에 매몰되어 있었다. 그녀는 내가 어떤 이야기를 해도 관심을 보이지 않았을뿐더러 자신의 사랑과 그 남자와의 은밀한 관계에서 비롯된 문제가 아니면 그 어떤 것도 중요하게 여기지 않았다. 어떤 때는 내가 이야기를 하는 동안 멍한 눈으로 나를 바라보고 있기도 했다. 내 이야기를 듣지 않으면서 주의를 기울이는 척하는 것이 분명했다. 나뿐만 아니라 수업 시간에 선생님들한테도, 그리고 모임에 가거나 외출했을 때 다른 친구들한테도 그랬다. 나는 그녀가 대체 무엇을, 아니면 누구를 그렇게 골똘히 생각하고 있는지 궁금했다. 그녀가 그를 생각하고 있다는 것쯤은 나도 알고 있었다. 하지만 그 남자는 대체 누구였을까? 아나는 그것에 대해 말해준 적이 단 한 번도 없었다. 그녀는 자기가 그를 얼마나 사랑하는지 말고는 아무것도 말해주지 않았다. 그렇게 아나는 나를 그 수상쩍은 관계의 공모자로 만들고 말았다. 그녀는 이따금씩 전화를 걸어 이렇게 말했다. "혹시 엄마 아빠가 나를 찾으면 너희 집에서 자고 있다고 해줘." 나는 그녀가 뭘 하는지, 정말로 그 남자와 만나고 있는지, 아니면 그를 찾으려고 거리를 정처 없이 헤매고 다니는지, 그를 염탐하거나 그가 지나갈 때까지 나무 뒤에 숨어 있는지 전혀 알 수가 없었다. 나는 부모님이 그녀를 찾지 않게 해달라고 기도했다. 그때만 해도 거짓말을 할 줄 몰랐기 때문이다. 물론 지금은 할 줄 안다. 어떤 식으로든 기억의 빈자리를 채워야 하니까. 예전에 기억이 멀쩡할 때는 거짓말을 하고 나면 죄책감이 들어 얼굴이 새빨갛게 달아오르곤 했다.

죽기 직전 아주 잠깐이지만 아나의 얼굴에 기쁜 빛이 화려하게 너울졌다. 그녀는 내게 결국 모든 일이 잘 해결될 거라고 말했다. 그 남자는 자유인이 되기로 마음먹었고, 이제 더 이상 예전의 방식대로 살고 싶지 않다고 털어놓았다는 말도 덧붙였다. 하지만 그는 그녀에게 그 어떤 약속도 하지 않았다. 아나는 열일곱 살이었기 때문에 그의 말을 이해할 수 있었다. 아니, 적어도 그렇게 말했다. 아나는 그 남자가 계획한 대로 되면 자기가 사랑한 사람이 누구인지 내게—처음에는 내게, 그다음에는 모든 사람에게—밝힐 수 있으리라고 확신하고 있었다. 아나는 미래에 관해, 저 먼 곳에서 사는 것에 관해, 어쩌면 다른 나라에서 공부하는 것에 관해 그 당시의 나는 생각지도 못한 것들에 관해 이야기했다.

그러나 로맨틱 코미디는 순식간에 드라마로 바뀌었다. 아나의 생리가 늦어지고 있었다. 평소에도 생리가 불규칙한 편이라서 그녀는 이를 곧장 알아차리지 못했다. 그녀는 반에서 생리를 가장 늦게 시작했을 뿐 아니라 주기마저 일정하지 않고 들쑥날쑥했다. 반면 나는 열한 살 때 생리를 시작했고 정확히 28일마다 많은 양의 출혈이 있었다. 아나가 생리가 없었다는 것을 알아차렸을 때는 이미 여러 달이 지난 후였다. 한 가지 분명한 것은 생리가 없는 데다 가슴까지 부풀어 오르자 의심이 된 그녀가 그에게 이 사실을 털어놓았다는 것이다. 그들은 일단 기다려 보기로 했다. 하지만 여러 날이 지나도 생리는 시작되지 않았다. 그들은 집에서 임신 여부를 검사했다. 굳이 병원에 가서 이름과 문서 번호를 남기고 검사를 받기는 싫었다. 그 무렵 빠르게 임신 여부를 판단할 수 있는 임신 진단 검사가 실시되었지만 그림의 떡이었다. 그들이 집에서 사용한 검사 방법은 아침에 일어나서 첫 소변을 식초와 함께 용기에 넣고 20분 동안 그대로 두는 것이었다. 소변에 아무 변화가 일어나지 않으면 임신이 아니고 거품이 생기면 임신이었다. 그런데 그녀의 소변에는 거품이, 그것도 많이 일었다. 그들은 다시 검사를 했다. 방법은 비슷했지만 이번에는 식초 대신 비누를 넣었다. 그들은 초조한 마음으로 결과를 기다렸다. 다시 거품이 생겼다. 신뢰할 수 없는 거품에 근거한 절반의 가능성이 그들을 불안에 빠뜨렸다. 그는 수소문 끝에 어떤 간호사를 구해 아나의 피를 뽑았고 그녀가 일하는 병원에 가명으로 검사를 맡겼다. 거품은 거짓말을 하지 않았다. 아나는 임신한 것으로 확인되었다.

임신이 확실해진 뒤, 어느 날 그녀는 숙제를 하러 우리 집에 와서는 울면서 내게 자초지종을 털어놓았다. 나도 실컷 울고 싶었지만 눈물을 꾹 참았다. 방금 들은 이야기를 이해하려고 애쓰는 동안 머리가 빠른 속도로 빙빙 도는 것만 같았다. 내 친구가, 나와 마찬가지로 어린 여자아이에 지나지 않는 아나가 임신을 했다니. "하지만 너하고 그 남자가……?" 나는 차마 질문을 마칠 수가 없었다. 그녀의 임신 사실을 알게 된 후에야 나는 우리가 그 문제에 대해 한 번도 이야기한 적이 없다는 사실을 깨달았다. 성인이 되어 새로 맺은 우정에는 어쩔 수 없이 비밀이 포함되며 이제 우리가 예전처럼 모든 것을 서로에게 다 말하지 않으리라는 것을 깨닫자 잠시 당혹스러웠다. "그래, 마르셀라. 우린 섹스를 했어." 내가 그 질문을 미처 완성하기도 전에 아나가 서둘러 대답했다. "언제?" "여러 번 했어." "조심하지 그랬니?" "우린 조심했어. 그런데 실수한 거지.""어떻게?" 아나는 대답 대신 같은 말을 되풀이했다. "우린 조심했어." 나는 그녀의 말을 믿지 않았다. 나는 아나를 안아주었다. 우리는 부둥켜안고 거의 오후 내내 함께 울었다.

그렇게 몇 시간이 지났다. 나는 앞으로 그녀가 어떻게 할 것인지, 부모님께 그 사실을 언제 말할 건지, 그 남자가 결국 독립해서 함께 살려고 하는지, 아니면 당분간 따로 살 생각인지 물어보고 싶었지만 차마 입이 떨어지지 않았다. 그리고 남자와 섹스를 하는 것이 좋은지, 아프지는 않은지, 쾌감이 고통보다 더 큰지도 물어볼 엄두가 나지 않았다. 아나가 임신을 하는 바람에 남자와 침대에 나란히 누워 있으면 기분이 어떤지도 물어볼 수 없었다. 만약 상황이 그렇지만 않았더라면 틀림없이 물어보았을 것이다. 하지만 아나는 성생활을 시작하자마자 임신이라는 공포에 빠지고 말았다. 내가 보기에 남자와 섹스를 하는 것은 칼에 찔리는 것과 다름없는 것 같았다.

해가 지기 전에 우리는 숙제를 하다 잠시 침대에 누워 쉬기로 했다. 얼마나 울었는지 눈물도 다 말라버렸다. 앞으로 쾌락이라는 말은 우리 입에 오르내리지 않을 거라고 생각했다. 그 순간, 아나가 고백했다. "나는 그 사람을 너무너무 사랑해. 그래서 그를 생각하면 오히려 가슴이 아려 와. 그리고 그 사람도 똑같이 나를 사랑해. 그렇게 사랑받는 것이 얼마나 좋은지 넌 모를 거야." 나는 조용히 그녀의 말을 들었다. 비록 가슴이 아프고 슬픔이 밀려와도 사랑이라는 그 말을 가슴속 깊이 간직하고 싶었다. 잠시 동안 모든 것이 잘될 것만 같다는 생각이 들었다. 하지만 그건 착각이었다. 평화로운 순간은 그리 오래 가지 않았다. 잠시 후 아나는 다시 울고 있었다. "어떻게 할 거니?" 내가 물었다. "아이를 뗄 거야." 나는 무슨 말인지 알아듣지 못했다. "아기를 낳지 않을 거라고, 마르셀라. 임신중지 수술을 할 거야." 그녀는 내가 헷갈리지 않도록 분명하게 말했다. **임신중지**라는 말을 듣는 순간, 나는 큰 충격을 받았다. 두렵기까지 했다. **임신중지**는 우리가 사용하던 말이 아니기 때문이었다. 그건 아주 불순한 말이었다. 사실 나는 그 단어의 철자가 'b'인지 'v'인지조차 모르고 있었다.* 지금까지 어떤 책이나 잡지에서 임신중지라는 말이 쓰여 있는 걸 본 적도 없었다. 심지어 학교의 여자 선생님들도 그 단어를 입에 올린 적이 없었다. 만약 수업 시간에 임신중지에 관해 물어보았다면 선생님들은 그것을 죄라고 말하면서 더는 설명하지 않고 우리를 교장실로 보내거나 주기도문을 외우라고 했을 것이다. 그러니 수녀들에게 어떻게 그런 걸 물어볼 수 있겠는가. "그런데 임신중지는 어떻게 하는 거야, 아나?" 나는 그녀에게 물었다. "나도 몰라. 그 사람이 알아보고 내게 설명해 줄 거야. 그리고 돈도 좀 줄 거야. 나한테는 그렇게 큰돈이 없으니까. 그는 나한테 알아서 결정하라고 했어. 나 대신 자기가 결정하고 싶어 하지 않더라고." "너 혼자서 결정하지 말고 같이 결정하자고 해." 내가 나서며 말했다. "그는 그럴 수가 없어." 아나가 말했다. 그는 결코 자신

---

* 스페인어로 '임신중지'는 'abortar'인데, 여기서 'b'인지 'v'인지 모른다는 뜻이다.

의 모습을 보일 수도 이름을 밝힐 수도 없을뿐더러 결정을 내릴 수도 없었다. 그가 아나에게 알아서 결정하라고 했다는 말을 듣자 울컥 짜증이 치밀어 올랐다. 그건 책임을 전적으로 아나에게 돌리겠다는 뜻이었다. 죄책감마저도. 물론 그 남자가 죄책감을 느낀다면 말이다. 내가 이렇게 말하자 아나는 내게 불같이 화를 냈다. "넌 그가 어떤 사람인지 몰라서 그래. 다 나를 위해서 그러는 거라고." "만약 네가 아이를 낳겠다고 하면 그 남자는 너와 헤어지려고 할까 아니면 적어도 자기가 아이의 아버지라는 것을 인정할까?" "그이는 그럴 수 없다니까. 도대체 몇 번이나 말해야 해? 게다가 난 그러고 싶지 않아. 그러니까 그에게 그런 선택의 여지는 없어. 나 이제 열일곱 살이야. 생리를 시작한 지도 2년밖에 안 됐다고. 내가 언젠가 정말로 엄마가 되고 싶은지도 솔직히 모르겠어. 혹시 넌 엄마가 되고 싶니?" "나도 모르겠어. 그런 생각을 해본 적이 없으니까." "마르셀라, 이 일은 우리 둘만 알고 있는 거야. 무슨 말인지 알겠지? 너한테 이런 일이 일어나면 너도 혼자가 될 테니까." 나는 그녀가 무슨 말을 하는지 이해가 되지 않았다. 사랑에 대해서 말하는 건지, 아니면 임신중지에 대해서 말하는 건지, 그도 아니면 엄마가 되는 일에 대해서 말하는 건지 도통 알 수가 없었다. 혼자가 된다니, 언제 그렇게 된다는 말인가? 영원히 혼자가 된다는 말인가?

잠시 후, 그런 문제로 왈가왈부하는 데 지친 우리는 다시 마음을 가다듬고 숙제를 하는 데 전념하는 척했다. 시간이 한없이 더디게 흘렀다. 창문으로 한 줄기 빛도 들어오지 않는 걸 보니 이제 어두워진 것이 분명했다. 아나는 우리 집에서 자고 가도 되는지 물었다. 나는 당연히 그래도 된다고 했다. 그녀는 부모님에게 알리기 위해 전화를 걸었다. 우리는 방에서 함께 저녁을 먹었다. 그러고는 엄마에게 아직 숙제가 많이 남았기 때문에 간식을 먹으면서 밤 늦게까지 계속해야 할 것 같다고 말했다.

"어떻게 할지 언제쯤 알 수 있어?" "내일이면 알게 될 거야. 그 사람이 그렇게 하기로 마음먹었으면 가급적 빨리 하라고 하더라고. 시간을 놓치면 문제가 엄청나게 꼬일 수 있다는 거야." "너한테 '꼬인다'고 했다고? 아무리 그래도 어쩌자고 그렇게 심한 말을 해?" 아나는 내 말을 듣고 다시 기분이 언짢아졌는지 또 그를 감싸려고 했다. "그의 입장에서는 우리에게 닥친 일, 무엇보다 내가 앞으로 해야 할 일에 대해 말을 꺼내기가 힘들다는 거야. 자기도 마음속으로는 괴로울 테니까." 그녀는 몇 분 동안 침묵하더니 말을 이었다. "나도 안타까워. 사실 그는 임신중지에 동의하지 않거든. 독실한 가톨릭 신자인 그에게는 금지된 일이니까. 큰 죄이기도 하고. 하지만 그는 나를 위해 기꺼이 내 결정을 받아들일 거야. 내가 어떤 결정을 내리더라도 나와 함께할 거라고." 그녀가 말했다. 나는 마음에 들지 않는 그 남자에 대해 아나가 알려준 모든 정보를 종합하려고 애썼다. 피해자, 가톨릭 신자, 무책임한 태도. "만약 네가 아이를 낳고 싶어 한다면 그 남자는 너와 함께하지 않을 거야." 나도 물러서지 않았다. "그걸 바라

지 않는 건 바로 나야." 아나는 단호하게 잘라 말하며 언쟁을 마무리
지었다.

나는 그 남자를 증오했다. 얼굴 한 번 보지 못했지만 그가 미웠다.
독실한 가톨릭 신자라고 하면서 열일곱 살짜리 여자아이에게 그런
결정을 내리라는 말을 그렇게 쉽게 하다니, 어떻게 그럴 수가 있을까.
그동안 그 남자가 자신의 속내를 드러내지 않은 채 거짓으로 일관했
기 때문에 나쁜 가톨릭 신자로 보이지 않은 것이 분명했다. "그 남자
가 너랑 같이 가는 거야? 네가 그걸 하는 날, 너와 함께 가기로 했어?"
나는 아나의 화가 풀릴 때까지 잠시 기다렸다가 물었다. "그럼, 물론
이지. 나랑 같이 가기로 했어." 그녀가 대답했다. "절대로 혼자 가면
안 돼." 마지막 순간까지도 그 남자의 진심이 의심스러웠던 나는 그녀
에게 집요하게 부탁했다. 우리는 다시 서로를 꼭 끌어안았다. 그렇게
부둥켜안은 채 또다시 울었다. "혹시라도 내가 필요하면 언제든지 나
한테 알려줘. 너랑 같이 갈 테니까." "고마워. 네 마음은 잘 알지만 그
럴 필요는 없을 거야."

우리는 자정이 되기 직전에 잠자리에 들었다. 나는 잠들기 전에 한
동안 뒤척였다. 반면 아나는 조용했다. 그녀가 잠들었는지 아니면 멍
하니 생각에 잠겨 있는 건지 알 수가 없었다. 나는 조용히 그녀를 불
렀다. "아나." "음…… 왜?" 그녀는 더듬거렸다. 아무래도 내가 잠을 깨
운 것 같았다. 나는 옆으로 돌아누워 그녀의 귀 가까이 다가갔다. 그러
고는 속삭였다. "내가 네 입장이라도 똑같이 할 거야. 똑같이 할 거라

고." 아나는 깊은 숨을 내쉬며 내 품 속으로 파고들었다. 그녀가 나직하게 말했다. "친구야, 사랑해." 우리는 그렇게 껴안은 채 잠이 들었다.

그다음 날, 아나와 나는 우리 집에서 나와 함께 학교에 갔다. 우리는 말없이 길을 걸었다. 이제는 나도 그 생각에 온통 정신을 빼앗겨 있었다. 아나의 임신 외에는 아무 생각도 할 수 없었다. 그건 내 인생이 아니라 그녀의 인생이었지만, 내 친구에게 일어난 일이 마치 우리 둘 모두에게 일어난 일인 것처럼 괴로웠다. 수업 시간이 끝없이 계속 이어지는 것 같았다. 하지만 동시에 나는 수업 시간이 끝나지 않기를 바랐다. 임신중지 수술 날짜가 점점 다가오고 있었기 때문이다. 마치 누군가가 모래시계를 뒤집어서 마지막 한 알갱이의 모래가 떨어질 때까지 기다려야만 하는 듯한 심정이었다. 수업이 끝난 뒤에 나는 집으로 갔지만 아나는 새로이 알게 된 사실을 알려주기 위해 그 남자를 만나러 갔다. 나는 그녀의 뒤를 밟는 상상을 했다. 몸을 숨긴 채 뒤를 따라가 내 친구의 삶을 더 좋게, 그리고 더 나쁘게 바꾸어 놓은 그 남자가 누구인지 알아내고 싶었다. 하지만 그렇게 하지는 않았다. 우리의 우정이 나의 호기심보다 더 소중하고 가치 있으니까. 그날 오후 늦게 아나는 우리 집에 전화했다. "내일 아침 일찍 가기로 했어. 이제 됐어. 이제 다 끝난 거나 마찬가지야." 아나는 마음이 한결 홀가분해진 것 같았다. 그녀의 밝은 목소리를 듣자 나도 기분이 좋아졌다. 그리고 무척 기뻤다. 나는 내 친구에게 닥친 고난과 시련이 어서 끝나기만을 바랐다. 그리고 우리의 우정이 예전처럼 돌아갈 수 없다면 적어도 새로운 균형을 찾게 되기를 간절히 바랐다. "그 남자도 같이 가는 거지, 그렇지?" 나는 꼭 확인하고 싶었다. "응." 그녀가 말했다. "나랑 같이 갈 거야."

그날 밤, 나는 잠을 제대로 자지 못했다. 잘 수 없었다. 자다가 몇 번이나 깜짝 놀라며 깨어났는데 그럴 때마다 다시 잠을 이루기가 쉽지 않았다. 나는 결국 자리에서 일어나 집 안을 돌아다녔다. 마음 같아서는 당장이라도 잠옷 차림에 슬리퍼를 신고 아나네 집으로 가고 싶었다. 아나도 잠을 이루지 못하고 있을 것이 분명했다. 나는 잠에서 깰 때마다 내 친구를 위해 기도했다. 하느님께 그녀를 지켜달라고, 제발 그녀에게 아무 일도 일어나지 않게 해달라고, 모든 것이 빨리 끝나게 해달라고, 그녀가 고통받지 않게 해달라고 빌었다. 그리고 수술 후에도 전혀 티가 나지 않게 해달라고 빌었다. 임신중지를 하고 나면 어떤 티가 날까? 나는 불면에 시달리는 와중에도 궁금했다. 임신중지를 하고 나면 몸에 수술한 흔적이 남을까? 나로서는 전혀 알 수가 없었다. 아나에게 대체 어떤 시술을 하는지, 어디에서 하고, 또 시간이 얼마나 걸리는지 나는 알지 못했다. 비록 내 마음에는 안 들지만 그 남자가 같이 간다니 그나마 다행이었다. 이번 일이 잘 해결되면 그녀는 자신의 경험을 내게 알려줄 것이다. 언젠가 내게 같은 일이 일어날 경우에 대비해 미리 알아둬야 할 테니까.

잠이 깬 상태로 계속 침대에 누워 있어 봐야 뭐하겠나 싶어 나는 평소보다 이른 시간에 일어나 옷을 갈아입었다. 집을 나서려던 찰나 현관 벨이 울렸다. 누가 왔는지 내다본 엄마가 아나가 나를 찾는다고 했다. 나는 그녀가 **그것**을 하고 있어야 할 시간에 왜 우리 집으로 왔는지 놀라고 당황스러웠지만 애써 태연한 척했다. 나는 서둘러 내 물건을 챙긴 뒤, 마치 같이 학교에 가려는 듯이 집을 나섰다. 아나도 교복을 입고 있었다. "취소됐어?" 내가 물었다. "혹시 나랑 같이 가줄 수 있니?" 내 말이 끝나기도 전에 그녀가 물었다. 눈이 퉁퉁 부어 있는 걸 보면 눈물로 밤을 지새운 것이 분명했다. 아나를 위해 열심히 기도 했건만 아무 소용도 없었던 모양이었다. 같은 기도문을 여러 번 반복하다 보면 잡념이 사라지면서 신경이 누그러질 때가 종종 있다. 그 순간 다리에 힘이 풀렸다. 나는 용감한 편은 아니지만 그렇게 하겠다고 했다. "알았어. 같이 가자." 그러고는 문을 닫았다.

우리는 손을 맞잡고 천천히 걸었다. "무서워?" 내가 물었다. "응." 아나가 대답했다. 나는 그녀의 손을 꼭 쥐었다. 아나는 자기 아버지의 **필카르 도로 지도***에서 그곳의 주소를 찾은 다음, 아예 그 페이지를 찢어 왔다. 그녀는 보면서 찾아갈 수 있도록 그 종이를 내게 주었다. 그녀는 아버지의 지도책을 망가뜨려 미안해하는 동시에 너무 긴장해서 길을 잘못 들어 헤맬까 봐 걱정했다. 나는 어느 길로 가야 할지 곰곰이 따져보았다. 우리 집에서 4킬로미터 떨어진 곳이니까 그렇게 가깝다고 할 수는 없어도 충분히 걸어갈 수 있는 거리였다. 그 근처로

＊   아르헨티나 필카르Filcar 출판사에서 나온 교통 도로 지도책.

가는 버스가 없었기 때문에 걸어서 가면 한 시간 정도가 걸릴 듯했다. 어쩌면 한 시간 반이 걸릴지도 몰랐다. 그곳은 우리가 한 번도 가보지 않은 동네에 있는 데다 포장이 되어 있지 않은 길도 군데군데 있었다. 안으로 들어갈수록 떠돌이 개들이 많아졌고 주차되어 있는 차들은 대부분 낡고 망가진 것들이었다. 나는 왜 그 남자랑 같이 가지 않는지 물어보지 않았다. 그랬다가는 나도 모르게 욕이 튀어나올 것만 같았기 때문이다. 반쯤 왔을 때 아나가 자초지종을 설명했다. "우리는 그가 오지 않는 편이 낫겠다고 결정했어." "왜?" "혹시라도 누군가 나와 함께 있는 것을 볼까 봐 신경이 쓰여서 그래. 그 사람은 다들 금방 알아보거든. 그가 그런 진료소에 드나드는 모습을 보이는 건 좋지 않으니까." "그럼 너는?" "나는 그렇게 심각할 것 없어. 나를 아는 사람은 아무도 없을 테니까." 그녀가 말했다. "만약 누군가 우리를 보고 네 엄마나 우리 엄마한테 이르면 어떻게 할 거야? 내 생각에는 그렇게 쉽게 생각할 문제가 아닌 것 같아." 공연히 트집을 잡으려고 그런 말을 한 건 아니다. 다만 그녀가 그를 모두 용서한 반면, 그가 우리에게 요구한 바를 그녀는 그에게 전혀 요구하지 않았다는 점을 알아주기를 바랐을 뿐이다. "내키지 않으면 돌아가." 아나는 화난 목소리로 말했다. "아냐, 나도 같이 갈 거야. 그 남자가 같이 가려고 하지 않았다는 것이 마음에 걸려서 그런 것뿐이야." "그도 오고 싶어 했지만 그럴 수가 없다니까." 그녀는 같은 말을 되풀이했다. 나는 아무 말도 하지 않았다. 알지도 못할뿐더러 그 시점에서 만나고 싶지도 않은 남자를 두

둔하는 그녀의 말을 듣는 것에 신물이 났다. 하지만 내가 그 남자에 대해 생각하는 바와 거듭 확인하게 된 사실을 이야기해서 아나를 화나게 만들어 봐야 아무 소용도 없었다.

아나는 그 전날 밤 늦게 그들이 어떤 결정을 내렸는지 내게 말해주었다. 그가 그녀에게 연락을 했다는데 어떻게 했는지는 물어보지 않았다. 그녀는 집에서 몰래 빠져나와 안전한 장소에서 둘이 만났다고 했다. 하지만 구체적으로 어디인지는 밝히지 않았다. 만난 자리에서 그 남자는 그녀에게 자신의 생각을 조심스럽게 피력했다. 우선 자기를 알아보는 사람이 있으면 어떻게 할 것인지 심각하게 고려해야겠지만, 정작 문제는 정말로 그런 일이 일어날 경우 그녀가 가장 큰 피해를 입게 될 거라는 점이었다. 반면 아나가 거기에 혼자 간다면 남의 눈에 쉽게 띌 일이 없을뿐더러 그녀가 그 나이에 그런 일을 할 것이라고는 아무도 상상하지 못할 것이라는 말도 덧붙였다. **그런 일**이라고 했다는 말을 듣자 나는 그에 대한 분노로 치가 떨렸다. 그가 그것을 **그런 일**이라고 불렀다는 것은 무사히 끝날 때까지 자기는 아나 뒤에 숨어 있겠다는 의도로밖에 볼 수 없었다. 우리는 한동안 말없이 천천히 걸음을 옮겼다. 그러는 사이 목적지가 코앞으로 다가왔다. 우리 둘은 그 사실을 잘 알고 있었다. 모래시계의 모래 알갱이들이 떨어져 내리고 있었다. 아나는 전날 밤 그 남자한테 받은 돈 봉투와 몇 가지 주의 사항, 주소가 적힌 쪽지를 가방에 넣어두었다. "원래는 그가 이것들을 가져오기로 했거든. 다행히 지금은 나한테 있어. 그가 안 오는 편이 좋겠다고 결정했을 때, 이걸 나한테 주더라고." 나는 그녀가 더 이상 아무 말도 하지 않기를 마음속으로 빌었다. 그에 대한 증오심이 다시 가슴속에서 끓어올랐다. 그것은 오랫동안 계속된 증오심이었다. 내가 보기에 그녀가 이름을 밝힐 수 없는 그 남자는 같이 가지 않겠다는 결정을 내리고 나서 그녀를 만난 것이 분명했다. 하지만 그는 그녀를 꼬드겨 둘이 함께 결정을 내렸다고 믿게 만들었다. 나로서는 그가 친구의 첫사랑이라는 사실이 너무 가슴 아팠다. 하지만 그가 그녀의 마지막 사랑이 될 줄은 꿈에도 몰랐다.

우리가 종이에 표시된 주소지에 도착했을 때, 나는 그곳을 가리키고 지도를 주머니에 넣었다. 우리가 찾은 곳은 도저히 진료소라고 보기 힘든 곳이었다. 단독주택이었는데 얼마나 허술하게 관리했는지 페인트칠이 벗겨지고 주변에 잡초가 무성하게 자라 있었다. 아나는 누군가 우리를 미행하거나 창문으로 우리를 염탐하고 있을지 모르니까 벨을 누르기 전에 동네를 한 바퀴 돌고 오자고 했다. 나는 당장 안으로 들어가 단번에 일을 마치기를 바랐지만 그러기 전에 아나가 용기를 내야 한다는 것은 분명했다. 나는 아무 말 없이 그녀가 하자는 대로 했다. 나는 조용히 아나의 뒤를 따랐다. 동네를 한 바퀴 돌고 원래 자리로 돌아왔지만 그녀는 아직 마음의 준비가 안 된 것 같았다. 하지만 이미 체념한 듯 더 이상 시간을 달라고 하지는 않았다. 동네를 도는 동안 안에 들어가는 수밖에 없다는 사실을 받아들인 듯했다. 아나는 현관으로 들어가 단호하게 벨을 눌렀다. 누군가가 문을 빠끔.

열고 밖을 내다보았지만 밖에서는 그의 모습이 잘 보이지 않았다. 그가 하는 말만 희미하게 들렸을 뿐이다. "차고 쪽으로 들어와요." 그 말이 끝나기가 무섭게 그는 우리 면전에서 문을 쾅 닫고 사라졌다. 우리는 저 집 안에 있는 이들이 무엇을 하는지 몰라 조금 당황했다. 몇 분 뒤, 차고 문이 열려서 우리는 안으로 들어갔다. 차고가 분명한데 안에는 단 한 대의 차도 없었다. 그 대신 방수포로 덮인 좁은 테이블 하나가 놓여 있었다. 머리맡에는 작은 베개와 핑크색 시트가 접혀 있었다. 임시로 만든 듯한 들것 옆의 보조 탁자 위에는 이름을 알 수 없는 여러 가지 의료 기구들이 놓여 있었다. 그리고 붕대가 정말 많았다. 바닥에는 철제 대야가 하나 놓여 있었다. 그곳을 창고로도 사용하는 듯, 한쪽 벽에는 칸칸이 각종 도구들과 잡동사니가 가득한 선반이 고정되어 있었다. 다른 쪽 벽에는 못 박힌 그리스도는 없이 십자가만 남은 나무 십자고상이 걸려 있었다.

우리를 기다리고 있던 여의사—그녀가 정말 의사라면—는 아나에게 옷을 벗으라고 했다. 그러고는 한때는 저 시트처럼 핑크색이었겠지만 이제는 닳고 닳아 허옇게 변한 가운을 입고 테이블 위에 누우라고 했다. "그런데 얘야, 우선 돈부터 주렴. 그래야 나중에 진통제에 취해 정신이 몽롱해지더라도 불필요한 문제가 안 생길 테니까. 혹시 친구가 가지고 있니?" 여자는 나를 바라보았다. 나는 지금도 그 여자의 얼굴을 잊을 수가 없다. 그녀는 방금 한 말 외에는 아무런 메시지도 전하지 않은 채 무뚝뚝한 표정을 짓고 있었다. 그녀의 모든 동작과 움직임은 자주 반복하던 절차에 따라 하나씩 나타나는 것임이 분명했다. 아나는 가방에서 돈을 꺼내 그녀에게 건넸다. 여자는 돈을 세어보더니 가운 주머니에 찔러 넣었다. 잠시 후, 아나는 옷을 벗고 방수포 위에 누웠다. 여자는 아나에게 시트로 몸을 덮으라고 하면서 **재료**를 준비했다. 그녀는 그것을 그렇게 불렀다. "밖에서 기다려줄래?" 그녀가 내게 말했다. "전화를 한 분이 제 친구에게 보호자랑 같이 와야 한다고 했다던데요." 내가 대답했다. "그건 다 끝난 다음에 혹시 네 친구가 어지러워서 혼자 못 갈 수도 있으니까 그랬던 거야." 그녀는 알코올에 적신 거즈를 기구로 옮기면서 말했다. 나는 고개를 돌려 아나를 보았다. 그 순간 나를 바라보던 그녀와 눈이 마주쳤다. 아나는 바짝 긴장한 채 테이블 위에 누워 있었다. 그녀의 눈빛은 자기만 두고 가지 말라고 애원하고 있었다. "안에 있을게." 나는 대답했다. 의사는 나무 벤치를 가리키며 원하면 거기에 편히 앉아 있으라고 했다. "괜히 보다가 충격을 받고 싶지 않으면 내 말대로 해. 여기서 기절하면 너를 봐줄 사람도 없으니까 말이야." 나는 아무 대답도 하지 않았다. 그 대신 테이블 쪽으로 걸어가 침대 머리맡에 멈춰 섰다. 그러고는 아나의 옆에 서서 그녀의 손을 꼭 잡았다. 나는 의사와 그녀가 이제 곧 할 일에서 등을 돌린 채 정면을 바라보고 있었다. 아나가 잠들 때까지 나는 그녀의 눈을 바라보았다. 아나가 마취제를 맞고 약 기운에 취해 잠이 들고 나서야 나는 고개를 들어 십자고상을 쳐다보았다. 시술이 진행되는 동안 나는 꼼짝도 않고 그 자세 그대로 서 있었다. 나는 기도

하지 않았다. 그 대신 십자가에서 사라진 하느님이 나를 실망시키지 않는지 감시하고 있었다. 나는 물론 아니도 말이다. 그러는 사이 나는 주머니에 넣어둔 필카르 도로 지도를 남은 손으로 구겼다. 그 여자가 아나에게 무슨 짓을 하는지 보지는 못했지만 소리가 들렸다. 시술이 본격적으로 시작되기 전에 한 사람이 더 들어왔다. 조수가 분명했다. 의사가 조수에게 말했다. "파트리시아, 도뇨관導尿管* 좀 줘." 그리고 잠시 후에 "이 아이는 요관尿管**이 딱 붙어 있네." 그러고는 "이 꼬마 아가씨, 엄청 애를 먹이는구만"이라고 하면서 투덜거렸다. "젠장!" 그 러더니 "좋아. 애야, 이제 수축이 시작되는구나", 또 "이제 피가 나는 구나. 아주 좋아. 맙소사, 왜 이렇게 많이 나오는 거지. 이제 곧 다 빠 져나올 거야"라며 혼잣말로 중얼거렸다. 그러고는 아무 말도 하지 않 았다.

지금 생각해 보면 어떻게 그 자리에 그렇게나 오래 서 있었는지, 그 런 상황에서 어떻게 정신을 잃지 않았는지, 그리고 어떻게 **도뇨관**이 라는 말을 듣고도 아나의 손을 잡고 거기서 뛰쳐나오지 않았는지 모 르겠다. 나는 그 어느 것도 하지 않았다. 아나가 눈을 떴을 때도 나는 임시 수술대 머리맡에서 그녀의 손을 꼭 쥔 채 꼼짝 않고 침착하게 서 있었다. 의사는 아나에게 조심해서 일어나 옷을 입으라고 했다. 그 러고는 그녀에게 붕대 한 움큼을 주면서 몇 가지 주의 사항을 알려주

---

*　요도를 통해 방광에 도달하여 축적된 소변을 빼내는 역할을 하는 도관.

**　콩팥에서 방광으로 오줌을 보내는 가늘고 긴 관.

었다. 우리가 떠나려고 할 때, 의사가 앞으로 며칠간 출혈이 있을 거라고 알려주었다. "걱정할 필요 없어. 마지막 한 방울의 피까지 다 빠져나가고 나면 다 좋아질 테니까."

우리는 천천히 걸었다. 그때까지 나는 거기까지 왔던 길을 걸어서 되돌아가야 한다는 것을 생각지도 못하고 있었다. 아나의 몸 상태로 집까지 걸어가는 것은 엄청난 모험이었다. 가는 도중에 여러 번 쉬느라 갈 때보다 시간이 두 배나 더 걸렸다. 피가 멎지 않아서 그녀의 옷에 피 얼룩이 졌다. 나는 우리 집으로 가자고 했다. 엄마와 아빠는 아침 늦게 일하러 나가셔서 집에 아무도 없을 테니까 편하게 쉴 수 있을 거라고. 하지만 아나는 가지 않으려고 했다. 우선 그가 어디 있는지 찾아서 만나야 한다고 했다. 그 말을 듣자 나는 화가 치밀어 올랐다. 당연히 함께 왔어야 할 그 남자는 얼굴도 내밀지 않았고, 나는 그녀 곁에서 끔직한 아침을 견뎌내야만 했다. 그런데도 아나가 바라는 것은 그의 곁에 있는 것밖에 없었다. '이게 사랑인가?' 나는 내 자신에게 물었다. 아직 사랑이 무엇인지도 모르던 나는 명확하게 답할 수 없었다. 사춘기 때도 변변한 **연애** 한 번 제대로 못 해본 터라 상상하기조차 힘들었다. 영화에서 보거나 소설에서 읽은 것을 통해 사랑이 무엇인지 어렴풋하게 짐작할 수 있을 뿐이었다. 하지만 대답이 '그렇다'라면, 그게 정말 사랑이라면, 그동안 우리가 속고 살았다는 사실을 알게 되었다. 왜냐하면 아나가 겪은 것처럼 사랑에는 그렇게 엄청난 것이 담겨 있지 않기 때문이다.

나는 하루 종일 배가 아팠다. 내가 겪은 상황에 더해 내가 학교에 가지 않았다는 것을 부모님이 알게 될까 봐 마음이 무거웠기 때문이다. 집에 가자마자 나는 침대 속으로 들어갔다. 엄마가 집에 왔을 때, 나는 몸이 안 좋아서 학교에서 돌아오자마자 누워 있었다고 말했다. 물론 열이 나지는 않았지만 엄마는 내 체온을 쟀다. "안색이 굉장히 안 좋아. 몸살이 난 게 틀림없어." 엄마는 내게 쌀죽을 만들어 주었다. 엄마는 누구든 몸이 안 좋으면 쌀죽을 끓여주었다. 그날 밤, 나는 피곤에 지쳐 일찍 잠들었다. 그다음 날, 아나는 학교에 오지 않았다. 그녀가 결석했다고 해서 특별히 걱정하지는 않았다. 임신중지 수술을 하고 24시간 만에 멀쩡하게 수업에 출석했다면 그게 더 이상했을 테니까. 아무튼 그날 수업이 끝나고 아나의 집으로 갔다. 그녀의 엄마는 그녀가 몸이 좋지 않아서 자고 있다고 했다. "온종일 배가 너무 아프다면서 저러고 있네. 안색도 영 안 좋아. 하긴 그건 여자들이 다 겪는 고통이지. 아니면 바이러스에 감염된 건지도 몰라. 그럴 수도 있을 것 같아. 일단 저 아이를 깨우지 말고 최대한 푹 자도록 내버려 두는 게 좋을 것 같아." 나는 아무 말도 하지 않았다. 괜히 거북한 이야기를 꺼내느니 차라리 입을 다물고 있는 편이 나을 듯했다. 나는 고개를 끄덕일 수조차 없었다. 자기 몸이 안 좋은 이유에 대해 아나가 한 말이 모두 거짓이라는 걸 알고 있었기 때문이다. 그녀가 몸 상태가 안 좋다고 해서 그렇게 놀라지는 않았다.

나는 위험한 임신중지 수술에 관해 속성으로 배우면서 몸속에 도뇨관을 집어넣으면 자궁이 수축되고 출혈이 일어나면서 안에 있는 것이 빠져 나온다는 것을 알게 되었다. 게다가 수술이 끝나고 난 뒤에도 피가 많이 나오고 배가 아파서 걷기조차 힘들기 때문에, 이러다 결국 실신하거나 죽을지도 모른다는 생각이 든다는 것도 알게 되었다. 아나의 엄마가 말했듯이 그녀가 계속 자도록 내버려 두는 게 가장 좋을 것 같았다. 다음 날까지 자고 나면 몸 상태가 좋아질지도 모르니까.

나는 집으로 갔다. 할 수만 있다면 어제 있었던 일을 엄마에게 모두 말하고 싶었다. 나는 오후에 눈물이 고인 눈으로 엄마를 두어 번 쳐다보았다. 그리고 엄마 곁에 붙어 있었다. 엄마에게 솔직하게 털어놓을 수는 없었지만 어쩌면 엄마가 무언가 이상한 낌새를 눈치챌지도 모른다는 데 한 가닥 희망을 걸었다. 예전부터 엄마는 내게 무슨 일이 있다는 것을 직감으로 알아차리곤 했다. 게다가 아나의 임신중지는 이제 나와 무관하지 않은 일이 되고 말았다. 엄마는 학교에서 지리를 가르치는데, 그날 교장과 언쟁을 벌인 것도 모자라 매겨야 할 시험지를 한아름 안고 집에 왔다. 엄마는 너무 화가 난 나머지 내게 무슨 일이 있다는 것을 전혀 눈치채지 못했다.

오후가 끝날 무렵, 현관 벨이 울렸다. 주방에서 엄마가 소리쳤다. "마르셀라, 네가 좀 나가볼래?" 나는 현관으로 갔다. 문 밖에 아나가 있었다. 그녀는 며칠 사이에 알아볼 수도 없을 만큼 변해 있었다. 얼굴은 전체적으로 이상야릇한 색, 아니 우중충한 색을 띠고 있었고 군데군데 누르스름하기까지 했다. 그녀는 땀을 흘리고 있었다. 이마에 손을 대보니 열이 펄펄 끓었다. "혹시 나랑 같이 가줄 수 있어? 겁이 나서 혼자 갈 수가 없어서 그래." "어디에 가려고?" 내가 물었다. "그를 만나러." "아냐. 너 몸이 너무 안 좋은 것 같아. 그러지 말고 병원에 가보는 게 어때?" "그 사람이 나를 데려갈 거야. 그가 그러는데 몸이 안 좋아지면 의사를 찾아가야 된다고 했어." 그 말을 듣고 나니 다소 마음이 놓였다. 아나를 빨리 병원에 데려가야 했다. 그건 분명한 사실이었다. 아무것도 할 수 없다던 그 남자가 이제라도 책임감을 느끼고 그녀를 병원에 데려간다면 그보다 더 좋은 방법은 없을 듯했다. "30분 뒤에 그를 만나야 하는데 힘이 없어서 혼자 갈 수가 없어. 게다가 몸이 너무 안 좋아." "내가 따라갈게." 내가 말했다. 나는 급하게 옷을 걸치고 늦더라도 엄마가 나를 찾지 않도록 적당한 핑계를 댔다. 일부러 아나 이야기는 꺼내지 않았다. 그랬다가는 조금만 늦어도 아나 집에 전화를 걸어 물어볼 테니까 말이다. 나는 모둠 활동 때문에 도서관에서 친구들을 만나기로 했다고 둘러댔다. 다행히 엄마는 산더미처럼 쌓인 시험지에 정신이 팔려 내게 그다지 신경을 쓰지 않았다. 나는 밖으로 나갔다. 아나는 바닥에 앉아 있었다. 자기 의지로 앉은 건지 쓰러져 주저앉은 건지는 알 길이 없었다. 나는 그녀를 부축해서 일으켜 세웠다. 그녀는 내 팔에 의지해 간신히 일어섰다. 우리는 팔짱을 끼고 천천히 걸음을 옮겼다. 그제야 나는 우리가 어디로 가는지도 모른다는 걸 깨달았다. "성당으로. 그가 거기서 우리를 기다릴 거야." 그녀가 대답했다. 그들이 성당을 만남의 장소로 삼는다는 것이 이상하게 느껴졌다. 하지만 생각해 보니 하느님의 집은 은밀한 사랑을 나누려는 가톨릭 신자들에게 좋은 핑계가 될 수도 있을 것 같았다.

나는 아나가 산 가브리엘 본당 입구의 첫 번째 계단을 올라가도록 도와줘야 했다. 그리고 마지막 두 계단을 올라갈 때는 내가 그녀를 들어올려야 했다. 그녀는 자기 힘으로 한 발짝도 움직일 수 없었다. 갑자기 두려움이 몰아쳤다. 두려움 때문에 움직임이 마비되지는 않았지만, 몸에 아무런 감각이 느껴지지 않았다. "내가 우리 엄마한테 말해보면 어떨까? 넌 지금 당장 병원에 가야 해." 나는 그녀에게 말했다. "안 돼. 제발 그러지 마. 내가 한 일을 아무한테도 이야기하지 않겠다고 약속했잖아." "아나." "맹세해!"

내가 다시 말하려던 순간, 그녀가 애원하듯 소리쳤다. "지금 이 자리에서 맹세하라고!" 결국 나는 그녀가 시키는 대로 했다. 나는 제단에 홀로 서 있어서 그런지 그날따라 더 크게 보이던 십자가에 시선을 고정한 채 맹세했다. 아나가 임신중지 수술을 받을 때 봤던 것과 비슷하게 생긴 십자가였다. 그러나 나는 하느님이 아니라 그녀에게 맹세했다. "네가 한 일을 누구한테도 말하지 않을 것을 아나, 너에게 맹세할게." 그러자 아나는 내 다리를 어루만지면서 덧붙여 말했다. "무슨 일이 있어도 말하면 안 돼. 지금은 물론이고 앞으로도 영원히 말이야. 내가 죽더라도 절대 입을 열면 안 돼." 그녀의 입에서 처음 튀어나온 죽음이라는 말이 비수같이 내 가슴에 꽂혔다. 내가 보기에 그건 의례적으로 한 말 같지 않았다. 자신이 정말로 죽을지도 모른다고 생각하는 듯한 느낌을 받았다. 겁이 덜컥 났다.

"우리 부모님이 모르셨으면 해. 만약 그 사실이 알려지면 카르멘 언니는 나를 절대 용서하지 않을 거야." 그녀가 말했다. 나는 그 말이 이상하다고 느꼈지만 그녀가 너무 깊은 절망에 빠진 나머지 자신도 모르게 내뱉은 말이라고 여겼다. 그녀는 부모님을 먼저 언급했지만 자기에게 벌을 내리는 것은 언니라고 했다. 아나는 평소에 카르멘 언니의 이름을 거의 입에 올리지 않았다. 그녀가 언니에 관해 이야기할 때는 대개 경건한 존경심을 표하기 위해서였지만 분노나 반감을 끝까지 숨기지는 못했다. 그녀는 카르멘 언니에 대해 지나친 두려움에 사로잡혀 있었던 것 같다. 사실 자매들 사이에서는 어울리지 않는 감정이었다. 아나는 부모님보다 언니를 더 무서워했다. 사실 그 누구보다 카르멘을 두려워했다. 카르멘은 나에게 상냥하게 대했을 뿐만 아니라 설명하기 힘든 마력이 있었기 때문에 언제나 내 관심을 끌었다. 학교에 있는 다른 여학생들도 다 그녀를 좋아하고 잘 따랐다. 그녀가 이끌던 〈가톨릭 운동〉에 먼저 들어가려고 싸움이 날 정도였다. 하지만 아나는 그렇지 않았다. 그녀는 언니가 시키는 대로 하기 싫어서 여름 캠프에도 가지 않으려고 했다. 반면 나머지 아이들은 카르멘이 정식 교리 교사를 대신해 캠프에 가게 되자 환호성을 지르며 기뻐했다. 모두 그녀와 함께 있으면 든든하다고 느꼈다. 특히 우리 반의 어떤 여자아이가 유리문을 지나다가 유리가 깨지는 바람에 여러 군데

자상을 입은 날 이후로 더 그랬다. 아무도, 심지어 학년 담당 인솔 교사조차 어찌할 바를 모르고 허둥대기만 했다. 그 순간 어디에선가 카르멘이 달려 왔다. 카르멘은 그 아이 곁에 오자마자 손수건과 타월을 가져오라고 소리치고는 곧바로 상처에서 유리 조각을 조심스럽게 빼냈다. 유리를 다 빼내자 그녀는 피가 더 나지 않도록 우리가 갖다 준 수건으로 상처를 눌렀다. 마침내 구급차가 도착할 때까지 카르멘은 한 순간도 냉정을 잃지 않았다. 오히려 선생님보다 더 차분했다. 그날 이후 그녀는 우리 학교에서 영웅이 되었다. 학교는 그녀에게 메달을 수여했고 지역 신문에 그녀에 관한 기사가 실리기도 했다. 기사 제목은 "의사를 꿈꾸는 아드로게의 어린 학생이 다친 동료 학생을 구하다". 하지만 내가 아는 한 카르멘 언니는 다른 길을 택했다. 신학이나 역사학, 아니면 철학. 무엇을 공부했는지 정확히 기억나지는 않지만 의과 대학에 진학하지는 않았다.

아나는 카르멘이 두 얼굴을 가지고 있다고 말하곤 했다. 밖에 나가면 사람들을 능숙하게 다루고 환심을 사는 반면 집 안에서는 무서워서 다가가지도 못한다고 했다. 카르멘이 중요하게 여기는 것은 단 한 가지, 효과적인 기술로 세상을 자기 멋대로 다루는 것뿐이었다. 그런데 아나의 말로는 가족을 제외하고 카르멘의 참모습을 아는 사람은 아무도 없었다. 나는 증오와 반감으로 가득 찬 아나의 말을 들으면서 도리어 흥미를 느꼈다. 심지어 언니가 없는 나로서는 부럽기까지 했다. 사르다 자매 중 하나가 되고 싶을 정도였다.

우리는 성당의 가장 뒷좌석에 앉아 기다렸다. 그 상황에서 굳이 제단으로 갈 필요는 없었다. 그 남자가 도착하면 급하게 의사를 찾으러 나갈 테니까 문 옆에 앉아 있는 것이 가장 좋을 듯했다. 우리가 자리에 앉자마자 그곳에 나타난 마누엘 신부는 멀리서 우리에게 인사를 건네더니 감실龕室*에 성체를 놓고 곧장 자리를 떴다. "더 필요한 거 없니? 우리 같이 기도할까?" 나는 아나에게 물었다. "아냐, 괜찮아, 마르셀라. 고마워. 이제 가도 돼. 나 혼자 기다려도 되니까. 조심해서가." "조금만 더 있을게." 내가 대답했다. "급한 일도 없는데 뭐." 그런데 놀랍게도 그녀는 보통 때처럼 고집을 부리지 않았다. 그것만 봐도 그녀의 몸이 얼마나 안 좋은지 알 수 있었다. 그녀는 더 이상 내게 가라고 하지 않았다. 그 대신 "사랑해, 마르셀라"라고 힘없이 말할 뿐이었다. 그 말을 듣자 내 눈에 눈물이 가득 고였다. 그 순간 가장 중요한 것은 자신이 죽음의 문턱에 있다는 것을 직감한 아나를 혼자 내버려두지 않는 것이었다. 그녀가 숨겨온 남자를 만나든 말든 그건 더 이상 중요하지 않았다. 나는 울음을 참으려고 애를 썼지만 목이 메어 견딜수가 없었다. "리아 언니한테 연락하면 어떨까?" 리아는 아나가 가장 좋아하는 언니였다. 아나는 리아 언니 이야기를 자주 했다. 만약 리아가 우리 또래였다면 분명히 우리와 친한 친구가 되었을 것이다. "안돼. 아무한테도 걱정을 끼치고 싶지 않아. 그가 곧 올 거야. 나를 만나

* 　감실은 신자들이 미사 때 받아 모시는 예수님의 거룩한 몸, 곧 성체를 모셔 놓은 곳을 말한다.

러 여기 온다고 약속했어." 이제는 말하기도 버거운지 그녀는 이야기하는 중간에 숨이 가빠 헉헉거렸다. 그러고는 덧붙여 말했다. "그뿐이야." 아나는 옆으로 쓰러지더니 내 무릎 위에서 몸을 웅크렸다. 나는 그녀를 어루만졌다. 몸이 불덩이처럼 뜨거운 데다 가쁜 숨을 몰아쉬고 있었다. 그녀의 얼굴이 푸르스름한 빛을 띠었다. 그 모습을 보자 나는 덜컥 겁이 났다. 나는 더 이상 참지 못하고 결국 울음을 터뜨렸다. 그녀를 도울 방법이 없었다. 그녀를 어루만지는 것 외에 달리 할 수 있는 것이 없었다.

"곧 올 거야. 그가 곧 올 거라고." 몇 분 동안 아무 말도 않던 아나가 힘겹게 입을 열었다. 내가 더 이상 울지 않도록, 나를 위로하기 위해 한 말 같았다. "하느님이 나를 용서해 주실까?" 그녀는 작은 목소리로 말했다. 간신히 속삭이듯 물어보는 그녀의 말을 듣자 가슴이 미어지는 것 같았다. 그녀는 왜 하느님이 자기를 용서해야 한다고 생각한 걸까? 아나는 나의 가장 친한 친구이자 학교에서 가장 좋은 급우였다. 그녀는 언제나 다른 사람을 배려했고 전학 와서 아무도 내게 말을 걸지 않았을 때 나를 구해주었다. 그녀는 쾌활한 성격에 재미있고 상냥했을 뿐 아니라 진실하고 신의가 있었다. 아나는 왜 용서를 구했던 걸까? 열일곱 살의 나이에 자기를 돌봐주지 않는 남자와 사랑에 빠져서? 그 남자와 섹스를 해서? 아니면 임신중지 수술을 해서? 혹시 사랑하지 말아야 할 남자를 사랑해서? 일을 엉망으로 한 그 여의사를 선택해서? 부모님에게 사실대로 이야기하지 않아서? 정말 이해가 가지 않았다. 마음이 꺼림칙했지만 아나가 의심하지 않도록 아주 구체적으로 대답하고 싶었다. "정말로 네가 용서받을 일을 했다고 해도 아나, 그래, 하느님은 이미 너를 용서하셨어." 내가 말했다. 하지만 그때 아나가 내 말을 듣고 있었는지는 모르겠다. 아나는 아무 말도 하지 못한 채 사시나무 떨듯 몸을 부들부들 떨고 있었다. 나는 그녀가 심하게 몸서리치다가 바닥에 떨어질까 봐 그녀를 꽉 붙들었다. 나는 아나를 달래려고 노력했지만 그녀는 계속 몸을 떨었다. 나는 몸을 웅크리고 그녀를 꼭 껴안은 채 울음을 그치려고 애썼다. 우리는 함께 떨었다. 그러던 어느 순간, 갑자기 아나가 움직이지 않고 가만히 있었다. 그리고 그녀가 이전보다 더 무겁게 느껴졌다. 마치 의지가 그녀의 육신을 버리고 떠난 것처럼 말이다.

내 친구는 결국 그렇게 되고 말았다. 과거의 모든 것을 다 벗어 던지고 떠나고 만 것이다.

아나는 내 품에 안긴 채 죽었다.

3

(   )

그로부터 30년이 지난 어느 날, 나는 아나의 집으로 돌아오게 되었다.

나는 그녀가 죽은 뒤로 그 집에 가지 않았다. 엄마는 내가 30년 만에 거기에 가는 거라고 말했다. 물론 자전거를 타고 가다가 그 집 앞을 지나친 적이 없다고 장담할 수는 없다. 설령 그랬다고 해도 기억나지 않을 테니까. 예전에는 거기, 그 집에 아나가 살아 있었다. 그 집에 갔는데 아나가 없다면 그건 그녀가 죽었다는 것을 의미했다. 나는 잠시 망설였지만 알프레도 아저씨와의 약속을 공책에 기록해 두었다. 약속한 이상, 가야 했다.

(   )

나는 옷장에서 가장 좋은 옷을 꺼내 입었다. 그리고 엄마에게 머리를 빗고 화장을 하도록 도와달라고 했다. 우리 가족이 자주 그랬던 것처럼, 엄마는 아버지가 내게 선물해 준 폴라로이드 카메라로 내 사진을 찍었다. 나는 그 사진을 공책에 붙이고 그 아래 "알프레도 사르다와 약속"이라고 썼다. 나는 열다섯 번째 생일에 아나가 선물로 준 은 팔찌를 찾았지만 고리가 망가져 있었다. 그래서 목걸이나 다른 장신구처럼 팔찌를 셔츠 구멍으로 넣고 단추를 채워 매듭을 지었다. 나는 엄마에게 준비를 마쳤으니까 사진을 한 장 더 찍어달라고 했다. 나는 그 사진도 공책에 붙여두었다. 알프레도 아저씨와 만났을 때 어떤 차림으로 갔는지 기억하고 싶었다.

(   )

나는 지금도 그 사진을 보관하고 있다. 나는 페이지를 넘겨 읽는다.

나는 알프레도 아저씨가 나를 데리러 올 때까지 우리 집 문 앞에서 기다렸다. 내가 공책에 기록해 둔 시간에 정확하게 도착한 것을 보면 평소에도 시간을 잘 지키는 모양이었다. 약속할 때, 아저씨가 나를 데리러 오기로 했다. 나와 마찬가지로 아저씨도 우리가 이제 곧 시도할 일을 불안해하는 눈치였다. 속으로 걱정을 많이 했을 것이다. 아저씨는 아나가 그랬던 것처럼 내게 손을 내밀었다. 그렇게 우리는 그의 집까지 같이 걸어갔다. 아저씨가 현관문을 열었다. 정원은 내 기억 속에 남아 있는 것과 똑같은 모습이었다. 나는 대리석상에 머리를 부딪치기 전에 그 정원을 여러 번 보았다. 잘 손질된 화단에는 고목들과 함께 여러 꽃들이 종류별로 배열되어 현란한 색채의 향연을 이루고 있었다. 내가 본 것 중에서 가장 푸르른 정원이었다. 숨바꼭질할 때 우리가 몸을 숨기곤 하던 떡갈나무, 가지를 꺾어 머리에 꽂으면 은은한 봄 향기가 코끝에 스며들던 보리수, 그리고 술래잡기할 때 가시에 찔리지 않도록 조심해서 뛰어다니게 만든 자홍색 산타리타 꽃도 모두 그대로였다. 아나만 빼고 모든 것이 그 자리에 있었다.

(　　　)

거기서 나는 예상했던 씁쓸한 기분이 아니라 따뜻한 품에 안겨 있는 듯한 느낌을 받았다. 나는 공책에 그렇게 적었다. "알프레도 아저씨의 집이지만 마치 우리 집에 온 듯이 마음이 편하다." 내 인생에서 가장 행복했던 어린 시절로 되돌아간 듯했다. 아나의 죽음으로 인해 그 시절의 행복마저 지워진다면 그건 너무나도 억울한 일이다. 앞으로 그보다 더 행복한 시간은 오지 않을 것이다. 설령 그런 시절이 다시 온다고 해도 공책에 기록하지 않는 한 잊어버릴 텐데 무슨 의미가 있을까.

(　　　)

첫 만남 이후로 알프레도 아저씨는 일주일에 두 번씩, 정확한 시간에 나를 데리러 왔다. 그리고 우리는 그의 집으로 가서 그의 막내딸이자 나의 가장 친한 친구인 아나에 관해 이야기를 나누었다. 엄마도 굉장히 흡족해하는 눈치였다. 나는 공책을 읽는다. "엄마는 뿌듯해한다." 엄마 없이 내가 몇 시간이나 활동할 수 있다는 사실만으로도 엄마에게는 큰 다행이었다. 그 무렵 아버지는 우리와 함께 살지 않았다. 나는 아버지가 어떻게 됐는지 궁금해서 엄마에게 물었다. 엄마의 대답을 들을 때마다 나는 깜짝 놀라곤 했다. "네 아버지와 나는 오래전에 헤어졌어. 하지만 일요일에 함께 산책하려고 너를 데리러 올 거야." 아버지와 엄마가 헤어졌다니, 어떻게 그런 일이 있을 수 있단 말인가? 언제, 무슨 이유로 그렇게 된 거지? 그 이야기를 듣고 나면 한동안 정신이 멍해졌다. 나는 그 이야기를 공책에 여러 번 기록했다. 형광펜으로 강조 표시도 하고 컴퓨터의 즐겨찾기 파일에도 넣어두었다. 하지만 엄마한테서 "네 아버지와 나는 오래전에 헤어졌어"라는 말을 들을 때마다 아나가 죽은 다음 불에 타고 토막난 채 발견되었다는 말을 들었을 때만큼 깜짝 놀라곤 했다.

(   )

알프레도 아저씨와 나는 우리의 삶을 영원히 바꿔버린 비극이 일어나기 전에 우리가 알고 있던 아나에 관해 몇 시간 동안 이야기를 나누었다. 한동안 우리는 그녀의 죽음이 아니라 그녀에 관해서만 이야기했다. 우리는 아나를 다시 우리 곁으로 데려와야 했다. 그 기억을 되살리고 나누는 것이 우리 둘의 삶에 큰 도움이 되었다. 그 세계는 내 기억 속에 고스란히 남아 있었다. 그래서 굳이 공책에 기록한 내용을 찾거나 이야기를 지어내려고 애쓸 필요가 없었다. 알프레도 아저씨는 자기 막내딸이 우리 곁에 앉아 수다를 떨기 위해 언제라도 계단을 내려올 것처럼 말했다. 반면 내 기억 속의 아나는 아나를 추억을 간직할 수 있던 시절 나의 가장 친한 친구이자 내 삶에서 가장 소중한 동반자일 뿐만 아니라 내가 사랑하기로 선택한 유일한 사람이었다. 아나는 내게 정말 그런 존재였다. 나는 엄마와 아버지를 사랑했고 지금도 사랑하고 있다. 당연히 그 사랑에는 선택의 여지가 없다. 하지만 나는 아나를 선택했다. 그 우정의 밑바탕에 있는 사랑이야말로 내가 아는 한 가장 온전한 사랑이다. 한편 나는 연인으로서의 사랑이 나에게 결코 가능하지 않으리라는 것을 알고 있다. 누군가를 사랑하려면 시간이 걸리기 마련인데 그 사이 내 기억이 모두 증발해 버릴 것이기 때문이다. 사랑에 빠지려면 기억이 있어야 한다. 가끔 나는 사라진 기억을 메우기 위해 일주일에 두 번씩 찾아오는 물리 치료사나 심리 치료사와 사랑에 빠진 척할 때가 있다. 사실 나는 그들이 항상 똑같은 사람인지도 모른다. 우리 집에 올 때마다 그들은 마치 처음 만난 것처럼 내게 자기소개를 하기 때문이다. 지난 몇 년 동안 얼마나 많은 심리 치료사, 물리 치료사, 또는 트레이너들이 내 삶을 거쳐 갔을까? 정작 나는 누가 누구인지 구별도 못 하는데 말이다. 나는 모른다. 내가 아는 것이라고는 내가 그 누구보다 의료 조무사들과 가장 안정적인 관계를 맺었다는 점뿐이다.

(   )

　만난 지 보름 만에 우리는 아나의 사망 경위에 관해 이야기하기 시작했다. 그 내용은 공책 4,345에 기록되어 있다. 그때 내가 가장 먼저 꺼낸 말은 살인이라는 말을 사용하지 않겠다는 것이었다. 실제로 살인은 일어나지 않았기 때문이다. "그건 살인 사건이 아니었어요." 알프레도 아저씨가 처음부터 내 말을 믿었는지는 모르겠지만, 그는 아나가 성당에서 죽었다는 내 말에 그 어떤 의문도 제기하지 않았다. 우리는 대화한 내용을 각자의 공책에 기록했다. 그 또한 자신의 기억력을 그다지 믿지 않는 듯했다. 내가 머뭇거리거나 틀린 말을 할 때, 심지어는 앞뒤가 다른 말을 할 때도 그는 나서지 않고 내 말을 귀담아들었다. 나는 그날 저녁에 있었던 일을 다시 떠올리며 말했다. 적어도 내가 말할 수 있는 것, 아나에게 무덤까지 가지고 가겠다고 맹세한 비밀을 제외한 모든 것을 이야기했다.

　그날 아나는 연인 관계이던 남자와 성당에서 만나기로 했는데, 자기와 함께 가줄 수 있겠냐고 부탁하러 나를 찾아 왔다고 말했다. 아나가 사랑에 빠졌다는 말을 듣자 알프레도 아저씨는 깜짝 놀랐다. 알프레도 아저씨는 아나가 사랑에 빠졌으리라고는 상상조차 하지 못했단 말인가? "아저씨는 아나가 사랑에 빠진 것을 전혀 몰랐다." 아저씨는 커피를 타는 동안 잠시만 쉬자고 했다. "아저씨는 커피 두 잔을 내왔다." 지금 생각해 보면 그는 자기 딸의 사랑 이야기를 받아들일 시간적 여유가 필요했던 것 같다. 나는 커피를 마시면서 적어도 아나가 죽기 전까지는 그 남자가 오지 않았다고 말했다. 그리고 고통 속에서 부들부들 떨던 아나가 갑자기 조용해졌다고, 울음을 멈추었다고, 아나의 숨이 멎었다고, 아나가 내 품에 안긴 채 죽었다고, 나는 겁에 질린채 그녀를 의자에 눕혔다고, 그러고는 곧장 성구실 쪽으로 정신없이 달려갔다고, 그 와중에 재킷의 소매가 가브리엘 대천사상 받침대 모서리에 걸렸다고, 그래서 옷소매를 확 잡아당겼는데 석상이 넘어질 것처럼 비틀거리더니 결국 나한테 떨어지고 말았다고 말했다. 그 이후, 내게 일어나는 모든 일을 영구적으로 잊어버리게 되면서 삶 전체가 암흑과 텅 빈 화면으로 변해버렸다고 말했던 것 같다. 그리고 병원에서 진료를 받는 중에 기록한 내용을 아저씨에게 들려주었던 것 같다. "그렇다고 모든 기억이 사라진 것은 아니다. 경험한 사건을 어떤 경로를 통해 저장하는가에 따라 가끔 손상되지 않은 지름길을 찾기도 한다." 그럴 경우, 그 사건은 기억 속에 자리를 잡게 된다. 하지만 그런 일은 아주 가끔씩 일어난다.

다만 내가 이해할 수 없는 현상이 한 가지 있다. 바로 끊어진 다리를 건너지 않고도 도달할 수 있는 뇌의 한 부분에서 생각이 떠오르는 것이다. 나는 그 글을 읽었다. 그리고 지금 그 부분을 읽는다. 나는 그 글을 내가 썼는지 아니면 받아썼는지 기억나지 않는다. 사람들은 기억도 받아쓰게 하니까.

(   )

나는 읽는다. 빠진 부분을 채운다. 상상으로 이야기를 지어낸다. 알프레도 아저씨가 말했다. "정말 미안하구나." "알프레도 아저씨, 미안해하실 것 없어요. 감정이 끼어들면 과거를 더 쉽게 떠올릴 수 있으니까요. 이렇게 이야기를 나누다 보면 아나가 더 잘 기억날지도 몰라요. 아니면 이 의자에 앉아 편안한 마음으로 아저씨와 이야기를 나눴다는 것을 기억하게 될지도 모르고요. 물론 이 공책을 읽지 않으면 우리가 무슨 말을 했는지는 기억나지 않겠지만요."

(   )

나는 공책을 읽는다. "아저씨와 이야기하면 마음이 편하다." 알프레도 아저씨가 미소 짓는다. 그의 얼굴에 멋진 미소가 떠올랐다. 아저씨가 나를 안아주려다가 멈췄던 것 같다.

(   )

의사들의 말에 의하면 나는 감정으로 추론을 **보완**한다. 하지만 그들은 그것이 이루어지는 구체적인 방식을 알아내지 못했고, 나도 그들의 연구에 협조하지 않았다. 그들은 나를 그저 사례 연구로 이용하려고 했다. 나는 전문 클리닉에 두어 번 간 적이 있다. 그들은 나를 원형 극장에 데리고 갔는데, 앞에는 한 무리의 전문의들이 앉아 있었다. 그들은 내게 질문을 던졌고 나를 관찰했다. 그때 기록하는 이는 내가 아니라 그들이었다. 나는 결국 몇 분 만에 멍한 상태가 되고 말았다. 그들은 내게 결론이 적힌 의료 기록을 주었다. 나는 그것을 공책―그 달에 쓴 공책―에 붙여두었다. 나는 그것을 절대로 다시 읽지 않는다. 그래서 거기에는 형광펜으로 강조된 부분이 없다.

(   )

나를 연구하는 클리닉에 갔었나?

(   )

나는 포기했다. 실험실의 마스코트가 되는 것에는 전혀 흥미가 없었으니까. 나는 읽는다. "실험실의 **마스코트**." 나는 읽는다. "의사가 묻는다. '사랑에 빠져본 적이 있어요?'"

(   )

"아나는 누구와 사랑에 빠진 거야?" 알프레도 아저씨가 물었다. "그건 모르겠어요. 아무리 물어도 대답을 안 하더라고요. 제 추측인데 기혼자거나 아니면 적어도 약혼한 남자였던 것 같아요. 그 남자는 절대 할 수 없을 거라고 했거든요." "뭘 할 수 없다는 거야?" "아무것도요. 자기 이름을 밝힐 수도 없고 필요할 때 아나와 함께 있을 수도 없고, 또……." 나는 말을 멈췄다. 그 순간 말을 멈춘 것이 틀림없다. 임신중지 수술 이야기를 꺼낼 수는 없었다. 그래서 내가 뽑은 명단에 관해 말했다. 명단에 오른 남자들이 아나의 사랑을 받았을 가능성이 있는지 여부에 따라 이름 옆에 1에서 5까지 점수를 매겼다는 이야기도 했다. 다음 번에 만날 때 그 명단을 가져오겠다고 약속했다. "너는 아나처럼 건강한 여자아이가 어떻게 열일곱 살의 나이에 죽을 수 있다고 생각하니?" 아저씨가 내게 물었다. 어쩌면 만날 때마다 이 질문을 했는지도 모른다. 공책을 살펴봐도 명확하게 기록되어 있지 않다. 나는 따옴표가 있는 부분을 읽는다. "아나는 기저 질환도 없었고, 무슨 사고를 당하지도 않았어. 그렇다고 누가 그 아이를 독살했을 것 같지도 않고. 마르셀라, 네가 보기에는 아나가 왜 죽은 것 같니?" 나는 진실을 밝힐 수 없었다. 무슨 일이 있어도 비밀을 말하지 않기로 아나에게 맹세했으니까. 그래서 나는 아나에게 나타난 증상—증상의 원인은 언급하지 않고—만 말해주기로 했다. 그날 아나는 몸이 아주 안 좋았고 열이 많이 났다고 말했다. 우리 집에 왔을 때는 서 있기조차 힘들어 보였다는 말도 덧붙였다.

그러자 아저씨는 자기가 알고 있는 사실을 알려주었다. 아내의 말에 따르면 아나는 생리통이 너무 심해 일찍 잠자리에 들었다고 했다. 그런데 그다음 날, 어떤가 보려고 방으로 갔더니 아나는 어디 갔는지 없고 침대가 피로 얼룩져 있었다고 했다. 그녀의 엄마는 임신중지 수술로 인한 출혈을 생리혈로 착각했던 것이다. "아나의 어머니는 임신중지 수술로 인한 출혈을 생리혈로 착각했다." "열이 있었다는 얘기는 없었어. 그렇다고 열이 없었다는 건 아니지만 말이다. 그날 돌로레스는 그 아이의 몸을 만져보지 않았을 거야. 평소에도 아나의 몸에는 손도 안 댔으니까." 알프레도 아저씨가 내게 털어놓았다. 그는 아나가 나가는 것을 보지 못했기 때문에 그녀가 걷거나 똑바로 서려고 할 때 얼마나 힘겨워했는지 전혀 모르고 있었다. 아나가 불에 타고 절단된 채 발견되고 난 뒤, 알프레도 아저씨뿐 아니라 그 누구도 아나가 죽기 전에 얼마나 고통스러워했는지에 대해서는 관심을 갖지 않았다. 그래서 그들은 그 문제를 철저하게 되짚어 보지 않았다. 그들은 육체적 고통이 그녀의 죽음과 아무런 관련이 없다고 여겼다.

알프레도 아저씨는 아나가 나를 찾아온 후에 우리 둘이 무엇을 했는지 다시 말해달라고 했다. 그에게는 몇몇 세부 사항이 매우 중요한 것처럼 보였다. 그래서인지 그는 나보다 훨씬 더 꼼꼼하게 내가 하는 말을 기록했다. 가령 아나가 어떤 옷을 입고 있었는지, 백팩이나 손가방을 들고 있었는지, 약이나 어떤 물질, 또는 그녀에게 해를 끼칠 만한 마약을 복용했다고 말하지는 않았는지, 운동을 많이 했는지, 아니면 평소 먹지 않던 음식을 먹었는지 등이 그의 주요한 관심사였다. "의약품: 아니오, 운동: 아니오, 마약: 아니오." "아나는 마약을 하거나 이상한 약물을 복용하지 않았어요." 나는 아저씨에게 말했다. 그렇게 말했을 것이다. 아무튼 내 말은 사실이었다. 거짓은 내가 답한 것이 아니라 말하지 않은 것에 있었기 때문이다. 내가 일부러 빠뜨리고 말하지 않은 것이 거짓말이었다. 나는 그에게 아나의 임신중지 사실을 숨기고 말하지 않았다. 우리는 만날 때마다 이러한 질문과 대답을 반복했다. 나는 그것들을 공책에 기록해 두었다. 나는 그것들을 읽는다.

(   )

만날 때마다 나는 아나가 했던 말과 아나의 표정, 눈빛, 그리고 피부색 등을 상세하게 말하면서 내 이야기의 범위를 확대해 나갔다. 나는 아나가 나를 데리러 왔을 때 가지고 있던 것은 리아 언니의 청록색 터키석 반지뿐이었다고 말했다. 아나가 그것을 자기를 지켜주는 행운의 반지라고 여겼다는 말도 했다. 그녀는 끼고 있던 반지를 빼서 내게 주었다. 그리고 그 반지를 리아 언니에게 전해달라고 부탁했다. 그녀는 언니에게 반지를 직접 전해줄 수 없을지도 모른다는 사실을 직감했던 것이다.

(   )

나는 읽는다. "청록색 반지/아나의 집에서 만나기로 함."

어느 날 오후, 나는 그 반지를 아나의 집으로 가져가서 알프레도 아저씨에게 보여주었다. 그에게 반지를 맡기고 싶었다. 하지만 그는 나더러 그 반지를 가지고 있으라고 했다. 리아는 오래전에 다른 나라에 살러 갔기 때문에 여기에 없다고 했다. 내 공책에는 스페인 국기 그림이 붙어 있고, 그 옆에 "리아=콤포스텔라"라고 써 있다. 자기가 보기에 아나에게 무슨 일이 일어났는지 밝혀내지 않는 한 리아는 끝내 돌아오지 않을 거라고 했다. 알프레도 아저씨는 슬픈 표정으로 그렇게 말했다. 곧이어 이해한다는 표정을 짓는 그의 얼굴에는 체념의 빛이 어려 있었다. 나는 읽는다. "알프레도 아저씨는 왜 리아를 만나러 가지 않는 걸까?" "비행 공포증". "손자". 나는 알프레도 아저씨에게 왜 리아 언니를 만나러 가지 않는지 물었다. 그는 자기도 여러 번 그럴 생각을 했다고 대답했다. 그는 예전부터 비행기 타는 것을 두려워했지만 손자와 함께라면 언젠가 거기로 가게 될 거라고 털어놓았다. 나는 사르다 집안에 손자, 그러니까 알프레도 아저씨의 손자이자 아나의 조카가 있다는 사실을 여태 모르고 있었다. 나는 썼다. "아나에게 조카가 있다." 나는 알프레도 아저씨에게 손자에 관해 말해 달라고 부탁했다. 그리고 공책에 기록했다. 그는 카르멘과 훌리안의 아들인 마테오에 관해 이야기해 주었다. 나는 훌리안이 카르멘과 결혼을 한 것도, 그가 더 이상 사제가 아니라는 것도 모르고 있었다. 그 무렵 나는 훌리안을 좋아했다. 따지고 보면 여자아이들은 모두 그를 좋아했다. 그런데 그로부터 30년이 흐른 뒤에야 그런 훌리안이 여자아이들에게 흠모의 대상이었던 카르멘과 결혼했다는 것을 알게 된 것이다. 나는 두 사람의 이름 아래 "어울리는 한 쌍"이라고 썼다. 그리고 "그에게는 잘된 일이다"라고도 썼다.

나는 알프레도 아저씨에게 아나가 큰언니를 굉장히 무서워했다고 말했다. 아나의 말에 따르면 카르멘 언니가 다른 사람들을 잘 대하려고 지나치게 노력한 탓인지 집 안에서는 좋지 않은 모습만 보였다고 했다. 내가 알프레도 아저씨에게 이 말을 했나? 이런 글이 적

혀 있는 걸 보니 말한 것이 틀림없다. "사실 나도 카르멘이 좀 무섭
단다(아저씨)." 그의 웃음. "알프레도 아저씨가 웃었다. 그건 농담이었
다." 그리고 나의 웃음. 그때 우리 둘이 모두 웃었던 것 같다. 나는 공
책에 손자의 이름을 썼다. "마테오". 그리고 리아 언니가 살고 있다는
도시의 이름도 적었다. "산티아고 데 콤포스텔라". 그 도시는 이미 적
었나? 나는 "반지"도 적어두었다. 그건 머리를 부딪치기 전의 일이니
까 내가 반지를 가지고 있다는 것을 잊지는 않을 것이다. 하지만 아
나가 부탁한 대로 그것을 리아 언니에게 돌려줄 수 없는 이유를 그
반지와 연관시켜 두고 싶었다. 나는 공책에 썼다. "리아는 지금 여기
없다." 그렇게 해서 나는 알프레도 아저씨가 손자와 함께 스페인으
로 가는 그날까지 반지를 맡아달라는 부탁을 그 이유와 연관시킬 수
있었다.

(   )

우리의 만남이 끝나갈 무렵, 알프레도 아저씨는 창고의 여행 가방
에 보관하고 있던 문서와 기록을 내게 보여주었다. 그는 오랜 세월 아
나가 죽은 원인과 관련된 자료들을 모았다. 그것들을 보여주기 전에
그는 미리 양해를 구했다. 내가 그 자료들을 보고 충격을 받을 수도
있으니 미리 마음의 준비를 단단히 하라고 했다. "알프레도 아저씨는
문서를 보여주기 전에 내게 양해를 구한다." 나는 충격을 받더라도 금
방 잊어버리기 때문에 걱정할 것 없다고 말했다. 우리는 함께 웃었다.

그때 그렇게 웃었기를 바란다. 공포에 휩싸인 가운데 웃을 수 있다면 그것만큼 좋은 것도 없다. 알프레도 아저씨는 공허한 내 삶에 나타난 좋은 동반자였다. "나는 알프레도 아저씨가 좋다." "아나의 아버지"인 것을 넘어 오늘 만난 알프레도 아저씨를 허무하게 잊어버린다면 너무 아쉬울 것 같아서 공책에 적었다. 그리고 이렇게 썼다. "알프레도 아저씨는 멋진 미소를 가지고 있다." 나는 그의 이름 옆에 하트를 그려 놓았다. 우리는 창고로 갔다. 알프레도 아저씨가 가방을 열자 신문 스크랩과 사건 기록 사본, 아나의 사진, 그가 이런저런 사람들에게 물어보며 적은 메모들이 보였다. 나는 폴라로이드 카메라로 사진을 찍었다. 여행 가방에는 내 경찰 진술서 사본도 들어 있었다. 나는 읽는다. "알프레도 아저씨는 이전에 나에게 물어보지 않은 것을 자책한다." 알프레도 아저씨는 이렇게 말했다. "더 일찍 너와 이야기를 나누지 못한 내 자신이 원망스러워. 사람들은 네가 몸이 좋지 않다고, 머리를 부딪친 후로 트라우마로 고통받고 있다고 하더구나. 그리고 우리만큼이나 아나의 죽음을 받아들일 수 없던 네가 아나가 너의 품에 안긴 채 죽었다는 이야기를 지어낸 거라고 수군거렸지. 나는 그들의 말을 믿었어. 심지어는 네가 그러는 것도 당연하다고 생각했지. 사실 나도 아나의 죽음에 관한 다른 이야기를 만들어 내고 싶었으니까." 나는 아저씨에게 방금 한 말을 공책에 기록할 수 있게 다시 한번 천천히 들려달라고 했다. 아저씨는 내 진술서를 아예 외면했다고 했다. 그러던 어느 날, 성범죄에 관해 언급한 법의학자들의 보고서를 검토하다가 그 팀원 중 한 명의 명함을 발견하게 되었다고 했다. 그는 얼마 전에 그 팀에 합류한 젊은 의사였는데, 나머지 사람들과 반대 의견을 냈던 사람이었다. 엘메르 가르시아 베요모의 명함. 아저씨는 서류를 뒤지더니 의사의 명함을 꺼내 보여주었다. 젊은 의사는 법정에 출석해 자신이 해당 사건의 수사 방식과 진행 과정에 동의할 수 없는 이유를 보여주는 일련의 정황을 설명하면서 아저씨에게 명함을 건네주었다고 했다. 30년이 지난 뒤, 알프레도 아저씨가 내게 보여준 그 명함을 말이다.

(   )

그 젊은 의사는 말이 많았다고 한다. 입만 열면 말이 폭포처럼 쏟아져 나왔다고 했다. 알프레도 아저씨는 그런 상황에서 그가 무슨 말을 하는지 온전히 알아듣기가 어려웠다고 했다. 수많은 말이 쏟아지는 가운데 알프레도 아저씨는 자기가 보기에 그런 증거로는 성범죄를 증명할 수 없다는 그의 주장을 머릿속에 담아두었다. 그리고 그 의사가 내 진술을 언급했다고 했다. "그건 성범죄가 아니다(베요모)." 그의 가설은 나머지 팀원들은 물론, 수사 과정에서 모든 결정을 내리는 상사의 생각과도 완전히 다른 것이었다. 젊은 법의학자에 따르면 증거는 오히려 다른 종류의 범죄 증거가 은폐되었다는 것을 보여준다고 했다. "그렇다면 대체 어떤 범죄였을까?" 알프레도 아저씨가 말했다. 나는 그의 말을 공책에 적었다. 법의학자는 범죄 현장이 쓰레기를 버리는 공터와는 다른 곳이며 절단된 신체 부위가 그곳으로 옮겨졌다고 주장했다. 나는 읽는다. "사체가 옮겨졌다(베요모)." 알프레도 아저씨는 그에게 들은 말을 자세히 기억하려고 노력하는 동시에 그때 그가 자기에게 알려주려고 했던 것을 깊이 파고들지 못한 것을 안타까워했다. 알프레도 아저씨는 그때 그의 말을 모두 기록했어야 했다. 나는 기록했다. 그 당시 알프레도 아저씨는 그가 너무 젊고 경험이 없을 뿐만 아니라 말이 너무 많다고 생각한 것이 분명하다. 반면 그의 상사는 자신의 주장을 확신하는 것 같았다. 그래서 알프레도 아저씨가 그 자료들을 여행 가방에 처박아 두고 베요모가 해준 말을 거의 30년이나 까맣게 잊고 살았던 것이다. 하지만 그의 명함이 우연히 서류 더미 사이에서 나오고, 그 덕분에 나의 진술서를 다시 읽으면서 모든 것이 새로운 의미로 나타나기 시작했다.

(   )

알프레도 아저씨는 나와 이야기하기 전에는 그에게 연락하지 않으려고 했다. 나와 대화를 나눈 후에야 그는 오랜 세월이 흘러 흐릿해진 자료들을 확인하고 싶은 마음이 들었다. 우리의 대화는 그가 미진한 부분을 매듭짓는 데 도움을 주었다. "매듭".

(   )

나는 이렇게 말했던 것 같다. "알프레도 아저씨, 그 명함을 아직 간

직하고 계셔서 다행이에요." "나도 그렇게 생각한단다. 그리고 우리가
다시 만난 것도 아주 기쁘고." 그는 이렇게 대답했던 것 같다. 알프레
도 아저씨는 아주 다정한 사람이니까.

(   )

오늘은 왜 알프레도 아저씨를 안 만났지?

(   )

알프레도 아저씨는 수려한 외모를 가지고 있다. 그의 눈은 파란색
이 아니라 밤색이지만 아나를 닮았다. 그는 아나와 같은 눈빛으로 사
람을 바라본다. "알프레도=눈". 그는 "귀염둥이"의 사체를 둘러싼 수
수께끼를 풀 수 있으리라는 희망을 다시 품게 되었다고 내게 고백했
다. 그는 아나를 그렇게 불렀다. 나는 그런 줄 몰랐다. 나는 공책에 기
록했다. "아나=귀염둥이". "많은 사람이 내가 왜 그렇게 진실을 찾는
일에 매달리는지 궁금해 한단다. 그런다고 아나가 살아 돌아오는 것
도 아닌데 말이야. 카르멘과 훌리안, 내 친구들, 내 동생, 심지어는 내
주치의까지 내게 그렇게 묻곤 해. 물론 그렇지. 내가 사실을 밝혀낸다
고 해도 아나는 살아 돌아오지 않을 테니까. 하지만 리아는 돌아올지
도 몰라. 그렇게만 된다면 내 마음의 짐과 괴로움을 조금은 덜 수 있
을 거야. 우리가 다가갈 수 없는 진실은 마지막 날까지도 고통스러울
테니까." 나는 이 말을 공책에 적었을 뿐만 아니라 아나의 사진 아래

인쇄한 다음 액자에 넣어 방에 걸어두었다. "우리가 다가갈 수 없는 진실은 마지막 날까지도 고통스러울 테니까."

(   )

나는 읽는다. 마침내 어느 날, 알프레도 아저씨는 법의학 팀의 젊은 의사—이제는 그렇게 젊지도 않겠지만—에게 연락하기로 마음먹었다고 했다. 그리고 연락이 되면 내게 알려주겠다고도 했다. "베요모와 만날 가능성." 그런데 무슨 이유인지 알프레도 아저씨는 그날 이후로 우리의 만남을 중단했다.

(   )

알프레도 아저씨의 이름 옆에 하트가 왜 이렇게 많이 그려져 있는 거지?

(   )

알프레도 아저씨는 우리 집에 전화를 걸어 다음 만남을 취소하자고 했다. 나는 공책에 적힌 약속에 줄을 그었다. 그리고 아저씨는 다시 연락하지 않았다. "알프레도 아저씨에게서 연락이 없다." 내가 무슨 말실수를 한 건 아닌지 걱정이 되었다. 아니면 내가 진실의 일부를 숨기고 있다는 것을 알아채고 화가 났을지도 몰랐다. 나는 읽는다. "언젠가 아나에게 무슨 일이 일어났는지 속 시원하게 털어놓을 수 있을까? 언제쯤? 누가 나를 자유롭게 해줄까?"

(   )

엄마는 같은 말을 되풀이하면 누구든 지치기 마련이라고 했다. "반복하지 말 것. 사람들은 인내심이 없다(엄마)." 엄마는 내가 같은 말을 반복하지 않도록 훈련시키려 했다. "말하기 전에 공책의 마지막 줄을 다시 검토할 것." "같은 말을 반복하지 말 것." "같은 말을 반복하지 말 것." 그런데 어떻게 반복하지 않을 수 있단 말인가.

(   )

알프레도 아저씨는 정말 지친 걸까?

(   )

하지만 아니었다. 알프레도 아저씨는 내게 지친 것이 아니라 아팠다. "알프레도 아저씨는 아프다." "암." 그리고 "화학요법." 그는 어느 정도 완화되었다고 생각했던 암이 악화되자 즉시 다시 치료를 시작했다. 그렇게 하는 것이 급선무였다. 이번에 발생한 종양은 수술로도 제거할 수 없었다. 그는 화학요법으로 인해 몸이 너무 약해져서 우리의 만남을 더 이상 이어갈 수 없었다. 그는 상태가 호전될 때까지 나에게 알리고 싶어 하지 않았다. 그러던 어느 날, 아저씨가 내게 오라고 연락했다. "알프레도 아저씨가 전화해서 자기 집으로 와달라고 했다." 알프레도 아저씨는 아무 연락도 하지 않은 것에 대해 사과했다. 그는 힘이 없어 보였다. 일부러 극적인 분위기를 만들고 싶지는 않지만 자기한테 꼭 하고 싶은 말이 있으면 이 자리에서 해달라고 당부했다. 이제 시간이 얼마 남지 않았다고 했다. 나는 울음을 터뜨렸다. 그 자리에서 울었던 것 같다. 나는 지금도 울고 있다. 그는 나더러 울지 말라고 했다. 나는 공책에 기록했다. "알프레도 아저씨는 곧 죽을 것이다." 나는 이 문장에 곧장 줄을 그었다. 그 대신 그 옆에 이렇게 썼다. "알프레도 아저씨와 이야기를 나눔. 아주 많이. 시간이 얼마 남지 않았음."

알프레도 아저씨는 대화를 나눠준 데 대해 고마운 마음을 전했다. 그는 내게 손자의 사진을 주면서 간직해 달라고 했다. "내가 설득하면 그 아이는 리아를 만나러 산티아고 데 콤포스텔라로 갈 거야." 그가 내게 말했다. "어쩌면 그 반지를 가지고 갈지도 모르지." "마테오=반지=콤포스텔라". 그러고는 내게 마지막으로 부탁했다. 다음 날, 모든 증거를 마지막으로 판단하기 위해 그 법의학 전문가가 자기 집으로 오기로 했다는 것이다. 알프레도 아저씨는 치료가 본격적으로 시작되기 전에 그에게 전화로 연락했다고 했다. 연락을 받은 뒤, 그 남자는 혼자서 미친 듯이 작업하기 시작했다. 알프레도 아저씨가 내게 말했다. 나는 그의 말을 공책에 기록한다. "엘메르가 첫 번째 보고서를 줬는데 그게 끝이 아닐 것 같다." 그 이후로 나는 우리의 대화를 거의 한 글자도 빼지 않고—심지어는 하이픈까지 넣어서—공책에 옮졌다.

"마르셀라, 여기 와서 우리와 이야기를 나눌 수 있겠니? 너를 만나고 싶은데 내일쯤이면 가능할 것 같아. 자고 일어나면 몸 상태가 좀 나아질 테니까. 우리 셋이 만나서 이야기하다 보면 어떤 결론에 도달할 수 있을 것 같구나."

"알프레도 아저씨, 가장 알고 싶은 게 뭐예요?"

"아나가 네 무릎에 누워서 죽었는데 누가, 무엇 때문에 그 아이의 시신을 절단하고 불에 태웠는지 알고 싶단다. 그러니까 누가, 왜 그랬는지 알고 싶을 뿐이야. 너는 어떠니?"

"아나를 불에 태우고 절단한 것 말씀이시죠?"

"그래. 아나를 불에 태우고 절단한 것 말이다."

(   )

누군지 모르지만 그들은 아나의 시신을 불에 태우고 절단했다. 내가 성당에서 그녀를 어루만지는 사이 아나는 죽었다. "그건 나도 알아." 그가 말했다. "알프레도 아저씨는 그 사실을 알고 있다." 나는 적었다. 나는 공책에 이렇게 기록했다. "아나의 시신을 불에 태우고 절단한 것에 관해 이야기를 나누기 위해 엘메르 베요모와 만나기로 약속. 수요일, 16시."

다음 날, 우리는 정해진 시간에 팔짱을 끼고 그의 집까지 함께 걸어갔다. 우리의 만남이 끝을 향해 가고 있던 때였던 것 같다. 수첩에는 그날 찍은 사진이 없었다. 엄마에게 폴라로이드로 우리 둘의 사진을 찍어달라고 하기가 왠지 부끄러웠다. 엄마 앞에서 그러기가 창피했던 모양이다. 그 때문에 사진이 없다. 하지만 공책에는 이렇게 쓰여 있다. "알프레도 아저씨와 나는 법의학자를 만나기 위해 팔짱을 끼고 그의 집까지 걸어갔다".

그리고 그 문장 끝에는 마침표 대신 빨간 하트가 그려져 있다.

엘메르

우리에게 알려진 사건들 뒤에는 우리에게
알려지지 않은 다른 사건들이 있다.
그것들은 실제 사건들이다. 우리는 그것들을
알아야만 이해할 수 있게 된다.

베르톨트 브레히트, 《문학과 예술의 참여 El compromiso en literatura y arte》*

*   베르톨트 브레히트Bertolt Brecht(1898~1956)는 독일의 극작가이자 시인, 그리고 연출가
    로 '낯설게 하기 효과'라는 개념을 연극 연출에 사용한 것으로 유명하다. 《문학과 예술
    의 참여》는 《문학예술론Schriften zur Literatur und Kunst》의 스페인어 번역본이다.

1

"……."

"물론 따님의 사건을 기억하고 있습니다, 사르다 씨. 제가 공식적으로 참여한 첫 번째 사건인데 어떻게 잊을 수 있겠습니까. 그 사건을 접한 건 법의학 학교를 갓 졸업했을 때였죠. 경험은 없어도 동기 중에서 가장 우수한 성적으로 졸업했어요. 그때만 해도 학위를 가지고 세상에 나가면 거칠 것이 없을 줄 알았죠. 예상대로 졸업하자마자 자리를 얻었으니까요. 단번에 채용되었죠."

"……."

"네, 당연히 기본적인 내용은 책에 있어요. 그 점은 당신 의견에 전적으로 동의합니다. 하지만 결국 실제 사례를 통해 배움을 완성하게 되는 것이 현실이죠. 그리고 증거나 시신을 다루는 방법과 인간 집단 속에서 처신하는 법을 배우게 됩니다. 장담컨대 제가 하는 일 중에서 가장 어려운 일이 바로 그겁니다. 거기 시체가 있으니까, 거기 증거가 있는 거예요. 그건 단순히 보는 것과 보고 무언가를 알아내는 것의 차이죠. 물론 이 둘은 절대 같지 않습니다. 자기 눈앞에 있는 것을 판단할 생각은 하지 않고 멀뚱히 바라보기만 하면서, 무언가를 발견하길 기다리는 이들이 얼마나 많은지 모르실 겁니다. 반면 살아 움직이는 인간의 경우는 예측하기가 불가능하죠."

"……."

"네, 맞아요. 그렇다니까요. 그때 그들은 당연히 제 말에 귀를 기울여야 했어요. 제가 신참이라는 게 무슨 상관이란 말입니까. 그 점은 의심의 여지가 없어요. 그리고 당신이 그 문제를 언급해 주셔서 뭐라 감사해야 할지 모르겠네요."

"……."

"말씀하신 대로입니다. 누군가의 말이 맞다 하더라도 특정한 상황에서는 할 수 있는 일이 그다지 많지 않을 수 있어요. 중요한 것은 다른 이들에게 자신의 말이 옳다는 것을 설득시키는 겁니다. 그게 바로 골 숫이라는 거죠. 그리고 세월이 흐르면서 저도 그 분야의 전문가가 되었다는 점을 말씀드립니다."

"……."

"그런 일은 법의학 팀에서 자주 일어나죠. 이 나라에서는 흔한 일이지만, 법의학 팀장이 연공서열에 따라, 혹은 연줄로 선출되는 경우가 최악이에요. 그런 경우에는 팀을 이끄는 수장이 연구 업적과 경력을 갖추고 있지도 않을뿐더러, 학위를 가지고 들어온 신입보다 아는 게 없어요. 해당 분야에 무지한 인간이 더 많은 권한, 아니 모든 권한을 쥐게 되는 셈이죠. 무지한 사람이 권력을 쥐면 치명적인 결과를 초래하기 마련입니다. 이런 말은 입 밖에 내기도 싫지만 부패한 인물이기도 하고요."

"……."

"무슨 특별한 의도가 있어서 이런 말씀을 드리는 건 아니에요. 가끔 수사를 지휘하는 사람이 누군가에게서 뇌물이나 독촉, 아니면 압력을 받고 어떤 결론을 내리도록 강요하는 경우도 있으니까요. 물론 따님의 사건이 그렇다는 건 아니지만 그런 일은 실제로 일어나고 있습니다."

"……."

"아니요. 저는 범죄학자가 아니라 수사 과학자예요. 이 두 가지는 전혀 다른 겁니다."

"……."

"사르다 씨, 그렇게 미안해하실 필요 없어요. 대부분의 사람은 혼란스러울 수밖에 없어요. 심지어 이 분야를 공부하기 위해 학교에 온 사람들도 그런데요 뭐. 걱정하지 마세요."

"……."

"맞아요, 바로 그겁니다. 범죄학자는 어느 사회에서 특정 범죄가 왜 일어났는지를 연구하기 때문에 개별 사건이 아니라 관련 사실을 전체적으로 연구하는 거예요. 궁극적으로 그런 범죄가 다시 일어나지 않도록 예방하는 것이 주된 목적이죠. 반면 수사 과학자는 구체적인 사건을 연구 대상으로 삼아요. 범죄 현장을 분석하고, 특정한 상황에서 누가, 왜 살인을 했는지 판단하는 데 도움이 되는 증거와 문제점을 수집해야 합니다. 셰익스피어라면 '누가, 왜 죽었느냐, **그것이 문제로다**'라고 했겠죠."

"……."

"물론이죠. 만약 범죄 사건이 일어나지 않았다면 우리는 범행이나 사건이 없었다는 것을 밝히는 데 도움을 주죠. 어떤 것이든 간에 말이에요. 그런데 왜 '아무도 죽이지 않았다면'이라고 말씀하시는 거죠? 따님의 사건을 구체적으로 언급하시는 건가요, 아니면 그냥 가정을 전제로 물어보시는 건가요?"

"……."

"아, 무슨 말씀인지 알겠습니다. 좀 이상하기는 하지만, 아무튼 잘 알겠습니다."

"……."

"네. 그 단서를 추적한 사람이 아무도 없다니 참 안타까워요. 그건 법의학 팀의 어처구니없는 실수라고 봐야겠죠. 저도 책임이 없는 건 아니지만 저는 제가 맡은 일을 처리할 뿐이니까요. 더구나 당시에는 상사를 설득할 방법이 없었어요. 현장에서 팬티가 사라졌다는 이유로 성범죄로 몰고 가려는 것을 막은 것이 그나마 위안이 됩니다. 그리고 살아 있는 페티시 중독자들이 있다는 것도 그렇고요."

"……."

"글쎄요, 그건 단지 지식의 문제가 아니었어요. 아마 제가 어떤 이들은 부정적으로 보지만 스스로는 뛰어난 장점으로 여기는 특징을 가지고 있었기 때문일 겁니다. 저는 제 고집대로 해야만 직성이 풀리는 사람이거든요. 황소고집이죠. 어떤 것이든 옳다고 생각하면 주변에서 무슨 말을 해도 흔들리지 않아요. 당신에게 명함을 드린 것도 그런 고집 덕분이죠. 그날 법정에서 마주쳤을 때 당신은 넋 나간 사람처럼 멍한 표정이었어요. 당신은 참혹한 죽음을 당한 딸 때문에 괴로워하는 아버지였을 뿐 아니라 아무것도 이해할 수 없던 사람이었죠."

"……."

"그날 당신의 표정을 이모티콘으로 표현한다면 얼굴을 감싸 쥐고 있는 저 이모티콘이 딱 맞을 거예요. 공포에 사로잡혀 눈과 입을 크게 벌린 저 이모티콘 말입니다. 굳이 말하자면 그때 당신은 '겁에 질린 모습'이었죠."

"……."

"그도 그럴 만해요."

"……."

"그런데 제 용기로 얻은 건 대체 뭘까요? 상사는 제가 당신에게 명함을 줬다는 것을 알고 곧바로 저를 해고했어요. 혹시 우리 팀에서 가장 높은 사람이 관리직 출신이었다는 사실을 알고 계셨나요? 그런 자가 책임자였어요. 서류만 만지다 온 사람이 범죄 현장 보존이나 증거

취급 같은 걸 어떻게 알겠어요?"

"……."

"'가해자: 성명 불상. 1급 살인 건. 피해자: 아나 사르다' 제가 그 사건을 어떻게 잊겠어요? 심지어 그 사건의 일부는 줄줄 외울 정도인데요."

"……."

"말해보세요, 어서요."

"……."

"아뇨. 다는 아니에요. 어떤 부분은 제 머릿속에 흐릿하게 남아 있지만 또 어떤 것은 불에 달군 인두로 새긴 것처럼 또렷하게 남아 있어요. 뜨거운 불에 달군 인두로 새긴 것처럼 말이에요."

"……."

"아, 죄송합니다! 비유가 적절하지 못했던 것 같군요. 죄송합니다. 아뇨, 그럴 리가요. 내가 무슨 짐승이라면 몰라도. 수사 과학자들은 타인의 고통에 무감각해지기 마련이거든요."

"……."

"저는 그 사건을 대체로 완벽히 기억하고 있습니다. 미리 말씀드리자면 제가 팀원으로 참여해서 작성한 기록과 문서 중에 중요해 보이는 것을 추려서 보관해 놓은 상자들이 있어요. 그것은 제게 지침서나 다름없죠. 그 상자에 담긴 문서들을 다시 살펴볼 때마다 무언가 새로운 것을 배우게 되니까요. 그럴 때마다 언젠가 책을 써야겠다는 생각이 들곤 합니다."

"……."

"따님 사건을 다룬 문서도 그 상자 중 하나에 들어 있을 거예요. 방 하나에 그 상자들을 가득 채워 놓았죠. 바닥부터 천장까지 문서와 기록들이 빼곡히 쌓여 있어요. '가해자: 성명불상. 1급 살인 건. 피해자: 아나 사르다'도 분명 어느 상자에 있을 겁니다."

"……."

"때마침 전화 잘 주셨어요. 지금 생각해 보면 30년 동안 전화번호를 한 번도 바꾸지 않은 것이 얼마나 다행인지 모르겠어요. 요즘 세상에 이렇게 오랫동안 같은 번호를 쓰는 경우는 없으니까요. 게다가 이제 유선 전화를 사용하는 사람은 거의 없잖아요."

"……."

"알고 계시죠? 요즘 세상에 우리 같은 사람은 거의 없다는 거요. 요즘은 다들 휴대전화, 왓츠앱, 문자메시지, 이모티콘, 셀카로 소통하잖아요. 사람의 목소리는 갈수록 쓸모가 없어지고 있죠. 그리고 아직 유선 전화기를 가지고 있는 사람들은 전화가 와도 안 받아요. 그래서 하마터면 당신 전화도 못 받을 뻔했죠. 그도 그럴 것이 최근에는 전화를 받으면 물건을 팔려고 하거나 아니면 정치 관련 설문 조사를 하려는 녹음된 목소리가 흘러나오기도 하고, 대뜸 아들을 납치했다면서 돈을 내놓으라고 협박하는 철면피들도 있었어요. 혹시 한 번도 그런 일을 안 겪어 보셨어요?"

"……."

"우리나라 사람 중 절반가량이 그런 경험을 했다고 하더군요. 만약 그런 일을 안 겪어 봤다면 그건 아마 전화가 없는 사람일 겁니다. 사르다 씨, 어쩌다 나라가 이 꼴이 됐죠? 이제는 겁이 나서 함부로 밖에도 못 나가잖아요."

"……."

"그럼요. 그런 일이 많죠. 아무튼 조심해야죠. 저한테는 그런 전화가 여러 번 왔어요. 그럴 때마다 저는 같은 방법을 이용하죠. 전화를 건 자에게 이렇게 물어봅니다. '내 아들 중 누구를 말하는 겁니까? 페드로 말인가요?' 그러면 그 자는 제가 파놓은 함정에 빠져 이렇게 말합니다. '네, 맞아요. 페드로.' 제게는 페드로라는 아들이 없기 때문에 헛짓거리는 거기서 끝나는 거죠. 우리 아이들은 페데리코와 클라리타예요. 하지만 페드로는 없어요."

"……."

"네. 다행스럽게도 두 아이는 아직 우리와 함께 살고 있습니다. 아이들은 아마 대학을 마칠 때까지 우리 곁에 있을 거예요. 아이들 엄마와 저는 만족합니다. 아이들이 우리와 함께 사는데 무엇을 더 바라겠습니까? 하지만 페드로라는 아이는 없어요. 그래서 그 이름을 꺼내기만 하면 곧바로 형편없는 사기꾼들의 정체가 드러나고 말죠."

"……."

"네, 물론이죠. 자, 그럼 전화하신 용건으로 되돌아가 보죠, 알프레도 씨…… 성함이 알프레도 맞죠?"

"……"

"제가 얼마나 잘 기억하고 있는지 아시겠죠? 아무튼 연락주서서 얼마나 기쁜지 모릅니다."

"……"

"네, 같은 전화예요. 30년 전과 같은 전화를 그대로 쓰고 있죠. 부모님 소유였던 집에서 계속 살고 있으니까요. 지금은 코리마요*에 살고 있어요. 당신이 사는 동네에서 아주 가까운 곳이죠. 알프레도 씨는 지금도 아드로게에 살고 계세요?"

"……"

"아, 그렇군요. 아주 좋은 동네죠. 그런데 저희 집은 가격이 많이 떨어졌어요. 그래서 부모님이 모두 돌아가신 다음에 아내에게 이렇게 말했죠. '집을 내놓았는데 제값을 받지 못하면 다시 거기 들어가 살 거야.' 사실 이 집에서 끔찍한 일이 있었거든요. 부모님이 모두 여기서 돌아가셨어요. 난로가 제대로 작동하지 않는 바람에 일산화탄소 중독으로 변을 당하셨죠. 그런 일이 일어나면 부동산 가격은 보통 떨어지기 마련이잖아요. 사람들은 두려움이 많아 미신에 잘 현혹되어서 누군가가 죽은 집에서 살려고 하지 않으니까요."

---

*   코리마요Corimayo는 부에노스아이레스주의 알미란테 브라운Almirante Brown 파르티도 (아르헨티나에서 주 다음의 행정 구역 단위)에 속한 동네 이름이다. 아드로게는 그 북쪽에 위치한다.

"……."

"말씀하신 대로 오래된 집에서는 누군가가 죽었을 수밖에 없죠."

"……."

"미신을 좋아하는 사람들은 무슨 말을 해도 알아듣지 못하니까요."

"……."

"저희는 갓 결혼하고 나서 템페를레이*에 있는 작은 아파트를 샀는데 지금도 그 집의 대출금을 갚고 있어요. 그래서 말이 떨어지기가 무섭게 이 집을 매물로 내놓았죠. 그런데 사람들이 이 집을 아주 헐값에 사려고 했어요. 땅값도 안 되는 가격을 제시하더라고요. 한마디로 우리의 불행을 거래하려고 했던 거죠. 이 집은 굉장히 큰 편입니다. 2층에 방이 세 개니까요. 그래서 우리는 매물을 다시 거둬들이고 이 집에 들어와 살았어요. 이곳은 철도가 지나지 않는 외진 곳이지만 조금만 걸어가면 부르사코**역이 나와요."

"……."

"그러니까 **걸어갈 수 있는 거리**라는 뜻이죠. 돈 문제를 떠나 부모님이 살던 집을 지켰다는 것이 감격스러웠어요. 마치 유산을 물려받은 느낌이었으니까요. 이 집을 짓고 유지하는 것은 부모님에게 결코 쉬운 일이 아니었죠. 그런 집을 어떻게 아무한테나 맡길 수 있겠어

---

*   템페를레이Temperley는 부에노스아이레스 주의 로마스 데 사모라Lomas de Zamora 파르티도에 속한 구역 이름으로 아드로게 바로 위에 있다.

** 부르사코Burzaco는 부에노스아이레스 주 알미란테 브라운 파르티도에 있는 도시다.

요? 지금 가지고 계신 명함은 제 첫 명함이에요. 제가 학위를 취득하자 엄마는 명함부터 만들라고 하더군요."

"……."

"네, 맞습니다. 수사 과학 석사예요. 그때 저는 부모님과 함께 살았어요. 그래서 주소와 전화번호가 지금도 명함에 적힌 그대로죠. 명함이 누렇게 변하지만 않았다면 지금 사용해도 무방할 거예요. 돌고 도는 게 인생인가 봅니다. 다른 곳으로 이사 가면서 명함을 바꿨는데 다시 집으로 돌아오면서 명함을 또 바꿨어요. 그 덕분에 당신이 원래의 자리에서 저를 만난 거고요."

"……."

"그럼요, 어서 말씀해 보세요. 뭘 도와드리면 될까요?"

"……."

"사실 요즘은 저 혼자 일하고 있습니다. 소송 당사자들이 필요할 경우 저를 고용하죠. 더 이상 국가를 위해 일하지 않아요. 국가 조직에서 벗어나니까 마음이 한결 편해요. 솔직하게 말씀드리자면 이제야 살 것 같아요. 지금이 너무 편하고 좋습니다. 예전에는 법정에서 따님의 사건 같은 경우를 접하면 아무것도 할 수 없다는 무력감을 느끼면서 좌절감에 사로잡혀 침대에 누워 있는 것밖에 할 수 없었으니까요."

"……."

"국가기관에서 일하는 동안 저는 줄곧 심한 좌절감에 빠져 살았죠.

정권이 바뀌어도 사정은 다르지 않았어요. 말만 번지르르할 뿐 다들 거기서 거기니까요. 과학 수사팀이 있어 봐야 아무 쓸모도 없다는 사실이 저 같은 고집불통에게 어떻게 다가올지 한번 상상해 보세요. 무슨 말인지 아시겠죠?"

"……."

"지금 무슨 일을 하시죠? 궁금해서 그냥 물어보는 겁니다."

"……."

"아 그래요? 저도 학생들을 가르치고 있는데. 파트타임으로요. 요즘은 경찰학교에서 강의를 하고 있습니다. 쥐꼬리만 한 강의료가 아니라 봉사를 원해서 하는 일이기는 하지만요. 어쨌든 제가 하고 싶은 것은 수사예요. 범죄가 일어난 곳에 가서 범죄를 저지른 자의 머리로 생각하고 이해하는 것. 바로 그것을 위해, 그러니까 범죄 현장을 연구하고 분석해 증거를 찾아 결론을 이끌어내기 위해서 공부한 거니까요. 그리고 저는 열정적으로 그 일에 임하고 있어요. 하지만 우리는 결코 〈CSI〉*가 아니라는 점을 명심해주세요. 그런 건 양키랜드에도 존재하지 않아요. 지어낸 이야기에 지나지 않으니까요. 하물며 이 나라에서는 턱도 없는 소리죠. 그 드라마에 나오는 작업복만 구입해도 과학 수사 관련 예산이 한 푼도 남지 않을 테니까요. 듀폰 사의 타이벡 작업복이 얼마나 하는지 아세요? 게다가 그런 옷은 보통 한 번 입

---

* 미국 CBS에서 2000년부터 2015년까지 방영된 과학수사 텔레비전 드라마 〈CSI(과학 수사대)〉를 가리킨다.

고 버린다고요. 글쎄요, 우리나라라면 쓴 작업복을 세탁해서 다른 범죄 현장에 입고 들어가야 할 겁니다."

"……."

"네, 알프레도 씨. 물론입니다. 당연히 돕고 싶지요. 그러니 무엇이든 말해주세요. 우선 30년이 지난 지금에 와서 다시 사건에 관심을 가지게 된 이유가 뭔지 여쭤보고 싶군요. 새로 밝혀진 사실이라도 있나요?"

"……."

"목격자가 나왔군요."

"……."

"아, 목격자가 여성인 모양이네요. 네, 알겠습니다."

"……."

"네, 그럼요. 목격자만 나와도 도움이 될 겁니다. 이름이 어떻게 되죠?"

"……."

"들어본 이름 같군요. 그 여자아이는 전에 경찰에서 진술을 하지 않았던가요?"

"……."

"물론이죠. 경찰서에 자진 출두했던 따님의 동급생이잖아요. 네, 기억납니다. 그녀의 진술은 따님 사건이 성범죄가 아니라는 제 가설과 딱 들어맞았죠."

"……."

"아뇨. 전에도 그랬지만 지금도 그 점에 대해서는 전혀 의심하지 않습니다. 성범죄가 아니에요. 범행을 저지른 자들이 성범죄처럼 보이게 만들려고 일부러 증거를 만들어 놓은 거죠. 개인적으로 그런 사건을 여러 번 접해봤기 때문에 금방 알아차릴 수 있어요. 범인들은 범죄 현장의 증거들을 조잡하게 조작했어요. 그리고 제 상사들은 무능해서 그랬는지 아니면 누군가로부터 매수당해서 그랬는지 서둘러 수사를 종결시켜 버리더군요. 제 기억이 틀리지 않다면 그 아이는 따님이 이전에 이미 죽었다고 주장했을 겁니다. 잘 모르겠네요. 조금 헷갈리기도 하고요. 아무튼 다시 꼼꼼히 살펴봐야 할 것 같습니다."

"……."

"정말이지, 그들이 일을 너무 엉망으로 하는 바람에 이런 사달이 난 거라고요. 그들은 서둘러 사건을 종결시키려고 허둥지둥했어요. 그들로서는 그 사건을 미결로 남겨두고 수사를 계속하는 것보다 '증거를 은폐하기 위해 강간 후 살해 및 사체 절단'으로 결론내리는 것이 훨씬 쉬웠을 겁니다. 미리 사건을 그렇게 규정한 다음 모든 것을 빠르게 꿰어 맞춘 거죠. 그런데 말이죠, 따님의 몸통과 성기가 새까맣게 탔는데 강간이 이루어졌다는 것을 어떻게 알았을까요? 몸에 남은 손상이나 상처는, 강간으로 인해 발생했을 수도 있지만 다른 원인에 의해서도 충분히 생길 수 있거든요. 이를 철저하게 분석한 사람이 아무도 없었다는 얘깁니다. 제가 보기에는 팬티를 입고 벗고는 강간 여부

234

를 판단하기에 충분치 않았어요. 게다가 저는 그 부검 결과가 줄곧 의심스러웠어요. 2차 부검을 요청하려고 했을 때, 위에서 제동을 걸자 더 수상하다는 생각이 들더군요."

"……."

"물론 그들은 서둘러 사건을 종결시켰죠. 그런 끔찍한 시체가 나왔다는 것 자체만으로도 엄청나게 화가 났던 모양입니다. 사람을 죽인 것도 모자라 사체를 불에 태우고 절단하는 사건은 아드로게에서 한 번도 일어난 적이 없었으니까요. 아니면 그저 알려지지 않았을 뿐인지도 모릅니다. 그때 시장이 불같이 화를 냈죠. 기억나세요? 우리는 민주주의 속에서 살고 있는 줄 알았지만 사실은 바로 거기에 독재 체제가 도사리고 있었던 거죠."

"……."

"시민들의 불안을 잠재우기 위해 윗선에서 사건을 서둘러 종결시키라는 명령이 내려왔다고 해도 놀랄 일은 아니죠. 부르사코, 투르데라, 코리마요, 미니스트로 리바다비아*는 사정이 좀 다릅니다. 그곳 사람들은 범죄로 큰 고통을 받고 있으니까요. 반면 아드로게 사람들은 이런 종류의 범죄를 잘 받아들이지 못하는 데다 이런 사건은 거의 일어나지도 않죠."

"……."

---

* 투르데라Turdera는 부에노스아이레스 주 로마스 데 사모라 파르티도에 속하는 구역인 반면 미니스트로 리바다비아Ministro Rivadavia는 알미란테 브라운 파르티도에 있다.

"시신이 우리가 발견했을 때의 상태처럼 되려면 몇 도의 불로 태워야 하는지 아세요? 지옥의 불도 그렇게 뜨겁지는 않을 겁니다. 따님에 대해 이런 말씀을 드려 죄송합니다만 이 일을 하는 우리에게는 대상과 냉정한 거리를 둘 의무가 있어요. 우리 같은 수사 과학자들에게 시신은 인간이 아니라 하나의 증거 혹은 증거품이죠. 당신은 아버지였고, 지금도 마찬가지죠. 이러한 직업병적 습관에 대해 사과드립니다."

"……."

"제 기억이 맞다면 그때 저는 그 여자아이가 다시 증언할 수 있게 해달라고 상부에 요청했어요. 하지만 그 아이에게 정신과적 문제가 있어서 증인에서 배제했다는 답변만 들었죠."

"……."

"아, 물론이죠. 이해합니다. 그런데 그녀가 머리를 부딪치기 전에 일어난 일을 모두 기억하고 있다는 것은 확실합니까? 혹시 그녀가 지어낸 이야기일 가능성은 없나요?"

"……."

"어떤 '메멘토'*를 말하는 거죠?"

"……."

"아, 영화요! 그럼 고유명사 〈메멘토〉를 말씀하신 거군요. 여기 적

---

* 스페인어로 "메멘토memento"는 "Memento etiam, Domine(주여, 기억하소서)"로 시작되는 〈미사 통상문Tridentine Ordo〉의 일부나 '기념품' 또는 '추억'을 가리킨다.

어두게 잠시만 기다리세요. 아뇨. 그 영화는 아직 못 봤습니다."

"……."

"네, 한번 보겠습니다. 그럼 영화에 나오는 이들은 이전의 일을 전보다 더 잘 기억한다는 건가요? 그러면 정말 좋겠는데요."

"……."

"지금 이 순간부터 그 사건을 다시 검토하겠다고 약속드리죠. 무척이나 흥미가 당기는군요. 앞으로 당신과 뜻을 함께하겠습니다, 알프레도 씨."

"……."

"물론 앞으로 계속 만나야겠죠. 물론입니다. 우선 며칠 동안 관련 문서와 기록을 살펴보고 싶은데 괜찮을까요?"

"……."

"아주 좋아요. 알프레도 씨, 혹시 이메일을 사용합니까?"

"……."

"알겠습니다. 주소를 알려주시면 적어 놓겠습니다."

"……."

"네, 네. @gmail.com. 네. 다 적었습니다. 방금 전에 만년필 잉크가 다 떨어졌거든요."

"……."

"다 됐어요. 이제 괜찮아요. 자, 그럼 여기 상자에 들어 있는 것들부터 검토하겠습니다. 그런 다음 필요한 경우 관련 문서 전체를 요청할 거예요. 그렇게 하는 데 며칠 정도 걸릴 것 같네요. 일단 제가 알아낸 것과 따님 친구 분이 새로운 정보를 제공할 경우에 나타날 상황을 바탕으로 행동 계획과 예상 비용을 작성해 알려드리겠습니다."

"……."

"네, 네. 죄송합니다. 너무 서둘러 말하다 보니 실수했네요. 새로운 정보가 아니라 우리가 그녀의 말을 제대로 듣지 않았던 것이 맞습니다. 당신의 말씀에 전적으로 동의합니다. 하지만 원인의 결과라는 측면에서 그건 새로운 것이죠."

"……."

"괜찮겠어요, 알프레도? 제가 모든 것을 이메일로 보내면 오케이 해주겠습니까?"

"……."

"믿어주셔서 감사드립니다. 저는 제가 할 수 있는 일과 고객에게 얼마를 받을지를 기록으로 남겨두는 걸 좋아하죠. 안 그래도 힘겨운 싸움이 될 텐데 나중에 그런 문제로 서로 얼굴을 붉히는 일이 없도록 말입니다."

"……."

"그럼 이메일로 보내드릴 테니까 나중에 다시 만나서 이야기하죠."

"……."

"무엇보다 잊지 않고 연락주셔서 정말 기쁩니다."

"……."

"별 말씀을요."

"……."

"그럼 안녕히 계세요."

2

나는 알프레도 사르다에게 거짓말을 했다. 그렇다고 딸의 죽음에 관해 거짓말을 한 건 아니다. 내가 참여한 사건에 대해 거짓말을 한 적은 한 번도 없다. 내 추측이 틀렸을 수는 있지만 거짓말은 절대 하지 않았다. 내가 그에게 거짓말을 한 것은 내 사생활에 관한 것이다. 물론 부모님에게 이 집을 물려받은 것도, 두 분이 일산화탄소 중독으로 돌아가신 것도 사실이다. 템페를레이에 있는 아파트를 떠나 아내와 아이들을 데리고 여기 살려고 온 것도 사실이다. 하지만 우리가 계속 함께 살고 있다는 건 사실이 아니다. 아내는 몇 년 전에 나를 떠났다. 그리고 이미 10대이던 아이들도 엄마하고 같이 살고 싶다면서 라누스*에 있는 단칸방 집으로 가버렸다. 우리 가족이 처음 마련한 보금자리보다 훨씬 작은 집이었다. 나는 아직 그 충격에서 헤어나오지

---

*　　라누스Lanús는 부에노스아이레스 주의 라누스 파르티도의 행정 중심지다.

못하고 있다. 외로움이 내 가슴을 짓누른다. 예전에는 피곤한 몸을 이끌고 집에 돌아오면 산 사람들로 시끌벅적한 가운데 식구들이 반갑게 맞이했다. 오븐에서 새어 나오는 음식 냄새가 코끝을 스치고 아이들이 내게 쪼르르 달려와 안기며 볼에 입을 맞췄다. 그럴 때마다 피로가 싹 가시고 마음이 그렇게 편안할 수가 없었다. 세상에서 가장 평온한 곳이었다. 사막 한복판에 있는 오아시스나 다름없었다. 그것은 늘 죽음과 가까운 곳에서 살아야 하는 내게 해독제 역할을 했다. 하지만 이제 나를 보호해 줄 그 어떤 공간도 없다. 내 삶과 타인의 죽음 사이에는 더 이상 차단막이 존재하지 않는다. 이제는 나도 모르게 삶과 죽음 사이를 왔다 갔다 한다. 때로는 내가 잘못된 곳에 가 있는 것이 아닌지 두렵다.

이 집은 나 혼자 살기에 너무 크다. 텅 빈 공간은 무엇으로도 채워지지 않아서 낡은 마룻바닥을 걸어갈 때마다 발자국 소리가 메아리처럼 울려 퍼진다. 예전에는 집에 돌아오면 직장을 그만두고 싶다는 생각이 봄눈 녹듯 사르르 사라지곤 했다. 하지만 베티나와 아이들이 떠난 후로 나는 죽음의 세계에 파묻혀 지낸다. 집에 있을 때는 계속 일만 한다. 바닥에는 부검 보고서가 여기저기 흩어져 있고 복도 벽에는 작업 중인 문서와 사진들이 붙어 있다. 주방 선반에서는 시리얼과 초코칩 쿠키가 자취를 감췄다. 그 자리에 손전등과 일회용 장갑, 루미놀, 지문 채취 키트가 놓여 있다. 알프레도에게 말한 그 방뿐 아니라 집 안의 모든 곳, 심지어는 화장실에도 수많은 상자가 층층이 쌓여 있다. 아내가 나를 떠난 것도 부분적으로는 난장판이 된 집안 분위기 때문이었다. 사실 베티나가 나와 같이 살 때만 해도 이 정도는 아니었다. 그녀는 너무 어질러 놓지 말라고 늘 잔소리했다. 그래서 어느 정도 균형을 이루고 있었고, 집도 지금보다 훨씬 더 깔끔했다. 그녀가 나를 떠나기로 마음먹은 데는 사체 가스에 대한 강박관념이 큰 영향을 미쳤다고 확신한다. 나는 그것에 독성이 있다는 사실을 부인하지 않는다. 그리고 우리가 그런 가스에 늘 노출되어 있는 것도 사실이다. 하지만 나는 위생 관리에 각별히 신경 쓰기 때문에 어떤 위험 요소도 밖에서 모두 처리하고 들어갔다. 혼자 살고 있는 지금도 나는 직업상의 책임 문제 때문에 위생 관리를 철저히 한다. 그것은 카펫에 진흙이 묻지 않도록 집 안에 들어가기 전에 구두를 벗는 것과 같다. 집에 들어갈 때는 자동으로 그렇게 한다. 그것은 일종의 조건 반사다. 나는 습관처럼 언제나 그렇게 했다. 그래서 아내와 아이들의 건강을 해칠 수 있는 가스, 분류할 수 없는 잔존물, 사체 박테리아, 작업 중에 다룬 기타 위험 요소를 집에 가져온 적이 없었다. 내 몸에서 냄새가 난다고 그녀가 면전에서 나를 몰아세울 때도 나는 물러서지 않고 내 입장을 밝혔다. "엘메르, 당신 몸에서 지독한 냄새가 난다고." 내가 완전히 무균 상태라는 것을 증명하기 위해 그녀에게 몸을 어떻게 소독하는지 그 구체적인 증거를 보여주었다. 내가 보기에 그녀는 소독약 냄새를 죽음의 냄새와 혼동한 것 같다. 아무튼 별 수를 다 써 보았지만 아내에게는 통하지 않았다. 날씨 이야기를 하다가도 아내가 한 번 우기기 시작하면 무슨 말을 해도 소용이 없었다. 가령 뜨거운 햇볕에 땅이 쩍 쩍 갈라져도 아내는 비가 내리고 있다고 떼를 썼다. 정작 고집불통은 나인데도 말이다.

베티나가 첫째로 내세운 이혼 사유는 엉망으로 변해버린 집안 분위기였다. 둘째는 사체 가스다. 이 두 가지가 타당한지 아닌지를 넘어 이혼 조정 심리에서 아내가 강력하게 내세운 이유, 혹은 원인은 그 두 가지가 아니라 대화였다. 대화가 이혼 사유가 될까? 그녀의 말에 따르면 내가 죽음, 살인자, 범죄 이야기 외에는 일절 하지 않기 때문에 그녀가 끔찍이도 싫어하는 자신만의 영역으로 끌려들어갈 수밖에 없었다고 했다. 실제로 그녀는 이렇게 말했다. "당신 때문에 나는 내 존재의 가장 어두운 나락으로 떨어지고 말았어." 베티나는 오래전부터 자신이 시인이라는 망상에 사로잡혀 있었다. 그리고 가끔 사실을 과장할 때도 있었다. 내가 다른 이야기를 일절 하지 않았다는 말은 사실이 아니다. 자기 반 학생 때문에 곤경에 처한 일을 털어놓는 선생, 길이 막혀서 혼났다고 푸념을 늘어놓는 트럭 운전사, 그날 오후에 한 수술에 대해 설명하는 의사처럼 우리도 직장에서 일어나는 일이나 문제에 관해 이야기를 나누었다. 비록 시신과 범죄 현장을 다루지만 나는 스포츠와 드라마를 좋아하고 이따금씩 좋은 와인을 즐기는가 하면 재즈나 아드리아나 바렐라*가 거친 목소리로 부르는

---

*   아드리아나 바렐라Adriana Varela(1952~)는 아르헨티나의 유명한 탱고 가수이자 영화배우다.

탱고 곡을 듣기도 하는 평범한 남자다. 아드리아나 바렐라의 목소리는 정말 죽여준다. 앞에서 말한 것은 몇 가지 예시에 불과할 뿐 평소 나는 수없이 다양한 주제로 대화를 나눈다. 사실 일은 나의 열정이기 때문에 내 삶에서 아주 중요한 자리를 차지한다. 그녀는 처음 만나던 시절부터 나의 이런 모습을 잘 알고 있었다. 내가 학위를 준비하는 동안 공부한 내용을 상세히 말하면 그녀는 큰 관심을 갖고 들어주었다. 언젠가 한 번은 내게 사후경직의 여러 단계를 시처럼 낭송하라고 시킨 적도 있었다("시작 단계, 시강 완성, 완해기/ 시작 단계, 시강 완성, 완해기*"). 그 당시 그녀가 나와 같은 시험을 치렀다면 적어도 몇 과목은 우리 둘 다 합격할 수 있었을 것이다. 아니면 괜히 관심 있는 척했던 건가? 아무리 생각해도 그런 것 같지는 않다. 많은 부부 사이에서 흔히 그렇듯 마음을 끌었던 것이 세월이 흐르면서 결국 정나미를 떨어지게 만들었고, 그녀의 마음을 사로잡았던 나의 대화도 끝내 혐오스러운 것으로 변해버린 것 같다.

　나는 미래의 동료들을 상대로 하는 강의에서 감히 추천하지는 않지만, 우리의 사생활과 관련된 문제에 대해서 의뢰인들에게 거짓말을 해야 하고, 그들이 우리의 정체를 모르게 해야 한다고 굳게 믿는다. 따라서 그들에게 함부로 속마음을 털어놓지 않는 것이 바람직하

＊　'시작 단계'는 사망한 후 3시간 동안 사후경직이 시작되는 단계이고, '시강 완성 단계'(시강은 사후경직의 다른 이름이다)는 사망한 지 3시간에서 12시간 사이에 시강이 완성되고 비가역적이 되는 단계다. 그리고 '완해기'는 사망한 지 12시간 이후부터 시강이 사라지면서 근육이 부드러워지는 단계를 가리킨다.

다. 물론 어떤 이야깃거리가 등장하면 간단히 몇 마디 언급할 수는 있다. 사람들은 호기심이 참 많다. 그래서 자기 눈앞에 있는 사람에 관해 이러니저러니 확신하고는 어떤 생각에 관해 묻거나 의견을 나누면서 남의 일에 끼어드는 경우가 많다. 그런 상황에 직면했을 때는 상대에게 거짓말을 할지 말지 빨리 결정해야 한다. 나는 이미 오래전에 결정을 내렸다. 여태껏 모든 사람을 상대로 거짓말을 했고 알프레도 사르다에게도 거짓말을 했다.

내 생각에 우리를 고용하는 사람이 누구든 그들이 수사 과학자를 자기와 비슷한 사람―가족이 있고 어떤 축구 클럽의 열렬한 팬일 뿐 아니라 파스타를 사랑하고 무난한 삶을 사는 사람―이라고 믿는 것이 아주 중요하다. 왜냐하면 우리가 의뢰인을 만나자마자 말해야 하는 것이 대개 엄청나면서도 무섭고 암울한 이야기이기 때문이다. 만약 우리 자신을 실험실의 **샌님**이나 별난 사람, 혹은 **괴짜**라고 소개한다면 그들이 우리를 미친 사람으로 여길 빌미를 주는 꼴이 된다. 그러면 우리가 무슨 말을 해도 거짓말로 받아들일 수 있다.

공포와 맞닥뜨렸을 때 사람들은 그 무엇도 믿으려고 하지 않는다는 점을 유념해야 한다. 다른 직업에서도 이와 같은 현상이 발생한다. 예를 들어 변호사는 업무를 수행하기 위해 정장을 입는다. 그는 일상에서는 조깅복에 운동화를 신고 하루를 보낼 수도 있지만 그런 차림으로 의뢰인을 만나거나 재판에 출석하려고 하지는 않을 것이다. 그랬다가는 신뢰를 잃으리라는 것을 너무 잘 알고 있을 테니까 말이다.

그런 자리에서 정장을 입는 것은 우리가 추정한 기본적인 정상성, 즉 우리가 "다른 이들과 같다"는 것을 보여주는 약속이다. 그리고 이것은 전문 직종뿐 아니라 사회생활에도 똑같이 적용된다. 우리는 온종일 시체를 살펴보고, 혈흔을 찾으러 다니고, 범죄 현장에 떨어져 있는 머리카락을 다이아몬드라도 되는 것처럼 조심스럽게 수거하는가 하면, 찔리고 베인 상처의 종류를 분석하고, 신체 절단의 **수법**이나 **시그니처***를 구별하는 사람들이다. 만일 우리가 범죄 현장이나 사체를 조사하는 도구 혹은 장비에 지나지 않는다면 과연 누가 우리와 친구가 되려고 할까? 방금 전까지 사체의 팔다리를 만지다 온 사람과 술을 마시러 나가고 싶어 하는 사람이 있을까? 이해할 수는 있지만 전혀 근거 없는 편견이다. 그들이 우리를 신뢰하지 않는다면 그건 크나큰 오해이기 때문이다. 이 사회에서 수사 과학자들만큼 균형 잡히고 안정된 사람은 없으니까 말이다.

맡은 사건을 완전무결하게 처리하려면 무엇보다 최대한 균형을 잡고 흔들리지 않아야 한다. 우리는 바위 같은 인간이다. 게다가 정확하고 확실할 뿐만 아니라 빈틈이 없다. 수사 과학자들은 사소한 것 하나도 놓치는 법이 없고, 객관적인 증거 없이는 그 어떤 것도 단정적으로 말하지 않는다. 우리는 추측하지 않고 확인한다. 예를 들어 어딘가에 붉은 얼룩이 보이면 우리는 피가 아니라 **혈액 조직**을 보는 것이다. 그

---

*   시그니처signature는 범인이 자신의 정체성을 만들기 위해 저지르는 행위로, 범죄 현장에 남기는 고유한 범죄 패턴을 의미한다.

것이 피라면 실험실에서 그렇게 알려줄 것이다. 살인자를 프로파일 링**할 때, 우리는 심리학적 측면에서 그를 이해하려 들지 않는다. 그의 부모가 그를 어떻게 대했는지, 학교에서 괴롭힘을 당했는지, 또는 살인자가 된 데 다른 이유가 있는지 여부는 우리에게 중요하지 않다. 우리는 그를 좋은 사람이나 나쁜 사람이라는 범주로 판단하지도 않는다. 우리에게 중요한 것은 사실 그 자체, 즉 그가 무엇을 했느냐이다. 비록 아내는 그렇게 생각하지 않고 나를 버렸지만, 수사 과학자보다 더 믿을 만하고 편견이 적은 사람은 거의 없다.

사건이 일어난 지 30년이 지난 지금, 나는 알프레도의 전화를 받고 아나 사르다 살인 사건 기록 일체를 다시 살펴보기 시작했다. 아무 문제도 없을 거라는 것을 알았기 때문에 청구한 수수료를 그가 승인할 때까지 기다리지 않았다. 나는 아주 낮은 가격을 제시했다. 그 사건에 관심이 많아서 무료로 해줄 수도 있었지만 적절한 보수 없이 일을 해줄 거라고 믿게 되면 노동 체계에 대한 오해가 생길 수 있기 때문에 바람직하지 않다는 생각이 들었다. 그리고 노동 체계와 가족은 사회의 근간이다. 그것이 분해되면 사회조직 전체가 완전히 붕괴된다. 내게는 아직 그 절반이 남아 있다. 그래서 필사적으로 그것을 지키려고 하는 것이다. 앞으로 다시 부부의 연을 맺을 수 있을지 잘 모르겠다. 사실 이제는 여자를 유혹할 자신이 없다. 젊었을 때 나는 세상에 거

** 범죄 현장과 증거를 분석해 용의자의 범행 수법은 물론 성별, 나이, 습관, 성격, 직업 등을 추론하고 범인을 찾아내는 범죄 수사 기법이다.

칠 것이 없었고, 힘겨운 싸움에서도 절대 뒤로 물러서지 않았다. 그리고 나는 대부분의 싸움에서 자랑스러운 승리를 거두었다. 요즘 여자들은 내가 젊었을 때와 많이 다르다. 게다가 나는 객기를 부리는 것도 부담스럽고, **훈련**도 안 되어 있기 때문에 여자들에게 다가가기조차 힘들다. 나는 여자들의 있는 그대로의 모습을 좋아한다. 특히나 당당하고 힘이 넘치고 남자가 먼저 다가와 주기를 바라지 않는 여자들이 마음에 든다. 심지어 오늘 처음 만난 여자가 젊었을 때 만났던 여자보다 나를 더 잘 유혹한다는 것도 사실이다. 하지만 여자들에게 다가가는 것은 별개의 문제다. 아무리 마음이 끌려도 그 다음 단계로 넘어갈 생각만 하면 금세 주눅이 든다. 그 순간 당황해서 우물쭈물하면 어쩌지? 그럼 "예쁜 아가씨, 나랑 한잔할까?"라고 말할까? "예쁜 아가씨? 놀고 자빠졌네"라고 맞받아치면 어떡하지? 요즘 여자들은 낯설고 거세면서도 생소하고 예측하기가 어렵다.

그렇다고 벌써 포기한 것은 아니다. 다만 기운을 모으면서 어디로 갈지 눈치를 보고 있는 것뿐이다. 나는 그 문제를 제대로 분석하기 위해 안식년 같은 시간을 보냈다. 삶을 함께할 여자 없이 여생을 보낸다는 것은 상상하기도 싫다. 다행히 내게는 아직 일이 있다. 당분간 나는 일을 본거지로 삼을 것이다. 일은 경제적으로나 정서적으로나 내게 든든한 버팀목이 되고 있다. 그래서 은퇴를 하고 나면 골치가 아플 것 같다. 앞으로 몇 년 후면 은퇴할 텐데 그때쯤 나는 어떤 모습을 하고 있을까.

나는 상자에 들어 있는 자료부터 검토하기 시작했다. 자료는 엄청나게 많았지만 일부 문서는 더 이상 사용되지 않는 팩스 용지에 인쇄되어 있었다. 그것들을 하나씩 펼쳐본 결과, 시간이 지나면 그 용지에 인쇄된 문서는 읽을 수 없다는 것을 알게 되었다. 통신 기술에 혁명을 일으킬 것처럼 화려하게 등장한 시스템이 단 몇 년 만에 사람들의 뇌리에서 사라지다니 놀라울 따름이다. 상자에는 팩스 문서 외에 복사된 관련 문서와 부검 보고서, 그리고 내가 제출했지만 끝내 거부당한 2차 부검 요청서, 그 당시 신문 기사 스크랩, 냅킨에 쓴 메모—커피를 마시다가 우연히 발견한 자료를 급하게 옮겨 적은 것이다— 등이 들어 있었다. 상자 안에 들어 있는 자료 중에서 가장 신뢰할 수 있는 것은 내가 손수 리바다비아 공책*에 기록한 내용이었다. 나는 종이의 무게와 질감 때문에 글로리아 공책보다 리바다비아 공책을 더 좋아했다. 가장 먼저 눈에 띈 것은 공책 첫 페이지 상단 여백에 쓰인 글이었다. **이것은 성범죄 사건이 아니다.** 물론 그것을 입증하거나 부정할 만한 충분한 증거는 없었지만 직감으로 알 수 있었다. 나는 증거들이 조작되었다는 것을 조금도 의심하지 않았다. 내가 정반대의 길로 가게 된 것도 따지고 보면 확신이라기보다 조작 때문이었다.

그 글에 이어 나는 초동수사와 관련된 일련의 자료, 즉 사건 현장의 보호와 보존에 관한 내용을 기록해 두었다. 그날 아침, 익명의 전화로

---

*　아르헨티나의 문구 브랜드.

범죄 통지*가 왔다. 이른 아침 누군가가 아드로게 경찰서로 전화를 한 것이다. 변조된 목소리였기 때문에 전화를 받은 경찰관은 발신자의 대략적인 나이는커녕 성별도 확인할 수 없었다. 전화를 건 사람은 살인범 자신이거나 공범, 아니면 목격자일 가능성이 있었다. 그는 자신의 정체를 알리지 않고, 경찰이 시신을 찾기를 원했다. 아나 사르다 사건의 경우, 범죄 현장이 사건 현장과 반드시 일치하지 않을 수도 있었다. 물론 그 구역은 노란색 테이프로 봉인했지만 현장 보호와 보존을 위해 필요한 지역은 포함되어 있지 않았다. 따라서 수사에 필요한 증거 수색이 제대로 이루어질 거라는 보장이 없었다. 아무리 공터라고 해도 그 동네에 있는 집들을 거치지 않고 거기까지 50미터를 간다는 것은 사실상 불가능에 가까웠다. 나는 무언가 찝찝한 느낌을 지울 수 없었다. 설상가상으로 팀장은 책임자임에도 불구하고 자신의 무지를 과시하면서 우리가 나선형을 이루어 움직이게 될 거라고 못을 박았다. 그건 언젠가 영화를 보면서 굉장하다고 느꼈을 법한 방법이었지만 그 상황에서는 허튼소리에 불과했다. 날씨마저 도와주지 않아서 관찰해야 할 것이 곧 빗물에 씻겨 내려갈 상황이었기 때문에 일렬로, 아니면 나란히 서서 가능한 한 빨리 그 일대를 샅샅이 조사하는 것이 마땅했다. 우리는 시계 반대 방향으로 움직이기 시작했지만 나선형 대열은 눈 깜짝할 사이에 흐트러지고 말았다. 잠시 후 대원들은

---

*   검찰에 범죄가 발생한 것으로 추정된다는 것을 알리는 통지문.

사방으로 흩어졌다. 심지어 사건 현장에서 가까운 곳에 있는 본당의 사제도 이 작전에서 중요한 역할을 맡았는지 이따금씩 경찰들에게 지시를 내리는 모습이 눈에 띄었다. 잠시 후 그는 그 여자아이—그는 그 아이를 금세 알아보았다—를 위해, 그리고 그 가족을 위해 시신 옆에서 묵주기도를 올렸다.

아나 사르다는 몸이 절단된 채 그 공터에서 발견되었다. 새벽에 쏟아진 폭우로 인해 상당한 양의 피가 쓸려 내려가 주변에는 불그스레한 진흙 웅덩이밖에 남아 있지 않았지만, 다량의 혈액 조직이 발견되면서 거기에 시신이 방치되어 있었다는 사실이 확인되었다. 게다가 법의학 팀이 현장 감식을 시작한 오전 시간에도 보슬비가 내리면서 흔적을 계속 지우고 있었다. 하지만 탄화炭化**된 곳이 거기가 아닐 뿐더러 몸 전체가 탄화된 것도 아니라는 점은 분명했다. 하소煆燒***에 도달하기 위해 아나의 몸에 가해진 열과 일치하지는 않았지만 불에 탄 땅이 몇 군데 있었다. 시체에서 몇 미터 떨어진 곳에 있던 생수병과 플라스틱 뚜껑이 불에 타지 않았다는 것은 그것들이 적어도 변사체의 몸통과 같은 온도에 노출되지 않았음을 의미했다. 그렇지 않았다면 모두 불에 탔을 것이다. 시체 주변의 풀은 모두 타거나 그을렸고, 비에 젖거나 진흙투성이였지만 "완전히 타버린 땅"은 전혀 없었다. 소각이 선별적으로 이루어진 것 같았다. 두꺼운 가죽 부츠를 신고

** 유기 화합물이 열분해나 화학적 변화에 의해 탄소로 변하는 과정.
*** 어떤 물질을 공기 중에서 태워 휘발 성분을 없애고 재로 만드는 과정.

있던 발은 거의 타지 않은 반면 발등의 살갗이 황갈색으로 변한 것이 눈에 띄었다. 때로는 비가, 때로는 이슬비가 내리면서 땅에 남아 있을 수 있는 민감한 물질, 즉 얼룩, 물건, 발자국, 뼛조각, 흔적과 자국, 파편 등이 죄다 씻겨 내려가고 말았다.

발견 당시 아나 사르다의 토막 난 몸은 완전한 배열을 이루고 있지는 않았지만, 신체 해부학적 순서에 따라 한데 모아져 있었다. 머리와 몸통, 그리고 다리는 원래 순서대로 이어져 있었지만, 몸통은 몸의 중심축으로 여겨질 만한 곳에서 약간 왼쪽으로 옮겨져 있었다. 그것은 범인의 시그니처였지만 유일한 것은 아니었다. 범행의 **시그니처**는 범죄 행위에 있어서 필요하지 않은 요소다. 그것은 선택된 범행 방법이 아니라 누가 범행을 저질렀는가와 관련이 있는, 그 자체로 세부적인 사항이다. 신체 절단이 이루어진 경우, 피해자의 신원을 확인할 수 없도록 토막 난 신체 부위를 가능한 한 멀리 떨어진 곳에 분산시켜 놓는 것이 공통된 특징이다. 하지만 이 사건은 그 반대였다. 아나 사르다의 몸을 절단한 자는 시체가 발견되고, 더 나아가 그것이 그녀의 몸이라는 것이 밝혀지기를 원했던 것이다. 몸통이 약간만 옮겨진 것 외에도 전형적인 절단 방식을 따라 —닭을 토막 내고 날개를 자르듯이— 겨드랑이 부위를 절단하지 않은 것이 눈에 띄었다. 아나 사르다 사건에 참여할 때만 해도 나는 경험이 거의 없었다. 그러나 어떤 기록이나 자료에서도 팔이 몸통에 붙어 있도록 절단한 사례는 보지 못했다. 어떤 교수도 그러한 사건을 언급한 적이 없었다. 그리고 그 이후 어떤 사건에서도 그런 사례를 다시 접하지 못했다. 물론 교육을 거의 받지 못한 범죄자들이 관절이나 작업이 용이한 다른 부위 대신 아무 데나 되는 대로 내키는 곳을 절단하는 경우를 본 적은 있다. 하지만 아나 사르다의 경우에는 해부학에 대한 최소한의 지식을 가진 사람이라면 누구든 잘라야 한다는 것을 아는 두 군데 신체 부위, 즉 목과 하지下肢*가 절단되어 있었다. 그렇지만 마지막 절단이 빠져 있었다. 나는 리바다비아 공책의 세 번째 페이지에 대문자로 적어 놓은 글을 읽었다. 무슨 이유에서 시신의 다리와 목은 절단하고, 팔은 그대로 둔 것일까? 30년이 지난 지금도 나는 이에 대한 해답을 찾지 못했다.

기타 고려 사항. 아르헨티나의 형법은 피해자가 생존해 있는 상태에서 이루어진 신체 절단 행위를 처벌하기 때문에 절단이 행해지는 시점을 판단하는 것이 중요하다. 더구나 법률에 의하면, 범죄 사실을 은폐할 목적이 아닌 한 시신을 절단하는 행위는 범죄로 성립되지 않는다. 어떤 이유에서인지 우리 팀장은 처음에 그러한 정황을 밝혀내는 데 집착했다. 즉 신체 절단이 사망 이전에 시작되지 않았을까 하는 가설이었다. 하지만 피가 흘러나온 방식으로 보아 그의 가설은 배제되어야 마땅했다. 피가 뿜어져 나오지 않은 이상, 살아 있는 몸에서 나온 것이라고 보기는 어려웠기 때문이다. 그는 우물쭈물하다 시간만 허비했고, 더불어 실험실 측도 맥이 빠졌다. 그는 자질이 부족했고

*   다리를 가리키는 의학 용어.

어떻게 수사를 진척시키는지를 전혀 몰랐기 때문에 법의학 실습 교과서 첫 페이지에 나오는 내용만 **반복**했다. 더 이상 수사가 진척되지 않는 경우에 그렇듯이 그는 계속 제자리만 맴돌 수도 있었다. 하지만 어느 순간 위로부터 명령을 받은 것이 분명했다. 하룻밤 사이에 그의 입장이 법의학 기초 십계명에서 "성폭행 후 교살에 의한 살인"이라는 가설로 바뀐 것을 보면 누군가가 서둘러 사건을 해결하라고 그에게 압력을 넣은 것이 틀림없었다. 그는 부정확한 첫 번째 부검 소견, 즉 하소 상태에 이른 질과 자궁에서 식별하기 어려운 상처들이 발견되었다는 점을 근거로 사르다가 성폭행 피해자라는 주장을 폈다. 무엇보다 그는 "피해자의 팬티가 사라졌다면, 강간범이 페티시 때문에 그것을 가져갔을 것이다"라는 사실에 착안했다. 얼간이 같은 소리. 내 상사는 평소에 텔레비전 드라마를 너무 많이 본 것 같다. 그 덕분에 자기가 법의학에 관해 충분한 교육을 받았다고 생각하는 모양이었다. 그 당시에는 그런 드라마가 많지도 않았고, 수준도 형편없었던 것이 안타까울 따름이다. 그는 또한 피해자의 목뿔뼈*에 골절이 있다고 주장했는데, 이는 사실이지만 그렇게 중요한 단서는 아니었다. 왜냐하면 아나 사르다의 목이 잘릴 때, 그 뼈가 반으로 부러지지 않을 수 없기 때문이다. 따라서 나는 상사의 의견에 전혀 동의할 수 없었다. 20대였을 때나 쉰 살이 넘은 지금이나 나는 신체 절단이 **사후**에 이루

---

*   아래턱뼈와 후두의 방패연골 사이에 있는 말굽 모양의 뼈.

어졌고, 성폭행의 증거가 없다는 것에 대해 전혀 의심하지 않는다.

그런데 왜 시체를 태우고, 토막 낸 것일까? 왜 이 두 가지를 다 한 것일까? 대부분의 경우에는 사법 처리를 피할 목적으로 사체를 숨기거나 없애기 위해 그렇게 한다. 하지만 사르다 사건에서 이러한 동기는 배제되었다. 다른 경우, 오히려 자신을 드러낼 목적으로 그러기도 한다. 가해자는 특정인이나 사회 전체를 대상으로 자신이 저지른 짓을 분명히 보여줌으로써 해를 가하거나 교훈을 주려는 것이다.

음성 변조 통화가 이 마지막 가설과 연관이 있을 수도 있기 때문에 관심을 끌었다. 하지만 그 **범죄 통지**를 받은 경찰관은 전화를 건 사람의 목소리가 가끔 갈라졌으며, 울음을 참으려는 듯 말을 잠시 멈추곤 했다고 전했다. 나는 이러한 또 다른 가설이 신체 절단의 동기에 적용될 가능성도 배제하지 않았다. 고려해야 할 정보가 한 가지 더 있었다. 신체의 앞쪽에 난 화상에 비해 뒤쪽의 화상이 훨씬 더 심하다는 증거가 있었다. 그렇다면 사체가 부분적으로 불에 탄 것이라고 볼 수 있다. 굳이 일상생활에 비유하자면 **조금 덜 익힌** 스테이크를 원하는 사람도 있고 **잘 익힌** 스테이크를 찾는 사람도 있으니, 그릴 위에 올려둔 고기를 어떤 것은 다른 것보다 더 오래, 강한 불에 굽는 것과 마찬가지였다. 참 희귀한 사건이었다. 신체 부위마다 다르게 불에 태운 것은 범인의 시그니처, 혹은 그만의 **수법**이었을까? 무슨 이유로 아나 사르다의 몸통을 집중적으로 태운 것일까? 신체를 절단하는 것과 마찬가지로 사체를 태우는 것도 증거 인멸과 관련이 있을 수 있다.

아르헨티나의 위대한 법의학자인 오스발도 라포**는 《끔찍한 죽음La muerte violenta》이라는 저서에서 이렇게 말한다. "가장 흔한 경우는 증거를 사라지게 하거나 피해자의 신원 확인을 막으려고, 아니면 사망 원인을 위장할 목적으로 사체를 태우는 것이다." 바로 여기에 사건 해결을 위한 중요한 단서가 있다. 나는 아나 사르다 사건의 경우, 세 번째 가능성, 즉 사망 원인 위장이 목적이라는 것을 조금도 의심하지 않았다. 그게 아니라면 시체를 사라지게 하는 동시에 접근이 용이한 장소에 유기하기 위해 그 두 가지 수법을 함께 쓸 이유가 어디 있겠는가? 시신은 동네 꼬마들이 공놀이를 하고 어른들이 쓰레기를 버리는 풀밭에 버려져 있어서 눈에 쉽게 띄었다. 그런 곳에서 시체를 사라지게 만든다는 것은 상상할 수도 없었다. 아이나 개가 그 시신을 찾아내는 건 시간문제였을 테니까. 정말로 시신을 사라지게 하고 싶었다면 개울이나 하수구에 던져 버리는 편이 나았을 것이다. 지문이 있는 손을 그대로 남겨둔 것으로 봐서 범인은 시신의 신원이 확인되지 않기를 바랐던 것도 아니다. 아나의 머리 또한 나머지 신체 부위와 같은 장소에 있었고, 머리카락이 불에 그슬리고 얼굴도 심한 화상을 입었지만 누구인지 금방 알아볼 수 있었다. 그때나 지금이나 가장 강력한 가설은 범인이 사망 원인을 지우기 위해 시신을 절단하고 불에 태웠다는 것이다.

** 오스발도 우고 라포Osvaldo Hugo Raffo(1930~2019)는 아르헨티나의 유명 법의학자이자 범죄학자다.

시신은 단계적으로, 또 신체 부위별로 서로 다른 온도의 불에 탔다. 그러므로 사망 원인은 분명 아나 사르다의 몸 어딘가에, 그러니까 목부터 하지 관절 사이, 즉 그녀의 몸통에 있었다. 가장 가능성이 높은 가설은 현장을 보는 순간 직감으로 느꼈던 바와 같이 그 아이가 임신했다는 것이었다. 그러나 부검 소견서에는 임신에 관한 언급이 일절 없었다. 아무리 하소 상태에 이르렀다 해도 뱃속에 태아가 있었다면 분명히 탐지되었을 것이다.

몇 시간 후, 몇 가지 필요한 검사를 하고 또 가족들이 확인할 수 있도록 시체 보관소로 시신을 옮기기로 했다. 하지만 옮기기 전에도 신체가 절단된 여성이 아나 사르다라는 데는 의심의 여지가 없었다. 신부는 그녀를 보고 잠시도 주저하지 않았다. 나는 일할 때 절대 흥분하지 않는다. 그것은 훈련의 일부다. 감정이 개입되지 않아야 전문적인 작업을 제대로 해낼 수 있다. 하지만 아직 애송이였던 그 당시의 나는 절단되고 불에 탄 몸이 아나 사르다라는 것을 입증하기 위해 용기를 내서 토막 난 몸을 보러 와야 할 그녀의 가족을 떠올리며 가슴이 미어졌다. 그때는 그가 가여웠다. 편견 때문이었는지 모르겠지만 엄마가 아니라 아버지가 시신을 확인하러 올 거라는 생각이 들었다. 그런데 예상과 달리 시신의 신원을 확인하러 들어온 사람은 그녀의 언니 중 하나였다. 그리고 그 사실을 알게 되었을 때 더 가슴이 아팠다. 그녀가 고인과 정서적으로 친밀하게 이어져 있었을 뿐만 아니라 피해자와 똑같은 일을 당할 수도 있었던 젊은 여성이기 때문이었다. 그 순간 견딜 수 없는 공포가 엄습했다. 나는 시신을 확인한 사람이 두 언니 중 누구인지 찾아보려고 공책을 한 장 한 장 넘겼지만 그것과 관련된 내용은 찾지 못했다. 어쩌면 애당초 몰랐을 수도 있다.

나는 처음부터 끝까지 다시 검토한 자료를 상자에 넣고 뚜껑을 닫았다. 그러고는 법의학 팀이 작성한 보고서를 꺼내 찬찬히 읽으면서 그 당시에 놓친 부분이 있는지 찾아보았다. 나는 아나의 피부색과 관련된 소견이 있다는 것을 알아차렸다. 사실 나는 시신에 대한 현장 검사를 할 때도, 나중에 시체 보관소에서도 그 항목을 **보지** 못했다. 최종 부검 보고서를 읽을 때도 마찬가지였다. 보고서를 다시 읽으면서 모든 신체 부위가 서로 다른 온도의 불에 탔다는 것, 그래서 화상을 입은 피부의 색깔이 다르다는 점 외에도 그 당시에는 눈여겨보지 않았던 법의학과 과장의 소견이 있다는 것을 알게 되었다. 보고서에는 신고 있던 신발 덕분에 불에 타지 않은 "발이 황갈색으로 변해 있었다"는 점이 언급되어 있었다. 나는 뭔가 더 발견할 수도 있다는 생각에 다시 공책을 찾아 페이지를 넘겼다. "황갈색이 뭘까?" 공책 여백에 커다란 물음표와 함께 적어놓은 글이 눈에 띄었다. 시신은 혈액 중 산소가 부족해 청색증*을 일으키기 때문에 푸른빛을 띠게 된다. 아기가 너무 심하게 울 때 피가 제대로 공급되지 않아 얼굴이 파랗게 질리는 것과 비슷한 현상이다. 아나의 부검 결과에 나온 청색증에 대해 아무

---

*　혈액 내 환원 헤모글로빈의 증가나 헤모글로빈 자체의 구조적 장애로 인해 피부나 점막이 푸른 빛을 띠는 것을 통틀어 이르는 말이다.

도 관심을 기울이지 않았던 것은 그런 이유 때문이다. 그런데 시체의 몇몇 부분에 나타난 황갈색에 대해서는 왜 아무도 신경을 쓰지 않았던 걸까? 내 경우는 경험 부족으로 인한 실수였던 반면 나머지 요원들의 경우는 전문 지식이 부족해서 생긴 결과였다. 아니면 매수를 당했던지. 우리는 이 변수를 배제해서는 안 된다. 특히나 사법 제도— 우리도 그 일원인 이상—가 부정부패의 영향에서 벗어나 있지 않다는 점을 안다면 더욱 그렇다. 당뇨병이나 혈당 스파이크**를 앓은 적이 있는 사람의 시신은 그 두 가지 색깔이 모두 나타날 수 있다. 황달과 청색증. 물론 아나의 몸을 절단하고 태운 자가 그녀의 당뇨병을 숨기려고 했다는 것은 말이 되지 않는다.

그녀의 피부에 나타난 그 색깔들이 계속 생각났다. 나는 법의학자 소견서를 언제든지 꺼내볼 수 있도록 가방에 넣어두었다. 30년 전에 아나의 다리에 나타난 색깔에 관해 더 깊이 파고들지 못한 것이 못내 아쉽고 화가 났다. 나는 와인을 잔에 따른 다음, 아드리아나 바렐라가 부른 〈오렌지꽃〉을 핸드폰 앱에 저장했다. 베티나, 내가 가끔 와인을 마시면서 음악을 듣는 거 봤어? 나는 아드리아나 바렐라가 너무 좋다. 음악이 끝나자마자 다시 가방에서 그 보고서를 꺼냈다. 나는 다른 단서를 찾아내려고 했다. 다리와 머리에는 1도 및 2도 화상이 나타났다. 몸통과 팔은 새까맣게 탔다. 그리고 팔은 흔히 "권투 선수 자

***

** 식후 혈당이 급속도로 치솟는 현상으로 당뇨의 전조 증상.

세" 혹은 "펜싱 선수 자세"라고 알려진 것처럼 구부러져 있었다. 머리와 다리가 이렇게 오그라들려면 불로 살짝 태우는 정도가 아니라 고온의 불에 노출되어야 한다. 현장에서 아나 사르다의 몸통을 태웠다면 그것에 상응하는 자국이 땅에 남아 있어야 한다. 만약 땅에 탄 자국이 남지 않았다면 다른 장소에서 몸통을 태운 것이 분명하다. 몸통을 태우고 뭐 하러 힘들게 공터까지 옮겨 놓았을까? 잔에 다시 와인을 따르고 플레이 버튼을 눌렀다. 이번에는 아드리아나 바렐라의 〈모래가 들어간 목구멍〉이 흘러나왔다. 그러고 나니 30년 전에 직관적으로 세운 가설이 옳다는 확신이 들었다. 성폭행은 없었다. 탄화와 신체 절단은 모두 진짜 사망 원인을 은폐하기 위해 자행된 것이다. 따라서 사인은 내 상사가 결론 내린 것처럼 강간 도중 본의 아니게 이루어진 교살이 아니라 다른 것이었다. 이전에 일어난 사망을 대체 누가 은폐하려고 했던 것일까? 무슨 이유로? 무슨 짓을 했던 것일까? 범인은 아나에게 무엇을 하도록 강요한 것일까? 그리고 누구라기보다 무엇이 열일곱 살짜리 소녀를 죽음으로 몰고 간 것일까? 떠오르는 질문이 많을 때도 종종 있지만 누가, 왜 죽였는지를 물어보는 것만으로는 충분하지 않다.

나는 아나가 그전에 자기 품에 안긴 채 죽었다고 말한 목격자를 만날 생각에 마음이 설렜다. 나는 어느 금요일 오후에 알프레도 사르다의 집으로 찾아가기로 했다. 나는 **자발적으로** 경찰에 출두해 진술했지만 귀담아 들어주는 이가 아무도 없었던 여자아이를 만나는 게 아니라 기억이 있기도 하고 없기도 한 여인을 만나게 되리라는 것을 알고 있었다. 한편으로는 그녀가 헛소리를 늘어놓거나 공상 허언증 환자일까 봐 걱정이 되기도 했다. 법의학자로 활동하는 동안 나는 그런 여자, 그리고 남자를 한 번 이상 만나봤다. 거짓말은 성별과 아무런 관련이 없다. 광기도 마찬가지다. 일반적으로 남자들보다 여성들에게서 더 많이 나타난다고 하지만 과학적으로 광기는 성별을 가리지 않고 고르게 분포되어 있다. 하지만 다른 한편으로 그 여자가 진실을 말하고 있을—아나가 자기 품에 안겨 죽었다는 것—가능성도 충분히 있기 때문에 그녀의 말을 열린 마음으로 들어야 했다. 사고 이전의 기억은 사실과 일치할 가능성이 있었다. 물론 사고 이후에는 아무것도 그녀의 기억 속에 남아 있지 않은 것 같았다. 그녀의 기억은 구멍이 숭숭 난 봉지 같아서, 안에 감자가 한가득 들어 있는 줄 알았는데 알고 보면 걸어가는 중에 바닥을 통해 하나씩 떨어뜨린 꼴이었다. 정말로 아나 사르다가 친구의 품에 안겨 죽었다면 그 죽음을 둘러싸고 어떤 상황이 벌어졌기에 시신을 그런 식으로 절단해야 했던 것일까? 시신을 절단하기 전과 절단한 후에 태우면서 대체 무엇을 숨기려고 했던 것일까? 어떤 죄책감 때문에 그는 경찰에 전화를 걸어 떨리는 목소리로 시신이 있는 장소를 알려준 것일까? 요컨대 이 범죄 뒤에는 또 어떤 범죄가 숨겨져 있던 것일까?

마르셀라 푸네스를 만나면 나는 모든 의문을 망라하는 마지막 질문에, 다시 말해 그 범죄 뒤에 무엇이 숨어 있고, 여전히 숨겨져 있는지에 초점을 맞출 생각이었다. 그리고 그녀가 대답해 준다면 우리는 공포 뒤에 도사리고 있는 공포의 정체가 무엇인지 마침내 알게 될 것이다.

3

알프레도 사르다는 **진실**을 알고 싶다는 명분을 내세워 나와 계약을 맺었다. 그리고 그동안 그런 말을 하면서 나를 고용했던 많은 이와 마찬가지로 그 또한 자신의 추측이 맞는지 확인하고 싶어 했다. 그가 모르고 있었던 것은 사건 아래로 또 다른 진실이 소리 없이, 보이지 않고 거의 알아볼 수도 없게 나아가고 있었다는 사실이었다. 만약 그가 그 진실을 알고 있었대도 그건 무의식적으로 감지한 것일 가능성이 높다. 그는 그것을 표면으로 끌어올려 생각하거나 감히 입 밖에 내지도 못했을 테니까. 우리는 우리의 목표가 **진실**을 아는 것이라고 생각하기 쉽지만, 실제로 그것은 **우리만의 진실**을 의미할 뿐이다. 나라고 해서 예외가 되지는 않겠지만, 나는 단지 직업적 습관으로 인해 바라지 않는 진실이 밝혀질까 봐 더 긴장하고 있었다.

그는 내게 마르셀라 푸네스를 소개해 줄 테니 자기 집으로 오라고 했다. 셋이 모인 자리에서, 30년 전, 그러니까 그녀가 열일곱 살 때 작성한 명단을 같이 검토하자고 했다. 그는 아나가 죽을 때까지 사랑했던 남자가 그 명단에 포함되어 있을 가능성이 높다고 믿었기 때문에 우리를 한 자리에 모은 것이었다. 알프레도는 이미 오래전부터 그 명단의 사본을 가지고 있었다. 가장 먼저 내 관심을 끈 것은 바로 그 점이었다. 사실 그는 그 명단을 내게 이메일로 보낼 수도 있었다. 그랬더라면 굳이 이렇게 만나지 않아도 명단에 있는 이들을 한 명씩 조사하면서 작업을 진행할 수 있었을 것이다. 그리고 내가 잘못된 단서를 배제한 다음 셋이 만날 수도 있었다. 하지만 알프레도의 부탁 뒤에는 또 다른 진실을 찾고자 하는 의도가 숨겨져 있었다. 그때 그는 확실히 알지는 못했지만 그 진실이 거북하고 불쾌한 것이리라는 것을 어렴풋하게나마 직감하고 있었던 것 같다.

나는 약속한 대로 오후 3시에 그의 집에 도착했다. 실제로는 몇 분 전에 도착했다. 내가 도착하기까지 일어난 일련의 사건들을 따져보면 조짐이 좋았다. 버스가 예정된 시각에 맞춰 정류장에 도착한 덕분에 평소보다 더 빨리 이동할 수 있었다. 그래서 약속한 시간보다 4분 일찍 아나 사르다가 살았던 집 앞에 도착했다. 물론 나는 3시까지 기다린 다음에 현관 벨을 눌렀다. 알프레도 사르다가 나와 문을 열어주었다. 내 기억 속에 남아 있는 그는 건장한 체구였지만 이제는 몹시 야위어 있었다. 현관문에는 자물쇠가 달려 있었다. 아나가 살 당시에는 문에 저런 자물쇠가 없었을 것 같았다. 하지만 이제는 철창이나 자물쇠 없이 교외 지역에서 살기 어렵다. 그는 나를 안으로 들어오게 한

다음 커피를 내주었다. 커피를 준비하는 동안 그는 4시 경에 마르셀라 푸네스를 데리러 그녀의 집에 가야 되기 때문에 잠시 자리를 비울거라고 미리 양해를 구했다. 두 사람은 언제나 그런 식으로 만났던 터라 알프레도는 그 습관을 바꾸고 싶어 하지 않았다. 선행성 기억상실증으로 인해 많은 어려움을 겪고 있음에도 불구하고, 그녀는 평소 일상에서 반복되는 장소에 갈 때 큰 문제없이 거리를 돌아다녔다. 그렇지만 그는 언제나 그녀를 데리러 가고 다시 집까지 데려다 주려고 했다. 또 앞으로도 그렇게 할 생각인 듯했다.

나는 혼잣말을 하면서 거의 한 시간을 보냈다. 우리는 그 명단부터 시작했다. 알프레도가 내게 복사본을 건네주었지만 우리는 그것을 그냥 훑어보기만 했다. 나는 셋이 다 모이면 그 명단을 더 철저하게 읽고, 마르셀라 앞에서 한 명씩 이름을 부르면서 그녀가 어떤 표정을 짓고 어떤 반응을 보이는지 면밀하게 관찰하자고 제안했다. 그렇게 하다 보면 그녀의 얼굴에서 어떤 무의식적인 반응을 감지할 수 있을 거라고 말이다. 알프레도는 내 의견에 동의했다. 알프레도가 세운 가설은 다음과 같았다. 명단에 있는 남자 중 한 명, 즉 아나와 관계를 맺고 있던 남자가 그녀를 죽이지는 않았지만 죄책감에 시달린 나머지, 아나의 사망 원인과 자신의 정체를 드러낼 수도 있는 모든 단서와 흔적을 없애버리려고 했다는 것이다. 그는 반복해서 말했다. "나는 실제로 내 딸을 죽이지는 않았지만 그 아이의 죽음에 대해 심한 죄책감을 느낀 나머지 시신을 절단하고 태워버린 자를 찾고 있어요. 이 말을 할 때면 30년이 지난 지금도 여전히 목이 메이는군요."

그것은 충분히 가능한 가설이었다. 그리고 그의 목소리가 갈라지고 떨리는 것도 너무나 당연했다. 어쨌든 아나의 사인이 왜 마르셀라 푸네스에 의해 밝혀지지 않았는지 나로서는 이해가 가지 않았다. 그러므로 우리는 그와 반대 방향으로, 즉 원인으로부터 시신을 절단하고 태운 자를 추적해 볼 수 있을 것 같았다. 나는 그에게 그렇게 하자고 했다. 그러자 알프레도는 단호하게 말했다. "마르셀라는 아나가 자기 품에 안겨 죽기 전에 있었던 일을 절대 말하지 않겠다고 그 아이와 굳게 약속했답니다. 나도 그 약속을 지켜주고 싶고요. 마르셀라는 아주 불안정한 상태예요. 전체적으로 흐릿한 의식 상태 속에 남아 있는 과거의 기억으로 간신히 버티고 있으니까요. 그녀가 계속 살아갈 수 있도록 도와주고 있는 것이 바로 그 기억들입니다. 아나와의 우정도 저 아이의 머릿속에 남아 있는 기억 중 하나죠. 어쩌면 가장 중요한 기억인지도 모르겠군요. 그 아이의 삶이 내 딸과의 우정에 대한 기억으로 지탱되고 있는 셈이니까요. 마르셀라에게 그것은 살아 있는 우정이에요. 게다가 그것은 치명적인 충격을 받고 난 이후 겪어야만 했던 온갖 불행으로부터 그녀를 지켜주고 있습니다. 그래서 드리는 말씀인데, 그 아이에게 말을 하도록 강요한다면 치명적인 결과를 초래하고 말 겁니다." 알프레도는 내게 양해를 구하더니 무언가를 찾기 위해 자리를 떠났다. 그는 감정이 복받쳐 오르는지 두 눈에 눈물이 글썽글썽 맺혀 있었다. 저러는 게 아나 때문인지 아니면 마르셀라 때문인지 쉽게 구분이 가지 않았다.

　잠시 후, 그는 손수건을 들고 돌아왔다. "죄송합니다. 시간이 흘러도 이놈의 감기가 도무지 떨어질 생각을 않네요." 그는 코를 풀었다. 하지만 아직 코를 덜 푼 것처럼 그 동작에서 잠시 멈춰 있었다. 나는 무슨 말이든 꺼내 그를 복받치는 감정에서 꺼내주고 싶었다. 그때 그가 깊은 한숨을 내쉬더니 마치 감정을 떨쳐버리려는 듯이 머리를 세차게 흔들고 하던 말을 계속했다. 그는 두 여자 중 누가 자기를 울컥하게 만들었는지를 분명하게 드러냈다. "마르셀라가 오늘 점심에 무엇을 먹었는지 기억하지 못한다는 것을 알고 있나요? 엘메르 씨, 내가 당신에게 그녀를 소개하고 나면 그녀는 당신이 누구인지 곧 잊어버릴 겁니다. 어떤 소설이든 이전 장의 내용을 잊어버리면 계속 읽을 수 없다는 것을 알죠?" 그는 내가 대답하기를 기다리는 눈치였다. 나는 고개를 끄덕였지만 그가 무슨 말을 하려는지 통 짐작이 가지 않았다. 그는 말을 멈추더니 적당한 단어를 찾으려는 듯 허공에 손을 흔들다가 더듬으며 말 했다. "슬픈 이야기지만 이 아이는 더 이상 사랑에 빠질 수 없어요. 사랑이 무엇인지 모르도록 운명 지어진 사람이 된 거죠. 마르셀라는 그런 가혹한 운명의 처분을 받을 이유가 없어요. 그런 아이한테 어떻게 맹세를 저버리라고 할 수 있겠어요? 어떻게 아나를 배신하라고 할 수 있겠어요? 그 아이가 가진 유일한 것을 어떻게 빼앗을 수 있겠어요?" 나는 마침내 그의 생각을 이해할 수 있었다. 나는 말없이 고개만 끄덕였다. 내가 감히 대답할 수 있는 질문이 아니었기 때문이다. 나는 세미나에서 내가 자주 조언하는 바를 따르기로 했다. "수사 과학자들은 그 어떤 감정이라도 버려야 한다." 나는 그렇게 했다. 그래서 알프레도의 눈물과 하소연에 휘말리지 않으려고 애를 썼다. 방금 그가 한 말을 다 들었지만, 그래도 나라면 아나 사르다가 왜 죽었는지 실토할 때까지 푸네스에게 계속 질문을 던졌을 것 같다. 하지만 일단은 의뢰인의 입장을 난처하게 만들지 않을 다른 방법을 찾아야만 했다. 알프레도는 그녀를 데리러 가기 전에 커피를 더 권했고 나는 이를 받아들였다. 커피를 준비하는 동안 그는 또 한 번 강조했다. "마르셀라는 내 딸아이를 죽음으로 몰고 간 그것에 대해 절대 입을 열지 않겠다고 굳게 약속했답니다. 나는 그 아이마저 죽기를 바라지 않아요. 아무쪼록 우리 셋이 힘을 모아 진실에 이르게 되기를 바랄 뿐이죠. 그렇게만 되면 마르셀라도 그 약속과 비밀이라는 멍에에서 벗어나게 될 테니까요."

마르셀라 푸네스가 절대 이야기하고 싶어 하지 않는 **그 일**, 아나가 죽기 전에 있었던 **그 일**은 대체 무엇일까? 알프레도는 나와 마찬가지로 아나의 사망 원인이 다음 두 가지 중 하나일 거라고 생각했다. 마약이나 약물 과다 복용으로 인한 사망, 아니면 성폭력으로 인한 사망. 이 두 가지는 딸의 입장에서 아버지가 영원히 모르기를 바랐을 문제였다. 정말로 그런 문제였다면 아나는 자신이 죽음에 이를 수 있음에도 부모 앞에서 차마 고개를 들 수 없었을 것이다. 아나가 마약을 복용했다면 아무한테도 이야기하지 말라고 마르셀라에게 다짐을 받았을 것이다. 만약 남자친구한테 폭행을 당했더라도 마찬가지였을 것이다. 나는 거기에 어떤 말도 덧붙일 엄두가 나지 않았다. 알프레도도 내가 어떤 의견을 밝히리라고 기대하지 않는 눈치였다. 내가 커피 잔에서 고개를 들었을 때, 그는 마르셀라를 데리러 가기 위해 이미 옷을 걸치고 현관으로 걸어가고 있었다.

나도 그를 따라 나섰다. 그 시간 동안 집에 혼자 있어봐야 뭐 하겠나 싶었다. 그가 잠시 자리를 비운 사이 그걸 핑계 삼아 담배나 피울 생각이었다. 나는 햇빛이 환히 비치는 알프레도 사르다의 집 앞 보도에 섰다. 길옆에는 보도블록 틈 사이로 뿌리를 내려 약간 비스듬히 기울어진 오렌지 나무가 서 있었다. 나는 담배를 말아서 불을 붙였다. 서늘한 오후, 눈을 감고 4월의 태양을 처다보고 있으면 누구든 담배를 피우고 싶은 마음이 들 것이다. 따갑지 않은 햇살이 온 세상을 따스하게 내리쬐고 있었다. 잠시 후 담배 연기를 길게 내뿜고 눈을 뜨자 그들의 모습이 보였다. 그 장면은 마치 수십 년 된 사진첩에서 꺼내온 사진처럼 보였다. 자세히 보니 알프레도는 스포츠 재킷과 정장 바지, 제일 위 단추를 푼 하얀 셔츠 차림에 고전적인 로퍼를 신고 있었다. 그의 몸에 비해 옷이 너무 헐렁했지만 한때 뽐냈을 만한 우아한 자태를 그대로 간직하고 있었다. 반면 마르셀라는 플레어스커트를 입은 탓인지 80년대 〈부르다 스타일〉*에 나올 법한 모델처럼 보였다. 네모

---

* 〈부르다 스타일Burda Style〉은 1949년 독일에서 창간된 패션 잡지로 현재는 100여 개국에 17개 언어로 간행되고 있다.

난 굽이 달린 하이힐을 신고, 어깨에 핸드백을 걸치고 있었다. 나중에 안 사실이지만 그녀는 핸드백에 공책을 넣어 다녔다. 알프레도와 마르셀라는 팔짱을 낀 채 미소를 지으며 걸어오고 있었다. 그 모습을 보면서 나는 우리가 아나 사르다의 죽음, 신체 절단과 탄화에 관한 이야기를 나누기 위해 만난다는 사실을 잠시 잊어버렸다. 그들이 누군지 몰랐다면 나는 자기들의 옛 모습을 따라하면서 21세기의 변두리 거리를 돌아다니는 구식이고 시대착오적인, 하지만 여전히 행복한 부부처럼 보인다고 말했을 것이다. 그들이 아직 나를 보지 못했기 때문에 나는 재빨리 오렌지 나무 뒤로 몸을 숨겼다. 만약 내가 가까이 다가갔다면 그들 사이의 묘한 조화가 깨지고 말았을 것이다. 나는 길 건너편에서 그들이 집 안으로 들어가는 모습을 지켜보았다. 알프레도는 나를 찾으려고 주변을 두리번거렸다. 그는 내가 담배를 사러 갔다가 곧 돌아올 거라고 생각한 것 같다. 그래서인지 현관문에 자물쇠를 채우지 않았다. 나는 일단 그들이 집 안으로 들어갈 때까지 기다렸다. 그들의 모습이 사라지자 나는 보도 연석에 담배를 비벼 끄고 길을 건넌 다음, 마치 모든 것이 다시 시작되는 것처럼 현관 벨을 눌렀다.

알프레도의 소개로 우리는 서로 인사를 나누었다. 마르셀라 푸네스는 핸드백에서 공책을 꺼내 기록하기 시작했다. 그녀에게는 내 이름이 다소 생소했던 모양이다. 나는 그녀가 공책에 쓸 수 있도록 내 이름의 철자를 불러주었다. "이(E)" "엘(L)" "엠(M)" "이(E)" "알(R)". 그러고 나서 그녀가 공책을 몇 페이지 더 넘겨 내 이름을 다 썼다는 것을 확인했다. 그 사이 알프레도는 주방에 가서 커피를 가지고 왔다. "엘메르, 마르셀라는 아나에게 한 맹세를 깨뜨리지 않고도 우리가 사건의 진실을 알아낼 수 있도록 자세하게 이야기해 줄 겁니다." 마르셀라는 그를 각별한 눈빛으로, 굳이 설명하자면 존경이 가득한 눈빛으로 바라보았다. 나는 미소를 지어 보였지만 그녀는 알아차리지 못했다. "마르셀라의 말로는 아나가 성당에서 누군가를 기다렸다고 하더군요. 그런데 저 아이가 머리를 부딪쳐 의식을 잃을 때까지도 나타나지 않았답니다." 마르셀라는 고개를 끄덕이면서 무슨 말을 하려는 것 같았지만 끝내 입을 열지 않았다. 알프레도와 나는 그녀에게 시간을 주었다. 그녀는 말하기 전에 정신을 집중하는 것 같았다. 그녀는 핸드백에서 공책을 꺼내 펼쳤다. 몇 분 전에 내 이름을 적은 것과 다른 공책이었다. 그녀가 마침내 입을 열었다. "그 무렵 아나는 누군가와 사귀고 있었어요. 그래서 저는 그 애의 애인일 가능성이 있는 남자들을 골라 명단을 만들었죠. 여기 그 명단이 있어요." 그녀는 알프레도에게 우리가 가지고 있는 것과 같은 명단을 건네주었다. 그는 차분하게 설명했다. "마르셀라, 이 명단은 며칠 전에 너한테 받았단다. 그래서 두 개의 사본을 만들어 하나는 내가 갖고 다른 하나는 방금 엘메르에게 주었어." 그 순간, 나는 더 이상 참지 못하고 그녀에게 대뜸 물었다. "둘이 그렇게 친한 친구 사이라면 당연히 자기 애인의 이름을 털어놓았을 텐데 왜 아나는 그러지 않았죠?" 나는 알프레도만큼 인내심이 많지 않았다. "아나가 그의 이름을 밝힐 수 없었기 때문이에요. 저한테도 끝내 말하지 않았죠. 그래서 우리가 아는 남자 중에서 그 애와 사랑에 빠질 만한 이들을 골라 이름을 적느라 애를 먹은 거예요." "그렇다면 그 남자, 그러니까 아나와 사귀고 있던 남자가 그녀를 토막 내고 불에 태웠다고 생각하는 거예요?" 마르셀라는 영문을 몰라 어리둥절한 눈빛으로 알프레도를 바라보았다. 그러자 그는 그녀의 손을 잡고 그녀의 눈을 가만히 들여다 보았다. 그러곤 이전에 둘이 만난 자리에서도 수없이 말했을 사실, 그리고 지난 30년 동안 여러 사람들에게 말해야 했을 바로 그 사실을 침착하게 들려주었다. "아나가 너의 품에 안겨 죽은 다음에, 누군가가 그 아이의 시신을 토막 내고 불태웠단다."

그 말을 듣자 그녀는 놀라고 겁에 질린 듯 손으로 입을 막았다. 마치 그 이야기를 처음 들은 듯한 표정이었다. 그녀는 고개를 저었다. 알프레도의 말이 이어졌다. "마르셀라, 그 아이는 그전에 이미 죽었어. 그러니까 진정해. 얼마나 겁을 먹었으면 얼굴이 새파랗게 질렸니. 왜 안 그렇겠어. 하지만 아나는 더 이상 고통을 겪지 않았단다. 그런 몹쓸 짓을 당할 때, 그 아이는 이미 죽었으니까." "맞아요. 아나는 이미 죽었어요." 마음이 조금 진정되었는지 그녀는 그의 말을 따라하면서 공책에 무언가를 적었다. "어쩌면 그 명단을 검토하다 보면 그게 누군지 알아낼 수도 있을……." 그가 무슨 말을 하려던 순간, 내가 그의 말을 가로막았다. "실례합니다만……." 나는 그에게 그만하라는 손짓을 하면서 말했다. 나는 우선 아나의 사망 원인을 찾는 것이 급선무라는 확신이 들었다. 나는 몸을 돌려 푸네스를 마주보았다. 그녀에게 직접적으로 묻는 대신 그녀가 가슴속에 묻어둔 비밀에 도달하고 싶었다. "그날 오후에 아나의 몸 상태가 좋지 않았다는 거 기억나요?" "네. 걷기조차 힘들어했어요." 그녀가 대답했다. "부축해서 성당 안에 들어갈 정도였으니까요." "왜죠?" "몸이 안 좋았으니까요." "왜 몸이 안 좋았죠? 누구한테 두들겨 맞았나요?" "아니에요, 맞은 게 아니라고요! 무슨 일로 두들겨 맞았겠어요?"

그녀가 화들짝 놀라며 반문했다. 나는 대답하지 않았다. 하지만 그건 내가 물어보면 그녀가 대답하는 방식의 즉석 신문이었다. "혹시 횡설수설하던가요?" "아니에요!" "술에 취했거나 제정신이 아닌 것 같았나요?" "그것도 아니에요! 왜 저한테 그런 걸 물어보는 거죠?" 이번에는 나도 대답했다. "아무 이유도 없이 죽는 사람은 없어요. 멀쩡하다가 갑자기 몸이 안 좋아지면서 죽는 사람은 없다고요. 적어도 건강하던 열일곱 살짜리가 갑자기 죽는 법은 없단 말입니다." 마르셀라 푸네스는 불쾌하고 짜증 난 눈빛으로 나를 노려봤지만 무슨 말을 해야 할지 모르는 것 같았다. "엘메르, 이제 이 명단으로 넘어갑시다." 알프레도가 끼어들며 말했다.

"아나의 겉모습이나 몸 상태에서 그날따라 눈에 띄는 점은 없었어요?" 나는 물러서지 않고 계속 질문을 던졌다. "열이 나서 온몸이 불덩이처럼 뜨거웠고, 오한이 난다고 했어요." "그리고 더 없어요?" "안색이 창백했고요." "창백했다." 나는 그녀의 말을 반복했다. "네. 백지장처럼 말이에요." 부검 보고서에 나온 아나의 시신 색깔이 **섬광**처럼 머리에 떠올랐다. 황갈색과 푸른빛. 마르셀라의 말에 따르면, 그전에는 창백한 낯빛. "죽을 때까지 얼굴이 창백했나요?" 내가 물었다. "아뇨. 이상하게도 성당에 도착했을 때는 완전히 노랗게 변해 있더라고요. 그때는 촛불이나 성당 안에 깔린 어스름 때문에 그런 줄 알았어요." 그녀가 대답했다. "처음에는 창백하다가 그다음에는 노랗게 변했다." 나는 확인하기 위해 그녀의 말을 반복했다. "정말 온몸이 노랗게 물든 것 같더라고요. 그 아이를 어루만지면서 살갗을 봤거든요." "그럼 죽기 직전에는 어땠죠?" 내가 물었다. "온몸이 파랗게 변하기 시작했어요." 그녀가 말했다. 더 이상 의심할 여지는 없었지만 이번 기회에 분명하게 확인하고 싶었다. "확실한가요?" "확실해요." 그녀가 대답했다. "그렇게 피부가 파랗게 변한 사람은 처음 봤어요. 푸르스름한 빛을 띤 회색이었어요."

　"몬도르병*이에요." 마침내 내가 결론을 내렸다. "뭐라고요?" 알프레도가 물었다. "몬도르 증후군. 패혈성 유산** 후에 발생하는 용혈성*** 독성 증상이죠. 알프레도, 아나는 임신중지 수술을 받은 뒤 전

---

* 　몬도르병은 흉벽 또는 복벽 부위에 발생하는 피하 정맥의 혈전성 정맥염으로 끈 모양의 특징적인 임상 양상을 보이는 비교적 드문 질환이다. 과도한 운동, 외상, 수술, 임신, 피부 감염 또는 유방암 등이 원인으로 알려져 있다.

** 　패혈성 유산은 자궁내막 감염으로 인해 유산된 것을 가리키는 것으로 열이 나며 패혈증을 동반하기 때문에 산모가 위험할 수 있다. 주로 불법적인 임신중지 수술 후에 나타난다.

*** 적혈구가 파괴되는 증상.

신 감염으로 사망한 겁니다." 마르셀라는 내 말을 듣고 한숨을 내쉬었다. 그건 지루한 신문이 끝나고 오랫동안 숨겨온 비밀이 드러났다는 것을 인정한다는 표시였다.

나에게는 몇 가지 단서를 통해 얻은 결론을 밝히는 것에 지나지 않았지만 알프레도에게 그것은 충격적인 폭로였고, 마르셀라에게는 마침내 무거운 형벌로부터 벗어나는 것이었다. 알프레도는 생각조차 해본 적 없던 말을 들은 것처럼 당황했다. 30년 전 트리부날레스에서 봤을 때와 똑같이 당혹스러운 표정이 그의 얼굴에 떠올랐다. 알프레도는 혼이 나간 듯이 절규했다. 마르셀라도 울었지만 그건 비통한 눈물이라기보다 안도의 눈물이었다. 마침내 아나와의 약속을 깨뜨리지 않고 비밀을 함께 나눌 수 있었기 때문이다. 그녀는 알프레도 곁으로 다가가 그의 손을 잡았다. 이제는 거꾸로 그녀가 그를 달래주었다.

나는 그들이 마음을 추스를 수 있도록 시간을 주기로 했다. 그래서 자리에서 일어나 창가로 갔다. 분위기가 좀 가라앉자 나는 아나가 사망할 당시 보였던 증상에 관해 설명했다. 그들도 이를 알아야 할 필요가 있었다. "몬도르 증후군은 패혈성 유산이 발생한 지 24시간에서 48시간 내에 나타납니다. 증상이 매우 심각하기 때문에 사망률이 높죠. 일반적으로 이는 제대로 훈련받지 않은 사람이 제대로 살균되지 않은 기구를 이용해 위험한 임신중지 수술을 할 때 발생합니다. 따라서 한 가지 이상의 병원균에 의해 감염되었을 가능성이 아주 높아요. 제일 먼저 빈혈 증세가 나타나는데 아나의 얼굴이 백지장처럼 창백해진 것이 바로 그 때문입니다. 그 뒤를 이어 황달 증세가 나타나면서 피부가 노랗게 변하고요. 마지막으로 청색증으로 인해 푸른빛을 띠게 되는 겁니다." 알프레도는 내 말을 듣고 있지 않은 것 같았다. 마치 넋이 나간 사람처럼 멍한 표정이었다. 그는 마르셀라의 손을 놓지 않은 채, 우리 둘 중 누구도 쳐다보지 않고 물었다. "왜 그걸 내게 알려주지 않았을까? 그런 줄 알았더라면……." 그는 말문이 막힌 듯 잠시 말을 멈췄다가 같은 말을 반복했다. "왜 그걸 내게 알려주지 않았단 말이니?" 그러고는 결국 참았던 울음을 터뜨렸다.

그건 마르셀라에게 던진 질문이 아니었지만 내게 물어본 것은 더더욱 아니었다. 그건 그가 자신에게 던진 질문이었다. 그녀는 그를 안아주었다. 그는 그녀의 어깨에 얼굴을 파묻고 계속 울었다. 그리고 우는 와중에 더듬거리며 같은 질문을 반복했다. "왜 그걸 내게 알려주지 않았단 말이니?" 마음이 겨우 진정되자 그는 자리에서 일어나 마르셀라를 바라보았다. 그는 알고 싶어 했다. "혼자 가서 했니?" "아니요. 나도 따라갔어요, 알프레도 아저씨." 그녀가 대답했다. "아나는 오지 않는 그 남자를 기다리고 있었어요. 그 남자는 수술할 곳을 알아낸 다음, 아나에게 돈을 줬어요. 분명히 같이 간다고 했는데 끝내 오지 않았죠. 그래서 내가 따라간 거예요."

알프레도는 그녀를 바라보며 얼굴 위로 흘러내린 머리카락 몇 올을 어루만지더니 귀 뒤로 넘겨주었다. 그러고는 말했다. "가엾은 것 같으니. 둘 다 이렇게 가여울 수가." 마르셀라도 끝내 울음을 터뜨리고 말았다. 나는 둘이 부둥켜안고 울도록 내버려 두었다. 나는 마르셀라가 손수건으로 눈물을 훔치려고 알프레도의 품에서 떨어지는 것을 보자마자 물었다. "우리를 그곳까지 데려다 줄 수 있겠어요?" 그 자리에 베티나가 있었다면 내가 분위기를 다 깨뜨렸다고 나무랐을 것이다. 아내의 목소리가 이따금씩 머릿속에 떠오르곤 했지만 그녀의 잔소리에 대꾸하는 것보다 훨씬 더 중요한 일, 그러니까 내가 해야 할일이 있었기 때문에 나는 거기에 더 이상 신경을 쓸 수 없었다. 나는 다시 그녀에게 말했다. "그들, 임신중지 수술을 한 자들은 아나의 몸에 어떤 흔적도 남지 않기를 바랐을 거예요." "우리를 거기로 데려다줄 수 있겠니?" 나의 가설을 잠자코 듣고 있던 알프레도가 가세했다. "네, 모셔다드릴 수 있어요." 그렇게 대답한 마르셀라는 다른 공책을 펴더니 필카르 도로 지도에서 뜯어낸 종이를 꺼내 그에게 건네주었다. "가지고 계세요." 그녀가 말했다. 알프레도는 고개를 끄덕이며 구겨진 종이를 빤히 내려다보았다. 마치 뿔뿔이 흩어져 있던 퍼즐 조각이 비로소 하나로 꿰어 맞춰졌다는 듯한 표정이었다.

우리는 차를 렌트해서 30년 전 아나가 임신중지 수술을 받았던 곳으로 갔다. 마르셀라에게 무리해서 가지 않아도 된다고 말렸지만 더이상 설득할 방법이 없었다. 그녀는 우리가 지나가고 있는 거리를 제대로 알아보지 못했을 뿐만 아니라 기억에 남아 있는 모습과 다른지자꾸 이 길이 아니라고 투덜거렸다. 그녀가 기억하는 바로는 그 동네에 나무가 많은 편이었는데, 집들은 초라하지만 앞에 정원이 딸려 있었고 집 사이에 빈 공간이 있었다고 했다. 그리고 쇠창살 문은 없었다고 했다. 알프레도는 지난 30년 동안 이 동네도 많이 바뀌었기 때문에 생소하게 보일 거라고 침착하게 설명해 주었다. 특히 많은 교외 지역에서 그러한 변화가 발전은커녕 오히려 퇴보와 인구 과밀, 빈곤화를 가져왔다고 말했다. 차가 그 집 앞에 이르자 마르셀라는 그곳을 알아보고 갑자기 떨기 시작했다. 알프레도가 진정시키려고 애를 썼지만 그녀는 사시나무 떨 듯 온몸을 부들부들 떨었다. 나는 혼자 차에서 내렸다. 직업상 내가 마땅히 해야 될 일이라는 이유 외에도, 그 상황에서 나설 수 있는 사람이 나밖에 없었기 때문이었다. 나는 현관 벨을 눌렀다. 잠시 후 어떤 여인이 팔에 아기를 안고, 또 두 아이를 다리에 매단 채 나왔다. 다행히 그녀는 친절했고, 내가 묻는 말에 순순히 대답해 주었다. 나는 그녀에게 우리가 무엇을 찾고 있는지, 그리고 왜 찾아왔는지 설명했다. 그녀는 내 말을 듣고 놀라지도, 나를 쫓아내려고 하지도 않았다. 오히려 기꺼이 협조하겠다는 뜻을 내비쳤다.

그녀의 말에 따르면 거기는 원래 조부모님의 집인데 돌아가시면서 부모님이 유산으로 물려받았다고 했다. 그런데 두 분이 결혼하자마자 코르도바*로 떠나는 바람에 적은 돈이나마 수입에 보태기 위해 오랫동안 임대했다고 했다. 외동딸인 그녀가 결혼을 하고 남편과 부에노스아이레스에 살기로 했을 때, 부모님은 그 집을 그녀에게 빌려주

---

* 코르도바는 아르헨티나의 중북부에 있는 코르도바주의 주도로 한때 가장 큰 공업 도시였다.

었다. 따져본 결과, 아나가 임신중지 수술을 받았을 무렵 그 집은 다른 사람에게 임대된 상태였다. 안타깝게도 그 무렵 주택을 임대할 때 대부분 그랬던 것처럼 문제의 집도 당국에 신고를 하지 않고 불법적으로 임대되었기 때문에 계약서나 영수증이 남아 있지 않았다. 아무튼 그 여인은 자기 부모에게 물어봐 준다고 약속했다. 만약 그녀의 부모가 당시 세입자들을 추적할 수 있는 자료를 갖고 있거나 어떤 정보를 기억하고 있다면 곧장 나에게 알려주기로 했다.

우리는 알프레도의 집으로 돌아왔다. 알프레도는 코르도바에서 중요한 단서를 보내올지도 모른다는 생각에 마음이 잔뜩 들떠 있었다. 하지만 나는 그럴 가능성에 큰 기대를 걸지 않았다. 의사나 조무사들이 불법 임신중지 수술을 한 뒤에 흔적을 남기지 않기 위해 환자의 몸을 절단했다는 사례는 들어본 적이 없었기 때문이다. 하지만 가능한 일이었다. 내 말은 그런 일이 애당초 불가능하다는 것이 아니다. 인간이라는 존재는 이미 볼 꼴 못 볼 꼴 다 본 나에게도 가끔 놀라움을 선사하니까 말이다. 내가 보기에 그럴 가능성은 낮았지만 그래도 알프레도의 기대를 무너뜨릴 수는 없었다. 나는 헤어지기 전에 마지막으로 아나가 사랑했을 수도 있는 남자들의 명단을 검토해 보자고 했다. 자기가 헌신적으로 사랑하는 여인이 임신중지 수술을 하고 죽는다면, 누구든 자포자기의 심정에 빠져 어떻게 변할지 모르는 법이다. 나는 알프레도에게 그의 딸에 관해 말할 때, '연인'이나 '애인'이라는 단어를 쓰지 않도록 조심하면서 말했다. 우리는 그 명단에 오른 이름과 마르셀라 푸네스가 매긴 점수를 소리 내어 읽었다. 처음 작성한 명단에서—이후에 일어난 일련의 사건에 비춰볼 때—그렇게 하는 것이 불가능한 이들을 제외했더니 모두 여덟 명이 남았다. 하지만 그들을 아나의 교제 상대로 상상하는 것이 힘들었을뿐더러, 이를 인정하더라도 알프레도와 마르셀라의 입장에서는 이들 중 누군가가 흔적을 지울 목적으로 그런 끔찍한 짓을 저질렀으리라고 믿기가 어려웠다. "그렇지만 누군가는 그랬을 겁니다." 나는 내 주장을 굽히지 않았다. "자기가 마땅히 해야 될 일을 했다고 확신하는 자라면 말이죠. 마르셀라, 아나가 그 남자에 관해 뭐라고 했죠? 그녀가 정확히 무슨 말을 했는지 기억나면 더 좋고요." "아, 한 가지 있어요. '그는 그럴 수가 없어'라는 말을 자주 했어요." 그녀가 곧장 대답했다. "그도 그러고 싶어 하지만 그럴 수가 없다는 거예요." 그녀가 덧붙여 말했다.

"혹시 그 남자가 결혼이나 약혼을 했다고는 하지 않았니? 아니면 그 남자의 부인이나 약혼녀가 그 아이나 우리 식구들이 아는 여자라는 소리는 안 했어?" 알프레도가 물었다. "아뇨." 마르셀라는 다시 부인했다. "아나는 그 남자에 관해 이야기할 때 그와 관련된 다른 이들은 일절 언급하지 않았어요. 그저 그는 그럴 수가 없다고만 했죠. '그는 그럴 수가 없어.'" 알프레도와 나는 말없이 서로를 멀뚱히 쳐다보았다. 그 순간 나는 그의 생각이 내가 생각하는 방향과 같아졌다는 것을 직감했다. "어쩌면 **관련된 다른 이들**은 없었는지도 모릅니다. 결혼했거나 사귀는 사람이 있는 게 아니어도 연인 관계를 유지할 수 없는 사람들도 있으니까요." 내가 넌지시 말했다. "그러니까 우리가 찾고 있는 그 남자는 실제로 구체적인 누구와 약혼하지 않았을 수도 있다는 얘기예요." 그러고는 한 걸음 더 나아가 말했다. "무슨 말인지 이해가 안 돼요." 마르셀라가 말했다. 하지만 알프레도는 고개를 끄덕였다. 그는 무슨 뜻인지 이해했지만, 여전히 그 진실을 거부하고 있었기 때문에 차마 그 말을 입 밖에 내지 못했다. 바라지 않는 진실. 나는 단도직입적으로 말했다. "예를 들면 사제가 있죠. 마누엘 신부는 범행 현장에 곧바로 나타나 시신을 알아보더군요. 마르셀라, 혹시 마누엘 신부와 아나가 모종의 관계를 맺은 건 아닐까요?" 그러자 마르셀라는 역겹다는 표정으로 나를 쳐다보더니 곧바로 알프레도 쪽으로 고개를 돌렸다. 더는 나한테 말을 걸기도 싫다는 듯한 표정이었다. "아니라고요!" 그녀는 소리쳤다. "아무리 그래도, 아나가 어떻게 그런 노인네하고 사귈 생각을 했겠어요? 아나하고 내가 입 냄새가 심하다고 신부님을 얼마나 놀려댔는데요. 아니에요. 그건 절대 아니라고요. 신부님은 정말 역겨웠단 말이에요." 마르셀라는 정말로 화가 난 모양이었다. 하지만 나도 물러서지 않고 물었다. "혹시 본당에 다른 사제는 없었어요? 더 젊은 사람은요?" 나는 내 말에 동조해 주기를 바라는 눈빛으로 알프레도를 바라보았다. 나는 깜짝 놀랐다. 알프레도가 넋 나간 사람처럼 멍한 눈으로 자기 맞은편 벽의 어느 한 지점을 쳐다보고 있었기 때문이다. 알프레도는 이미 알고 있었다. 그래서 더 이상 그녀에게 물어볼 필요가 없었던 것이다. 그와 마르셀라에게는 내가 더 이상 보이지 않는 듯했다. 하지만 나도 원체 황소고집이라, 그들이 내 말을 듣지 않는데도 또 다시 같은 질문을 던졌다.

"더 젊은 사제는 없었어요?"

잠시 후, 알프레도는 나를 바라보면서 한 마디조차 꺼내기 힘든 듯 더듬거리며 말했다.

"사제는 아니에요. 하지만 우리가 찾고 있는 자가 누구인지는 알고 있습니다. 여태까지 그걸 알아차리지 못했다니 도무지 이해가 가지 않는군요."

훌리안

남자:

동산에서 하느님의 발소리를 듣는 순간,

저는 벌거벗고 있었기 때문에 두려워 숨었나이다.

하느님:

내가 먹지 말라고 한 그 나무 열매를 먹었느냐?

남자:

당신께서 저와 함께 살라고 보내신 여자가

그 나무 열매를 주기에 제가 먹었나이다.

《창세기》, 3장 8~12절

1

나는 대대로 가톨릭 신앙을 가진 집안에서 태어났다. 친가 쪽 가계도를 살펴보면 여러 명의 사제와 수녀, 심지어는 주교까지 있다. 하지만 아버지가 독실한 가톨릭 신자라고 말하기는 어려울 것 같다. 만약 일요일마다 사교 모임 행사로 미사에 참석하고 매일 밤 기도하는 것이 "실천하는 가톨릭 신자"를 판단하는 기준이 된다면, 아버지는 분명 그런 이름으로 불릴 만한 자격이 있다. 하지만 아버지에게 종교는 신앙이라기보다 전통에 가까운 것이었다. 이처럼 아버지는 조상 대대로 이어져온 전통에 자부심을 가지고 있었기 때문에 거기서 벗어나려고 하지 않았다. 반면 우리 어머니, 어떻게 말해야 할지 모르겠지만 우리 어머니는 그런 것조차도 하지 않았다. 친구나 동료네 가족과 달리 우리 집의 가정교육은 어머니가 아니라 아버지 손에 맡겨졌다. 아버지가 전반적으로 나아가야 할 방향을 정하면 그것을 행하는 것이 어머니의 몫이었다. 나와 동생들은 모두 아버지가 정한 대로 세례와 첫 영성체와 두 번째 영성체, 그리고 견진성사를 받았다.

나와 동생들은 신실한 가톨릭 교육을 통해 심오한 가르침을 받았다. 아버지가 우리를 위해 선택한 학교 덕분이었다. 우리가 다닌 성요한 사도 학교는 어느 교단 소속의 가톨릭 학교로 특히나 젊은 사제들이 많았다. 그들은 일반 학생들보다 나이가 약간 더 많았지만 우리와 함께 축구를 하고 모닥불 주위에 둘러앉아 기타를 치며 노래를 불렀다. 우리는 그런 젊은 사제들을 우리와 동일시하고, 심지어 우리의 롤 모델로 삼기도 했다. 그 학교에서 나는 행복했고, 좋은 친구들도 많이 만났다. 학교야말로 내가 있어야 할 자리라고 느꼈다. 나는 하느님을 믿었고 지금도 믿는다. 그리고 나는 다른 사람도 믿는다. 내가 여기, 이 세상에 살면서 다른 사람을 위해 해야 할 일이 있기 때문이다. 다른 사람에게 뚜렷한 소명 의식을 가진 이에게 성직자의 길을 걷는 것은 훌륭한 선택이 될 수 있다. 독신 생활을 하지 않아도 된다면 완벽한 선택일지도 모른다. 사제들에게 결혼 생활이 금지되지 않았다면 나는 신자들의 훌륭한 목자가 되었을 것이다.

나는 가톨릭교회를 생각하면 가끔 화가 치밀어 오른다. 따지고 보면 독신 생활에 대한 성당의 완고한 입장 때문에 내게 일련의 불행한 사건들이 연이어 일어났기 때문이다. 그중 최악의 사건은 물론 아나의 죽음이다. 그 사건으로 말미암아 나는 성직자의 소명을 버릴 수밖에 없었다. 하지만 성당도 인간들이 만든 것인 이상 성당에 화를 내기보다는 성당에 속한 이들에게 분노하는 것이 마땅할 것이다. 물론 이제 와서 성직자의 독신 규정을 바꾸려고 한다면 강한 저항에 부딪칠 것이 불 보듯 뻔하다. 하지만 우리 중 여러 명을 이미 탈락시킨 그 조항을 진지하게 논의해야 될 때가 왔다. 그것은 예수께서 정하신 제도가 아니기 때문이다. 순결을 지켜야 할 의무는 그리스도의 부활이나 삼위일체처럼 절대적인 진리, 즉 교리의 문제가 아니다. 성당의 규정이자 인간들을 위해, 인간들에 의해 정해진 삶의 방식이며, 서기 1123년과 1139년에 라테란 공의회에서 제정되었다. 그 이전에는 사제들도 결혼할 수 있었다. 하지만 교황 레오 9세와 그레고리오 7세는 ―이미 11세기에― 성직자들의 도덕적 타락을 놓고 주교들과 싸움을 벌였다. 일부 역사학자들은 성직의 세습 문제와 성당이 사제의 자녀들에게 재산을 분배하려고 하지 않았다는 점을 주목했다.

그럴 수도 있지만 나는 레오 9세와 그레고리오 7세가 생각했던 것처럼 자유로운 성생활에 대한 공포에 초점이 맞춰져 있었다고 확신한다. 그런 논리라면 이는 먼저 욕망에 대한 억압으로, 그리고 결국 그들이 가장 두려워하던 도덕적 타락으로 이어질 수밖에 없었다. 하지만 독신 생활은 도덕적 타락을 피하기는커녕 그것을 부추기고 말았다. 금욕에 대한 과장된 평가 덕분에 독신 유지가 12세기에 성당의 규정으로 자리 잡으면서 그리스도에게 봉헌하는 삶을 살아갈 기회를 우리에게서 박탈하고 만 것이다. 이보다 더한 문제는 그로 인해 우리가 스스로를 욕망조차 억제하지 못하는 더러운 인간이라고 여기며 평생을 죄책감 속에서 살게 되었다는 점이다. 극단적인 경우에는 나처럼 손에 피를 묻히는 일까지 일어난다.

솔직히 말하면 내가 순진하기만 한 생각으로 신학교에 들어간 것은 아니다. 사제가 되고 싶다면 그 대가로 성당이 내게 무엇을 요구할지 나는 분명히 알고 있었다. 그리고 나의 가장 큰 의심은 바로 거기에 있었다. 나는 청소년기를 보내면서 우리와 함께 모임을 갖거나 피정을 가고 캠프를 갔던 사제들, 마치 우리가 동등한 관계인 것처럼 함께 전교 활동을 했던 그 사제 중 하나가 될 수 있으리라 생각했다. 미래의 삶을 생각할 때마다 나는 기대에 부풀었다. 다만 하루 일과를 마치고 나서도 집으로 돌아가서 여인을 만나 사랑의 밀어를 나눌 수 없다는 것은 생각만 해도 끔찍했다. 나는 그 사제들이 여자와 사랑과 정을 나눌 기회를 박탈당했다는 것을 도저히 이해할 수 없었다. 그들이 누군가와 실제적이고 구체적인 관계를 맺지 못했다면 어떻게 우리에게 항상 즐겁고 인내심과 이해심이 많은 모습을 보여줄 수 있었던 걸까? 자기를 부드럽게 애무해 주는 이가 아무도 없는데 그들은 어떻게 행복할 수 있었던 걸까? 그들은 젊은이의 넘치는 기운과 욕망을 어디에 풀었던 걸까? 예수님은 성생활을 하지 않았을까? 예수님은 한 번도 연애를 하지 않았을까? 신학생들은 남들 모르게 연애를 하지 않을까? 사제들도 그렇지 않을까? 나는 이런 생각을 하는 것만으로도 죄가 될 것 같아 두려움에 떨면서 속으로 질문을 던졌다.

그래서 나는 사제가 되고 싶다는 생각이 머릿속에 떠오를 때마다 그것을 떨쳐버리려고 머리를 세차게 흔들었다. 마치 나쁜 생각이 떠오르면 곧바로 다른 것에 집중하려고 하면서도, 그것이 아직 머릿속에 남아 있지는 않은지 의심하며 자신을 못 미더워하는 것처럼 말이다. 나는 아직 어려서 삶에서 무엇을 원하는지 아직 잘 몰랐지만 여자에 대한 사랑만큼은 절대로 포기할 수 없을 것 같았다. 결국 내 생각은 틀리지 않았다. 물론 많은 노력을 했고 또 앞으로 영원히 잃어버리게 될 것을 떠올리면서 마음이 아프기도 했지만 둘 중 하나를 선택해야 했을 때 차마 사랑을 거부할 수는 없었다. 결국 나는 값비싼 대가를 치르고 말았다. 아나의 죽음은 하늘이 내게 내린 형벌이었다. 그녀가 죽은 이후로 우리 모두는 벌을 받았다. 몇몇 사람은 아무 잘못도 없이 억울하게 벌을 받았다. 성직자의 부당한 독신을 옹호하는 그 어떤 주장도 합리적인 분석에 맞서지 못한다. 어쨌든 사랑에 빠지는 것도 믿음의 문제다.

많은 의심이 들었지만 이미 모든 준비가 갖춰진 상태였다. 어렸을 때 나는 학교에서 **부르심**이라는 말을 자주 들었다. 교리 시간에는 하느님의 부르심은 우리가 선택하는 것이 아니라 그리스도가 우리를 부르는 것이라고 설명했다. 만약 그리스도께서 당신에게 자기를 따르라고 한다면 어떻게 안 된다고 말할 수 있겠는가? 그렇게 떠오른 생각은 계속 내 머릿속을 맴돌았을 뿐만 아니라 내 가슴속 깊이 스며들었다. 그때부터 그 생각으로 인해 마음이 불안해지더니 이상한 기분이 들면서 슬슬 짜증이 났다. "신부가 된다고? 내가? 정말로? 어떻게 그런 터무니없는 생각이 들 수가 있지?" 주제넘고 불손하기까지

한 질문이었다. 하지만 이 질문에 답을 하든 안 하든 거북한 느낌은 사라지지 않고 가슴속에 그대로 남아 귓전에서 윙윙거리는 파리처럼 나를 성가시게 했다. 그 생각을 떨쳐버리기는 쉽지 않았다. 그러한 부르심이 불쾌한 느낌을 주는 동시에 내가 중요한 인물이라는 생각이 들도록 만들었기 때문이다. 내가 그 부르심을 들었다면 그건 내가 **선택받았기** 때문일 것이다. 나는 사춘기에 처음으로 부르심을 들었을 때부터 몇 년 뒤 마침내 그것을 다시 들을 때까지 꽤나 많은 시간을 흘려보냈다. 나는 항상 그것을 이성적으로 판단하고 분석하려 했기 때문에 그 과정을 이해하기 어려웠다. 종교적 소명은 **지고한 존재**의 논리에 속하는 것이기 때문에 인간의 능력으로는 이해할 수 없는 신비다.

나는 그 말을 듣지 않으려고 귀를 막고 살았기 때문에 법학부 3학년이 될 무렵에서야 비로소 하느님을 섬기기 시작했다. 내가 집요한 부르심을 받아들일 때까지 집안에 불행한 일이 끊이지 않았다. 만약 그런 고통이 없었다면 나는 부르심에 끝내 응답하지 않았을지도 모른다. 제일 먼저 어머니가 우리를 버리고 떠났다. 그것은 어머니를 잘 안다고 믿었던 우리에게 너무나 어이없으면서도 고통스럽고 또한 예측하지 못했던 사건이었다. 그 일로 아버지도 나와 내 동생들처럼 충격을 받았는지는 모르겠다. 어느 날 어머니는 다른 남자와 사랑에 빠졌다고 우리에게 고백하고, 바로 그다음 날 집을 나갔다. 어머니는 살을 비비고 같이 살면서 희생하지 않아도 모성애를 느낄 수 있다는 듯이 다른 남자와 살면서도 계속 우리에게 엄마 노릇을 하기 위해 저 먼 곳에서나마 우리와 관계를 지속시키려고 애썼다. 하지만 아버지는 물론 나와 동생들도 이를 받아들이지 않았다. 우리는 어머니가 가까이 오지 못하게 했을 뿐만 아니라 전화를 걸어도 받지 않고 편지를 보내도 읽지 않았다. 우리는 어머니가 없는 가운데 그녀를 단죄했다. 그 일로 우리 가슴에는 응어리가 맺히고 말았다. 어머니가 우리 대신 그 남자를 택한 것이라면, 그리고 그 남자 없이 살 수 없다면 그 대가를 톡톡히 치를 수밖에 없었다. 왜냐하면 어머니의 행동은 결코 무시할 수 없는 결과를 낳았기 때문이다. 어머니가 되어서 자식들의 괴로움과 치욕을 모른 체 한다는 것은 도저히 있을 수 없는 일이었다. 아버지는 변함없이 확고하고 일관된 모습을 보였다. 엄마가 떠나면서 마음의 상처를 입었는지는 모르겠지만, 그래도 아버지는 우리 앞에서나 다른 사람들 앞에서 티를 내지 않았다.

마치 내가 아버지의 입장이 된 것처럼, 그리고 어머니가 자식이 아니라 한 인간으로서 나를 배신한 것처럼 나는 심한 굴욕감을 느꼈다. 굳이 아버지가 나서서 우리에게 어머니와 인연을 끊으라고 말할 필요도 없었다. 우리가 알아서 그렇게 했으니까. 나뿐만 아니라 내 동생들도 한때 엄마였던 그 여자에 대해 알고 싶어 하지 않았다. 아니면 그렇다고 생각했는지도 모른다. 처음에는 어머니 이야기만 나오면 험담을 퍼부어 대곤 했다. 자기 앞에서 그런 말을 해도 아버지는 아무 말도 하지 않았다. 아예 듣지도 않는 것 같았다. 하지만 우리 입에서 너무 심한 말이 튀어나오면 아버지는 눈빛으로 우리를 꾸짖었다. 그러나 시간이 흐르면서 아무도 어머니 이야기를 꺼내지 않게 되었다. 아예 죽은 사람 취급하는 눈치였다. 그때 나는 스물두 살이어서 그럭저럭 앞가림을 하며 살 수 있었다. 하지만 우리는 5형제였고, 막내 이반은 아직 열 살 밖에 안 된 어린애였다. 우리 중에서 가장 큰 피해를 입고, 가장 힘들어한 것은 막내 이반이었다. 5형제 중 그 누구도 이반에게 엄마 역할을 대신 해줄 수 없었고, 그 누구도 이반에게 엄마가 절실하게 필요하다는 것을 알아차리지 못했다.

어느 날, 집에 도착했더니 이반이 집 안에 들어갈 생각도 하지 않은 채 현관 문턱에 쭈그리고 앉아 있었다. 내가 장래 직업에 대한 계시를 받은 것은 바로 그 순간이었다. 그 아이는 울먹이면서 말했다. "엄마가 보고 싶어. 엄마가 보고 싶다고. 다들 엄마를 용서하란 말이야." 아이는 눈물범벅이 된 채 내게 안겼다. 나는 고개를 저을 뿐 아무 말도 하지 못했다. 하지만 나는 이반이 아무리 울어도, 또 엄마 때문에 아무리 가슴이 미어진다고 해도, 동생들이 결코 그녀를 용서하지 않으리라는 것을 알고 있었다. 자식으로서, 그리고 아버지의 입장에서 보더라도 나 또한 그녀를 용서할 수 없었다. 바로 그 순간 나는 하늘의 부르심을 들었다. "네가 나를 믿는다면 네게 청하건대 정말로 그녀를 용서할 수 없겠느냐?" 그러자 놀라운 동시에 밝고 빛나는 광경이 내 눈 앞에 펼쳐졌다. 그리고 그 광경의 뒤를 이어 욕망이면서 과제이기도 한 감정이 일었다. '나는 신부가 되어 어머니께 모든 것을 고백하고 자식으로서 미처 해드리지 못한 용서를 베풀고 싶어. 더 나아가 어머니는 물론 이 세상의 모든 여성의 죄를 사하고 싶어.' 나는 생전 처음 신부가 되고 싶다는 확신이 들었다. 그것이야말로 나의 숙명이라고 느껴졌다. 나는 이반을 달래서 집 안으로 들어갔다. 그러고는 숙제를 도와주고, 기분을 풀어주려고 하자는 대로 같이 놀아주었다. 그날 밤, 나는 이반의 방에서 잤다. 침대 아래에서 작은 침대를 꺼냈는데, 길이가 너무 짧아 발이 매트리스 밖으로 삐져나왔다. 그 아이를 방에 혼자 내버려둘 수 없었다. 어린 동생이 자는 것을 지켜보지 않으면 나도 잠을 이룰 수 없을 것 같았다. 한밤중에 이반이 불쑥 물었다. "아무도 엄마를 용서하지 않으려고 해. 그렇지?" 나는 대답했다. "그래. 하지만 언젠가 엄마가 용서를 구하면 나는 용서해 줄 거야." 이반은 그제야 마음이 놓이는지 곧 잠이 들었다. 나는 신부가 되겠다는 말은 꺼내지 않았다.

그다음 날, 나는 마누엘 신부님을 만나러 갔다. 신부님은 나의 학창 시절과 일요일 미사에 관해 그리고 산 가브리엘 본당의 〈가톨릭 운동〉 단체 활동에 관해 가장 잘 알고 있었다. 나는 그에게 면담 신청을 했다. 그는 내게 고해실로 오라고 했다. 나는 내가 지은 죄를 고하러 간 것이 아니었지만, 신부님의 청을 거절할 수 없어 그 앞에 무릎을 꿇었다. 게다가 나는 그것 또한 좋은 징조라고 느꼈다. 나는 사람들의 죄를 용서해 주는 신부가 되고 싶었고, 그래서 마누엘 신부님도 죄를 고백하고 용서받는 장소로 나를 부른 것이었다. 내가 하느님으로부터 받은 소명을 **고백**하자마자 신부님은 기다렸다는 듯이 말했다. "여태껏 너를 기다리고 있었단다. 언젠가 네가 그 부르심을 느끼리라는 걸 오래전부터 알고 있었지." 그러고는 내 머리에 손을 얹더니 통회 기도를 하게 하는 대신 나를 축복해 주었다. **고해**를 마치자 그는 차를 마시면서 조용히 이야기를 나눌 수 있도록 성구실로 가자고 했다. 그는 신학교에 들어가는 것이 무엇을 의미하는지 내게 설명했다. 그렇다고 내게 꼭 그렇게 하라고 밀어붙이지는 않았다. 대신 몇 가지 조언과 쓸모 있는 정보를 알려주었다. "이런 결정을 내리는 데는 시간이 좀 걸리기 마련이지. 하지만 너는 하느님의 부르심을 들었으니까 이미 큰 걸음을 내딛은 셈이야. 이제 해야 할 일은 너에게 정말로 종교적 소명이 있는지 아닌지를 가리는 거야." 그가 말했다. **가리다**라는 말은 그날 이후 단 한 순간도 내 머릿속을 떠나지 않았다. 지금도 나는 가리고 분간하며 살아가고 있다. 신부님은 내게 책 한 권을 빌려주었다. 요제프 라칭거의 《그리스도교 입문》*이라는 책이었다. "가서 읽어봐. 네 질문에 대한 답이 모두 거기 있을 테니까. 그리고 기도해, 열심히 말이다."

나는 교황이 되기 훨씬 이전의 라칭거가 쓴 글을 밑줄을 그으면서 읽느라 밤을 꼬박 새웠다. "신앙은 성찰이 아니라 듣는 것에서 오

---

* 요제프 알로이지우스 라칭거Joseph Aloisius Ratzinger(1927~2022)는 제265대 교황인 베네딕토 16세의 본명이다. 《그리스도교 입문Einführung in das Christentum》은 1968년 출간된 저서이다.

는 것이다." "믿음에서는 생각보다 말이 더 중요하다." "믿음은 외부에서 인간에게 들어온다." "그것은 내가 상상하는 것이 아니라 내가 듣는 것, 내게 말을 걸고 질문을 던지는 것, 나를 사랑하는 것, 그리고 나를 생각되어지거나 생각할 수 있는 존재로 만들지 않는 것이다." "믿음에 가장 필수적인 것은 '너는 믿느냐?'와 '나는 믿는다', 즉 외부에서 부르심을 받는 것과 그 부르심에 응답하는 것으로 이루어진 이중 구조다." 나는 책 전체에 밑줄을 긋다시피 했다. 위에 옮겨 적은 문장을 살펴보면 믿음이 "생각하는 것"이 아니라 "듣는 것"이라는 점은 분명했다. 문턱에 쭈그리고 앉아 있던 어린 동생의 울음소리 덕분에 나는 들을 수 있게 되었다. 마침내 나는 하느님께 응답했던 것이다.

그로부터 불과 몇 달 후에 나는 신학교에 입학했다. 나는 세 가지 입학 조건—남성, 적격자, 세례 받은 자—을 모두 갖추고 있었다. 나는 입학원서를 작성하기 전에 **적격자**라는 말의 의미를 마누엘 신부님에게 확인하고 싶었다. 나는 다시 신부님을 만나러 갔다. 이번에는 고해실을 거치지 않고 바로 성구실에서 만나 이야기를 나누었다. 신부님은 **적격성**이 미사와 각종 성사를 집전하거나 이웃을 돌보기 위해 신체적 장애가 없어야 한다는 것을 의미한다고 했다. "그리고 오래전부터 고결함과 정신적인 성숙함을 요구하고 있단다. 예를 들어 어떤 청년이 동성애적 성향을 가지고 있다면 그런 성향을 바꾸고 3년이 지나야 신학교에 입학할 수 있지. 실제로는 그렇지 않은 것 같지만 말이야." 그는 이렇게 말한 뒤, 내 대답을 기다리며 나를 응시했다. 그건 그렇지 않았다. 하지만 그의 말을 듣는 순간, 나는 독신 생활과 여자와의 사랑을 영원히 포기해야 한다는 것에 대한 두려움을 말할 수밖에 없었다.

"너무 급하게 서두를 필요도, 오늘 당장 모든 것을 알려고 들 필요도 없어. 신학교에서 여러 해 지내다 보면 모든 의심에서 벗어날 수 있을 테니까. 언젠가 네가 하느님의 부르심을 들을 거라고 확신했듯이 분별할 때가 오면 그 어떤 실수도 저지르지 않을 거라고 굳게 믿고 있단다. 기도는 곧 너의 벗이 될 거야. 그러니 기도를 많이 하면서 하느님과 이야기를 나누도록 해. 하지만 네가 대답해야 할 가장 중요한 질문은 여자의 사랑 없이 살 수 있는지 여부가 아니라 그보다 훨씬 더 큰 문제라는 것을 명심해야 돼. 그건 바로 '내가 정말 하느님의 선택을 받은 것인가?'라는 문제지."

바로 거기에 함정이 있었다. 하느님의 선택을 거부하는 것은 쉽지 않다. 또 다시 자신이 특별하다고 느끼는 허영심. 그리고 가톨릭 신앙이라는 믿음과 사랑이라는 또 다른 믿음 사이에서 벌어지는 부조리한 싸움.

신학교에서 보낸 시간은 생각했던 것보다 훨씬 덜 힘들었다. 어쩐 일인지 고등학교 때 느끼던 우정도 다시 생기는 것 같았다. 사내들만 우글거리는 우리 집도 그렇게 그립지 않았다. 하루 종일 이런저런 일로 바빴기 때문에 그리워할 여유도 없었다. 우리는 새벽 5시 45분에 울리는 차임벨 소리에 일어났다. 매주 한 명씩 돌아가면서 차임벨 당번을 했다. 차임벨이 울리고 나면 다시 침묵이 흘렀다. 아침에 일어나서 처음 하는 말은 혼자서 조용히, 각자 자기만의 방식으로 하느님께 드리는 것이기 때문이었다. 두 번째 벨이 울리기 전까지 우리는 모두 샤워와 양치질을 한 다음 옷을 입고 있어야 했다. 그리고 6시 30분에 벨이 울리면, 우리는 공동체의 기도를 하기 위해 예배당으로 이동해야 했다. 거기서 우리는 미사에 참석해 기도하고 노래를 불렀다. 신학교에 다니기 전은 물론 그 뒤에도 아침에 그렇게 즐거운 사람들은 본적이 없다. 우리가 함께 사용하던 우리의 집인 그 건물 안에서 나는 누구나 어디서든지 누릴 수 있는 즐겁고 행복한 삶을 살았다. 솔직히 말하자면 누구나 어디서든지 누릴 수 있는 것보다 훨씬 더 즐겁고 행복한 삶을 살았다. 일상생활의 문제가 대부분 그 안에서 해결되었으니까 말이다.

아침 식사 후, 우리는 다양한 과목의 수업을 들으며 오전 시간을 보냈다. 돌이켜 보면 나는 신학교 시절에 최고의 교육을 받은 것 같다. 나는 거기서 그리스도의 신비, 신학, 교회법, 음악, 스페인어, 전례 입문, 영성 입문, 직업 소명 오리엔테이션을 공부했다. 오후에는 점심을 먹은 다음 각자 방 청소를 하고, 축구나 수영을 한 다음, 각자 심화해야 할 과목을 공부하면서 시간을 보냈다. 그러다 저녁이 되면 성체성사와 저녁 식사, 기도를 하고 잠자리에 들었다. 새로운 밤, 그리고 새로운 날. 우리에게서 유별나고 이상한 낌새를 느꼈다면 그건 잘못 본 것이다. 우리는 정말 평범한 삶을 살았고, 우리뿐 아니라 다른 이들도 행복해질 수 있도록 최선을 다했다. "행복 없이는 신성함도 없다." 이 것이 바로 우리 교단의 좌우명이었다. 성당에서 해야 하는 사목 활동 외에 모든 일은 신학교 건물에서 이루어졌다. 선택할 수 있는 길이 여러 가지 있었지만 나는 마누엘 신부님이 맡고 있는 산 가브리엘 본당을 1순위로 골랐다. 내가 신학교에 들어간 것도 마누엘 신부님 덕분인 데다, 그는 나의 영적인 조언자이자 고해 신부님이었기 때문에 당연한 결정이었다. 게다가 나는 그 동네 주민들과 신자들을 잘 알고 있었으며 성당은 내가 태어나고 자란 우리 집—아버지와 동생들은 계속 거기 살고 있었다—과 가까운 곳에 있었다. 지금은 어린 시절 친구들과 연락이 끊겼지만 우리는 모두 가족들끼리 잘 알고 지내던 사이였다. 특히 아버지는 일요일 미사에 나갈 때, 친구의 가족들과 만나는 것을 낙으로 삼았다. 솔직히 고백하자면 성경을 공부하는 것보다 성당에서 사목 활동을 하면서 주말 시간을 보내는 것이 훨씬 더 즐거웠다. 따라서 산 가브리엘 본당을 선택하는 것은 너무 당연하고 간단할 뿐 아니라 미리 정해진 일인 것 같기도 했다.

그러나 마땅히 그렇게 되어야 했던 일들이 그렇게 되지 않았다. 그건 하느님의 뜻이었을까? 하느님이 아니라면 대체 누구의 뜻이란 말인가? 아무리 생각해도 답을 얻을 수 없는 한 가지 질문이 있다. 왜 그렇게 된 것일까? 오로지 사목 활동이었어야 할 것에 사랑이 끼어드는 바람에 이 두 가지 모두 타락의 구렁텅이로 빠지고 말았다.

나의 소명 의식은 욕망을 이기지 못했다.

그 후로 나는 심판의 날에 나의 종착지가 지옥이 될까 봐 항상 두렵다. 내가 저지른 죄를 고하고 고해 신부가 지시한 보속을 행한 다음 용서를 받았지만, 여전히 두렵기만 하다. 정말 내가 지옥에 떨어지면 좀 억울할 것 같다. 하지만 솔직히 죽고 난 다음에 치러야 할 대가만큼이나 내가 지은 죄를 속죄하며 살아야 하는, 최후의 심판 이전에 거쳐야 할 지옥이 더 무섭다. 그리고 최후의 심판 이전의 지옥이 정말 존재한다면, 마테오도 심판의 대상이 될까 봐 두렵다. 사실 나는 마테오의 실종이 끝없이 계속될 형벌의 첫 번째 고리가 아닐지 두렵기만 하다. 어쩌면 마땅히 받아야 할 것보다 더 많은 고통을 받게 될지도 모른다.

나는 카르멘을 사랑했다.

나는 아나와 육체관계를 맺었다.

나는 이 두 사람 모두에게 거짓말을 했다.

2

늦은 봄 어느 날, 나는 본당에서 견진성사를 받을 남자 신도들에게 교리를 가르치다가 카르멘을 만났다. 봄이었던 것으로 기억한다. 날씨가 조금씩 더워지기 시작한 데다 좁은 방에 많은 아이들이 바글거려 숨이 막힐 것 같았다. 정확히 말하면 냄새가 많이 났던 것 같다. 그날 나는 아이들에게 가장 복잡한 신학 개념인 삼위일체와 성령을 설명하려고 애쓰고 있었다. 성부, 성자, 성령의 세 위격으로 존재하시는 하느님. 이처럼 세 양태를 지닌 존재이자 개별적이고 유일한 실체인 '위격'*에 관한 설명은 아예 건너뛰기로 했다. '페르소나'라는 말을 통해서 하느님이라는 동사와 인간의 본성을 결합시키는 과정을 아이들에게 설명하기가 너무 어려웠기 때문이다. 하지만 적어도 '페르소나'는 굳이 사전에서 찾아볼 필요도 없는 개념이었다. 그 봄날 오후에 아이들에게 하느님이 세 분 계시는 것이 아니라 오로지 한 분만 계시다는 것을 간신히 알려주고 성령이라는 선물로 나아가려던 순간, 카르멘이 내 앞에 나타났다. 마치 허리케인이 상륙한 것 같은 느낌이었다. 카르멘은 문을 노크하더니 허락을 기다리지도 않고 단숨에 안으로 들어왔다. 그녀가 말했다. "의자 좀 가지러 왔어요." 말이 끝나기가 무섭게 그녀는 앞으로 걸어와 의자 하나를 집어 들고 나가버렸다. 마치 허공에 붕 뜬 듯한 기분이 들었다. 그녀가 내게 주문이라도 걸었는지 온몸이 굳은 것처럼 꼼짝도 할 수 없었다. 아이들은 뭔가 이상하다는 것을 눈치챈 것 같았다. 물론 그들은 내게 어떤 일이 일어났는지 정확하게 이해하지 못했지만 정신을 차리려면 내가 먼저 설명을 해주는 것이 좋을 듯싶었다. 그런데 내가 미처 물어보기도 전에 한 아이가 나서며 말했다. "카르멘 사르다예요. 지금 여자애들과 함께 안마당에 있어요." 사르다라는 성은 어디선가 들어 알고 있었다. 카르멘 사르다는 우리 학교 역사 선생님의 딸이 틀림없었다. 나이를 계산해 보니 선생님의 딸들은 모두 10대일 것이 분명했다. 그런데 방금 방에 들어왔던 사람은 아이가 아니라 다 큰 여자였다. 나를 당황하게 만들어 말문이 막히게 한 여자, 그것도 모자라 방 안에 있던 어떤 남자를 들뜨게 만든 여자. 그녀는 단정하지만 몸매가 그대로 드러날 정도로 타이트한

청바지와 색깔 있는 브래지어가 훤히 비치는 하얀 셔츠를 입고 있었다. 빨간색이었나? 그 순간 갑자기 현기증이 나면서 머릿속이 혼란스러웠다. 더구나 빨간색 브래지어가 있다는 것을 알고 깜짝 놀랐다. 저런 아이가 '사르다 집안'의 딸일 리 없을 텐데. 나는 속으로 중얼거렸다. 아무튼 나는 수업이 끝날 때까지 남은 몇 분 동안 성령에 관한 이야기를 계속했다.

수업을 마치고 밖으로 나가자 카르멘이 안마당에서 한 여자아이를 도와주고 있었다. 그녀는 몇 분 전에 우리 교실에서 가져간 의자에 그 아이를 앉혀 놓고, 코피를 멎게 하려고 아이의 고개를 뒤로 젖힌 채 피 묻은 손수건으로 코를 누르고 있었다. 나는 거기로 다가가 물었다. "무슨 일이야?" 카르멘은 나를 쳐다보지도 않고 대답했다. "피구를 하다가 얼굴에 공을 맞았어. 코의 모세혈관이 약한지 갑자기 코피가 터지더라고. 얼음 가지고 올 테니까 여기 좀 잡고 있어." 그녀가 나에게 말했다. 아니, 오히려 명령했다고 하는 것이 더 적합할 것 같다. 방금 전에 내게 물어보거나 허락을 받지 않고 방에서 의자를 가져갔던 것처럼, 그녀는 일방적으로 내게 일을 맡겨놓고 자리를 떴다. 나는 피한 방울만 봐도 몸서리를 치곤 했다. 그리고 피가 나오는 걸 보면 혈압이 내려간다. 언젠가 한 번은 실험실에서 피를 뽑다가 정신을 잃은 적도 있다. 따라서 그 손수건을 만진다는 것은 내게 상상도 할 수 없는 일이었다. 하지만 나는 어느새 영문도 모른 채, 카르멘이 시킨 대로 하고 있었다. 그녀가 얼음을 찾으러 간 사이, 나는 그 자리에 주저앉은 채 내가 보고 있고 만지고 있는 것이 절대 피일 리가 없다고 믿으려고 애쓰면서 그 아이의 코를 틀어막고 있었다.

　그날 이후로 카르멘과 나는 떨어지지 않았다. 우리는 동료로서, 그리고 같은 본당에서 교리를 가르치는 교사로서 만났다. 심지어는 친구 사이처럼 가깝게 느껴지기도 했다. 물론 그 이상의 관계는 아니었다. 적어도 의식적으로, 그리고 이성적인 판단에 따라 결정을 내릴 수 있는 한 그렇게 생각하려고 노력했다. 반면 밤에는 몽정을 한 뒤 흥분한 상태로, 아니면 긴장이 풀려 온몸이 나른해진 상태로 잠에서 깨어나곤 했다. 그럴 때면 마치 카르멘이 내 곁에서 자고 있는 것처럼 그녀의 모습이 눈앞에 어른거렸다. 나는 신학교에 다니고 있었고, 언젠가 신부가 될 사람이었다. 하지만 그녀는 한 남자와 인생을 함께 하면서 가정을 꾸릴 운명을 타고난 여자였다. 우리는 만나서 그런 이야기를 나누곤 했지만 우리에게 일어난 일에 관해서는 일언반구도 꺼내지 않았다. 우리는 자기 자신, 혹은 상대방에 대해서만 이야기했을 뿐 **우리**에 관해서는 한 마디도 언급하지 않았다. 우리는 나의 소명과 그녀의 소명에 대해 끝없는 이야기를 나누었다. 그녀는 나와 달리 엄마가 되고 싶어 했다. 사실 마테오가 태어나기 전까지만 해도 나에게는 아버지로서의 소명 의식이 전혀 없었다. 신학교에 들어가면 한 여인과 평생을 함께 하고 싶은 욕망을 포기해야 한다는 것을 알고 있었지만, 아버지가 될 수 없다는 사실은 전혀 신경도 쓰지 않았다. 솔직히 아들이 태어났을 때도 내가 아버지라는 사실이 전혀 실감나지 않았다. 내가 아버지라고 느끼기 시작한 것은 그로부터 몇 년 후, 그러니까 마테오가 카르멘과 전혀 다른 사람으로 변하면서 부자간의 유대감을 형성할 수 있었을 때였다. 언젠가 카르멘과 이야기를 나누던 중, 가톨릭 신자로서 그렇게 신앙심이 깊은데 한 번도 하느님의 **부르심**을 느껴본 적이 없는지 물은 적이 있다. 그녀는 한 번도 그런 적이 없다고, 자기는 선택받지 못한 것 같다고 대답했다. 놀랍게도 카르멘은 이를 모욕이나 수모로 받아들이기는커녕 오히려 기뻐하는 눈치였다. 왜냐하면 그녀는 무엇보다 어머니가 되고 싶어 했으며, 그렇게 부여받은 자유를 통해 "영원히 기억될 가톨릭계의 여성들" 중 한 명이 되고자 했기 때문이다. 내가 무슨 뜻인지 이해하지 못하자 그녀는 자세히 설명해 주었다. 나는 카르멘이 성경 공부에 쏟아붓는 열정과 하느님의 말씀을 마음속 깊이 새기고 우리의 신앙과 전례를 세세한 부분까지 꼼꼼히 신경 쓰는 모습에 다시 한번 감탄을 금하지 못했다. 그녀가 그렇게까지 한 것은 신학대학을 졸업하고 박사 과정에서 연구할 논문을 준비하기 위해서였다. 카르멘은 여러 나라의 주교 회의가 종교 의식에서 사용하는 독서를 규정해 놓은 미사 전례서*를 구해서 공부했다. 그녀는 대부분 전례서의 독서에서 언급되는 여성들의 경우, 어머니로서의 자질과 여성적 속성이—물론 다른 속성도 있지만—찬양되고 있다는 것을 발견했다. 카르멘은 예나 지금이나 성경과

---

* 미사를 거행할 때 외는 본문, 독서와 기도를 포함한 전례서.

전례서를 꼼꼼하고 자신 있게 읽는 데 뛰어날 뿐만 아니라, 그러한 읽기를 통해 가톨릭 여성이 **갖춰야 할 덕목**을 스스로 판단했다. 우리는 성경과 현대 미사 전례서를 비교하면서 밤을 새우기도 했다. "사람들은 《출애굽기》를 봉독할 때 보통 14절에서 22절로 건너뛰잖아. 그러니까 히브리 산파 십브라와 부아가 히브리 아기들을 모조리 죽이라는 애굽 왕의 명령을 거부하는 부분은 읽지도 않고 그냥 넘어가 버린다는 거지. 그 구절은 분명히 성경에 있지만 봉독대에는 올라가지 않는다고. 그 구절은 읽지 않기 때문에 미사 때 아무도 들을 수가 없는 거지. 에스델과 유딧**의 경우도 마찬가지야. 그들이 주교들에게 인정받은 것은 민중을 구한 그들의 영웅적 행동이 아니라 '여성적'인 특성 때문이라고. 심지어 유딧은 아름다운 외모로 더 많은 주목을 받잖아. 그래서인지 아무도 어린아이들에게 그녀의 용기에 관해 읽어주려고 하지 않아. 여성 영웅들보다 어머니, 아내 등 보살펴주는 여성들을 더 신경 쓴다고. 물론 주교들이 골라놓은 전례 독서에 대해 분노를 표출하는 여성 신학자들이 있기는 해. 그건 오해받고 있는 페미니즘의 서글픈 가톨릭 버전인 셈이지. 그래서 나는 주교들이 존경해 마지않는 여성들을 모델로 삼아 연구하고 싶어. 수백 년 동안 잘 돌아가던 것을 왜 바꿔야 하지? 여성들의 최상의 목표는 어머니가 되고 가족을 꾸리면서, 사랑하는 이들이 훌륭한 기독교인이 될 수 있도록 가톨릭

** 에스델은 구약성경 《에스델기》의 주인공으로 유대 여성이며, 유딧은 구약성경 제2경전 《유딧기》에 등장하는 인물로 아시리아의 장수 홀로페르네스의 목을 벤 여성이다.

신앙 속에서 성장하게 만드는 거라고. 그런데 왜 그 외에 다른 목표를 가져야 하는 거지? 아무튼 나는 많은 아이를 낳아 믿음 속에서 교육시킨다면 세상도 조금씩 좋아질 거라고 굳게 믿고 있어." 이야기를 하는 동안 카르멘은 단호하다고 할 정도로 확신에 차 있었다. 자신의 생각에 대해 조금도 의심하지 않는 눈치였다. 그리고 그녀는 결론지었다. "따라서 우리 여자들이 정할 수 있는 최고의 목표는 더 나은 세상을 만드는 것이 아닐까?"

카르멘은 그렇게 생각하고 있었다. 그녀 자신, 가족, 학교 급우들, 친구 등 모든 이에게 그녀가 원한 것은 바로 그것이었다. 카르멘이 어떤 여성이 되기를 원하는지 콕 집어 말하자면, 주교들이 설교대에서 존경한다고 분명히 밝힐 수 있는 여성일 것 같았다. 나는 주교가 아니지만 그녀를 존경했다. 그리고 죄책감을 느끼며 그녀를 몰래 탐했다. 따지고 보면 우리가 욕망과 억제 사이에서 아슬아슬하게 균형을 잡을 수 있었던 것도 둘 다 같은 감정을 품고 있었지만 이를 까맣게 몰랐기 때문이었다. 그로 인해 우리는 욕망을 억제할 수 있었고, 피할 수 없는 운명을 조금이나마 늦출 수 있었다.

여름이 올 때까지는 그럭저럭 버텼지만 우리 가슴속에 일어나는 일을 더 이상 비밀로 묻어둘 수는 없었다. 우리는 본당 청소년들을 데리고 코르도바로 캠프를 떠났다. 매년 2월이 되면 본당 청년부는 산악 지대로 가서 우정과 친교를 다지고 전교 활동을 하면서 20일을 보냈다.* 그해 여름은 말로 표현할 수 없을 만큼 더웠다. 우리는 개울

물에 발을 담근 채 여가 시간을 보내곤 했다. 그래서 우리의 몸은 진흙 바닥 위를 졸졸 흐르는 개울물과 땀으로 항상 젖어 있었다. 카르멘의 젖은 몸을 보자 끓어오르는 욕망을 더 이상 참을 수 없었다. 나는 수치심에 떨며 그녀의 몸을 훔쳐보았다. 우리는 남자와 여자 두 그룹으로 나누어 활동했다. 하지만 점심과 저녁 시간에는 식당에 모여 함께 밥을 먹었고, 밤이 되면 모닥불 주위에 둘러 앉아 같이 노래를 불렀다. 모닥불이 탁탁 소리를 내며 타는 동안, 누군가 기타를 치면 나머지는 외우고 있는 노래를 불렀다. 그사이, 나는 카르멘의 가슴을 훔쳐보면서 처음 만난 날 그녀가 하얀 셔츠 아래 입고 있던 빨간색 브래지어를 떠올렸다. 남자아이들과 여자아이들이 모두 자러 들어가면 그녀와 나는 그 자리에 남아 불이 완전히 꺼지기를 기다렸다. 우리는 단둘이서 이처럼 오붓한 시간을 보내려고 웬만한 일은 다 제쳐 놓았다.

그러던 어느 날, 마지막 깜부기불이 거의 다 꺼졌을 때 카르멘이 개울둑을 따라 좀 걷고 싶다고 했다. 나도 함께 가겠다고 했다. 주변은 조용했지만 여자 혼자 돌아다니기에 적합한 시간은 아니었다. 그녀는 내 의견에 수긍했다. 우리는 말없이 조용히 걷기만 했다. 만날 때마다 쉴 새 없이 말이 쏟아져 나오던 것을 생각하면 아주 드문 경우였다. 온몸이 떨리고 숨이 가빠지는 것 같았다. 서로 한 마디도 하지

---

*   아르헨티나는 남반구에 위치해 있기 때문에 2월이 여름이다.

307

않는다는 것은 우리 사이에 심상치 않은 일이 벌어지고 있다는 증거였다. 산속의 어느 공터에 이르자 그녀는 달을 찾기 위해 걸음을 멈췄다. 달을 찾은 순간, 그녀의 얼굴이 밝아졌다. 카르멘이 하늘을 쳐다보는 사이, 나는 그녀를 바라보았다. 그녀가 다시 아래를 내려다봤을 때 우리 둘은 너무 가까이 있었다. 나는 그녀에게 키스했다. 나는 아무 생각 없이, 내가 무엇을 하는지도 깨닫지 못한 채, 단지 그녀의 입술과 몸을 느끼고 싶은 육체적 욕구에 이끌려 그렇게 했다. 그러자 카르멘도 내게 키스를 했다. 우리는 끝없이 키스를 나누었다. 돌이켜 보면 키스가 끝나면 결국 헤어지게 되리라는 것을 우리 둘 다 직감하고 있었던 것 같다. 이성이 우리를 지배할 것이고, 다시는 그런 일이 일어나지 않도록 최대한 노력하는 수밖에 없으리라는 것을 알고 있었던 것이다. 우리는 최대한 오랫동안 키스를 나누었다. 어쩌면 그것이 우리의 마지막 키스일지도 모르니까. 그렇게 입술을 포갠 채, 영원히 함께 있을 수 있을 것 같았다. 그런데 그 순간, 카르멘이 내 성기가 딱딱하게 발기된 것을 느꼈는지 갑자기 내게서 떨어졌다. "이러면 안 돼." 그녀가 말했다. "안 된다고." 그러고는 곧장 캠프가 있는 곳으로 뛰어갔다.

그녀와의 키스는 나도 모르게 가슴속에서 꿈틀거리던 욕망을 깨우고 말았다. 나는 그 어느 때보다 간절하게 카르멘을 생각하면서 하루를 보냈다. 기도문에 집중해 보기도 하고, 남자아이들과 격한 일을 하면서 일부러 몸을 지치게 만들기도 했다. 그녀의 모습이 떠오를 때마다 기도하려고 애를 썼지만 모두 허사였다. 오히려 그럴수록 카르멘에게 키스하고 카르멘을 애무하고, 심지어는 카르멘과 사랑을 나누는 상상을 거듭하게 될 뿐이었다. 그러던 어느 날 밤, 그녀가 캠프파이어 자리에 나오지 않았다. 그녀는 어떤 여자아이를 대신 보내 두통이 너무 심해 못 나갈 것 같다는 말을 전하면서 자기 대신 여자아이들을 맡아줄 수 있는지 물었다. 그 말을 듣는 순간, 그녀가 거짓말을 하고 있다는 생각이 들었다. 어쩌면 그녀도 나처럼 심경의 변화가 일어나 나를 피하는 것인지도 모른다. 그런 의심이 들자 오히려 흥분으로 가슴이 설레기 시작했다. 카르멘이 자리를 비우자 여자아이들은 전에 없이 나한테 함부로 굴었다. 내가 여자아이들을 맡은 것은 그때가 처음이었다. 그러다 보니 아직 아이들의 이름조차 모르고 있었다. 내가 이름을 바꿔 부르자 아이들은 내게 조롱 섞인 동정의 시선을 보내며 웃었다. 여자아이들은 가늘게 떨리는 내 눈빛을 따라 하면서 저들끼리 귓속말을 나누고 있었다. 나에 대해 이야기하고 있는 것이 틀림없었다. 나를 얕잡아 보는 듯한 아이들의 태도에 기분이 상했지만, 그들과 소통하는 과정의 일부라고 여기기로 했다. 그날 밤, 아이들이 모두 자러 들어가자 나는 그 자리에 혼자 남아 모닥불을 끄면서 카르멘을 생각했다. 그날따라 카르멘의 빈자리가 더 크게 느껴졌다.

바로 그때, 어떤 여자아이가 나타났다. 나는 이번에도 실수할 것이 뻔했기 때문에 아이의 이름을 부르지 않았다. "안녕?" 나는 인사를 건네면서 그 아이를 바라보았다. 그 아이는 놀라울 정도로 카르멘과 비숫해 보였다. 저 나이 때 카르멘도 저런 모습이었을 거라는 생각이 들었다. 하지만 아이가 정말로 카르멘과 닮은 것이 아니라 그저 내 집착의 결과인지도 모르겠다는 생각도 들었다. 그 아이는 불이 완전히 꺼질 때까지 나와 함께 있어주겠다고 했다. 어차피 잠도 안 오니까 나랑 이야기나 나누고 싶다고 했다. 그녀는 내 옆에 앉아 웃으면서 내게 말을 걸었다. 그녀는 카르멘과 달리 나를 상냥하고 다정하게 대해 주었지만, 거북하고 당돌한 질문도 서슴지 않았다.

하지만 그런다고 해서 놀라지는 않았다. 본당 여자아이들이 그런 질문을 던지거나 부적절한 말을 꺼낸 것이 처음은 아니었으니까. 여자아이들은 나를 시험하고, 내가 어떻게 반응하는지 보면서 즐거워했다. 그건 아이들의 천진난만한 놀이에 지나지 않았다. 여자아이들은 1년에 두어 번씩 수업하는 중에 떼를 지어 나타나 남자아이들 앞에서 내게 질문 세례를 퍼부었다. 얼마 전까지만 해도 동네 남자아이 중 하나에 불과하던 내가 이제 어엿한 청년으로 변해 사제의 길을 가고 있다는 사실이 신기한 모양이었다. 나는 그들의 반응에 어느 정도 익숙해져 있었다. 하지만 그 아이는 순진한 놀이에 머물지 않고 한 걸음 더 나아갔다. "신부도 사랑할 수 있어요?" "사랑에 빠지면 어떻게 해야 되는 거죠?" 나는 아는 범위 내에서 성심껏 대답했다. 카르멘을 똑 닮은 저 아이가 하느님의 계시로 평소 내가 궁금해하던 것을 내게 물어보고 있다는 느낌이 들었다. 저 아이는 내 머릿속을 훤히 들여다보고 있는 것 같았다. 나는 문답 놀이를 하는 것처럼 대답했고, 일부러 어리숙하게 굴었다. 그리고 필요할 때는 거짓말도 했다. "신부님은 키스할 때 어떤 느낌이 들까요?" 마침내 그녀가 물었다. "모르겠는데. 더구나 나는 아직 신부가 아니야." 나는 어색하게 웃으면서 대답했다. "아직 '신부가 아니면', 아저씨는 키스할 때 어떤 느낌이 들죠?" 내가 미처 대답하기도 전에 그 아이가 갑자기 내게 키스했다. 나는 처음에는 깜짝 놀라 조건반사처럼, 하지만 곧이어 카르멘을 떠올리며 그 아이에게 키스했다. 개울가에서 우리가 나눈 키스는 그리 오래 가지 않았다. 그 여자아이가 나를 데리고 숲속의 한적한 곳으로 들어갔기 때문이었다. 나는 그녀가 이끄는 대로 순순히 따라갔다. 안으로 들어가자 그녀는 다시 내게 키스를 했다. 우리는 서로 몸을 비벼댔다. 발기가 시작되자 그녀는 카르멘처럼 몸을 빼지 않고 오히려 딱딱해진 내 성기를 몸으로 문지르면서 한숨을 짓다가 가쁜 숨을 몰아쉬는가 하면 희열에 들뜬 신음 소리를 토하기도 했다. 내가 그녀의 손을 잡아 발기된 성기에 갖다 대자 그녀는 그것을 꽉 쥐었다. 나는 그녀가 거기서 손을 떼지 못하도록 그녀의 손을 꼭 잡았다. 그녀는 서투르게나마 내가 시키는 대로 몸을 움직이면서 내게 계속 키스를 했다. 그녀는 남자의 벗은 몸을 처음 보기라도 한 듯 순진하면서도 탐욕스럽게 내 몸을 더듬었다. 나는 그녀의 셔츠 속으로 손을 집어넣고 카르멘의 빨간색 브래지어를 찾으며 가슴을 더듬었다. 나는 보지도 않고 브래지어를 풀었다. 그녀의 살갗은 부드럽고 따스했다. 금방이라도 몸이 터질 것만 같았다. 그녀는 내게 어떤 일이 일어나고 있는지 알고 있었을 것이다. 어쩌면 그녀도 나와 똑같은 심정이었는지 모른다. 우리는 바닥에 누웠다. 나는 그녀의 손을 잡고 내 몸 위로 올라오도록 이끌었다. 그러자 그녀는 내 바지를 벗기고, 아직 아무도 만져본 적이 없는 내 몸을 애무하기 시작했다. 나는 그녀의 반바지 속으로 손을 집어넣고 은밀한 부위를 애무했다. 그곳은 이미 축축이 젖어 있었다. 그녀의 몸속으로 들어가는 것 외에는 아무 생각도 들지 않았다. 나는 그녀를 옆에 눕히고 그 위에 올라타 다시 몸을 비비기 시작했다. 그렇게 계속 비볐다. 마침내 나는 그녀의 옷을 내리고 성기를 삽입했다. 우리는 한동안 그런 자세로 조금씩 움직이면서 서로의 육체를 느꼈다. 그러던 어느 순간, 더 이상 참을 수가 없었다. 나는 결국 그녀의 몸속에서 부르르 떨며 절정에 이르렀다. 그러자 온몸이 녹아내리는 것처럼 나른해졌다. 이런 느낌은 처음이었다. 여자아이는 쉴 새 없이 키스를 퍼부으면서도 웃었다. 그러고는 가쁜 숨을 몰아쉬며 계속 몸을 비비다—발기가 풀리자 그녀는 내 다리에 몸을 문질렀다—결국 내게서 떨어져 나갔다. 그 순간 그녀는 아직 흥분이 가시지 않은 듯 한껏 달아오른 표정이었지만, 자기 몸속에서 무슨 일이 일어나는지를 알았는지도 모른다.

우리는 그해 여름 메마른 땅을 간신히 덮고 있던 풀밭 위에 나란히 누워 있었다. 나는 무슨 말을 해야 할지, 다음에 무엇을 해야 할지 막막하기만 했다. 정신이 들면서 죄책감, 자책감, 후회가 몰려왔다. 그녀에게 사과해야겠다는 생각이 들었다. 하지만 내가 말을 꺼내기도 전에 그녀는 마지막으로 내 입술에 입맞춤을 하더니 자리를 털고 일어나 가버렸다. 나는 우리가 정사를 나누었던 곳에 누워 꼼짝도 하지 않은 채, 어서 밤이 지나고 날이 새기만을 기다렸다. 마음이 뒤숭숭해서 잠이 오지 않았다. 그래서 주기도문을 여러 번 외운 다음, 성모송을 열 번 암송하고 가끔씩 통회 기도를 올렸다. 그때 나는 기도를 드리면서 하느님의 용서를 구하기보다, 내가 어떻게 하면 사제의 길을 계속 갈 수 있는지 이해할 수 있도록 같은 인간이신 그리스도께서 계시를 내려주기를 바랐던 것 같다.

그다음 날에야 나는 그 여자아이가 카르멘의 동생인 아나 사르다라는 사실을 알게 되었다. 그날 오후에 축구 시합을 하려고 남자아이들과 팀을 꾸리는 동안, 나는 저 멀리서 두 자매가 이야기를 나누고 있는 것을 보았다. 그 모습을 보면서 나는 혹시 아나가 전날 밤에 있었던 일을 언니에게 이야기할까 봐 겁이 덜컥 났다. 멀리서 엿보아서 자세히는 알 수 없었지만, 둘 사이의 분위기는 다정하기보다는 험악해 보였다. 무슨 일인지 카르멘은 잔뜩 화가 나 있었다. 아나가 자리를 뜨려고 하자 카르멘이 붙잡았다. 나는 답답한 나머지 내 옆에 있던 남자아이에게 왜 저러는지 아느냐고 물었다. "몰라요. 하지만 별일 아닐 거예요. 저 둘은 자매인데 만나기만 하면 개와 고양이처럼 싸운다니까요. 그래서 카르멘이 여자아이들 반을 맡는다는 것을 알고 아나는 캠프에 오지 않으려고 했어요." 나는 그 아이의 말을 들으면서 온몸을 떨고 있었다. 나는 아이들에게 갑자기 혈압이 떨어져서 시합을

313

못 뛸 것 같으니까 벤치에서 구경을 하겠다고 거짓말했다.

시합하는 내내, 나는 두 자매에게서 등을 돌리고 서 있었다. 그런데 전반전 중간에 카르멘이 다가오더니 내 옆에 앉았다. 순간 심장이 얼어붙는 것만 같았다. 최악의 상황이 벌어질까 봐 두려웠다. 다행히 그녀는 자신이 까맣게 모르고 자는 동안 숲 속에서 일어난 일이나 아나에 대해서 한 마디도 꺼내지 않았다. 그 대신 저녁 식사를 어떻게 준비할 것인지, 그날 밤 캠프파이어 때 할 만한 새로운 게임이 어떤 게 있는지와 같은 사소한 문제에 관해서 이야기했다. 그러고는 전날 밤에 두통 때문에 캠프파이어에 못 나와서 미안하다고 했다. "여자아이들 때문에 기분이 상하지나 않았는지 모르겠네. 몇몇 아이들이 나를 가지고 놀려고 해서 미치겠거든." 나는 목이 메어 대답을 할 수가 없었다. 겨우 목을 가다듬고 말했다. "아무 일도 없었으니까 걱정하지 마." 나는 거짓말을 했다. 그리고 그 순간, 내가 카르멘을 점점 더 사랑하고 있다는 것을 깨달았다. 몇 시간 전에 내가 저지른 짓을 후회하기는커녕 카르멘에게 그 일을 비밀로 할 수만 있다면 어떤 거짓말이라도 하겠다고 맹세했기 때문이다.

나는 그해 여름 캠프가 끝날 때까지 어떤 일이 일어났는지 기억하고 싶지도 않다. 아나와의 첫 만남이야 그녀가 불쑥 찾아온 거니까 그냥 넘어갈 수 있다 치더라도, 그 후에 내가 저지른 행동은 아무리 생각해도 변명의 여지가 없다. 그 당시에도 나는 머릿속으로 갖가지 변명할 거리를 찾곤 했지만 결국 실패했다. 그래서 나는 캠프가 끝나는 날까지 텐트—남자들이 잘 방과 여자들이 잘 방을 미리 마련해 놓았기 때문에 꼭 필요해서라기보다 재미 삼아 쳐놓은 것이었다—에 들어가 침낭 속에서 자기로 했다. 여름 **캠프**는 숲속에 있는 학교에서 열렸다. 학교 건물이 여름 동안 비어 있는 데다 과거에 텐트가 여러 번 물에 잠겼기 때문에 준비 위원회 측에서는 2, 3년 전부터 잠은 학교 건물에서 자고 텐트는 가끔씩만 이용하기로 결정했다. 그래서 내가 텐트에서 자더라도 이를 굳이 해명할 필요는 없었다. 사실 해명을 하려야 할 수도 없었다. 자면서 잠꼬대를 내뱉을까 봐 두려워하던 내가 대체 무슨 말을 할 수 있었겠는가? 꿈속에서 걷잡을 수 없이 흥분하는 모습을 누구한테 들킬까 두려워하던 내가, 욕망을 이기지 못해 자위에 의존할 수밖에 없을까 봐 두려워하던 내가 무슨 해명을 할 수 있었겠는가? 나는 같은 실수를 반복하지 않으려고 밤마다 텐트 속에 갇혀 지냈지만, 나 자신을 지키기는커녕 되레 최악의 함정에 빠지고 말았다.

그러던 어느 날 새벽 무렵, 아나가 텐트에 나타났다. 그녀는 내 곁에 누워 나를 꼭 껴안았다. 그녀가 말했다. "사랑해요." 나는 온몸을 떨며 잠에서 깼다. 당장 나가라고 말하고 싶었지만, 그녀에게, 그녀의 감미로운 키스에, 모든 고통을 사라지게 하는 그녀의 살결에, 그리고 카르멘을 닮은 그녀의 얼굴에 빠지고 말았다. 그리고 그다음 날 밤, 또 그다음 날 밤에도 그녀가 찾아왔다. 나는 매일 밤, 그녀가 찾아오지 않게 해달라고 기도하면서 잠들었고, 그녀가 내 곁에 있는 꿈을 꾸

며 잠에서 깨어나곤 했다. 그녀의 목소리는 세이렌*의 노랫소리 같았
다. 그녀의 향기는 도저히 거부할 수 없었다. 내 마음은 이미 무너져
내리고 있었다. 나는 더 이상 내 자신을 주체할 수 없었다. 나는 그녀
를 원했다. 아니면 그녀의 언니를 원했는지도 모른다. 나는 일단 아나
를 통해 그 욕망을 채웠다. 지금 이 순간까지도 나는 그런 짓을 저지
른 내 자신을 저주하고 있다. 나는 그 사실을 한 번 이상 고해했다. 나
는 마누엘 신부님과 그 문제를 두고 이야기를 나누었다. 신부님은 아
나가 죽기 전은 물론 죽고 난 후에도 여러모로 나를 도와주었다. 나는
신부님으로부터 용서를 받았다. 나는 아나의 죽음이 그 캠프에서의
육체관계와 함께 시작된 일련의 불행한 사건들의 결과라는 것을 알
고 있다. 내가 순결 유지 의무를 위반했다는 사실은 초반에 일어난 사
건 중 하나였다. 그것이 유일한 사건이었던 것은 아니다. 만약 그 사
건만 일어났더라면 아나의 운명도 분명히 달라졌을 것이다. 그 사건
은 아나가 죽은 필요조건일 뿐 충분조건은 아니었다. 나는 그 사건에
대한 대가를 치러야 한다. 그리고 나의 욕망을 억제하지 못한 죄, 그
리고 그녀의 욕망을 억제시키지 못한 죄의 대가를 지금도 치르고 있
다. 그 사건에 대한 대가를 말이다.

캠프가 계속되는 동안 나는 아무 생각도 하지 않으려고 노력했다.
남자아이들을 통솔하고 내가 맡은 일을 처리해야 했을 뿐 아니라 카

---

*   여자의 모습을 하고 바다에 살면서 아름다운 노래 소리로 선원들을 유혹하여 위험에
      빠뜨렸다는 고대 그리스 신화 속 존재.

르멘 앞에서 시치미를 떼야만 했다. 그리고 밤에는 아나가 새벽에 또 나타난다면 이번에야말로 단호하게 거부하리라고 다짐하면서 잠자리에 들었다. 우리 둘을 모두 파멸로 몰고 갈 은밀한 관계를 청산하는 것이 무엇보다 시급하다고 생각했기 때문이었다. 하지만 그녀가 찾아올 때마다 굳은 다짐은 한순간에 무너져 내렸다. 그 대신 나는 우리가 함께 밤을 보냈다는 것을 아무한테도 말하지 않겠다는 맹세를 깨뜨리지 말라고 그녀에게 사정했다. "사랑해요. 나는 당신에게 해가 되는 어떤 일도 하지 않을 거예요." 가엾은 아나가 말했다. 나는 "나도 너를 사랑해"라고 대답할 수 없었다. 내가 정말로 사랑한 것은 그녀가 아니라 동생의 얼굴에 어른거리는 카르멘이었기 때문이다.

집으로 돌아간 뒤에는 그녀를 피하기가 비교적 쉬웠다. 나는 얼마만큼 시간이 지난 후에야 본당에 나갔다. 그 무렵 내 심경은 복잡했다. 카르멘을 만나고 싶었지만, 그렇다고 아무렇지도 않게 아나와 마주칠 수도 없는 노릇이었다. 나는 앞으로 어떻게 해야 할지 혼자서 많은 생각을 했다. 우선은 더 이상 그녀와 함께 있지 않기로 결심했다. 나는 하느님께 내가 굴복하지 않도록 힘을 주시기를 간구했고, 또한 주님의 마음을 아프게 한 것에 대해 용서를 구했다. 하지만 아나와 접촉을 피하는 것만이 내가 내려야 할 유일한 결정은 아니었다. 이런 내가 과연 사제의 길을 계속 갈 수 있을까? 나의 모든 것을 바쳐 주님의 부르심에 응답할 수 있을까? 머릿속으로 이런 질문을 되풀이하면서도 나는 아나와 섹스를 나누었다는 일회적인 사건이 아니라 카르멘을 사랑한다는, 기억에 생생하게 남은 사실을 떠올리고 있었다. 나는 그런 감정을 모른 체할 마음의 준비가 되어 있는가? 이미 사랑을 알아버렸는데 사랑 없이 평생을 살 자신이 있는가? 이런 의문에 대해 많은 생각을 하고, 신학교에서 피정을 하면서 꼼꼼히 따져본—사제가 되겠다는 꿈을 품고 신학교에 들어가기 전에 그랬던 것처럼—후에 나는 그렇지 않다는 확신이 들었다. 아무리 애를 써도 카르멘을 포기할 수는 없을 것 같았다. 나는 그녀를 진정으로 사랑하고 있었다. 이에 대해서는 더 이상 의심할 여지가 없었다. 나는 곧장 그녀에게 전화를 걸어 집과 본당에서 멀리 떨어진 곳에서 만나자고 했다. 아무도 우리를 알아보지 못하는 곳에서 차분하게 이야기를 나누고 싶다고 했다. 나는 이번에도 아나 이야기를 꺼내지 않았다. 아나와의 일은 우연히 벌어진 사고였고, 마침내 내가 정신을 차릴 수 있도록 만들어준 기폭제였다.

나는 강의가 끝날 무렵 그녀를 만나기 위해 대학교로 찾아갔다. 나는 그녀를 보자마자 대뜸 사랑한다고 고백했다. 놀랍게도 그녀도 나를 사랑한다고 곧장 인정했다. 그날 내가 고백을 하지 않았더라면 카르멘은 절대로 그 말을 하지 않았을 것이다. 그녀는 나를 사랑했지만, 나를 위해서라면 기꺼이 침묵하거나 심지어 거짓말까지 할 수 있었기 때문이다. "사랑은 상대방을 위해 희생하는 것이기도 하니까." 그녀가 말했다. 그 순간 나는 그녀에게 키스하고 싶은 욕망을 억누를 수 없었다. 우리 둘은 감정을 계속 억누르는 것만이 능사가 아니라는 것을 분명히 알고 있었다. 그렇게 하는 것은 나와 그녀를 위해서, 그리고 성당을 위해서도 최선의 길이라고 할 수 없었다. 그날 오후, 우리는 키스는 물론이거니와 손도 잡지 않았다. 그랬다가는 더 이상 멈출 수 없으리라는 것을 너무나 잘 알고 있었기 때문이다. 나는 그녀에게 신학교를 그만두기로 했다고 말했다. 그리고 그녀와 마찬가지로 나도 가정을 이루고 싶다고, 그녀와 함께 행복한 가정을 꾸리고 싶다고 말했다. 그 말을 듣는 순간, 카르멘의 눈가가 촉촉해졌다. 나는 손가락을 그녀의 뺨 가까이 가져갔다. 하지만 내 손은 그녀의 뺨 앞에서 멈추었다. 나는 눈물을 닦아주는 대신 눈물방울이 굴러 떨어지도록 입으로 불었다. 그녀는 내게서 눈을 떼지 않았다. "자꾸 죄책감이 들어. 나만 없었더라면 훌륭한 신부님이 되었을 텐데." 그녀가 말했다. "그건 아무도 몰라. 네가 없었어도 그렇게 되지 않았을지 모르니까. 나는 어느 여인의 사랑으로부터 벗어날 수 없는 운명인 것 같아. 그리고 그 주인공은 의심할 여지없이 너야." 우리는 말없이 서로를 바라보았다. 가슴이 빠르고 격렬하게 뛰었지만, 우리는 서로의 몸에 손을 대지 않았다. 우리는 상대방과 하느님께 봉헌하는 심정으로 욕망을 억눌렀다. 우리는 그날 오후 우리의 사랑을 영원히 봉인했다.

나는 여전히 아나 이야기를 꺼내지 않았다. 방금 어렵사리 서로에게 고백한 사랑을 더럽히고 싶지 않았기 때문이다. 만에 하나 그 비밀이 탄로 나면 우리 관계에 치명적인 영향을 미칠 수 있다는 것을 알고 있었다. 하지만 다른 경로를 통해 진실이 드러나기 전에 그녀에게 사실대로 말해야 한다는 것도 알고 있었다. 아나는 캠프에서 무슨 일이 있었는지 아무한테도 말하지 않겠다고 맹세했지만, 내가 언니의 남자친구로 그 집을 찾아갔다가는 사달이 날 게 뻔했다. 코르도바에서 나와 아나 사이에 벌어진 일을 어떻게 처리하고 어떻게 이야기할지, 또 어떻게 하면 그 사건을 속상하고 수치스러울 뿐만 아니라 고통스럽지만 충분히 이겨낼 수 있는 에피소드로 만들어낼 수 있을지 고민해야만 했다. 그러기 위해서는 무엇보다 두 자매를 적절하게 다룰 방법을 선택해야 했다. 더 이상의 실수는 용납할 수 없었다. 나의 미래는 과거를 어떻게 이야기하는지에 달려 있었다. 카르멘과 내가 평생을 함께하기로 약속한 이상 마땅히 최선의 노력을 기울여야 했다.

그 실수—순결 서약을 어긴 것뿐 아니라 내가 사랑하는 여인의 동생에게 몹쓸 짓을 한 것—를 제대로 극복하는 것이 하느님이 내게 주신 마지막 시험이라는 생각이 들었다. 오래전 엄마가 우리 곁을 떠났을 때와 같은 느낌이 들었다. 이미 내 앞에 놓인 시험이지만 그것을 잘 넘기면 더 이상 고통도 없을 것이고, 설령 있다고 해도 그다지 심각하지 않을 것이라는 희망을 느꼈다. 그렇다고 아직 위험에서 완전히 벗어난 것은 아니었다. 우리는 늘 월요일 신문에 난 사건—그것이 어떤 사건이든—을 면밀히 바라본다. 심각한 피해를 일으킨 사건일수록 당연히 더 신경 써서 읽는다. 상당히 진지한 태도로 임한다. 이야기의 결말이 드러난 후에 잔뜩 거드름을 피우며 어떻게 했어야 했는지 말하기는 쉽다. 하지만 그 일이 진행되는 동안에는 어떤 결말이

날지 아무도 모르기 때문에 각자 최선을 다할 뿐이다. 내가 정말로 피해를 조금이라도 막을 수 있었을까? 내가 보기에는 그렇지 않다. 지금도 나는 두 가지 사건, 즉 신학생으로서 순결 서약을 어긴 것과 아나와 섹스할 때 피임 기구를 사용하지 않은 것이 순전히 내 책임이라고 생각한다. 그러나 그 외의 다른 것은 내 책임이라고 생각하지 않는다. 그 이후에 일어난 일은 내 행동의 결과였을 뿐만 아니라 그것과 관련된 모든 사람이 저지른 행동의 결과였다. 그중 일부는 자신이 아무런 잘못이나 죄를 저지르지 않은 순수한 영혼의 소유자라고 주장했다.

죽기 얼마 전에 모든 사실을 알게 된 알프레도가 나를 집에서 쫓아냈을 때, 나는 그에게 그렇게 말했다. 나는 처음부터 내가 저지른 잘못에 대해서는 책임을 지려고 했다. 내가 치러야 했고, 또 실제로 치른 대가들이 분명히 있었다. 하지만 내가 저지르지도 않은 일까지 책임을 지는 것은 용감한 태도가 아니라—많은 이가 생각하는 것과 달리—주제넘고 비겁한 짓이라고 확신한다. 어떤 일이든 "내가 알아서 한다"는 식의 태도는 너무 서둘러 논의를 마무리한 결과에 지나지 않는다. 책임의 소재를 분명히 가리려면 시간과 용기가 필요하다. "이건 네 잘못이지, 내 잘못이 아니야"라고 말하기 위해서는 상대방의 비위를 맞추려고 하는 대신 용기를 내야 하기 때문이다. 협상 카드로 진실을 내밀기보다 이웃에게 미움을 받으려고 하는 이는 거의 없을 것이다. 우리는 가톨릭 신자로서 죄책감을 느끼는 것에 아주 익숙한 편이다.

죄책감은 우리에게 적대적인 동시에 낯익은 자리이기 때문에, 거기서 어떻게 움직이면 좋은지 너무나 잘 알고 있다. 따지고 보면 죄책감이라는 장소는 우리에게 홈 경기장이나 마찬가지다. "내 탓이오, 내 탓이오, 저의 큰 탓이옵니다."* 나는 가톨릭 교육을 받으면서 이 구절을 진저리가 날 만큼 수없이 반복했다. 지금도 계속 반복하고 있다. 언제나 내 탓이지, 남의 탓은 아니다. 어떤 것이 내 탓이고 어떤 것은 아닌지 분명히 가리기 위해서는 이 이야기가 시작될 당시만 해도 내게 없던 용기를 내고, 또한 오랜 세월 동안 철저하게 반성하고 성찰해야 했다. 카르멘과 함께 갔던 피정이 큰 도움이 되었다. 거기서 우리는 기도하고 우리 자신과 만났을 뿐 아니라 이를 통해 하느님과의 합일을 목표로 하는 기독교 명상법을 실천했다. 내가 한 편의 드라마 같은 이 사건과 관련된 한 사람 한 사람의 고통을 막을 수 없었다고 해서, 아나와 함께 했던 시절부터 벌어진 수많은 상처의 책임이 내게 있지는 않다는 것을 분명하게 받아들이기까지 꽤나 오랜 세월이 걸렸다.

그녀가 죽은 후 내 앞에 놓인 삶을 헤쳐 나가기 위해 얼마 남지 않은 용기를 내서, 그리고 여태껏 살면서 거의 생각하지도 못했던 반항적 행동을 통해, 나는 그 모든 것이 내 책임이 아닐 수도 있다는 생각을 하기 시작했다. 처음에는 그런 의심만 들었을 뿐 감히 입 밖에 낼

---

* 미사에서 참회 예식을 할 때 바치는 〈고백 기도〉 중 일부다.

엄두도 내지 못했다. 그러는 사이 의심의 씨앗에서 싹이 트기 시작했다. 그 모든 것이 내 탓이 아닌 이상, 그 책임을 인정하는 것 또한 거짓말이었기 때문이다. 이 사건과 관련된 결과들은 다른 이들이 내린 결정에서 비롯된 것이기 때문에 나와 아무런 상관도 없었다. 리아가 집을 떠나 돌아오지 않는 것에 대해 나는 그 어떤 책임감도 느끼지 않는다. 알프레도가 결국 자신의 목숨을 앗아간 암에 맞서야 했다는 것에도 아무런 책임감을 느끼지 않는다. 사람들은 마치 자기들이 의학 전문가라도 되는 것처럼 한마디씩 던지곤 했다. "딸을 잃은 슬픔을 이기지 못해 병이 들고 만 거야." 알프레도는 불가능한 해답을 찾으려는 욕망에 사로잡힌 나머지 그 처참한 사건의 불필요한 세부 사항 속을 헤매느라 시간을 허비했다. 내가 왜 그의 집착에 대한 책임을 져야 한단 말인가? 장모인 돌로레스는 세상을 뜨는 날까지 카르멘을 제외하고는 누구든 자기 눈앞에 나타나기만 하면 사납게 달려드는 무섭고 포악한 여자로 변해버렸지만, 나는 이에 대해서 아무런 책임감을 느끼지 않는다. 혹시 그전부터 그랬던 것은 아닐까? 그리고 그 일 때문이 아니더라도 어차피 그렇게 되지 않았을까? 또한 나는 내 아들이 세상에서 자기 자리를 찾지 못한 채, 자신이 무엇을 원하는지, 그리고 다른 젊은이들은 너무 당연하게 해내는 것을 어떻게 헤쳐 나가야 하는지 몰라 매 순간 혼란스러워하는 것에 대해서도 아무런 책임감을 느끼지 않는다. 나는 아들이 나와 자기 엄마한테 더 이상 연락하지 않으려고 하는 것에 대해서도 아무런 책임감을 느끼지 않는다. 그를 생각할 때마다 마음이 아프고 지금도 그를 찾고 있지만, 나는 아무 책임감도 느끼지 않는다. 그의 빈자리가 나에게 생지옥이 된다 할지라도 나는 하느님의 뜻을 내가 짊어져야 할 책임으로서가 아니라 내가 실제로 저지른 짓에 대한 형벌로, 그리고 슬픔으로 받아들일 것이다. 아나가 죽은 후로 아내가 짊어지고 있는 마음의 짐에 대해서도 나는 아무런 책임감을 느끼지 않는다. 그녀가 애써 의연한 모습을 보이고, 왜 그런 짓을 저질렀는지 스스로 잘 알고 있으면서도 속으로는 너무 큰 대가를 치렀다고 굳게 믿고 있는 것에 대해서도 나는 아무런 책임감을 느끼지 않는다. 카르멘은 마테오를 낳은 후 더 이상 아기를 갖지 못한다는 소식을 들었을 때, 하느님께서 자기에게 지나치게 가혹한 형벌을, 자신이 저지른 잘못에 비해 너무 혹독한 처벌을 내렸다고 하소연했다. 지금도 그녀는 그 때문에 자신의 진정한 꿈, 가톨릭 아이들을 널리 퍼뜨려 이 세상을 더 나은 곳으로 만들려던 꿈이 모두 물거품처럼 사라져 버렸다고 믿고 있다. 카르멘이 불임이 된 것이 내 잘못이란 말인가? 아니다. 그것은 내 책임이 아니다.

하지만 아나와 아기의 죽음에 대한 책임—이것이 가장 큰 책임이다—은 여전히 남아 있다. 한때 나에게 얼마나 책임이 있는지에 대해 의심을 품은 적이 있다. 하지만 이제는 전혀 의심하지 않는다. 실제로 여성들은 스스로 결정하기 위해 그토록 열심히 싸워오지 않았던가? 임신중지는 자기들이 스스로 결정할 문제라고 우리에게 가르치기 위해 부단히 애를 쓰지 않았던가? 그렇다면 내가 무슨 책임을 져야 하는 거지? 그들은 스스로 결정하기를 원한다. 일단 결정을 내린 이상, 여자들은 스스로 책임을 져야 한다. 아나는 결정했다. 이유는 모르겠지만 하느님이 그렇게 되기를 원하신 것뿐이다.

지금 내가 속해 있는 이 가족에서 우리들은 각자 자신이 연기할 역할을 선택했다. 괴롭고 거북했겠지만 아나도 마찬가지였다. 그때 아나는 열일곱 살이었다. 그럼 나는 뭐란 말인가? 나는 성인이었던 반면 그녀는 그렇지 않았다고 나를 비난해야 할까? 아나는 스물한 살보다 몇 살 어렸고, 나는 그 아이보다 몇 살 더 먹었다는 이유만으로 나를 비난한다고? 아나가 죽기 전과 죽고 난 다음, 우리 모두는 지금 각자가 있는 곳을 향해 뚜벅뚜벅 걸어왔다. 나는 그들을 따라 가지도 않았고, 그들에게 이 길 대신 저 길로 가라고 강요한 적도 없다. 우리는 각자 자신의 삶을 통해 할 수 있는 것을 했다. 어쩌면 나는 다른 이들보다 덜 무모한 길을 따라 걸었는지 모른다. 나는 모든 희망을 버리고 되는 대로 살았다. 체념은 그리스도인의 미덕이 아니라고 말한 사람이 누구였지? 어느 교황이 그랬던 것 같다. 하지만 나는 거기에 동의하지 않는다. 내가 독신 생활에 동의하지 않듯이. 살다 보면 단념해야 할 것들이 있기 마련이다. 가령 타인의 죽음 같은 것 말이다. 체념하지 않는 것은 교만의 죄를 짓는 것이다.

나는 내게 일어난 일을 하느님의 뜻으로 받아들였다. 그 덕분에 앞으로 계속 나아갈 수 있었던 반면 다른 이들은 그러지 못했다. 아나는 세상을 떠났다. 우리보다 한 수 위인 그녀는 지상에서의 삶에 스스로 마침표를 찍기로 결정했다. 그리고 그녀는 내게 새로 시작할 기회를 주었다.

"환란에 빠진 나에게 위로가 되는 것은 주의 말씀이 나를 살린다는 것이니라."《시편》119편 50절.

3

캠프가 끝난 후, 나는 아나와 마주치지 않을 것이 확실한 시간대를 제외하고는 본당에 가지 않았다. 그리고 마누엘 신부님에게 고해를 하러 두 번 갔다. 그 자리에서 나는 사제가 되지 않기로 결심했다고 말했다. 그리고 카르멘을 사랑한다고 털어놓았다. 이 두 가지 소식이 모두 마음에 들지 않았던 그는 실망감을 감추지 못했다. 놀라고 불만스러운 표정을 애써 감추려고 하지도 않았다. 하지만 이미 결정된 일이라는 것을 확인하자 그는 더 이상 나를 설득하려 들지 않았다. 그 대신 서두르지 말고, 신학교 측에 그 사실을 알리기 전에 충분히 시간을 갖고 생각해 보라고 했다. "이런 사실을 알릴 때는 한 치의 의심도 없어야 하니까 말이야." 나는 그의 조언을 받아들였다. 그건 내 소명에 관해 더 깊이 생각해 보기 위해서가 아니라, 신학교가 아나의 발길이 닿지 않는 가장 안전한 장소이기 때문이었다. 주말을 포함해서 가능한 한 오래 거기에 머물기로 결심했다. 마누엘 신부님은 나를 견진

성사 교리반으로 데려가더니 별다른 설명 없이 당분간 내가 수업을
진행할 수 없어서 다른 교사가 올 거라고 알렸다.

카르멘과 나는 틈날 때마다 만났다. 서로를 그리워하고 보고 싶어
한다는 것만으로도 우리의 사랑이 점점 더 깊어지는 것 같았다. 나는
시간이 날 때마다 그녀에게 연락했고, 우리는 신학교와 그녀가 다니
던 대학 중간에서 만났다. 물론 항상 아무도 모르게 만났다. 우리는
마치 투명 인간이라도 된 것처럼 시내를 활보하면서 이런저런 계획
을 세웠다. 결혼하면 어디서 살지, 아이는 몇 명이나 가질지, 아버지
가 가업으로 물려받은 가전제품 판매점에서 일하는 게 좋을지, 아니
면 더 나은 직장을 찾아보는 게 좋을지, 카르멘이 신학대학을 마치면
의학을 공부할 계획인지, 또 나는 법학부에 다시 들어가서 공부할 생
각인지, 신혼여행은 어디로 갈지 등이었다. 우리가 가장 즐겁게 이야
기했던 것은 마지막 계획이었다. 겉으로 티를 내지도 서로 얼굴을 마
주 보지도 않았지만, 우리는 신혼여행 이야기만 나오면 신이 나서 떠
들어대곤 했다. 남자와 여자로서 우리의 몸이 처음 함께할 기회라는
것을 알고 있었기 때문이다. 나와 아나 사이에 있었던 일을 카르멘에
게 말하려면 시간이 좀 더 필요할 것 같았다. 그녀가 나를 이해하고
용서하려면 아직은 아무도 모르는 우리의 관계가 더 단단하고 깊어
져야만 했다. 그녀가 나의 진정한 사랑을 믿어준다면, 나의 고백으로
인해 마음 아파하겠지만 그렇다고 우리 둘의 관계가 깨질 만큼 깊은
상처를 받지는 않을 것이다. 그런데 예상치도 못한 일이 일어났다. 그

녀가 무심코 그 이야기를 꺼낸 것이다. 어느 날 오후, 도시의 광장을 정처 없이 가로질러 가고 있는데 카르멘이 불쑥 말했다. 요즘 들어 아나—카르멘과 그녀의 관계는 여전히 서먹서먹하기만 했다—가 나에 관해 자꾸 물어봐서 신경이 쓰인다는 얘기였다. 지난 며칠 동안 아나가 내가 언제쯤 본당에 돌아오는지, 내가 다니는 신학교는 어디 있는지, 그리고 그 외에도 이것저것 내 사생활에 관해 꼬치꼬치 캐물었다고 했다. 카르멘은 동생이 우리 관계를 눈치챘다고 생각했다. 하지만 나는 그녀가 바랐던 것처럼 그녀를 안심시키지도 않고 굳게 입을 다물고 있었다. 그녀는 내심 놀라는 눈치였다. "무섭게 왜 그래?" 몇 분 동안 내가 한 마디도 하지 않자 그녀가 눈이 휘둥그레져 물었다. 나는 그녀에게 벤치로 가서 앉자고 했다. 그리고 그녀의 손을 잡고 눈을 빤히 바라보면서 이야기를 시작했다. 내가 그녀를 얼마나 사랑하는지, 그녀를 여자로서 얼마나 원하고 있는지, 결혼할 때까지 순결을 지켜주고 싶지만 종종 남자로서 육체적 욕망을 다스리기가 얼마나 힘든지. 카르멘은 지금 하는 이야기가 아나와 무슨 관계가 있는지 여전히 이해하지 못했다. 나는 용기를 냈다. 나는 내친 김에 그날 밤 아나가 모닥불 앞에 나타난 것부터 내게 물어본 것들, 그녀가 입고 있던 반바지, 그녀의 대담한 행동을 차례대로 이야기했다. 그리고 그녀가 내게 한 키스도 이야기했다. "이런 망할 계집애가!" 그녀가 말했다. 그리곤 덧붙였다. "그 망할 계집애는 어릴 때부터 질투심이 엄청났다니까." 그녀의 격한 반응을 보고 나는 잠시 주춤했다. 계속 말을 해야 할지 말아야 할지 가늠이 되지 않았다. 그런데 카르멘은 나보다 동생한 테 더 화가 난 것 같았다. 처음에는 어리둥절했지만 오히려 그런 이유 로 내가 저지른 잘못을 고백하기에 이보다 더 좋은 기회는 없을 듯했 다. 그래서 나는 다시 용기를 냈다. 나는 그 순간 욕정에 사로잡혔다 고 털어놓았다. 동생이 언니와 얼마나 닮았던지, 아나에게서 카르멘 을 보는 듯한 착각에 빠졌고, 그녀를 만지는 것이 곧 나의 진정한 욕 망의 대상을 만지는 것처럼 느껴졌다고 말했다. 나는 아나가 나를 숲 속으로 데려갔다고 말했다. 그리고 바닥에 함께 누웠다고 했다. 카르 멘은 손으로 입을 막으면서 말했다. "이제 그만해. 알고 싶지 않으니 까." 하지만 이제 와서 말을 멈출 수는 없었다. 이야기는 그녀가 상상 하는 것보다 훨씬 더 심각할 수도 있었다. 나는 끝까지 이야기를 마쳤 다. 다시는 그 일을 입에 올리지 않아도 될 만큼 하나도 빠짐없이 모 두 다 이야기했다. 나는 "사랑을 나누었다"라는 말 대신에 "섹스를 했 다"라고 했다. 카르멘의 눈에 눈물이 그렁그렁 돌았다. 그녀는 분노와 원망이 뒤섞인 눈빛으로 잠시 나를 노려보더니, 자리에서 일어나 가 버렸다. 내가 그녀를 따라가려고 하자 그녀가 나를 밀쳤다. "혼자 있 고 싶단 말이야!" 그러고는 내 얼굴에 침을 뱉었다.

나는 그녀의 고함 소리에 주눅이 들어 벤치에 주저앉았다. 이제 모 든 것이 끝난 것 같았다. 잠시 후 자리를 털고 일어나려는데 카르멘 이 돌아왔다. 어딘가에서 울고 온 것이 분명했다. 하지만 이제는 마 음이 다소 가라앉은 듯했다. 어쩌면 너무 울어서 완전히 진이 빠져

버렸는지도 모른다. 그녀는 내 옆자리에 앉으며 말했다. "그 아이는 나를 증오해. 예전부터 줄곧 나를 미워했어. 게다가 나를 질투하지. 그건 리아도 마찬가지야. 하지만 리아는 나와 자기가 서로 다르다는 것을 잘 알면서도 나에게 맞서거나 싸움을 걸지 않아. 그런데 아나는 정반대야. 뻔뻔스럽기 이를 데 없는 데다 나만 보면 언제나 시비를 걸려고 해. 그 아이는 나처럼 되고 싶어서 늘 나를 따라한다고. 내가 하는 걸 보고 하나도 빠짐없이 그대로 흉내를 낸다니까. 우린 정말 많이 닮았어. 우리 둘은 엄마를 쏙 빼닮았거든. 그런데 아나가 모르는 게 하나 있어. 얼굴은 닮았는지 모르지만 그 아이는 절대 나처럼 될 수 없다는 거야. 아나에게는 내가 가진 강인함과 결단력, 믿음이 없어. 그건 앞으로도 절대 갖지 못할 거야." 그녀는 말없이 나를 바라보았다. 그녀의 말에 맞장구를 쳐야 할 것 같았다. 그래서 나는 아무 말도 덧붙이지 않고 고개를 끄덕였다. 잠시 후, 그녀가 결론을 내렸다. "그 아이는 우리 사이에 무언가 특별한 것이 있다는 걸 눈치챈 것 같아. 그래서 당신을 유혹한 게 틀림없어. 아나는 직감적으로 알고 질투한 거야. 그건 여자아이의 육체 속에 깃든 악마나 마찬가지야." 나는 카르멘이 올바른 결론을 내리고 있는 건지 확신이 들지 않았지만, 내가 아니라 자기 동생의 태도에 초점을 맞추고 있다는 사실에 힘을 얻었다. 어쨌든 나는 내 몫의 책임을 질 거라는 점을 분명히 하고 싶어서 입을 열었다. "그러지 말았어야 했는데……." 하지만 그녀가 내 말을 가로막고 나섰다. "그러지 말았어야지. 당연히 그러지 말았어야 했어. 남자들이 쉽게 욕망을 억제하지 못한다는 건 나도 잘 알아. 특히 여자들이 유혹하면서 욕정을 일어나게 할 때면 더 그렇겠지. 아무리 그래도 그런 짓은 하지 말았어야지. 아무튼 나는 아나가 내 계획을 망치도록 가만히 내버려 두지는 않을 거야. 지금 그 아이가 노리는 게 바로 그거라고. 하지만 어림없는 짓이지." 카르멘은 나를 물끄러미 바라보았다. 나의 반응을 기다리는 눈치였다. "그래서?" 내가 물었다. "우리가 계획한 대로 밀어붙일 거야. 다만 사람들에게 약혼 소식을 알릴 때까지만이라도 당신이 아드로게에 나타나지 않으면 좋겠어. 일단 시간을 두고 좀 지켜보는 게 좋을 것 같아. 당신이 신학교를 그만두자마자 약혼을 발표한다면 사람들이 곱지 않은 시선으로 볼 테니까."

그녀의 말을 듣자 안도감이 드는 동시에 괜스레 가슴이 설렜다. 나는 그녀의 손을 잡으려고 했지만 그녀는 내 손을 뿌리쳤다. 그러한 거절을 통해 그녀는 자신의 뜻을 분명히 했다. 우리의 계획을 밀어붙이기로 뜻을 모았지만, 그렇다고 해서 카르멘의 가슴속에 맺힌 고통과 울분, 경멸감이 사라지지는 않았다는 의사 표현이었다. 그녀는 행동 방침, 즉 전략을 세우기 위해 돌아온 것이었다. 어떤 계획을 실행해야 할 때, 어떤 식으로든 감정을 개입시키는 것은 바람직하지 않다. 그녀가 나에게 베푼 용서는 나에 대한 동정심이 아니라 자신의 도덕적 우월감에서 비롯된 것이며, 나에 대한 사랑에서 나온 것은 더더욱 아니었다. 그래서 나는 그녀의 용서를 받아들였다. 하지만 그녀는 내가 아나와 여러 번 밀회를 즐겼다는 것, 캠프파이어가 있던 날 밤 이후에도 계속 관계를 맺었다는 것, 그리고 그녀와 텐트에서 나눈 섹스에 대해 고백하지 않았다는 것을 분명하게 밝힐 기회조차 주지 않았다. 카르멘은 물어보지 않았고, 나도 따로 이야기하지 않았다. 만약 내가 카르멘의 남자친구로 정식으로 사르다의 집을 찾아갔는데, 아나가 그때 있었던 일을 이야기한다면 둘 중 하나는 거짓말을 하는 꼴이 될 것이다. 물론 운이 따라준다면 그때쯤 아나는 이미 다른 남자를 사랑하고 있을지도 모른다. 그렇게만 된다면 그녀는 물론, 나도 과거의 연애 사건과 성관계에 관해 굳이 밝히려고 하지 않을 것이다.

그날 밤, 나는 신학교에 도착하자마자 무릎을 꿇고 기도했다. 돌이켜보니 무릎을 꿇고 기도한 지도 오래되었다. 하지만 그렇게 하고 싶었다. 심지어 육체적 고행이라도 하고 싶은 심정이었다. 그날따라 고행복을 입고 엄격한 규율을 실천하는 오푸스데이* 소속 가톨릭 신자들이 그저 부럽기만 했다. 적어도 참회를 위한 금식 기도라도 올려야 마땅할 것 같았다. 방금 전에 카르멘에게 털어놓은 이야기를 마누엘 신부님에게 고백했을 때, 신부님은 보속으로 개인적 고행 대신 기도하면서 참회하라고 했다. 나는 신부님의 말씀대로 헌신의 기도를 바

---

*   성 십자가와 오푸스데이 성직자치단Praelatura Sanctae Crucis et Opus Dei은 로마 가톨릭교회의 성직자치단으로, 흔히 오푸스데이('하느님의 사업'이라는 뜻이다)라고 부른다. 1928년 10월 8일에 성 호세 마리아 에스크리바가 설립했다. 생활 속에서 하느님의 뜻을 발견하고 실천하며, 신앙생활과 일상생활의 일치를 추구한다.

치느라 잠을 거의 못 잤다. 나는 밤부터 새벽까지 계속 기도했다. 그 후로 나는 하루도 빠지지 않고 무릎을 꿇고 기도했다. 심지어는 머지 않아 신학교 중퇴 소식을 알릴 수 있을 거라고 생각하면서 반 친구들이 보는 앞에서도 기도했다.

시간은 느릿느릿하지만 쉼 없이 흘러갔고, 모든 일이 순조롭게 풀려가는 듯했다. 그러던 어느 날 오후, 아나가 내 앞에 나타났다. 그녀는 두 번이나 신학교로 찾아왔다. 그녀가 처음 찾아왔던 날, 나는 깜짝 놀랐다. 그녀가 아무런 예고도 없이 불쑥 학교에 나타나 나를 찾을 줄은 꿈에도 몰랐다. 수위실에는 **사촌**이라고 말한 모양이었다. 나를 찾아온 사람이 있다고 했을 때, 착오가 생긴 것이 틀림없다고 생각했다. 내게는 사촌이 없었으니까 말이다. 그녀의 얼굴을 보는 순간, 나는 숨이 멎는 것 같았다. 설마설마하던 최악의 사태가 일어날까 봐, 거기서 한바탕 큰 소동이 벌어질까 봐 두려웠다. 아나는 나를 향해 아름다운 미소를 지어 보였다. 얼굴에 가만히 피어오르는 미소를 보자 두려움도 곧 사라졌다. 나는 그녀와 조용히 이야기를 나누기 위해 정원으로 나갔다. 그전에 면회 허락을 받으러 갔는데, 나는 사촌 동생이 편찮으신 가족의 소식을 전하기 위해서 왔다고 둘러댔다. 그녀는 나를 찾아서 몹시 기뻐했다. 내가 갑자기 사라지는 바람에 마음고생이 심했던 모양이었다. 무엇보다 지친 그녀의 마음을 달래서 풀어주는 것이 급선무였다. 나는 가급적 구체적으로 말하려고 했지만, **우리**와 관련된 이야기는 일부러 피했다. 그 대신 그녀에게 상처를 주지 않는

선에서 최대한 솔직하고 진지하게 대하려고 노력했다. 나는 과거에 있었던 일에 대해서 한 마디도 하지 않았고, 우리 둘의 미래에 관해서도 일절 언급하지 않았다. 다만 최근에 나의 소명에 대해 회의를 품게 되었고, 진정한 소명이 무엇인지 분간하려면 시간이 걸릴 것 같다는 이야기는 솔직하게 털어놓았다. 그리고 내 삶을 전적으로 하느님께 바칠 자신이 없어진 이상, 신학교를 그만둘 가능성이 높다고 말했다. 마지막으로 과거의 씁쓸한 기억이 전혀 남아 있지 않은 새로운 삶이 내 앞에 펼쳐질 거라는 말도 했다. "씁쓸한 기억이 전혀 남아 있지 않은 새로운 삶이 말이야." 나는 **전혀**라는 단어를 강조하면서 한 번 더 말하고 그녀를 바라보았다. 그러자 그녀가 말했다. "나는 당신의 마음을 이해해요. 그리고 언제나 당신 편이에요." 솔직히 말해, 그 아이가 내 말을 제대로 이해했는지 나로서는 알 길이 없었다. 그녀는 내가 간절히 바라는 새로운 삶에 자신의 자리가 없다는 사실을 알아차렸을까? 아니면 그와 반대로 내가 신학교를 그만두면 더 이상 사람들의 눈을 피하지 않고 로맨스를 즐기기 위해 자기를 찾아올 거라는 희망을 품고 학교 문을 나섰을까? 만약 그녀가 조금이라도 의심을 품고 있다면, 이후 나의 태도를 통해 모든 것이 분명히 드러날 거라고 믿기로 했다.

하지만 나는 그녀에게 아무것도 보여줄 수 없었다. 왜냐하면 아나가 나를 다시 찾아왔을 때는 상황이 완전히 달라졌기 때문이었다. 어느 날, 수위실에서 사촌 동생이 찾아왔다고 전화를 했다. 나는 화를 내며 아래로 내려갔다. 저번에 만났을 때, 신학교에서 외부인을 너무 자주 면회하면 눈총을 받으니 다시는 학교로 찾아오지 말라고 분명히 못 박았다. 나는 심각한 표정으로 그녀를 바라보았다. 이번에는 그녀도 내게 미소를 지어 보이지 않았다. 그녀의 눈에 눈물이 가득 고여 있었다. 그 모습을 봤다면, 수위는 그녀가 아픈 가족에 관한 나쁜 소식을 알리러 왔다고 생각했을 것이다. 그녀의 표정이 심상치 않아서 정원 대신 길거리로 그녀를 데리고 나가기로 했다. 그녀와 이야기하다 보면 고운 말이 나오지 않을 것 같아서, 보는 사람이 없는 곳으로 가고 싶었다. 밖으로 나가자마자 나는 학교로 찾아오지 말라고 그렇게 신신당부했는데 왜 또 왔냐고 그녀를 호되게 나무랐다. 내 말을 잠자코 듣고 있던 아나가 무겁게 입을 열었다. "아무래도 임신한 것 같아요." 그 말을 듣는 순간 눈앞이 아찔해지면서 현기증이 났다. "방금 한 말, 사실이야?" "아뇨. 아직 확실치는 않아요." 그녀는 간신히 대답하고는 울음을 터뜨렸다. 그리고 억지로 울음을 삼키느라 딸꾹질을 하면서 생리를 안 한 지 두 달이 다 되어간다고 말했다. 평소에도 생리 주기가 불규칙했지만 너무 오래 지연되니 수상쩍다고 했다. 나는 그녀에게 어떤 일이 있어도 냉정을 잃지 말라고 당부했다. "정말 임신을 했든 안 했든 흥분하다 보면 우리의 관계가 탄로 날 테니까. 그러면 우리는 결국 최악의 상황을 맞게 될 거야. 일단 기다려 보는 게 좋을 것 같아. 그러니까 이제 그만 집에 가도록 해. 참, 이번 주일에는 본당에 나갈게. 그리고 오늘 밤부터 다음에 만날 때까지 임신이 아니게 해달라고 하느님께 기도드릴 거야." 나는 그녀도 믿음을 가지고 열심히 기도하라고 했다. 그리고 그녀의 수호성인인 성녀 안나에게 기도드리라고 말하려다가 말았다. 성녀 안나는 임산부의 수호성인이기도 해서, 지금 그 이름을 입에 올리는 것 자체가 불길한 징조로 여겨졌기 때문이다. 그녀는 그 어떤 달콤한 말보다 주말에 나를 만나게 될 거라는 기대 덕분에 마음이 조금 진정된 것 같았다.

그날 밤, 나는 호세와 이야기를 나누었다. 호세는 내가 학교에서 마음을 터놓고 지내는 유일한 친구였다. 그는 내가 곧 신학교를 그만두리라는 것을 알고 있었고, 나는 그가 어릴 적부터 남자들에게 매력을 느끼는 것을 이겨내기 위해 싸우고 있다는 것을 알고 있었다. 호세에게는 자매들이 워낙 많아서, 그들의 이름이 헷갈릴 때가 종종 있었다. 그는 여덟 명의 여자 형제와 함께 자랐다. 그는 중간에 나를 나무라지 않고 참을성 있게 내 말을 끝까지 들어주었다. 그러더니 자기 집에서는 **그런 이야기들**을 아무렇지도 않게 나누기 때문에 자기 누나들이라면 그런 상황에서 어떻게 해야 할지 잘 알 거라고 했다. 그다음 날 그는 자기가 알아낸 것, 그러니까 집에서 임신 여부를 확인하는 방법, 적당한 대기 기간, 그리고 **뱃속에 든 것**을 자연스럽게 꺼내는 방법 등을 내게 알려주었다. 그는 자기 누나들이 임신한 조카를 위해 체력 훈련 계획을 세운 적도 있다고 했다. 그 훈련은 스프린트와 오래달리기, 그리고 스쾃과 윗몸일으키기로 이루어져 있었는데, 그의 누나들은 "조카가 출혈을 일으킬 때까지 인정사정 봐주지 않고 모두 다 시켰다"고 했다. 그 장면을 떠올리자 온몸에 오싹 전율이 일었다. "누나들은 미나리를 사용하는 것보다 이 방법이 더 확실하다고 하더라고. 아무튼 그 안에 나뭇가지를 넣고 휘젓는 건 말리고 싶다네. 그렇게 했다가 낭패를 본 여자들이 있는 모양이야. 그것에 비해 태아가 빠져나올 때까지 체력 훈련을 하는 것이 훨씬 더 깨끗한 방법이라는 거지. 직접적으로 손을 대는 것도 아니고, 뭔가를 집어넣는 것도 아니니까 '임신 중지'라는 말을 갖다 붙일 수도 없다는 거야. 더군다나 그 여자아이는 자기가 임신했다는 것을 몰랐다고 할 수 있잖아. 하느님의 뜻이라면 나올 테고, 그렇지 않으면 안 나오겠지." 나는 나를 위해 그런 것까지 알려줘서 고맙다고 했다. 일단 윗몸일으키기 훈련과 미나리는 제외하기로 했다. 그 대신 민간요법을 통해 임신인지 아닌지 확인해 보기로 했다. 그렇게 미덥지는 않았지만 어느 한 군데 마음 놓고 기댈 곳이 없는 아나에게는 그나마 도움이 될 것 같았다. 적어도 불확실성에 대한 불안감에서 조금이라도 벗어날 수 있을 테니까. 아나가 임신했을 리 없었다. 우리에게 그런 불행이 닥칠 리 없었으니까.

호세의 말대로 집에서 검사를 해보았지만 그다지 도움이 되지는 않았다. 그저 생리가 시작되기 전까지 문제 해결을 지연시킬 뿐이었다. 이제는 어떻게 해야 할지 몰라 막막할 따름이었다. 그토록 열심히 기도했는데도 아무 소용이 없다면 이제 남은 방법은 다시 용기를 내서 카르멘과 마주하는 것밖에 없었다. 나는 그녀를 만나서, 하느님께서 나를 시험에 들게 했다고, 아니면 우리 둘 모두를 시험에 들게 했다고 말했다. 그리고 우리가 바라고 계획했던 것과 달리 아나에게 일어난 일은 쉽사리 잊을 수 없을 거라고도 했다. 내 입에서 **임신**이라는 말이 나오자마자 카르멘은 울기 시작했다. 그러곤 간간히 저주의 말을 퍼붓다가 다시 눈물을 쏟았다. 하지만 그녀는 곧장 다시 행동에 나섰다. 그녀는 전화를 걸기 위해 집에 가더니, 잠시 후 병원에서 아나의 임신 검사를 해줄 간호사의 연락처를 가지고 돌아왔다. "내가 다 알고 있다고 아나한테 절대 말하면 안 돼. 이거 받아. 그리고 그 여자에게 연락해. 우선은 그 아이가 임신했는지 확인해야 하니까." 나는 그녀가 시킨 대로 했다. 검사 결과를 기다리는 동안, 두려움이 우리의 가슴을 내리눌렀다. 우리는 가능한 해결 방법을 함께 모색했다. 사실 해결 방법이라고 해봐야 별로 많지도 않았다. 애당초 나는 아나가 아이를 가졌을 거라는 단 한 가지 전제에서 출발했다. 그럴 경우, 카르멘과 설계한 인생 계획은 물거품이 된다. 동생의 아이를 낳은 아버지이면서 그녀와 가정을 꾸릴 수는 없는 노릇이었다. 그리고 애초에 아나와 바람을 필 의도가 아예 없었다고 해도, 어쨌든 나는 그 아이를 책임져야 하고 계획에도 없던 부자 관계를 맺을 수밖에 없을 것이다. 카르멘의 계획은 그녀가 늘 걱정했던 것처럼 동생으로 인해 완전히 어그러지게 될 것이다. 나는 숨이 턱 막히면서 막다른 골목에 몰린 기분이 들었다. 우리 둘 모두에게 임신중지는 생각할 수도 없는 일이었다. 방금 **우리 둘**이라고 한 것은 카르멘과 나를 가리킨 것이다. 우리는 가톨릭 신자였고, 지금도 마찬가지다. 우리는 믿음을 확신하며 삶에서 가톨릭 신앙을 실천하고 있다. 따라서 우리는 어떤 일이 있어도 소중한 생명을 앗아가는 죄를 저지르지 않았을 것이다. 우리는 한 줄기 빛조차 보이지 않는 칠흑 같은 어둠 속에 갇히고 말았다. 하지만 카르멘이 탈출구를 찾아냈다. "만약에 다른 이가 죄를 저지른다면?" 그녀가 물었다. "아나의 임신에 대해 당신이 어떻게 할지 결정을 내리지 않는다면 어떻게 되는 거지? 당신은 거기서 손을 떼는 셈이 되는 거야. 만약 당신이 손을 떼고 모든 결정을 아나가 내린다면? 그러면 당신이 대죄의 무게를 짊어질 필요가 없게 되잖아. 만약 아나가 어린 생명을 앗아간다면, 그건 영원히 벗어날 수 없는 그 아이의 죄가 되겠지. 당신도 마찬가지일 거야. 그런데 아나가 아이를 낳으려고 할까? 열일곱 살의 나이에? 그 아이가 그런 일로 부모의 속을 썩이려고 할까? 손가락질 당하면서까지 남자와 섹스를 했다고 밝히겠어? 대답이 '아니오'라면 당신이 굳이 그런 질문에 대답해야 할 이유는 없잖아?" 카르멘은 내게 대답할 틈을 주지 않았다. 애당초 대답을 바랐던 것 같지도 않다. 그녀가 던진 질문은 어떤 점에서 단언이나 마찬가지였다. 그녀는 내게 가능한 한 빨리 아나를 만나 이야기를 나누라고 했다. "아나가 철부지처럼 엉뚱한 생각을 하게끔 내버려두지 말라고. 그 아이가 눈치채지 못하게 잘 구슬리고 타일러서 마지막 순간에 결정을 내리도록 해. 만약 아나가 당신더러 어떻게 할 거냐고 묻거든 아무 말도 하지 마. 실제로 당신은 아무것도 **하지** 않을 거니까. 이제부터 모든 일을 **하는** 것은 그 아이야." 나는 잠시 머뭇거렸다. 물론 카르멘의 주장은 타당하고 합리적이었지만, 가톨릭 신자로서 반대 의사를 표명하지 않아도 되는지 확신이 서지 않았다. "그녀가 그걸…… 하려는 걸 뻔히 아는데 나더러 막지 말라는 거야? 그 어린 생명을 살려야 되지 않을까? 그리고 카르멘, 잘 알겠지만 당신도 그래야 되지 않을까?" "우리는 생명을 살리고 영혼을 구하기 위해 싸우면서 살고 있어. 하지만 우리는 영웅이 아니야. 저질러지는 범죄를 모두 막을 수는 없다고. 우리는 어떤 이들은 피하지만 또 어떤 이들의 마음은 고쳐주기도 하잖아. 아무튼 이번 일만큼은 되는 대로 그냥 내버려둬. 다 잊고 기도하자고."

카르멘은 임신중지 수술을 할 수 있는 곳의 연락처도 얻어냈다. 그곳에 연락해서 뭘 해야 하는지 물어보고, 필요한 돈을 모으는 것은 내 책임이었다. 다행히 저축해 놓은 돈이 조금 있었다. 모자란 돈은 어디에 쓸 것인지 밝히지도 않고 형제 중 한 명에게 빌렸다. 카르멘이 말한 대로 나는 아나에게 임신중지를 하라고 강요하지 않았다. 실제로 그것은 그녀가 내린 결정이었다. 만약 아나가 뱃속의 아이를 낳겠다고 결정했다면, 카르멘과 함께 새로운 인생을 꾸리려던 계획은 수포로 돌아갔겠지만 나는 반대하지 않았을 것이다. 나는 계획한 대로 했다. 그래서 아이를 지우는 것이 모두—거기에는 그녀의 부모도 포함되지만, 이는 무엇보다 그녀 자신을 위하는 일이었다—에게 가장 좋은 일이라는 결론에 이르도록 만들었다. 마침내 그녀가 "난 아이를 낳고 싶지 않아요"라고 했을 때도 나는 침묵했다.

아나는 자기와 같이 그곳에 가자고 했다. 처음에는 그러겠다고 했다. 그 정도는 내가 마땅히 해야 되는 일이라고 생각했다. 그런데 카르멘이 거기처럼 불법으로 시술하는 곳에 들어가다 사람들의 눈에 띄기라도 하면 얼마나 위험한지 아느냐고 다그쳤다. 그래서 나는 가지 않았다. 아무튼 나는 아나에게 온 신경을 기울였고, 그녀에게서 연락이 오기만을 기다리며 기도했다. 〈가톨릭 운동〉 회의를 준비하기 위해 하루 종일 본당에 있을 거라고 그녀에게 알렸다. 그리고 집에 돌아오는 즉시 내게 연락을 주면 마음이 놓일 거라고 했다. 그녀는 그날 내게 두 번이나 전화했다. 첫 번째 전화에서는 잘 끝났다고 했지만, 그다음에는 몸이 점점 안 좋아진다면서 힘들다고 하소연했다. 그녀는 초저녁 무렵에 다시 전화해서 자기한테 와달라고 사정했다. 나는 괜한 의심을 사지 않으려면 집으로 찾아가지 않는 것이 좋을 것 같다고 설득했다. 그녀는 내 의견에 수긍했다. 그러면서 본당으로 가겠다고 말했다. 나는 절대로 오지 말라고 신신당부했다. 몇 시간만 지나면 좋아질 테니까 편히 쉬면서 기다리라고 했다. 그리고 기도하고, 또 기도하면서 용서를 구하라고 했다. 확신을 가지고 기도를 하면 분명히 용서받을 거라면서 말이다.

그날 밤, 나는 신학교로 돌아갔다. 하지만 거기서도 마음 편히 쉴 수 없어서, 그다음 날 아침 일찍 아드로게로 돌아갔다. 불길한 예감에 휩싸여 잠을 설치다가 새벽을 맞았다. 사르다 집에 전화를 걸고 싶었지만 엄두가 나지 않았다. 카르멘이 아닌 다른 사람이 전화를 받으면 대체 뭐라고 한단 말인가? 나는 고통 속에서 하루를 보냈다. 카르멘이 전화를 하지 않았다는 것은 아나에게 별일이 없다는 의미라는 것을 알고 있었다. 그렇지만 전화 한 통 없이 애를 태우는 그녀가 야속하기만 했다. 오후 늦은 시간이 되어서야 마침내 카르멘에게서 연락이 왔다. 연락이라고 해봐야 짧게 몇 마디 했을 뿐이다. 별일 없으니까 그 틈을 이용해 책을 가지러 잠깐 나갈 거라고 했다. 그리고 아나는 잠들어 있는데, 내일까지 계속 잘 것 같다고 했다. "이제 얼마 남지 않았어." 그녀는 그렇게 말하고 전화를 끊었다. 전화를 받고 나자 한결 마음이 놓였다.

잠시 후, 나는 신학교로 돌아가기 위해 물건을 챙겼다. 그러던 중에 전화벨이 울렸다. 나는 카르멘이 깜빡 잊고 못한 말이 있어서 다시 전화한 걸로 생각하고 받았다. 하지만 이번에는 아니었다. 그녀는 울고 있었다. 그녀는 열이 올라 몸이 불덩이처럼 뜨거운 데다 태어나서 이렇게 아픈 적은 처음이라고 했다. 하지만 차마 의사한테 갈 수가 없다고 했다. 의사를 만나면 자기가 한 짓을 죄다 털어놓아야 할 텐데 그럴 엄두가 나지 않는다는 얘기였다. 그렇다고 버스를 타고 아무도 자기를 알아보지 못하는 병원에 갈 수도 없는 노릇이었다. 그녀는 혼자서는 한 발짝도 움직일 수 없다며 내게 도와달라고 사정했다. 하지만 그때도 그녀는 내가 그 어떤 책임감도 느끼지 않도록 말했다. 그녀는 자기에게 일어나고 있는 일에 대한 책임이 자신에게, 오로지 자기 자신에게 있다고 여기는 듯했다. 머리가 빙빙 돌아서 견딜 수가 없었다.

당장 카르멘과 상의할 방법이 없었을뿐더러 그녀가 책을 가지고 집에 돌아올 때까지 마냥 기다릴 수도 없었다. 어떻게 해야 할지 몰라 우왕좌왕했지만, 마침내 아나에게 본당으로 오라고 했다. 나는 혹시 급하게 그녀를 먼 데 있는 병원으로 데려가야 할지도 모르니까 집에 들러 아버지의 회사용 밴을 몰고 가겠다고 했다.

나는 그렇게 했다. 정말로 그럴 작정이었다. 하지만 본당에 도착했을 때는 아나가 이미 세상을 뜬 뒤였다. 나는 본당 정문 앞에 차를 세웠다. 비가 내렸지만 혹시 오후에 기도하러 오는 사람이 있을지 몰라 이리저리 둘러보면서 성당 안으로 살금살금 들어갔다. 나는 문을 열자마자 그녀를 찾기 위해 두리번거렸다. 아나의 모습이 눈에 띄었다. 그녀는 가장 뒷좌석에 비스듬히 누워 있었다. 나는 거기로 천천히 다가갔다. 그녀가 잠들었거나 기절했는지도 모른다는 생각이 들었다. 나는 그녀의 몸을 흔들어 깨우다가 맥을 짚어 보기도 하고, 숨을 쉬는지 확인하려고 콧구멍 아래 손을 갖다 대기도 했다. 나는 그녀에게 사정했다. "아나, 죽으면 안 돼. 제발, 부탁이야. 죽지 마." 나는 그녀의 몸 위에 엎드려 울었다. 나도 곧 죽을 것만 같았다. 이럴 수는 없었다. 내게 이런 일이 일어날 리 없었다. 게다가 이렇게 끔찍한 일이. 나는 이미 여러 차례 시험에 들었다. 앞으로 이런 일을 얼마나 더 겪어야 한단 말인가? 그 순간, 제단 위에서 사람 그림자를 본 것 같았다. 하지만 그것이 무엇인지 보러 가지는 않았다. 거기까지 아나를 따라온 친구, 마르셀라 푸네스의 머리 위로 가브리엘 대천사상이 떨어졌다는 것을 안 것은 한참 뒤의 일이었다. 나는 남은 힘을 끌어모아 아나의 시신을 차에 실었다. 그런 다음 혹시라도 남아 있을지 모를 흔적을 치우기 위해 잠시 본당으로 돌아왔다. 나는 입고 있던 스웨터를 벗어 의자와 바닥을 문지르고, 빗방울과 진흙 발자국을 닦았다. 이렇게 하면 아나가 여기 있었다는 걸 아무도 모를 거라고 생각했다. 그런데 아나를 업고 밖으로 나가려는 순간, 성구실로 통하는 문이 살짝 열린 것 같기도 해서 장담할 수는 없었다. 그 시간에 제단을 돌아다닐 사람은 마누엘 신부님밖에 없을 것이다. 나는 끝내 그것을 확인하지 못했다. 그때 문을 연 사람이 신부님이었는지, 그가 나를 봤는지, 나는 모른다. 내가 고해를 할 때도 신부님은 그 일에 관해 일절 언급하지 않았다.

나는 또다시 정신이 멍해졌다.

어떻게 해야 할지 몰라 또다시 막막했다.

정신을 차리지 못할 만큼 연속으로 내 뺨을 후려치는 이 세상에서 어떻게 살아가야 할지 판단이 서지 않았다. 앞이 잘 보이지 않아 운전하기도 힘들었다. 게다가 와이퍼 고무가 너무 닳은 탓에 시야가 흐려져 갈수록 현기증이 심해졌다. 페달을 밟고 있는 다리가 후들거렸다. 아나의 주검을 차에 싣고 간다는 생각을 하자 숨이 턱 막혔다.

나는 이해할 수도 없고, 이해하고 싶지도 않았다.

광란의 도가니 같던 그날 밤, 한 가지 확실한 것은 카르멘을 찾아야 한다는 것뿐이었다.

카르멘

오필리아:

사람들이 그러는데, 올빼미는 원래 빵집 아저씨 딸이었대요.

아! 우리가 누구인지는 알지만, 우리가 무엇이 될는지는

아무도 모른답니다.

윌리엄 셰익스피어, 《햄릿》

1

나는 하느님을 믿는다. 나는 완전하면서도 철저하고 열정적으로 믿는 사람이다. 그리고 필요한 경우에는 과격하게 믿기도 한다. 믿음이 없다면 나는 어떻게 될까? 그러면 삶에서 아무런 위안도 얻지 못할 것이다. 내 아들, 마테오가 사라졌다. 그 아이가 하느님의 뜻에 따랐는데 내가 이를 이해하지 못한 것이라면 내 삶은 아무런 의미도 없을 것이다. 나는 지금 그 아이를 찾고 있다. 산티아고 데 콤포스텔라에서 그 아이를 찾고, 그 아이와 마주치리라는 희망을 버리지 않고 있다. 대성당에서, 공원에서, 아니면 구시가지의 좁은 골목길을 따라 걷다가 말이다. 그사이 얼마나 돌아다녔던지, 이제는 마치 여기서 태어난 것처럼 이 도시의 구석구석을 훤히 알고 있다.

우리는 마테오를 찾기 위해 계획에도 없던 도시로 오게 되었다. 아들과 만나고자 하는 소망이 요즈음 우리가 하는 모든 일의 원동력인 셈이다. 그 나머지는 모두 중단된 상태다. 훌리안과 나는 한때 로마,

베니스, 혹은 파리를 여행하는 것이 꿈이었다. 사실 우리처럼 세계 끝자락의 변방 국가에 사는 사람들에게 그런 곳은 누구나 꿈꾸는 여행지다. 어쩌면 그때 우리는 가고 싶은 곳을 떠올리면서 이제는 기억나지 않는 다른 도시의 이름—런던, 바르셀로나, 프라하, 마드리드—을 들뜬 기분으로 이야기했을지도 모른다. 그때만 해도 우리가 가진 시간과 돈을 급하게 써야 할 데가 많았기 때문에, 현실적인 여행 계획이라고 하기는 어려웠다. 하지만 산티아고 데 콤포스텔라 이야기를 꺼낸 적은 단 한 번도 없었다. 여기 오기 전에 아르헨티나를 벗어나 가본 곳은 우루과이와 브라질이 유일했다. 더구나 산티아고 순례길은 우리의 계획에 전혀 없던 곳이다. 우리가 매년 순례를 떠나는 곳은 루한 대성당*이다. 거기로 가는 길이 우리의 유일한 신앙의 길이기 때문에 굳이 다른 곳을 찾을 필요가 없었다. 우리는 단순히 순례자로서 그 길을 떠나기도 했지만, 성당의 여러 단체를 인솔하거나 거리에 임시 구호소를 설치해 먼 길을 걷느라 지쳐 낙오한 이들이나 실신한 이들을 도와주기도 했다. 루한 대성당으로 순례를 떠나는 이들은 약속을 지킨다거나 신앙고백을 한다는 목적을 가지고 있었다. 반면 산티아고 데 콤포스텔라로 가는 이들은 여러 가지 목적—가령 여행, 트레킹, 다양한 사람을 만나려는 의도, 속물근성, 미식가로서의 관심 등—을 가졌을 것이 분명하다. 내가 보기에는 바로 그런 점 때문에

* 루한 성모 마리아 대성당은 아르헨티나 루한시에 있는 대성당으로 19세기 고딕 양식의 대표적인 건축물이다.

순례의 진정한 의미와 가치가 훼손되고 있는 것 같다. 만약 하느님의 뜻에 따라 마테오를 만나게 된다면, 우리 가족은 과거 유토피아의 일부였던 그 도시뿐 아니라 다른 도시들도 마음껏 둘러볼 수 있게 될지 모른다. 그것은 가족의 재회를 축하하고, 지금은 드라마인 것을 기회로 바꾸어 더 나은 가정을 꾸리는 방법을 배우는 훌륭한 길이 될 수도 있을 것 같다. 우리가 여태껏 해온 것처럼.

매일 밤, 나는 마테오에게 모든 사정을 밝힐 수 있게 해달라고 하느님께 기도한다. 마테오를 만나 자초지종을 자세히 설명하고, 얼핏 보기에 너무 심각해서 도저히 용서할 수 없을 뿐만 아니라 끔찍하기까지 한 것이 어떻게 더 거대한 악을, 아니 최대의 악을 막는 사소한 악에 지나지 않는가를 알려주고 싶다. 그것은 누군가가 자기 자신을 잊은 채, 오로지 사랑하는 이들을 지키기 위해 용기를 가지고 대범하게 수행해야 할 정도로 가혹한 임무였다. 나는 알고 있다. 언젠가 마음을 열고 솔직하게 이야기를 나누면 그 아이도 분명 나를 이해하게 되리라는 것을. 그리고 내 입장을 충분히 밝히고 해명하면 그 아이를 괴롭히고 있는 문제 또한 연기처럼 사라지리라는 것을 말이다. 그러면 우리는 서로 부둥켜안고 어깨에 얼굴을 파묻은 채 울 것이다. 마침내 모든 것을 이해한 그는 다정한 눈빛으로 나를 보며 이렇게 말할 것이다. "가엾은 엄마. 그동안 엄마가 겪어야 했던 일을 생각하면 마음이 아파요. 가엾은 엄마." 왜냐하면 이 사건에서 범죄를 저지르거나 죄를 짓지 않고 마땅히 해야 하는 일을 마무리 짓기 위해 진흙탕과 오물에 손을 담가야 하는 사람이 있었다면, 그게 바로 나였기 때문이다. 더구나 내가 해야만 했던 일은 그렇게 간단하지도 즐겁지도 않았다. 훌리안 혼자서는 그 일을 할 수 없었을 것이다. 애당초 훌리안이 해결하기에는 무리였다. 마테오가 그 모든 것을 알고 난 후에도, 그러니까 그 사건에서 내가 한 역할을 이해하고 그토록 잔인무도하고 처참한 일이 일어난 이유를 용납한다고 해도, 자기 아버지가 저지른 짓을 용서하기는 쉽지 않을지도 모른다. 어쨌든 나는 그 아이가 자기 아버지를 이해하고 용서할 수 있도록 최선의 노력을 다할 것이다. 하느님께서 그를 용서했다면 우리가 어떻게 그를 용서하지 않을 수 있겠는가. 훌리안은 신학교에 다니던 시절, 아나와 짧은 기간 동안 맺은 관계—그것을 **관계**라고 부를 수 있다면—를 그 즉시 내게 고백했다. 그는 자신이 저지른 죄를 후회하면서 고백했고, 마누엘 신부님이 지시한 보속을 행한 다음 용서 받았다. 아나와 섹스를 한 것 말고 훌리안이 저지른 또 다른 범죄나 죄가 있을까? 그 둘이 피임 기구를 사용하지 않고 섹스를 했다는 사실만으로도 비난을 받아야 할까? 30년이 흐른 지금이야 다들 그렇다고 하겠지만, 그 당시에 누가 콘돔을 사용했겠는가? 마테오도 이제 어엿한 성인 남자가 되었다. 만약 그에게 감정에 치우치지 않고 냉정하게, 또한 자기를 이 세상에 태어나게 해준 아버지에 대한 마땅한 애정을 가지고 아버지를 분석할 기회를 준다면, 성적 욕구를 억제하지 못했다는 이유만으로 훌리안을 비난할 수는 없을 것이다. 물론 그런 아버지를 옹호하기는 쉽지 않을 것이다. 원래

아들의 눈에 아버지는 무성애자로 보이는 법이니까. 더구나 훌리안처럼 영적이고 신앙심이 강해서 세속적인 문제에 거의 관심이 없고 사소한 일에는 신경도 쓰지 않는 아버지라면 더더욱 그렇다.

나는 그 일에 관해 내 아들이 얼마나 알고 있는지 모른다. 아버지가 돌아가실 때 얼마나 알고 계셨는지도 모른다. 아버지는 아나의 죽음에 관해 훌리안과 무슨 이야기를 나누시더니 그를 집에서 쫓아내 버렸다. 하지만 나하고는 자세히 이야기하려고 들지 않았을뿐더러 훌리안에게 했던 것처럼 꼬치꼬치 캐물어 보지도 않았다. 아버지는 어느 날 훌리안을 급히 불러 이야기를 나눈 뒤, 얼마 지나지 않아 돌아가셨다. 그사이 내가 아나의 죽음과 관련된 몇 가지 일에 끼어들었다는 것을 안 아버지는 내가 사랑에 눈이 멀어 훌리안을 우리 집안에 끌어들였다고 심하게 나를 나무랐다. 아버지는 아나의 죽음에 관해 이야기했을 뿐, 그 아이의 시신에 벌어진 일에 관해서는 일절 언급하지 않았다. "아빠, 이왕이면 긍정적인 면을 좀 봐요. 만약 내가 훌리안에 대한 사랑을 포기했다면, 지금 마테오는 이 세상에 없을 거예요." 내가 이렇게 말하자 아버지는 입을 굳게 다물었다. 마테오는 아버지의 아킬레스건이자 유일한 약점이었다. 나는 아버지가 내 아들에게 어떤 이야기를 덧붙여서 했는지 모른다. 아버지가 확실하게 알고 있던 것은 그렇다 쳐도, 나머지는 자기 마음대로 추측하고 지어내 빈틈을 메웠을 것이 분명하기 때문이다. 마테오가 우리한테서 달아난 것도 따지고 보면 진실을, 정확히 말해 반은 사실이고 반은 거짓말인 절반의 진실을 감당할 수 없었기 때문인지도 모른다. 매일 아침 눈을 뜨면 가슴이 미어져도 내색하지 않고 간절히 기도했건만, 아들을 만나서 어른 대 어른으로 얼굴을 맞대고 이야기할 기회조차 주어지지 않는다면 그 또한 하느님의 뜻으로 받아들이면서 믿음을 갖고 계속 정진하는 수밖에 없을 것 같다.

나는 임신하는 데 몇 년이나 걸렸다. 우리는 빌링스 방법*은 물론이고, 아이를 가지려는 노력을 전혀 하지 않았다. 우리는 4년 동안 교제했다. 처음 1년은 몰래 만났기 때문에 공식적으로는 3년 동안 사귄셈이다. 그건 아나의 죽음 때문이 아니라 훌리안이 신학교를 그만둔지 얼마 되지 않아 내 남자친구로 우리 집에 드나드는 것이 왠지 꺼려졌기 때문이었다. 사람들이 훌리안이 신학교를 중퇴하기 전에 우리의 사랑이 시작되었다고 단정 짓도록 내버려두고 싶지 않았다. 둘이 있을 때는 가급적 아나 이야기를 꺼내지 않으려고 했다. 유령처럼정처 없이 떠돌아다니면서 우리가 힘겹게 쌓아 올린 관계를 더럽히는 아나의 그림자로부터 우리 자신을 지키고 싶었다. 다행히도 우리가 결혼한 후로 그 그림자는 서서히 희미해지더니 결국 자취를 감췄다. 우리는 그것 말고도 신경 쓸 데가 많았다. 우리 둘만이 아니라 앞으로 우리가 잉태하고 훌륭하게 키워 갈 가족을 꿈꾸고 있었다. 우리

---

* 배란에 앞서 나타나는 여성 경부의 점액 변화를 관찰함으로써 월경주기 중 임신 가능기간을 알아보는 것으로 존 빌링스 박사가 개발한 방법이다. 자연적인 가족계획 방법가운데 가장 적절한 방법으로 평가되고 있다.

가 바라던 것은 분명히 자녀가 많은 가족이었다. 하지만 첫 임신이 예상했던 것보다 훨씬 오래 걸렸다. 그때부터 엄마가 되는 것이 쉽지 않을 수도 있다는 생각이 들었다. 아니면 적어도 내가 꿈꿔온 엄마가 되는 것, 계단에 늘어서서 서로 먼저 내게 오려고 하는 여러 나이의 아이들에게 둘러싸인 엄마가 되는 것은 아무래도 요원할 것 같았다. 하느님께서 내가 당신의 뜻을 외면한 것에 대한 대가를 치르게 하려고 엄마가 될 때까지 기다리셨는지도 모른다는 생각이 들었다. 곰곰이 따져 보면, 내가 더 이상 아이를 낳지 못하게 된 것도 주님을 실망시킨 것에 대한 형벌이었는지 모른다. 나는 아나가 뱃속에 든 아이를 죽이려고 할 때 막지 않았다. 하지만 나는 그 아이에게 임신중지를 하라고 하지도, 그녀를 위해 결정을 내리지도 않았다. 게다가 나는 그 문제에 관해 동생과 상의조차 하지 않았다. 그녀는 내게 한 마디도 하지 않았고, 그래서 나도 그 아이에게 아무 말도 하지 않았다.

하지만 그것을 막기 위해 내가 아무런 노력도 하지 않은 것은 사실이다. 그리고 절박한 상황에서 임신중지 수술을 하는 곳의 주소를 알아내 훌리안에게 알려준 것도 사실이다. 열일곱 살짜리 여자아이나 신학생이 그런 짓을 하는 곳이 어디인지 물어보면서 돌아다니는 모습은 상상만 해도 거북하고 가슴 아플 뿐만 아니라 더럽게 느껴지기까지 했다. 그러던 중, 본당 소속의 어느 단체가 당국에 고발하기 위해 임신중지 수술이 비밀리에 행해지는 곳을 조사하고 있었다는 사실이 기억났다. 나는 그 조사가 어떻게 진행되고 있는지 관심 있는 척하면서 명단을 달라고 했다. 그러고는 집에서 가장 가까운 곳에 있는 임신중지 시술소의 주소를 알아내 홀리안에게 알려주었다. 하지만 그것 또한 내가 저지른 실수였다. 나는 임신중지를 하라고 동생을 데리고 가지 않았다. 그건 홀리안도 마찬가지였다. 하지만 우리가 주소를 알려주었기 때문에 동생은 어디로 가면 되는지 알고 있었다. 우리가 아나에게 주소를 알려주지 않았다면 어떻게 되었을까? 임신중지를 하지 않았을까? 더 좋은 곳에 가서 수술을 받았을까? 아니면 반대로 무지한 여자들처럼 뜨개질바늘이나 미나리 줄기로 안을 휘저었을까? 내가 그것을 무슨 수로 알겠는가? 내가 지고 있는 책임과 내가 짊어진 죄의 무게는 바로 거기까지다. 설령 우리가 그 주소를 건네주지 않았더라도 아나가 죽는다는 사실이 바뀌었을 것 같지는 않다. 왜냐하면 아나의 죽음은 하느님의 뜻이기 때문이다. 하지만 나는 태어나지 못한 아기의 죽음을 막지 못했다. 아기의 죽음을 외면한 것은 내 책임이다. 임산부들의 수호성인인 성녀 안나도 그 죽음을 막지 못했다. 엄마가 동생을 잘 보살펴 달라는 뜻에서 이름을 아나라고 지었건만, 성녀 안나는 동생을 지켜주지 못했다. 성녀 안나도 못한 일을 왜 나더러 하라는 걸까? 나머지 일, 즉 그 뒤에 일어난 일—그 일이 아무리 끔찍해 보인다 할지라도—에 대해서도 나는 전혀 후회하지 않는다. 나는 그 어떤 범죄를 저지르지도, 죄악을 저지르지도 않았다. "아버지, 하실 수만 있으면 이 잔이 저를 비껴가게 해주십시오."* 나는 암사자처럼 나의 가족—지금 가진 가족과 앞으로 나타날 가족—을 지키기 위해, 그리고 내가 사랑하는 이들을 보호하기 위해 행동했다. 물론 내 말에 동의하기 어려운 이도 있겠지만 나는 아나를 보살피기 위해 할 일을 다 했다. 특히 아나와 그 아이의 기억을 지키기 위해서 말이다. "아버지, 하실 수만 있으면 이 잔이 저를 비켜가게 해주십시오. 그러나 제가 원하는 대로 하지 마시고 아버지께서 원하시는 대로 하십시오." 아버지나 마테오, 또는 내가 한 일을 알고 내게 불만을 품고 있는 이라면 누구든 아나가 임신중지 수술을 받기로 결심한 날—물론 그때는 나도 어린 나이였지만—그 아이를 붙잡지 못했다고 나를 비난해도 좋다. 하지만 그 외의 다른 비난은 절대 용납하지 않을 것이다. 만약 내가 그 이후에 어떤 범죄를 저지르거나 죄악을 저질렀다고 떠들어대는 이들이 있다면, 그들은 거짓말을 하고 있는 것이다. 30년이 지난 지금도 나를 비난하는 이가 있다면, 그건 내가 그렇게 행동하게 된 이유나 동기를 제대로 이해하지 못했기 때문이다. 사람들은 공포를 용납하지 않는다. 설령 그것이 피할 수 없는 것이거나 최고선을 지키기 위해 불가피하게 치러야 하는 대가라고 해도 말이다.

세상 모든 사람에게 이유를 설명할 생각은 없다. 굳이 내가 설명해야 한다면 그곳은 이 지상이 아니라 다른 곳이다. 하지만 내 아들에게는 해야 한다. 가능하다면 그 아이에게는 모든 것을 설명해 주고 싶다. 그 아이는 마땅히 모든 사실을 알아야 한다. 그리고 나는 그 아이

*   《마태복음》 26장 39절에 나오는 구절이다.

가 모든 것을 이해할 수 있도록 설명해야 마땅하다. 우리가 했던 것이, 그러니까 몸과 마음의 상처를 감싸고 아물게 하기 위해 했던 모든 것이, 우리 모두를 향한 사랑의 행동이자 보호와 보살핌의 행동이 아니라고 아무리 우겨도 소용없을 것이다. 아나는 죽었다. 그리고 뱃속에 있던 아기도 죽었다. 우리는 그 사실을 바꿀 수 없다. 그렇다면? 그 이후에 벌어진 일은 사람들을 공포로 몰아넣은 것 외에는 본질적으로 장식에 불과하다. 범죄가 있었다. 그렇다. 그 이전에 임신중지라는 범죄가 있었다. 나는 지금도 그 아기가 죽었다는 사실이 가슴 아프다. 만약 지금 다시 그와 비슷한 상황에 놓인다면 어떤 수를 써서라도 그 아기가 태어나도록 할 것이다. 가족이 슬퍼하고 괴로워하더라도, 아나의 이름에 지울 수 없는 오점을 남기더라도, 심지어 내 자신의 행복을 바치는 한이 있더라도 그렇게 하고야 말 것이다. 하지만 그 당시 훌리안과 나는 청소년기에서 갓 벗어난 터라 세상 물정 모르는 숙맥에 지나지 않았다. 그래도 우리는 안간힘을 다해 그 상황을 분석하고 어떻게 할지 결정을 내렸다. 아나가 죽을 거라고 누가 생각이나 했겠는가? 아마 아무도 몰랐을 것이다. 반면 아무 조치도 취하지 않았더라면 아나 자신뿐 아니라 주변 사람들에게도 끔찍한 결과를 초래했을 것이 확실하다. 엄마는 아직 소녀에 불과한 막내딸이 사랑하지도 않는 하룻밤 상대와 아무런 약속도 없이 성관계를 맺고 순결을 잃었다는 사실을 알고 슬픔에 젖어 몸져누웠을 것이다. 엄마는 안 그래도 남의 시선에 지나치게 신경을 쓰는 편인데, 너무 이른 나이에 무책임한 성생활을 했다는 비난과 미혼모라는 낙인을 안고 평생을 살아야 할 아나의 행동에 충격을 받은 이웃들, 친구들, 친척들이 한 마디씩 던지는 말을 다 참고 들어야 했을 것이다. 훌리안은 신학교에서 손가락질을 당했을 것이다. 그런 경우 하느님께 기도하면서 자신에게 진정한 종교적 소명이 있는지 분간한 다음, 묵상을 통해 확실하게 결정을 내리고 자유 의지에 따라 사제의 길을 포기하는 것이 한 가지 방법이다. 다른 한 가지 길은 임신으로 드러난 바와 같이 금지된 관계를 맺었다는 이유로 온갖 비난과 수치를 당하면서 사제의 길을 포기하는 것이다. 평소 진실을 추구하는 자신을 그토록 자랑스러워하던 아버지는 슬픔에 젖은 어머니와 많이 싸워야 했을 것이다. 평소에도 우울증 증상이 자주 나타났는데, 그 사건까지 더해지면 여러 차례 자살 시도를 하고도 남았을 엄마와 말이다. 하지만 아버지는 아기와 함께 계속 그 집에 살 딸을 부양할 수밖에 없었을 것이다. 그렇게 되면 훌리안과 나는 함께 새로운 인생을 출발해 가정을 꾸리고 신앙과 사랑 속에서 더불어 성장하는 것은 아예 꿈도 꾸지 못했을 것이다. 이 말을 하는 지금도 목이 메인다. 우리 모두에게 너무나 큰 고통이다.

물론 어떤 고통을 피하기 위해 순결무구한 아기의 생명을 앗아가는 것은 죄악이다. 그 점에 대해서는 반론의 여지가 없다. 그렇기 때문에 우리는 아나에게 그렇게 하라고 절대 말하지 않았다. 우리는 그녀가 그 일로 죽을 수 있다고 생각하지도 않았다. 아나가 그렇게 하기로 결정을 내리자 솔직히 우리는 안도감을 느꼈고—주여, 우리를 용서하소서! ─ 그 아이가 자신의 죄악 속으로 걸어 들어가도록 내버려 두었다. 아기의 생명을 앗아감으로써 아나는 자신이 치러야 할 대가를 스스로 정한 셈이다. 어쩌면 아나는 많은 이처럼 그 빚을 갚지 않아도 될 거라고 생각했는지도 모른다. 우리 가족사의 역설은 아나가 임신중지의 결과로 죽지 않았더라면 자신이 원하는 대로 삶을 계속 이어나갈 수 있었으리라는 점이다. 더욱이 그 아이가 자신의 잘못을 회개하고 이를 고백했다면, 순수한 자비이신 하느님께 용서를 받았을 것이다. 나는 잘 풀려야 마땅한 일이 왜 그렇게 틀어졌는지 도저히 이해할 수 없다. 나는 그 또한 하느님의 뜻으로 받아들인다. 그리고 하느님께서는 종종 우리를 위한 계획을 가지고 계신다. 물론 우리의 능력으로는 이해할 수 없지만 말이다.

예수님은 올리브산에서 이렇게 말씀하셨다. 행동하라는 하느님의 요구를 받아들여야만 했던 불안한 그 순간이 눈앞에 떠오를 때마다 나는 예수님의 이 말씀을 되풀이해서 외운다. "아버지, 아버지께서 원하시면 이 잔을 저에게서 거두어 주십시오. 그러나 제 뜻이 아니라 아버지의 뜻이 이루어지게 하십시오."《누가복음》22장 42절) 그래서 나는 하느님께서 나를 위해 준비해 놓으신 형벌이 아나의 죽음 이후에 저지른 행동 때문이 아니라 그 아이가 임신중지를 하도록 내버려 둔 죄에 대한 것임을 알고 있다. 그 이후에 이어진 것은 하느님께서 나에게 마시라고 했던 잔에 지나지 않았다. 하느님의 뜻. 그래서 하느님의 뜻에 의해, 우리에게 소망과 계획이 있었음에도 불구하고 나는 오직 한 명의 아이만을 가질 수 있었다. 제왕절개수술로 마테오가 태어난 후, 나는 병원균에 감염되고 말았다. 퇴원한 다음 날, 집에 있다가 갑자기 걷잡을 수 없는 출혈이 일어났다. 훌리안은 즉시 분만했던 병원으로 나를 데려갔다. 당직 의사들은 진찰을 하자마자 겁에 질려 얼굴이 하얘지더니 곧장 나를 수술실로 데리고 갔다. 그들은 훌리안에게 패혈증이라고 말하고 당장 피를 빼내지 않으면 죽을 수도 있다고 했다. 결국 그들은 내 몸에서 피를 빼냈다. 그렇게 오랜 세월이 지났건만 이 말을 하는 지금도 영혼이 찢어지는 듯한 괴로움을 느낀다. 그 사실을 받아들이기는 어려웠지만, 우리는 기도로 피신했다. 그리고 마테오에게로, 우리 곁에서 남자로 변해갈 그 아기에게로 피신했다. 우리는 부모로서, 교육자로서, 그리고 교리 교사로서 그 아이에게 줄 수 있는 것을 모두 다 바쳤다. 우리 아들은 언제나 빛이자 등불이었고, 그 자체로 가장 순수한 선이었다. 언제나 셋이 함께해온 우리 가족은 우리를 아는 모든 이에게 선망의 대상이었다. 마테오는 사내아이들이 친구들과 어울려 휴가를 떠나는 나이가 되어서도 한 마디 투정도 없이 계속 우리가 정한 곳으로 따라왔다. 훌리안은 우리 아들이 또래들과 잘 어울리지 못하는 탓에 딱히 놀 데가 없어서 우리를 따라다니는 건 아닌지 걱정했다. 다행히 그렇지는 않았다. 그 아이는 단지 우리와 함께 지내는 것을 좋아했을 뿐이다. 주말에는 셋이 집에 머무르며 책을 읽거나 영화를 보기도 하고, 함께 카드놀이를 즐기기도 했다. 우리는 그렇게 행복한 나날을 보냈다.

그런데 얼마 전부터 마테오가 외할아버지 집에 자주 드나들기 시작했다. 이런저런 사정으로 주로 혼자 그곳을 방문했다. 어떤 계기로 거기에 드나들기 시작했는지 나로서는 알 길이 없다. 외할아버지가 부추겼을 수도 있고, 자기 발로 찾아갔는지도 모른다. 처음에는 외갓집과 유대감을 강화하는 것이 마테오에게도 좋을거라고 생각했다. 많은 장점이 있지만 마치 배터리가 반밖에 안 차 있는 것처럼 권태와 만성적 무기력증에 빠져 있는 훌리안과 사뭇 다른 남성상에 가까워질 수도 있을 것 같았다. 아버지는 병을 짊어지고 돌아가실 때까지도 순수한 에너지 그 자체였다. 훌리안과 아버지는 하나도 닮지 않았다. 두 사람은 저마다 다른 결점을 가지고 있었지만, 두 가지 가능한 남성상이자 가치관의 전형이었다. 그런데 내가 잘못 생각한 것 같았다. 그걸 깨달았을 때는 이미 늦었다.

아버지는 늘 자신이 가톨릭 신자라고 주장했지만 믿음을 버린 지 오래였다. 그게 아니라도 아버지는 가톨릭 신자로서 행동하지 않았다. 그는 신앙의 교리, 신자들이라면 전혀 문제 삼지 않을 진리에도 의문을 제기하곤 했다. 처음에는 아버지와 마테오가 대성당을 그리기 위해 만나는 줄 알았다. 그러면 각자가 지닌 예술적 재능을 신앙과 결합시킬 수 있어 좋을 거라고 생각했다. 그런데 아버지는 종의 진화라든가 유전적 부동浮動*처럼 논란이 될 만한 개념을 마테오의 머릿속에 서서히 주입하기 시작했다. 그따위 과학 이론들은 우리 같은 독실한 가톨릭 신자라면 그 뒤에 숨겨진 속임수와 조작을 발견하는 방법을 훤히 알고 있기 때문에 절대 용인할 수 없다. 독서광인 아버지는 우리 아들에게 불온하고 황당한 책 이야기를 했을 것이다. 그런 이야기들은 완벽한 교육을 받고 자란 마테오 같은 아이의 머릿속에 마약보다 더 큰 혼란을 일으킬 수 있다. 나는 아이와 싸우기 싫어 모르는 척했지만, 그의 방에서 의심스러워 보이는 책을 골라내 숨겨 두곤 했다. 그것들은 아버지의 서재에 있던 책들이 분명했다. 아버지는 반신자半信者였기 때문에 자기 마음에 드는 건 받아들이되, 그렇지 않은 것은 가차 없이 의문에 붙였다. 예를 들어 아버지는 가톨릭 신자에게 성경에 대한 자유로운 해석이 가능하지 않다는 것을 받아들이지 못했다. 아버지는 성경을 읽었지만 토론의 대상으로 삼았다. 그래서 엄마는 그의 말을 더 이상 귀담아 듣지 않았다.

그건 페미니스트 신학자들도 마찬가지다. 그들은 자기들이 원하는 결론을 미리 만들어 놓고 성경을 거기에 끼워 맞추고자 한다. 그렇게 해서 그들은 아예 성경을 새로 만들어 내려고 한다. 그들은 여러 차례 나를 자기들의 그룹으로 끌어들이려고 했다. 내가 어느 정도 명성이 있는 신학자이다 보니, 명단에 내 이름을 올리면 자기들한테도 이로울 거라고 판단했을 것이다. 나는 토론의 여지가 없는 것을 논의하고 싶은 생각이 전혀 없다. 그런 의미에서—물론 다른 사람 앞에서는 절대로 인정하지 않겠지만—우리 가족 중에서 내가 가장 존경하는

---

* 개체군 내에서 자연선택 이외의 요인에 의해 대립유전자의 빈도가 매 세대마다 변동하는 현상으로, 집단의 크기가 작고 격리된 집단에서 발생한다.

이는 바로 리아다. 리아와 나는 둘 다 어중간한 입장을 인정하지 않는다. 누구든 가톨릭 신자이거나 아니거나, 둘 중 하나일 뿐이다. 만약 신자가 아니라면 아무것도 믿지 않는 대가로 공허한 삶의 결과를 직면해야 할 것이다. 반대로 신자라면 신앙이나 성당에 대해 이러쿵저러쿵하지 말아야 한다. 날이 갈수록 마테오의 말수가 부쩍 줄어들었을 뿐 아니라 잘 보이지도 않았던 걸 보면 아버지가 마테오에게 남긴 편지에서 우리에 대한 잘못된 편견을 심어준 것이 분명하다. 만약 아버지가 돌아가시기 전부터 그랬다면 나도 분명히 알아차렸을 것이다. 정말 그랬다면 마테오는 훨씬 전에 위기를 맞았을 것이고, 할아버지와 살겠다고 집을 나가 사사건건 우리에게 맞섰을 테니까. 하지만 그런 일은 전혀 없었다. 아버지를 돌봐주던 수사나가 그 편지 이야기를 꺼내는 순간부터 나는 거기에 위험이 도사리고 있으리라는 것을 직감했다. 나는 그 편지를 찾으려고 몇 시간이고 마테오의 방을 뒤졌지만 끝내 찾지 못했다. 나는 며칠이나 그 편지에 무슨 내용이 담겨 있는지 짐작하느라 골머리를 앓다가 잠들었다. 아버지가 남긴 편지는 강박으로 변해 나를 잠 못 이루게 했다. 그래서 나는 머릿속으로 혼자 그 편지를 지어냈다. 그러고 나면 곧장 씁쓸한 기분이 들어 다지우고 처음부터 다시 쓰곤 했다.

아버지는 마테오에게 무슨 말을 했을까? 얼마나 많이 말했을까? 그건 그렇다 치고 뭐하러 편지를 쓴 걸까? 왜 쓸데없이 자식의 가슴에 못을 박으려고 하셨던 걸까? 무의미하고 잔인한 시간이 흐르면서 상처는 이미 다 아물었다. 그런데 왜 아버지는 자꾸 아문 상처를 후벼 파겠다고 고집을 부렸는지 도무지 이해가 가지 않는다.

나는 우리 가족이 겪어야 했던 일이 아무에게도 일어나지 않기를 바란다.

하물며 내가 겪어야 했던 일은 더더욱 아니다.

2

모두에게 우리는 **사르다 가족**이었다. 하지만 리아, 아나, 그리고 나는 흔히 말하듯 마음이 맞는 자매 사이는 결코 아니었다. 우리 자매는 언제나 두 편으로 나뉘었다. 리아와 아나가 한편을 이루었다면, 나는 혼자였다.

리아가 태어났을 때, 나는 그 집에 혼자 살던 다섯 살짜리 외동딸이었다. 그런데 리아가 태어나고 얼마 지나지 않아 또 한 명의 동생, 아나가 태어났다. 어떤 면에서 우리가 그렇게 두 편으로 나뉜 것은 당연한 일이었다. 내가 가족 내에서 이미 자리를 잡고 특권을 누리고 있었던 데 반해, 동생들은 자기 자리를 차지하기 위해 싸우기 시작했다. 사람들 말로는 아이들이 살면서 겪게 될 난관과 갈등에 맞설 수 있도록 훈련을 하는 곳이 바로 형제자매들 사이라고 한다. 형제자매들 사이에서 우리는 애정, 동지 의식, 연대 의식뿐 아니라 분노, 배신, 도발을 비롯해 자기 자리를 지키기 위한 싸움도 배운다고 했다. 나는 리아, 아나와 함께 훈련하고 협상하고 내 의견을 펴기도 하면서 우위를 점하고 이기고 지는 법을 배웠다. 우리 자매 사이는 전쟁터를 방불케 했다.

아나와 나는 엄마를 쏙 빼닮았다. 반면 리아는 가장 안 좋은 면만 물려받았다. 아버지는 재미있고 남의 마음을 단번에 사로잡을 만큼 매력적인 분이었지만, 말 그대로 남자답게 생긴 얼굴이었다. 선이 굵고 남성적인 외모를 가진 아버지의 영향 때문인지, 리아는 여자아이답지 않게 거칠고 투박하고 우락부락하게 생긴 편이었다. 그런 얼굴을 하고 살기는 쉽지 않을 것이다. 어린 시절에 나는 그런 리아를 볼 때마다 애처로웠다. 나는 그 아이가 반항적인 태도를 갖게 된 것도 바로 그런 이유 때문이라고 확신한다. 자신을 따라다니는 타인의 시선을 피하기 위해 움츠러들었을 테니까. 우리가 마지막으로 만난 지 30년이 지난 뒤, 마테오의 행방을 알아보기 위해 리아를 찾아갔던 날, 나는 리아에게 그사이 가정을 꾸렸는지, 아이가 있는지 물어볼 엄두도 내지 못했다. 그 아이가 자신의 생활에 대해 한 마디도 언급하지 않았기 때문에 함께 사는 식구가 없는 걸로 생각했다. 하지만 그사이 리아의 얼굴도 많이 변한 것 같았다. 세월이 흐르면서 남자처럼 거친 외모가 많이 부드러워졌을 뿐 아니라 상대방의 이마 한가운데를 노리는 비수처럼 날카롭던 눈초리도 더 이상 찾아볼 수 없었다. 지금의 리아는 한 번 보면 잊기 어려울 만큼 개성 있는 얼굴을 가진 여자로 변해 있었다. 쉰 살이 거의 다 되어가는 동생은 여전히 못생긴 편이었지만 묘한 매력을 가지고 있었다.

　반면 엄마는 고전미를 풍기는 아름다운 여성이었다. 우리를 잘 아는 이들의 말에 의하면 아나와 나는 그런 엄마를 쏙 빼닮았다고 한다. 돌이켜보면 우리 둘이 닮았다는 이유 때문에 아나는 끊임없이 나와 경쟁하려고 했던 것 같다. 외모의 유사성을 극단적으로 받아들인 게 아닌가 싶을 정도다. 아나는 내 옷차림을 따라했고 내 억양을 흉내 냈을 뿐 아니라 걸음걸이마저 나와 비슷하게 걸었다. 한마디로 그 아이는 내가 되고 싶어 했다. 그리고 아나는 내가 가지고 있는 것이면 무엇이든 가지려고 했다. 옷은 물론 학교 운동부의 주장 자리, 심지어는 홀리안까지도 말이다. 아나는 내 기분 따윈 아랑곳하지 않았다. 오히려 일부러 내 속을 긁는가 하면, 자신을 지키기 위해 필요하다면 나와 겨루어 이겨야 된다고 생각하는 것 같았다. 세상에는 자기와 꼭 닮은 사람이 있다는 글을 예전에 읽은 적이 있다. 전혀 모르는 사이지만 자신과 너무나 닮은 사람이 있다는 것이다. 어느 날 우연히 그 두 사람이 마주치면, 둘 중 하나는 죽어야 한단다. 마치 세상에 그 두 사람이 살 만한 물리적 공간이 없기라도 한 것처럼 말이다. 물론 나와 아나가 도플갱어라고 볼 수는 없었다. 우리는 서로 모르는 사이도 아니고, 같은 집에 살면서 서로에 관해 너무나도 잘 알고 있었으니까. 그렇지만 도플갱어의 경우처럼 우리―또는 아나―또한 같은 공간을 함께 차지하는 것이 불가능했다. 아나와 나, 둘 중 하나를 선택해야만 했다. 우리의 의지와 상관없이 하느님의 뜻에 의해 우리 둘이 일상을 넘어선 어떤 곳에서 만난 경우, 아나는 누구한테든 자기와 나 중에 하나를 선택하라고 강요했다.

아나가 죽기 몇 달 전, 매해 여름 본당에서 가는 캠프가 며칠 남지 않았을 무렵, 우리 둘이 한 공간에 함께 있을 수 없다는 것이 분명해졌다. 그해 내내, 성당 단체 활동을 하는 동안 우리는 서로 떨어져 지냈다. 더구나 아나는 내가 이끌던 단체에 속해 있지도 않았다. 나는 곧 견진성사를 받을 여자아이들을 담당했는데, 아나는 오래전에 견진성사를 받았다. 아나는 리아가 마지못해 나가던 가톨릭 청소년부에 속해 있었다. 그 단체를 맡고 있던 여교사가 가족 문제로 아이들을 인솔해서 캠프에 갈 수 없다고 하자, 마누엘 신부님은 나더러 대신 가라고 했다. 신부님의 부탁을 듣고 굳이 고민할 필요도 없었다. 나도 가고 싶었으니까. 나는 청소년기에 여러 번 가보았던 그곳이 너무 좋았다. 물론 그해 내가 맡고 있던 아이들보다 조금 더 나이가 많은 여자아이들을 이끌고 캠프에 간다는 것은 결코 쉽지 않은 일이었다. 하지만 무엇보다 서로에 대한 감정을 드러낸 적은 없지만 나를 잘 이해해 주던 훌리안과 그 시간 내내 같이 있을 수 있다는 생각을 하자 벌써부터 가슴이 두근거렸다.

집에 가서 그 이야기를 했더니 아나가 신경질적인 발작을 일으켰다. 가족들과 저녁을 먹던 중에 갑자기 비명을 지르면서 청소년부 캠프는 자기의 공간인데 내가 왜 거기를 차지하려고 하냐며 따지는가 하면, 내가 언제나 자기 것을 망치려고 한다고 악다구니를 쓰며 달려

들기도 했다. 아나는 엄마와 아버지에게 자기를 도와달라고 눈빛으로 신호를 보냈지만, 두 분은 늘 그랬듯이 중립을 지켰다. 동생들은 엄마가 나서주지 않으면 항상 모든 것을 나 혼자서 독차지하게 될 거라고 볼멘소리를 했지만, 엄마는 우리 사이에서 문제가 생기면 우리끼리 해결해야 한다고 못 박았다. 설령 내가 동생들보다 더 끈질기거나 고집이 세다고 한들, 아니면 더 교활하거나 더 강하다고 한들 그게 도대체 무슨 잘못이란 말인가? 정말 그랬다면 모든 것을 나 혼자서 독차지할 만한 자격이 있었던 것이다. 우리가 자매들 사이에서 단련된 뒤 마주하게 될 세상을 지배하는 규칙이 그렇게 정해져 있었으니까. 우리들이 아무리 싸워도 아버지는 일절 관여하지 않았다. 아버지가 보기에 그건 작은 문제거나 사소한 말다툼, 아니면 대수롭지 않은 싸움에 지나지 않았기 때문이다. 아버지는 우리가 왜 싸우는지도 모르면서 자기만의 생각에 빠진 채, 말다툼이 심해지다 결국 제 풀에 지쳐 끝나도록 그냥 내버려 두었다. 우리가 다 같이 가족 나들이를 나간 동안에도 아빠는 자신만의 세계에 살았고, 독서로 쌓아올린 상상의 공간에서 즐거움을 만끽했다. 그럴 때도 아빠만의 공간과 침묵은 우리들에게 존경심을 불러일으켰다. "아빠 책 읽고 계시니까 방해하지 마." "아빠 방해하지 마. 지금 생각하고 계시니까." 나는 어린 시절과 청소년기에 이 두 마디 말을 거의 매일같이 들어야 했다. 만약 아나의 일이 일어나지 않았더라면, 아버지는 명예롭게 돌아가셨을 것이다. 자신이 원했던 바와 같이 마지막 그날까지 쉼 없이 읽고 언제나 조금이라도 더 알고자 했던 분으로, 또한 많은 이가 기억하고 존경하는 훌륭한 역사 선생님으로 말이다. 하지만 막내딸—그가 늘 부르던 것처럼—"귀염둥이"가 죽자 그는 그 사건에 사로잡힌 나머지 완전히 딴사람으로 변해버렸다. 그는 일어나지도 않은 살인 사건의 범인을 찾고야 말겠다고 굳게 결심한 어둠의 존재가 되는 것 외에 그 어떤 운명도 거부했다. 그런데 그날 밤에는 아나가 미친 듯이 악을 써대는 바람에 아빠도 하는 수 없이 끼어들었다. "대체 얼마나 심각한 문제기에 너희 자매들끼리 해결을 못 하는 거니?" 아나는 물론 나도 그 질문에 선뜻 대답하지 못했다. 아나는 잠시도 내게서 눈을 떼지 않으면서 말했다. "언니가 가면 난 안 갈 거야." 나는 김이 모락모락 나는 수프를 숟가락으로 저으며 대답했다. "그럼 가지 마." 나는 아나의 분노가 곧 폭발할 거라고 생각했다. 그 아이의 성질머리라면 내가 누구보다 잘 아니까. 나는 몇 초 뒤 다시 아나를 바라보았다. "저번에 마르셀라가 여름방학 때 자기 집 농원에 가자고 하지 않았어? 거기나 가서 놀라고." 나는 그 아이에게 미소를 지어 보였다. 냉소적이고 비꼬는 듯하면서도 경멸로 가득 찬 미소였다. 그러곤 아무 일도 없었다는 듯이 계속해서 수프를 먹었다. 그러자 아나는 의자를 질질 끌면서—엄마가 싫어하는 행동이었다—일어나더니 울면서 방으로 갔다. 리아가 쫓아가려고 했지만 엄마는 그냥 앉아 있으라고 했다. "아무 일도 아닌 것 가지고 괜히 야단법석 떨지 마." 엄마가 말했다. 엄마는 곧장 나를 바라보며 말했다. "둘 다 가도록 해. 같이 가면 재미있을 테니까.

네 동생은 원래 경치가 좋은 곳을 좋아하잖니. 조금 있으면 화가 풀리고 다 잊어버릴 거야. 저 아이는 연기를 공부했으면 좋을 뻔했어. 그랬다면 훌륭한 배우가 되었을 텐데." 하지만 아나가 정말로 훌륭한 배우가 됐을지는 이제 아무도 알 수 없다.

차라리 아나가 그 캠프에 가지 않았더라면 얼마나 좋았을까 싶다. 얼마 후 우리 모두가 끌려들어 간 지옥이 바로 거기서 만들어졌으니까 말이다. 코르도바에 가서 처음 며칠 동안은 동생과 거의 만나지도 않았다. 하루 종일 같이 있을 수밖에 없는 상황이었지만, 나는 그 아이를 피했고 그 아이도 나를 외면했다. 아이들이 굉장히 많았기 때문에 특정한 지시, 가령 아침 기도를 하러 모일 때 시간을 지키라는 지시—아나는 거의 언제나 첫 번째 성모송을 읊고 나서야 나타나곤 했다—를 내릴 때도 나는 마치 모든 아이가 지각한 것처럼 전체를 대상으로 그 말을 해야만 했다. 이런 식으로 돌려서 말을 해도 그 아이와 나 사이에는 팽팽한 긴장감이 감돌았다. 하지만 날이 갈수록 아나는 경계심을 늦추는 것 같았다. 내가 가끔 농담을 하면 재미있다고 웃기도 했고, 내가 마련한 대화 자리에도 선뜻 참여했다. 여태까지는 내가 뭘 하자고 하든 항상 억지를 부리며 반대하던 아이가 이번에는 무슨 바람이 불었는지 군소리 없이 응했다. 나는 그 아이의 눈에서 번쩍이는 빛을, 생기 넘치고 짓궂은 광채를 보았지만 그러한 갑작스러운 변화가 미리 짜놓은 계획의 일부였다는 것을 제때 알아차리지 못했다. 편두통이 너무 심해 캠프파이어에 못 나갔던 그날 밤, 아나는 전에 없이 살갑게 나를 챙겨주었다. 그 아이는 내게 다가와 마음을 편히 갖고 하룻밤 푹 자고 나면 좋아질 거라며 나를 다독여 주기까지 했다. 아나는 마침내 그 계획을 실행에 옮길 기회를 잡았다. 그런데도 나는 그 계략을 까맣게 모르고 있었다. 그날 밤 나는 열이 심하게 나서 다음 날 아침까지 계속 잤다. 여자아이들이 캠프파이어를 마치고 방으로 들어왔을 때, 나는 눈을 가늘게 뜨고 시끌벅적하게 떠드는 무리를 훑어보았지만 그중에 아나가 없다는 사실은 눈치채지 못했다.

그날 밤, 아나와 훌리안 사이에서 벌어진 일은 다시는 떠올리고 싶지 않다. 더군다나 나는 그 사실을 한참 뒤에야 알게 되었다. 그다음 날, 나는 그 아이에게서 별다른 이상한 점을 알아차리지 못했다. 최근 며칠과 마찬가지로 아나는 즐거워 보였다. 어쩌면 전보다 조금 더 건방져진 것 같기도 했다. 내가 전혀 중요하지도 않은 지시를 내렸는데 그걸 반대한 걸 보면 말이다. 아나는 남자아이들이 축구 경기를 하던 운동장 옆에서 그 문제를 놓고 나와 잠시 이야기를 나눈 끝에 이렇게 말했다. "언니, 생각해 보니까 언니 말이 맞아. 그러니까 언니가 말한 대로 하자." 그런데 이번에는 평소 말싸움을 끝낼 때 하던 것처럼 비꼬는 대답이 아니었다. 아주 진지하게 하는 말이었다. 그러곤 곧장 친구들과 함께 남자아이들을 응원하러 갔다. 그리고 그날 하루는 평소와 다름없이 지나갔다.

하지만 훌리안의 행동이 이상해졌다는 것은 금방 알아차릴 수 있었다. 평소와 달리 내게 퉁명스럽고 쌀쌀맞게 굴었기 때문이다. 하지

만 그의 수상한 태도가 아나와 맺은 성관계와 관련이 있을 줄은 꿈에
도 생각하지 못했다. 그런 일이 일어났으리라고 어떻게 상상이나 할
수 있겠는가? 나는 그 전날 밤 개울가에서 격렬한 키스를 나누다가
그가 감정에 휩쓸리지 않도록 갑자기 뒤로 뺀 것 때문에 꽁해서 그러
는 줄 알았다. 나는 그럴까 봐 마음이 아팠다. 그와 계속 우정을 나누
고 싶었지만 그것 때문에 그가 사제의 길을 포기하기를 바랄 수는 없
었다. 혹은 자기가 맡고 있는 남자아이들이 날이 갈수록 성가시게 굴
기 때문인지도 모른다고 생각했다. 이것이 가장 안심되는 가설이었
다. 캠프가 거의 끝나갈 무렵이라 홀리안이 마음의 평화를 되찾을 수
있는 신학교로 하루 빨리 돌아가고 싶어 하는 것도 이해할 만했다. 아
무튼 내가 무슨 일이 있는지 묻자 그는 이렇게 대답했다. "이젠 지쳤
어. 너무 지쳐서 아무것도 할 수가 없어." "저 녀석들이랑 함께 지내다
보면 어쩔 수 없지. 기운이 넘칠 때니까 말이야." 나는 그가 무엇 때문
에 그렇게 힘들어하는지 까맣게 모른 채 대답했다. "기운이 넘칠 때
라" 홀리안은 내가 한 말을 반복하더니 고개를 숙였다. 그때만 해도
나는 그 말이 그에게도 적용될 거라고는 전혀 생각지 못했다.

집으로 돌아온 뒤, 비록 잠깐 동안이기는 했지만 삶은 다시 일상으
로 돌아왔다. 곧이어 중요한 결정이 이루어졌기 때문이다. 홀리안은
결국 신학교를 그만두기로 했다. 우리가 결혼해서 가정을 꾸리고 함
께 선량한 가톨릭 신자가 되면, 그가 소명을 다하지 못해 느끼는 죄책
감도 충분히 이겨낼 수 있을 것 같았다. 하지만 중요한 결정이 이루어

지는 와중에 아나는 내게 강박적으로 질문을 퍼붓기 시작했다. 아나는 나와 마주칠 때마다 훌리안에 관해 꼬치꼬치 캐물었다. 아무래도 그 아이가 우리 사이를 눈치챈 것 같았다. "그 남자는 왜 안 보이는 거야?" "본당에는 언제쯤 돌아올 거래?" "그가 다니는 신학교는 어디에 있어?" 나는 훌리안에게 이 사실을 알렸다. 속은 상했지만 우리끼리 그런 이야기를 나눈다고 해서 무슨 문제가 생길 것 같지는 않았다. 그저 내가 알고 있는 것, 즉 아나가 나를 질투하고 있다는 것을 그에게 알려주고 싶었을 뿐이었다.

그런데 놀랍게도, 훌리안은 몇 초 동안 영원히 계속될 것만 같은 무거운 침묵을 지켰다. 그러더니 캠프에서 일어난 일을 내게 모두 털어놓았다. 그때의 고통은 이루 말할 수 없을 정도였다. 그 말을 듣자 육신만 거기 남겨진 채 어느 행성을 향해 날아가는 듯한 기분이 들었다. 훌리안은 그날 밤, 내가 없는 틈을 타 아나가 어떻게 접근했는지, 그리고 어떤 식으로 유혹했는지 모두 말해주었다. 그리고 우리가 개울가에서 만나 키스를 나눈 후부터 일어난 욕정을 도저히 억누를 수 없었다고 털어놓았다. 심지어 그는 나를 떠올리며 아나와 섹스를 했다는 무례한 말도 서슴지 않았다. 그의 고백은 모든 점에서 충격 그 자체였다. 나는 그를 때리고 싶었다. 그의 뺨이 얼얼해질 때까지 때리고 싶었다. 어떻게 그럴 수가 있단 말인가. 어떻게 감히 우리의 소중한 꿈을 더럽힐 수 있단 말인가? 하지만 당장은 그를 때리기보다 집으로 달려가 아나를 흠씬 두들겨 패고 싶었다. 그리고 둘이서 바닥을 뒹굴며 누구 하나 죽을 때까지 싸우고 싶었다. 나는 동생이 증오스러웠다. 혐오감을 느꼈다. 수치심을 느꼈다. 그리고 깊은 분노를 느꼈다. 걸음을 옮길 때마다 머릿속이 부글부글 끓어올랐다. 훌리안은 나를 붙잡으려고 했지만, 나는 그의 손길을 뿌리쳤다. 이번에는—중요하고도 결정적인 순간에—아나가 나를 이겼다는 것을 알았다. 그 승리는 우리의 만남이 끝났다는 것을 알리는 신호였을까? 아니면 부분적인 결과에 불과했을까? 어떤 질문에도 선뜻 대답이 나오지 않았다. 머릿속이 혼란스러웠다. 착잡한 심경을 가눌 길이 없었다. 나는 훌리안과 만난 광장에 있는, 하지만 그에게서 멀리 떨어진 벤치에 털썩 주저앉았다. 내가 앉은 자리에서는 서로의 모습을 볼 수 없었다. 나는 눈을 감았다. 이게 어찌 된 영문인지 설명이 필요했다. 그때 머릿속에서 창세기 구절이 끊임없이 반복되었다. 그건 의지가 아니라 반사작용으로 나타난 현상이었다. "뱀은 주 하느님께서 만드신 들짐승 가운데 가장 간교하였다." "그 뱀이 여자에게 물었다. '하느님께서 너희는 동산의 어떤 나무에서든지 열매를 따 먹으면 안 된다고 말씀하셨다는데 정말이니?'" "당신께서 저와 함께 살라고 보내신 여자가 그 나무 열매를 주기에 제가 먹었나이다." "나는 네가 임신하여 커다란 고통을 겪게 하리라. 너는 괴로움 속에서 자식을 낳으리라." "그래서 하느님은 그를 에덴동산에서 내치셨다." **창세기**의 구절들이 계속 떠오르는 와중에 우리 자매들이 싸울 때마다 엄마가 들려주시던 말이 떠올랐다. "실수는 인간의 몫이고 용서는 신의 몫이다."* 그럴 때마다 아버지는 이를 라틴어로 옮겨 말씀하셨다. "Errare humanum est, sed perseverare diabolicum." 하지만 나는 엄마의 인정스러운 표현을 마음속에만 간직하고 싶다. 나는 과연 하느님께서 내게 요구하신 것처럼 용서할 수 있었을까? 과연 자존심을 꺾고, 내가 사랑하는 남자와 잠자리를 가짐으로써 아나가 고의로 입힌 상처를 치유할 수 있었을까? 그것은 훌리안의 잘못이었을까, 아나의 잘못이었을까? 둘 중에서 누가 뱀이었을까? 아나가 제멋대로 하도록 내버려 둘 것인가?

나는 그 어느 때보다 더 열심히 기도했다. 마침내 나는 훌리안이 있는 곳으로 돌아가서 둘이 함께 이 문제에 맞서자고 말했다. 그리고 힘을 모아 이 난국을 헤쳐 나가자고 했다. 그는 어린아이처럼 울었다. 나는 그를 안아주지도, 머리를 쓰다듬거나 얼러주지도 않았다. 나는 그가 내 무릎에 머리를 묻고 울도록 내버려 두었지만, 그의 몸에 손을 대지는 않았다. 그렇다고 그가 키스하도록 내버려 두지도 않았다. 그가 내게 모든 것을 고백한 뒤에 나의 순결은 더 큰 중요성을 띠게 되었다. 그도 이를 잘 알고 있었지만, 나는 그가 항상 이 점을 명심하도록 만들 생각이었다. 우리에게는 시간이 필요했다. 아나의 그림자가 희미해지면 우리 둘은 다시 굳건해지고 서로에 대한 사랑과 하느님에 대한 사랑의 힘으로 누구도 무너뜨릴 수 없는 강한 존재로 거듭나게 될 것이다.

---

*   18세기 영국을 대표하는 신고전주의 시인인 알렉산더 포프Alexander Pope(1688~1744)가 한 말이다.

그날 집에 돌아와서 **아나에게** 아무 말도 하지 않았다. 아니, 아예 모른 체했다. 그리고 웬만하면 그 아이와 마주치지 않으려고 노력했다. 훌리안이 신학교를 그만두고, 아나도 우리 둘 사이에 아무런 문제가 없다는 것을 받아들인 다음 그를 나의 정식 남자친구로 우리 집에 소개하려면 시간을 두고 지켜보는 수밖에 없을 것 같았다. 우리 둘은 그렇게 되리라 믿었지만 우리에게는 한 번의 시험이 더 남아 있었다. 훌리안이 아나와 섹스를 나누었다는 사실을 받아들였으므로 우리가 넘어야 할 또 다른 장애물은 더 이상 없을 것이라 생각했다. 하지만 최악의 사태가 남아 있었다. 아나의 임신. 아나가 신학교에 찾아온 날, 훌리안은 그 사실을 알게 되었다. 며칠 후, 그는 나에게 그 사실을 알려주었다. 그 소식은 나에게 치명타나 마찬가지였다. 나는 그 자리에서 쓰러지고 말았다. 나는 기도했다. 그리고 내게 왜 이런 고난이 일어나는 건지 하느님께 물었다. 나는 하느님께서 연극과도 같은 내 삶에 주신 징조를 찾으려고 애썼다. 만약 그 아기가 태어난다면 내 꿈, 아니 우리의 꿈은 물거품처럼 사라질 것이다. 훌리안과 내가 할 수 있는 일은 아무것도 없었다. 아나의 몸속에는 새 생명이 살아 숨쉬고 있었고, 그것이 우선이었으니까. 모든 희망이 사라진 것 같던 순간, 아나는 아기를 낳지 않기로 결정했다. 그 순간—안타까운 일이지만 이미 고백한 바와 같이 이는 사실이다—우리는 안도감을 느꼈다. 훌리안과 나에게 임신중지는 아기를 죽이는 것이다. 우리가 그런 짓을 용인하고 그 아이에게 그렇게 하라고 부추겼을 리 없다. 하지만 우리는 그렇게 하도록 내버려 두었다. 그렇게 모른 체함으로써 죄를 지었다. 마음속 깊은 곳에서, 어쩌면 무의식적으로, 아나가 우리를 집어넣은 미로에서 벗어나는 방법이 그것밖에 없다고 믿었기 때문인지도 모른다. 아나가 그런 의사를 내비쳤을 무렵, 나는 훌리안에게 그 아이가 혼자서 결정을 내릴 때까지 의견을 말해서도, 찬성이나 승낙을 해서도 안 된다는 다짐을 받았다. 한마디로 그 결정은 아나 자신이 내려야 한다고 단단히 못 박았다.

나는 동생이 빌어먹을 임신중지 수술을 받을 수 있는 곳을 알아내는 데 일조했다. 그 아이가 그런 곳을 찾느라 이곳저곳 기웃거리는 것만큼 어리석고 위험천만한 짓도 없었다. 아는 사람에게 들키기라도 하는 날에는 곧장 엄마 귀에 들어갈 테고, 아나가 임신중지를 하든 안 하든 우리 이름이 사람들 입에 오르내릴 게 뻔했기 때문이다. 그러니까 나는 우리에게 생길 수 있는 모든 피해를 최대한 줄이려고 노력한 것뿐이다. 줄일 수 없는 피해는 어떻게든 수습하려고 했다. 훌리안은 결정적인 순간에 엄청난 실수를 저지를 뻔했다. 아나를 따라 그곳에 가려던 그를 막은 것도 나였다. "어떻게 그런 생각을 할 수가 있어? 그러다가 누가 당신을 알아보면 어쩌려고 그래? 둘이서 같이 그런 곳에 들어가다가 들키기라도 하면 어쩌려고 그러냐고! 아나야 그렇다 쳐. 그런데 왜 당신까지 그런 위험을 감수하려고 하는 거야? 두 사람 다 신세를 망쳐야 속이 시원하겠어? 그러지 말고 그 아이가 들어갈 때 아무도 못 보게 해달라고 하느님께 기도하자고."

홀리안은 정신을 못 차리고 우왕좌왕하면서 괴로워했다. 그대로 두었다가는 실수를 연달아 할 것 같았다. 그래서 나는 원치 않게 아나의 임신중지 수술에 더 신경을 쓸 수밖에 없었다. 아나가 수술하던 날, 나는 온종일 그와 함께 있었고 어떤 핑계를 대서라도 그를 따라 성당에 갔다. 우리 관계를 어느 정도 알고 있던 마누엘 신부님은 그 사실을 **절대** 비밀로 하라고 신신당부했다. 물론 그는 아나가 무엇을 하려는지 까맣게 모르고 있었다. 나는 홀리안을 돌봐주고, 그를 데리고 나가 산책을 시켜주었을 뿐만 아니라 먹을 것을 가져다 억지로 먹이기도 했다. 그는 마치 술래잡기를 할 때처럼 시간 속에서 멈춰버린 좀비 같았다. 그는 모든 것이 완전히 끝나고 처음부터 다시 시작될 때까지 꼼짝도 하지 못했다. 홀리안은 멍하니 기다리는 것 말고는 아무것도 할 수 없었다. 마침내 정오 무렵 아나한테서 다 끝났다는 연락이 왔다. 잠시 후, 아나는 자기에게 와달라고 다시 연락했다. 하지만 그는 몸이 좋지 않아서 못 갈 것 같다고 했다. 쓸데없는 요구였다. 무슨 꿍꿍이속이었을까? 홀리안더러 우리 집에 와달라고? 아니면 그런 몸으로 본당에 가려고 했던 건가? 나는 그에게 침착하라고 했다. 대신 내가 집으로 가서—물론 내가 그 일에 대해 알고 있다는 것을 눈치채지 못하게 조심해서—아나가 괜찮은지 또 무슨 허튼 짓을 하지는 않는지 확인하겠다고 했다.

나는 그렇게 했다. 내가 집에 도착했을 때, 아나는 리아와 함께 쓰는 방 안에 틀어박혀 있었다. 조심해서 문을 열어보니 그 아이는 잠들어 있었다. 지금도 혼자지만, 낮 시간 동안에는 방에 계속 혼자 있을 것이다. 리아는 시험 기간이라 그 주 내내 부에노스아이레스에 있는 친구 집에서 잔다고 했으니까. "기차를 타고 통학을 하다 보니 공부할 시간이 부족한 모양이더라고." 엄마가 말했다. 나는 엄마가 리아와 시험에 관해 무슨 말을 하든지 아무 관심도 없었다. 단지 집 안의 분위기가 어떤지 알고 싶었을 뿐이다. 그날 밤, 아나는 저녁을 먹으러 내려오지 않았다. 나는 저녁을 방에 갖다주겠다고 했다. 그 아이는 여전히 자고 있었다. 혹시 새벽에 배가 고파서 깰지도 모른다는 생각이 들어 저녁을 방 한구석에 놓고 나왔다. 그러곤 나도 곧장 자러 갔다.

그다음 날도 아나는 학교에 가지 못했다. 어쩌면 당연한 일인지도 모르겠다. 그런 상황에서 학교를 빠졌다고 해서 나무랄 수도 없었다. 괜히 아픈 몸을 이끌고 학교에 갔다가 남들의 이목을 끄는 것보다는 차라리 집에 있는 편이 나을 테니까. 나는 수업을 들으러 갔다가 정오가 지나서 집에 돌아왔다. 나는 오후 내내 집에 머물면서 아나의 움직임에 촉각을 곤두세웠다. 화장실에 여러 번 들락거리는 소리가 들렸다. 엄마가 말했다. "쟤는 이번 달에도 생리 때문에 고생하는 모양이네." 나는 말없이 고개만 끄덕였다. 오후가 반이 지났을 무렵, 아나는 엄마가 방으로 갖다준 차를 마시고 나중에 먹는다면서 토스트를 받아두었다. 그러고는 엄마에게 저녁을 먹으러 내려오지 않으면 부르지 말고 다음 날까지 쉬게 해달라고 부탁했다. 빨리 나으려면 푹 자야 한다는 말도 덧붙였다. 마침내 모든 일이 진정되는 듯했다. 그 아이는 회복기에 접어든 것으로 보였다. 지금 상태대로라면 조만간 몸이 좋아져서 다시 예전 같은 생활로 돌아갈 것이 틀림없었다. 그러면 나도 나의 생활로 돌아가게 될 것이다.

하루가 끝나갈 무렵, 나는 홀리안을 안심시키기 위해 전화를 걸었다. 물론 초조하게 기다리느라 가슴 졸이던 그를 진정시키기 위해서가 아니라 아무 소식이 없으면 또 경솔한 행동을 할까 봐 걱정이 돼서 연락을 한 것이었다. 나는 그에게 아무 일도 없었고, 아나도 다음 날까지 잘 테니까 걱정 말고 푹 자라고 했다. 그리고 어두워지기 전에 부르사코에 있는 친구 집에 가서 책을 몇 권 가져와야 한다고 했다. 원래는 갔다가 금방 돌아올 생각이었지만 버스가 거북이걸음으로 기어간 데다 갑자기 비가 쏟아지는 바람에 거리가 아수라장으로 변해 버렸다. 그래서 다녀오는 데 한 시간 이상 걸렸다. 아나가 신학교로 돌아가기 위해 길을 나서려던 홀리안에게 연락해 본당에서 만나기로 한 것도 그 무렵이었다. 내게 연락할 방법이 없던 그는 혼자서 결정을 내릴 수밖에 없었다. 아나가 사정을 하자 홀리안은 성당에서 그녀를 만나기로 했다. 그녀가 본당으로 오는 동안, 그는 아버지의 회사용 밴을 찾으러 집에 들렀다. 아나 말처럼 갑자기 상황이 악화되면 차를 몰고 병원으로 데리고 갈 생각이었다. 홀리안은 그녀를 보살피고, 또 자기를 지키기 위해 동네 병원에는 가고 싶지 않았다. 자기들의 얼굴을 아는 사람과 마주칠 위험이 있었기 때문이다. 늦은 저녁, 내가 수 킬로미터 떨어진 곳에서 라틴아메리카 주교 회의에서 공인된 전례서들에 관한 논문을 준비하기 위해 필요한 책을 받고 있을 때, 아나는 집에서 몇 블록 떨어진 산 가브리엘 본당의 의자에서 숨을 거두었다. 며칠 전에 뱃속의 아기가 그랬던 것처럼 아나도 세상을 떠나고 말았다. 우리가 받아들이기에는 너무나 큰 고통이었다. 모든 것을 알고 있던 훌리안과 나는 그 누구보다 더 많은 고통을 감수해야만 했다. 나는 무슨 일이 벌어진지도 모르고 집에 도착하자마자 별 이상이 없는지 확인하기 위해 아나의 방으로 곧장 올라갔다. 텅 빈 아나의 방을 보자 겁이 덜컥 났지만, 그 아이가 어디에 갔는지 엄마에게 물어보고 싶지는 않았다. 나는 훌리안과 통화하기 위해 본당에 전화를 걸었다. 그런데 수화기에서 마누엘 신부님의 목소리가 흘러나와 급하게 전화를 끊을 수밖에 없었다. 나는 그의 집에 전화를 걸었지만 그는 거기에도 없었다. 신학교에는 감히 전화를 걸 엄두를 내지 못했다. 달리 어떻게 할 도리가 없었다.

나는 신경이 바짝 곤두선 채, 집 안을 이리저리 서성거렸다. 그러다 아나가 곧 나타날 것만 같은 느낌이 들면 거실 창가에 서서 밖을 내다보았다. 엄마가 나더러 아나의 방에 먹을 것을 갖다주라고 해서, 나는 만류했다. "아나가 자기를 귀찮게 하지 말라고 하더라고. 그러니까 지금은 억지로 먹으려고 하지 말고 그냥 자게 내버려 두는 게 나아." 엄마는 알았다고 고개를 끄덕이며 곧 저녁을 먹을 테니까 조금만 기다리라고 했다. 나는 아나가 어서 돌아오기를 바라면서 창가로 가서 다시 커튼을 열었다. 엄마가 내게 물었다. "뭘 그렇게 보니?" "비가 그쳤는지 보려고." 나는 재빨리 거짓말을 했다. "내일 할 일이 많은데 비가 오면 계획이 좀 꼬일 것 같거든." 내가 "계획이 좀 꼬일 것 같거든"이라고 말하는 동안 홀리안이 밴을 우리 집 현관 앞에 주차하는 것이 보였다. 이런 일은 처음이었다. 홀리안은 한 번도 우리 집에 찾아온 적이 없었다. 저 차 안에 타고 있는 것이 정말 홀리안이라면 무언가 큰일이 일어났다는 얘기였다. 그때 엄마가 부엌에서 소리를 질렀다. "우리하고 같이 저녁 안 먹을 거니?" 나는 우산을 집어 들고 밖으로 나가면서 엄마에게 소리쳤다. "아냐, 엄마. 나 지금 아드리아나 집에 가야 돼. 깜박하고 거기 우비를 놓고 왔거든. 어쩌면 거기서 아드리아나하고 먹을지도 몰라." 그러곤 엄마의 대답을 듣기도 전에 집을 나섰다.

홀리안은 운전석에 앉아 있었다. 그의 얼굴에는 아무 표정도 없었다. 딴 데 정신이 팔려 멍한 얼굴이었다. 나는 그의 그런 모습을 한 번도 본 적이 없었다. 나는 자동차 문을 열고 물었다. "무슨 일이야?" 내 말이 끝나기도 전에 그의 눈에서 여태껏 참고 있던 눈물이 걷잡을 수 없이 터져 나왔다. 그는 그날 광장에서 아나 이야기를 할 때보다 더 서럽게 울었다. 하염없이 울고 또 울었다. 나는 아무 말도 할 수 없었다. 숨을 제대로 쉴 수도 없었다. 그제야 나는 밴에 탔다. 나는 그를 안아주었다. "대체 무슨 일이야?" 나는 다시 물었다. "죽었어, 카르멘. 아나가 죽었다고." 나는 그를 꼭 껴안았다. "무슨 소리야?" 나는 어안이 벙벙한 얼굴로 물었다. "죽었다고." 그는 같은 말을 되풀이했다. "죽었다니까." 그러더니 주먹으로 핸들을 내리쳤다. 나도 울기 시작했다. 정말이지 억장이 무너지는 것만 같았다. 아나가 임신중지 수술로 인해 죽을 거라는 생각은 단 한 번도 해본 적이 없었다. 나는 훌리안을 진정시키려고 했지만 결코 쉽지 않았다. 당장 차를 몰고 다른 곳으로 가자고 하고 싶었지만 입이 떨어지지 않았다. 아버지와 엄마가 어떤 이유로든 창밖을 내다볼 수 있었다. 지금 이 상황에서 우리가 함께 있는 모습을 들키고 싶지 않았다. 훌리안은 도저히 운전을 할 수 없는 상태인 듯했다. 그런 상태로 어떻게 차를 몰고 우리 집까지 왔는지 알 수가 없었다. "아나는 어디에 둔 거야?" 내가 물었다. "어디에 옮겨 두지도 못했어." 그는 대답하면서 뒤를 돌아보았다. 나는 그게 무슨 말인지 알 수가 없었다. "어디에 옮긴 게 아니라 이 차 짐칸에 있어. 어떻게 해야 할지 모르겠더라고. 아나는 성당에서 죽었어. 혹시라도 누가 시신을 발견할까 봐 겁이 나서 그만." 죽은 동생의 몸이 이 차 안에, 그것도 내게서 몇 미터 떨어진 곳에 있다는 사실을 떠올리자 구역질이 났지만, 나는 그에게 잘 생각했다고, 나라도 그렇게 했을 거라고 말하려고 안간힘을 썼다. "알았어, 내 사랑." 나는 간신히 말했다. "그러니까 이제 진정해." 그가 계속 말했다. "누군가 아나가 임신중지 수술을 했다는 것을 알아차리면, 결국에는 그 아기의 아버지가 나라는 것도 알아낼 거야. 무슨 말인지 알겠어, 카르멘? 아나는 아무한테도 말하지 않겠다고 내게 맹세했어. 그런데 말이야, 만약 누군가에게 말했다면? 어쩌면 말할 수밖에 없었을지도 몰라. 아니면 일기에 썼을 수도 있어." 아나가 훌리안과 임신에 관해 쓴 일기를 가지고 있을지도 모른다는 것이 내 등 뒤에 그 아이의 시신이 있다는 사실보다 더 무서웠다. 나는 잠시 생각한 다음, 최대한 침착하고 단호하게 말했다. "잘했어, 내 사랑. 정말 잘했어." 나는 그의 얼굴에 입을 맞췄다. "혹시 있을지도 모르는 일기를 찾을 것." 나는 머릿속에 기록했다. 나는 아나의 시신이 밴의 짐칸에 들어 있는 모습을 떠올리지 않으려고 노력했다. 대신 평소처럼 텔레비전, 세탁기, 전자레인지, 냉장고 등이 가득 차 있는 밴의 모습을 억지로 떠올렸다. 우리는 무슨 수를 써서라도 다시 일상적인 생활로 돌아가야 했다. 다시 한번 사력을 다해 고난에 맞서 싸워야 했다. 그러기 위해서 어디에서든 필요한 힘을 찾아내야 했다.

"자, 이제 출발해, 훌리안." 내가 말했다. "내가 힘 닿는 데까지 도와 줄 테니까."

3

나는 피 냄새가 어떤지 몰랐다. 그날 밤, 처음 알았다. 피에서는 쇳내가 났다. 몇 리터의 피에서 어떤 냄새가 나는지 상상할 수 있다고 믿는다면 그건 엄청난 오산이다. 양이 많은 생리혈에서도, 깊은 상처에서도, 아나의 피에서 났던 냄새가 나지는 않는다.

처음에는 그 아이의 몸을 자를 생각이 없었다. 하지만 비가 많이 내렸기 때문에 달리 방법이 없었다. 사실 그것은 **아이디어**라고 할 것도 없었다. 일어난 일 앞에서 즉흥적으로 결정하고 행동한 것뿐이었다. 우리는 우리가 할 수 있는 것을 했다. 만약 일이 잘 풀린다면 그건 하느님께서 그렇게 되기를 원하셨기 때문일 테고, 그렇지 않다면 우리의 계획이 현명하지 못했거나 방법이 적절하지 못했기 때문이리라. "아버지, 아버지께서 원하시면 이 잔을 저에게서 거두어 주십시오. 그러나 제 뜻이 아니라 아버지의 뜻이 이루어지게 하십시오." 과학기술이 발전한 오늘날이라면 아나의 임신중지 흔적을 감추려고 아무리 애를 써도 소용없었을 것이다. 21세기에는 법의학적 문제에서 DNA를 사용하면 모든 것이 분명하게 밝혀진다. 하지만 30년 전 아르헨티나—정확히 말하면 부에노스아이레스 교외 지역—에서 그런 건 꿈도 못 꿀 일이었다. 그 당시 훌리안을 전혀 의심하지 않았다는 점과 사건 담당자들의 미숙함이 우리를 살렸다는 것은 엄연한 사실이다. 그리고 마누엘 신부님이 경찰 서장, 그다음에는 담당 판사를 만나 "유족을 존중하는 뜻에서" 신속하고 조용하게 사건을 마무리해 달라고 —"선량한 가톨릭 신자로서"—촉구한 것 또한 사실이다. 나는 그가 중재했다는 사실을 알고 있다. 나중에 그는 우리를 위해서 그렇게 했다고 훌리안에게 직접 밝혔다. 신부님은 훌리안의 고해성사 비밀을 지킬 것을 약속한 뒤, 아나가 임신중지 수술로 인해 사망했다는 것을 알았다. 그러곤 그녀를 위해 기도하고 하느님께 그녀가 지은 죄에 대해 용서를 구했다. 몇 주 후 신부님에게 고해성사를 드리러 갔을 때, 나는 눈물을 흘리며 고백했다. "저는 아나를 붙잡았어야 했어요. 아나가 뱃속의 아이를 죽이지 못하도록 막아야 했어요." 신부님은 나를 위로하며 이렇게 말했다. "하느님은 순수한 자비이시며 회개하는 자를 용서하십니다. 살아 있는 동안 회개할 수 있는 것만 해도 행운입니다. 당신의 동생은 그러고 싶어도 할 수 없으니 말이죠." 아나가 죽은 날 밤, 짐칸에 그 아이의 시신을 실은 채 우리 집 앞에서 몇 분을 보낸 뒤, 나는 차를 몰고 다른 곳으로 가자고 훌리안을 설득했다. 하지만 쉽지는 않았다. 그는 여전히 충격에서 헤어나오지 못하고 있었고, 차는 뚜렷한 이유도 없이 2~3분마다 한 번씩 멈춰 섰다. 그렇다고 내가 핸들을 잡을 수도 없었다. 그때 나는 운전을 할 줄 몰랐으니까. 하지만 평생 운전을 해본 적이 없다고 해도, 그때 홀리안보다는 더 잘했을 것이 분명하다. 우리 둘은 아나의 죽음과 그것을 둘러싼 상황으로 인해 망연자실한 상태였다. 홀리안의 슬픔과 고통은 혼란과 불안으로 변한 반면, 내 경우에는 초연함으로 변해 더 멀리 내다볼 수 있는 여유를 갖게 되었다. 나는 마치 고통에 의해 마비된 것처럼 모든 것으로부터 거리를 두고 감정을 차단한 채, 짐칸에 싣고 있는 것이 내 동생의 시신이라는 사실을 잊어버린 것처럼 행동했다. 우리는 이제 어떻게 할지, 그 시신을 어디로 가져갈지도 정하지 않은 채, 정처 없이 아드로게의 포석 도로를 덜컹거리며 나아갔다. 처음 몇 블록을 지나 동안 우리는 한 마디도 하지 않았다.

홀리안은 운전하는 데 온 정신을 집중하고 있었고, 나는 정면에 시선을 고정한 채 앞 유리창을 스쳐 지나가는 풍경을 바라보았다. 을씨년스러운 느낌이 드는 밤이었다. 사방에서 칠흑 같은 어둠이 밀려오는가 했더니 굵은 빗방울이 후드득 떨어졌다. 비에 젖은 포석 위를 굴러가는 타이어는 연신 끼익끼익하는 기분 나쁜 소리를 냈다. 지금도 어쩌다 그런 소리가 나면 그날 밤 일이 선명하게 떠오른다. "아나가 임신중지 수술 때문에 죽었다는 것을 아무도 알 리 없어." 대로로 접어들면서 포석이 아스팔트로 바뀌는 순간, 나는 마침내 침묵을 깨고 입을 열었다. 그는 대답 대신, 다시 울기 시작했다. "아무도." 나는 그의 울음을 무시하고 다시 단호하게 말했다. 그리고 역 앞에 있는 매점으로 차를 몰고 가라고 했다. 나는 내리기 전에 그에게 돈을 달라고 했다. 그러곤 우산만 들고 서둘러 차에서 내렸다. 다행히 훌리안은 지갑을 가지고 있었다. 나는 매점에서 큰 성냥 한 통과 담배를 샀다. 나는 담배를 피우지 않고 피울 생각도 없었지만 꼬리를 잡힐 만한 어떤 단서도 남기고 싶지 않았다. 다시 차로 돌아오자마자 나는 훌리안에게 출발하자고 했다. 나는 목적지를 말하지 않았고, 그도 내게 어디로 갈 것인지 묻지 않았다. 우리는 계속 차를 타고 정처 없이 돌아다녔다. 하지만 나는 이미 계획이 있었다. 다만 시간이 흘러 밤이 깊어지고, 아드로게 거리를 지나는 사람이 한 명도 없을 때까지 기다려야 했다. 아나의 시신을 처리하려면 우리 둘만 있어야 했으니까. 훌리안이 마침내 진정될 기미―적어도 울음을 그쳤을 때―를 보였을 때, 나는 앞으로 우리가 무엇을 해야 하는지를 그에게 설명해 주었다. 우선 본당에서 몇 블록 떨어진 공터로 시신을 옮긴 다음, 사망 원인을 밝혀낼 어떤 단서도 찾지 못하도록 불에 태우자고 했다. 훌리안은 내가 시킨 대로 했다.

그는 제정신이 아니었지만 내 지시에 따라 움직였다. 거리에 사람 그림자 하나 보이지 않자 우리는 목적지로 향했다. 나는 그 주변을 배회하는 이가 없는지 다시 한번 확인했다. 시간이 많이 늦은 데다 날씨마저 궂어서 사람들이 집 밖으로 나오지는 않을 듯했다. 내가 정한 장소는 상속 문제로 오랫동안 버려진 공터였다. 남자아이들은 축구를 하는 곳으로, 어른들은 쓰레기 버리는 곳으로 이용하고 있었다. 잡초가 너무 많이 나거나 수북이 쌓인 쓰레기에서 악취가 풍길 때, 또는 인근 주택에 쥐들이 나타나는 경우, 종종 거기에 불을 놓는 사람도 있었다. 따라서 거기서 불을 피운다고 해도 수상하게 생각하지는 않을 것 같았다. 우리는 차를 세우고 내려 뒷문을 열었다. 죽어 있는 아나를 보자 오싹한 기분이 들었다. 그 아이의 시신에 대해 생각하는 것과 그것이 내 눈앞에 있는 것은 전혀 다른 문제였다. 나는 잠시 그 아이를 바라보았지만 내가 할 수 있는 일은 아무것도 없었다. 훌리안은 흠집이 나기 쉬운 가전제품이나 파손되기 쉬운 제품들을 보호하기 위해 사용하는 모포 위에 아나를 뉘어 놓았다. 하지만 시신을 덮어두지는 않았다. 움직이지 않는 얼굴은 더 이상 아나가 아니었다. 찌푸린 채 굳어버린 입술 또한 그 아이의 미소와 전혀 달랐다. 정신이 들자 나는 모포 가장자리로 아나를 덮어준 다음, 훌리안에게 데리고 가라고 했다. 그는 그 아이를 둘러메고 공터로 걸어 들어갔다. 마치 둥글게 말아 놓은 양탄자를 들고 가는 것처럼 보였다. 나는 잠시 보도에 서서 주변에 아무도 없는지 다시 확인했다. 그러고는 공터로 들어가 훌리안에게 차를 몇 블록 떨어진 곳에 세워놓고 오라고 했다. 나중에 시신이 발견될 경우, 현장 앞에 주차되어 있던 바렐라 전자 소유 차량을 목격한 주민이 없어야 했기 때문이다. 나는 조금 전에 산 성냥으로 아나의 몸을 감싸고 있는 모포에 불을 붙이려고 했다. 몇 번이고 불을 붙였지만, 바닥이 젖어 있는 데다 빗방울이 계속 떨어지는 바람에 쉽게 불이 붙지 않았다. 겨우겨우 모포에 불을 붙여도 금세 꺼지기 일쑤였다. 마침내 훌리안이 그곳으로 돌아왔다. 나는 그에게 다시 차에 가서 손수건이나 헝겊, 아니면 모포라도 찢어서 기름 탱크의 휘발유에 적셔 오라고 했다. 그사이 나는 아나의 시신을 태우려고 계속 시도했지만 운이 따라 주지 않았다. 머리카락에는 금방 불이 붙었다. 머리카락 타는 냄새가 정말이지 견디기 어려웠다. 하지만 다른 부분은 타다 말고 점점 불꽃이 잦아들다가 결국 꺼지면서 연기만 피어올랐다. 몇 분 후에 돌아온 훌리안이 내게 휘발유에 적신 헝겊을 건네주었다. 나는 그것을 아나의 무릎에 올려놓고 불을 붙였다. 확실히 모포보다 더 잘 탔지만, 비바람이 몰아치는 바람에 다시 불이 꺼지고 말았다. 나는 아나의 몸에 남은 흔적이 임신중지인지 강간인지 위험한 성행위인지 아니면 다른 것인지 아무도 알아내지 못하도록 배와 은밀한 부위를 태우려고 했다. 하지만 지금 당장은 그렇게 하는 것이 불가능하다는 것을 받아들일 수밖에 없었다. 이제 더 이상 방법이 없었다. 플랜 B를 찾는 것이 급선무였다. 훌리안에게 그렇게 말하자 그는 다시 아이처럼 엉엉 울기 시작했다. "생각해 봐, 카르멘. 뭐라도 생각해 내야 한다고." 그가 흐느끼면서 말했다. 자기는 있으나 마나 하다면서 모든 책임을 내게 떠넘기려고 했다. 나는 대안을 찾으려고 기를 썼다. 머리가 전속력으로 돌아가고 있었다. 하지만 만족스러운 생각은 하나도 떠오르지 않았다. 임신중지 수술의 흔적을 완전히 없애버릴 수 있는 유일한 방법은 동생의 시신을 태우는 것밖에 없는 것 같았다. 이 일을 아무도 알아차리지 못하게 하려면 시신을 실내로 옮긴 다음, 화재가 일어나지 않도록 조심하면서 불을 피워야 했다. 하지만 그럴 만한 장소가 떠오르지 않았다. 나는 하느님의 뜻에 철저히 순종했지만, 이토록 큰 시련과 고난을 통해 주님께서 내게 무슨 말씀을 하시려는 건지 도무지 이해할 수 없었다.

"맙소사! 몸 전체를 태우려고 할 필요가 없었어. 휘발유에 적신 헝겊으로 저 부분만 태우면 된다고." 나는 나도 모르는 사이에 아나의 배를 빤히 내려다보면서 말했다. "저 부분"이라는 말이 나오는 순간, 깨달음의 빛이 머릿속을 스쳐갔다. 마침내 나는 분명히 깨달았다. 지금 내가 해야 할 일은 아나의 신체 일부를 내 도자기 가마 속에 넣고 태울 수 있도록 가지고 가는 것이었다. 그 가마는 어떤 것이든 태울 수 있을 만큼 온도를 높일 수 있었다. 화장용 장작불, 아니 그 이상으로 높일 수도 있었다. 다만 조심스럽게 태워야 했다. 나는 동생의 시신을 재로 만들고 싶지는 않았지만, 내 동생에게 무슨 일이 일어났는지 밝혀지지 않도록 하려면 시신을 태우는 수밖에 없었다. 그 외에는 달리 방법이 없었다. 물론 그 가마에 아나의 몸이 다 들어갈 리 없었다. 가마의 너비는 0.5미터에 지나지 않았으니까.

내가 그 가마를 산 이유는 도예—점토 공예나 도자기 공예—에 흥미가 생겼기 때문이었다. 하지만 나중에 성당 안마당에서 전시할 성인상이나 천사상, 또는 성모 마리아상을 만드는 데 푹 빠지면서 결국 도예는 때려치우고 말았다. 처음에는 가마에 투자했고, 나중에는 구리나 철로 작업하기 위해 최신 무선 그라인더를 사는 데 크리스마스 용돈을 몽땅 쏟아부었다. 나는 어떻게 하면 아나의 몸이 가마에 들어갈 수 있을지 눈대중으로 쟀다. 만약 절단이 가장 용이한 부위인 목과 다리 관절을 자르면, 몸통만 남기 때문에 옮기고 가마에 넣는 데 큰 무리가 없을 것 같았다. 그러니까 딱 세 군데, 즉 머리와 두 다리만 잘라도 괜찮을 듯했다. 이유 없이 자르는 것이 아니라면 두 팔은 굳이 절단할 필요가 없었다. 경직된 시신을 움직일 수 있다면 두 팔을 앞으로 포개어 놓거나, 옆구리에 붙여도 충분할 것 같았다. 그렇다면 몸통은 내가 상상한 대로 가마에 들어갈 것이 분명했다. 나는 훌리안에게 내 생각을 말했다.

그는 소리를 지르며 반대했다. 나는 그의 뺨을 때리면서 그를 진정시켜야 했다. 창피스러운 그의 히스테리 발작 때문에 모든 것이 들통나도록 내버려 둘 수는 없었다. 그는 아나의 몸을 토막 내는 것은 너무 **섬뜩**하고 **끔찍**하지 않냐며 고래고래 고함을 질러댔다. 두렵기는 나도 마찬가지였다. 그는 대체 무슨 생각을 했던 걸까? 우리는 기쁨으로 전율하는 사이코패스처럼 쾌락을 얻기 위해 아나의 몸을 토막 내려는 것이 아니었다. 그렇다고 살인자들처럼 우리의 범행을 은폐하기 위해 시신을 자르려는 것도 아니었다. 우리가 시신을 토막 내려는 것은 단지 그 아이가 죽은 이유를 숨기기 위해서였다. 물론 우리가 아나를 죽인 것은 아니지만 사망 원인이 밝혀지면 우리에게 더 큰 고통을 안길 것이 분명했기 때문이다. 시신을 토막 내는 것은 우리에게 단지 현실적인 문제였다. "그럼 더 좋은 방법이 있으면 어서 말해 봐." 나는 뺨을 맞고 제정신이 든 홀리안을 붙잡고 물었다. 그는 대답하지 않았다. "내가 뭐랬어?" 내가 말했다. 그리고 잠시 후에 덧붙여 말했다. "이건 아나가 아니야. 당신도 그렇게 생각해야 돼. 아나는 이제 이 세상에 없다고." 홀리안은 고개를 푹 숙인 채 여전히 아무 대답도 하지 않았다. 그는 모포에 싸인 아나의 시신을 볼 용기가 없어서 자기 구두만 빤히 내려다보고 있었다. "우리 앞에 있는 건 그 아이의 껍데기일 뿐이야. 우리 인간에게서 가장 덜 중요한 부분이라고. 우리가 세상을 떠나고 나면 금방 썩어문드러지는 껍데기일 뿐이란 말이야. 알았어?" 나는 그에게서 억지로라도 대답을 듣기 위해 일부러 물었다. 홀리안은 나를 쳐다보지도 못한 채 고개를 끄덕였다. 내가 계속 말했다. "아나는 죽었어. 이미 떠났다고. 이미 떠났단 말이야, 내 사랑." 내가 "내 사랑"이라고 말하는 순간, 홀리안이 반응을 보이는 것 같았다. 그는 고개를 들어 나를 보더니 몇 걸음 다가와 나를 꼭 안아주었다. 그러고는 내 귀에 대고 속삭였다. "나는 못 하겠어. 나는 절대 할 수 없을 거라고." 나는 그의 품에 안긴 채 대답했다. "내가 할게." 우리는 아나의 시신을 덮은 다음, 차를 타고 집으로 향했다.

　우리 둘 중 누구도 시신을 지키고 있을 수 없었다. 홀리안은 운전을 해야 했고, 나는 가마를 가지러 작업실에 가야 했으니까. 하지만 누군가가 공터에 들어갔다가 아나의 시신을 발견할까 봐 걱정하지는 않

왔다. 우리는 이 동네 사람들의 생활 습관을 잘 알고 있었다. 비가 그
치고 날이 밝기 전까지는 문밖에 나올 리가 없었다. 다만 짐승들이
다가가 담요에 코를 대고 쿵쿵대지 않기를 하느님께 기도했다. 우리
는 출발했다. 곧이어 포석 위를 굴러가는 타이어에서 다시 끼익끼익
하는 소리가 났다. 몇 분 후에 차는 우리 집 앞에 도착했다. 집은 짙은
어둠 속에 잠겨 있었다. 부모님은 이미 잠자리에 든 것 같았다. 다행
스럽게도 아나가 자기 방에서 계속 자고 있다고 생각하는 모양이었
다. 엄마의 추측대로 생리통이 나을 때까지 말이다. 그렇지 않다면 엄
마와 아버지는 잠들기는커녕 막내딸이 돌아올 때까지 뜬눈으로 밤을
지새웠을 것이다. 나와 리아가 고등학교를 졸업한 후로 부모님은 더
이상 우리를 초조하게 기다리지 않았다. 우리가 어디 있는지 알고 있
었을 뿐만 아니라 성인으로서 누려야 하는 독립성을 존중해 주었기
때문이다. 나는 우비를 찾으러 친구네 집에 갔다가 늦게 돌아올 거라
고 거짓말을 했고, 리아는 학교 친구 집에서 시험 공부를 한다고 이틀
째 들어오지 않았다. 하느님의 뜻이라면 부모님은 깨어 있을 이유가
없었다. 그리고 그건 하느님의 뜻이었다. 나는 내가 그라인더를 찾는
동안 훌리안에게 동네를 한 바퀴를 돌고 오라고 했다. 훌리안의 밴이
길모퉁이를 돌아 나타났을 때, 나는 짐을 들고 나와 다시 현관문을 닫
았다. 우리는 공터로 돌아와서 담요를 걷었다. 나는 훌리안에게 길가
로 나가 망을 보라고 했다. 그 시간에 누가 오는지 굳이 감시할 필요
는 없었지만 괜히 내 옆에서 끔찍한 장면을 지켜보다가 기절하는 것

보다 차라리 나 혼자 처리하는 편이 좋을 것 같았다. 나는 아나의 목 위에 서서 머리 양쪽에 발을 대고 그 아이의 발을 마주보았다. 그렇게 하면 동생의 얼굴이 내 뒤에 있어서 굳이 볼 필요가 없었다. 전원을 켜자 그라인더의 휠이 빠르게 돌아가기 시작했다. 나는 다이아몬드 날을 아나의 목 가까이 가져갔다. 날을 목에 대자마자 피가 튀기 시작했다. 나는 피가 튀어 얼룩이 지지 않도록 다리를 벌렸다. 하지만 그건 불가능했다. 옷을 어떻게 처리할지는 나중에 생각하기로 했다. 나는 그라인더의 휠을 아나의 목 깊숙이 밀어 넣었다. 손끝에 잠시 뼈의 저항이 느껴졌지만 그라인더 날이 땅바닥에 닿을 때까지 계속 눌렀다. 피에서 나는 비릿한 쇠 냄새가 코를 찔렀다. 나는 와들와들 떨리는 다리를 옮겨 아나의 얼굴을 뒤로 한 채, 몸의 양옆에 발을 대고 섰다. 아나는 더 이상 거기 없었지만 나는 그 아이를 돌아보지 않았다. 몸을 구부려 사타구니가 훤히 드러날 때까지 불에 탄 바지를 벗겼다. 그 아이의 맨다리를 보다가 아나가 부츠를 신고 있다는 사실을 알고 깜짝 놀랐다. 딱히 이상할 건 없었다. 죽은 아이의 부츠. 죽은 내 동생의 부츠.

나는 머리를 세차게 흔들고 하던 일을 계속 했다. 아나의 몸은 비에 젖어 차가웠다. 타다 만 불의 열기는 동생의 몸을 데우지 못했다. 그것은 차갑게 식은 시신에서 나오는 냉기 때문이기도 했다. 나는 한쪽 다리와 다른 쪽 다리를 차례로 잘랐다. 또다시 피가 튀었고, 또다시 뼈가 저항했고, 또다시 날이 몸의 반대편을 지나 땅바닥에 닿았다. 아나는 몇 분만에 토막이 났다. 나는 피 묻은 붕대와 함께 그 아이의 팬티를 벗겨 주머니 속에 넣었다. 구역질이 났지만 혹시라도 그 핏속에 죽은 태아의 잔해가 남아 있을까 봐 두려웠다. 나는 훌리안이 있는 곳으로 가서, 아버지의 가게에서 아나의 시신을 넣을 포장용 비닐을 가져오라고 했다. 나는 거기서 그를 기다렸다. 개가 피 냄새를 맡고 거기로 올 수도 있었다. 우리가 돌아갈 때까지 토막난 시신을 덮어둬야 할 것 같았다. 나는 집으로 가져갈 몸통 부분을 조금 옆으로 옮겨서 머리와 두 다리가 그 사이의 빈자리와 일직선이 되도록 했다. 나는 나머지 부분을 보지 않으려고 애써 외면하면서 가져갈 몸통을 따로 빼놓았다.

그건 아나가 아니었다. 그렇다고 내 멋대로 만들어 낸 것도, 그저 남은 몸의 일부도 아니었다. 나는 몸통을 들어 최대한 많은 피가 나오도록 흔들었다. 처음에는 몸통을 똑바로 세워서, 그런 다음에는 거꾸로 뒤집어서 털었다. 그러자 팔이 제멋대로 이러저리 흔들렸다. 하지만 다시 힘들게 두 팔을 자르느니 붙어 있는 그대로 두고 싶었다. 피가 거의 다 빠지자 나는 몸통을 공터 입구로 가져 갔다. 바로 그때 훌리안이 몸통을 넣을 비닐 두 롤을 들고 차에서 내렸다. 나는 그에게 저기로 가서 남은 부분을 덮어 놓으라고 했다. 그러나 두 팔이 달린 몸통을 보자마자 그는 현기증을 일으키면서 구토를 했다. 그에게 다른 일을 맡기기는 힘들어 보였다. 나는 그에게 다시 차에 타라고 했다. 그리고 비닐을 적당히 끊어 그 위에 아나의 몸통을 올려 놓은 다음, 마탐브레*를 만들 때처럼 둘둘 말았다. 나는 준비가 끝났다고 홀리안에게 알렸다.

우리는 비닐로 둘둘 만 몸통을 짐칸에 실었다. 그러곤 시신의 나머지 토막이 있는 곳으로 가서 비닐을 풀어 그 위에 펼쳤다. 나는 비닐이 바람에 날아가지 않도록 돌멩이를 찾아 귀퉁이를 눌러 놓은 후, 모든 준비를 다 마치고 차에 탔다. 마침내 우리는 집을 향해 출발했다. 집 앞에 도착하자 홀리안에게 같이 내리자고 했다. 새벽 2시가 다 되어가고 있었다. 부모님은 아직 자고 있는 듯했다. 홀리안은 내가 작업실로 쓰던 창고 문 앞에서 기다리다가 혹시라도 부모님이 오면 내게 알려주기로 했다. 그가 왜 거기 서 있는지 구구절절 변명을 늘어놓는 편이 그 안에서 무엇을 태우는지 설명하는 것보다 나을 것 같았다. 우리는 같이 몸통을 들고 가마까지 갔고, 홀리안은 나갔다. 나는 우선 몸통에 감아 놓았던 비닐을 풀었다. 그러고는 아직 아나의 몸에 입혀져 있던 옷을 벗겨 비닐 위에 던져 놓았다. 나는 동생의 몸통을 가마 안으로 천천히 집어넣었다. 팔이 잘 들어가지 않아 이리저리 비틀어야 했다. 그사이 몸이 많이 굳어 원하는 대로 움직이기가 쉽지 않았지만 간신히 다 집어넣었다. 가마의 전원을 켜고 최고 온도인 1,200도에 맞춘 다음 기다렸다. 잠시 후 가마에서 살 타는 냄새가 퍼져 나왔다. 그 냄새는 아나의 피 냄새보다 더 역겨웠다. 바닥에 주저앉아 울

* 마탐브레는 갈빗살을 얇게 저며 그 사이에 속을 넣고 롤 모양으로 말아 먹는 음식이다. 아르헨티나, 우루과이, 파라과이에서 주로 먹는다.

기 시작했다. 그리고 내게 힘을 달라고 기도했다.

나는 시신이 잘 타고 있는지 확인하기 위해 이따금씩 가마 문을 열고 안을 살펴보았다. 악취 때문에 문을 열 때마다 팔로 코를 가려야 했다. 나는 아나의 몸통이 새까맣게 탄 정체불명의 고깃덩어리처럼 변할 때까지 5분마다 한 번씩 문을 열고 안을 확인했다. 아나의 몸이 숯덩이로 변하는 것을 지켜보면서 얼마나 오랫동안 가마 옆에 서 있었는지는 정확히 알 길이 없다. 실제로는 잠깐이었을지도 모르지만 내게는 영원처럼 길게 느껴졌다. 훌리안을 불러 비닐과 아나의 옷을 가져가고, 다른 모포를 가져다 달라고 했다. 나는 시커멓게 그을린 몸통을 손으로 건드리지 않고 창고 한구석에 있던 아빠의 정원용 삽으로 꺼내 바닥에 떨어뜨렸다. 가마에서 연기가 피어올랐다는 것은 뜨거운 불길에 살갗이 다 타서 일어났다는 것을 의미했다. 나는 몸통을 모포로 감쌌다. 그리고 훌리안에게 동생의 몸이 아니라 다른 것을 태운 것처럼 보이기 위해 쓰레기를 모으는 동안 몸통을 차에 실으라고 말했다.

누군가 그 악취를 맡았을 가능성도 배제할 수 없었다. 그렇다면 다음 날 누가 난처한 질문을 던진다면 어떤 식으로든 대답을 해야 할 것 같았다. 나는 아주 오래전, 금속 공예를 시작할 무렵 버려둔 미완성 점토 항아리 몇 점을 찾아서 그 안에 쓰레기를 담았다. 누가 물어보면 점토를 유기성 폐기물*과 섞어 만드는 아방가르드 예술 기법을 실험했다고 둘러대면 될 것 같았다. 나는 다시 가마의 전원을 켠 다

400

음, 5분 후에 껐다. 그리고 훌리안이 기다리고 있는 차로 갔다. 공터로 되돌아간 우리는 둘이 같이 아나의 몸통을 들고 머리와 다리가 있는 곳으로 가서 시신의 나머지 부위에 덮어두었던 비닐을 걷었다. 그러고는 몸통을 한가운데 넣어 빈 공간을 채웠다. 떠돌이 개나 쥐 한 마리도 얼씬거리지 않았다. 사라진 부분을 기다리는 두 다리와 머리가 있을 뿐이었다. 마침내 우리가 할 수 있는 일은 다 한 셈이었다. 이제 쉬면서 아나의 시신이 발견되기만 기다리면 될 것 같았다. 훌리안이 아침 일찍 경찰서에 전화를 걸기로 했다. 그는 자신의 신분을 밝히지 않고 익명으로 전화를 해서 아나의 시신이 있는 정확한 위치를 알려줄 계획이었다. 집으로 돌아가는 길에 나는 훌리안에게서 비닐, 아나의 옷가지, 피 묻은 담요, 그리고 입고 있던 옷을 모조리 처리하겠다는 다짐을 받아냈다. 물론 나도 입고 있던 옷과 주머니에 든 물건을 모두 처리하겠다고 약속했다. 그리고 차를 가게 차고에 넣자마자 깨끗이 세차하라고 신신당부했다.

나는 집에 들어갔다. 마치 누군가와 싸웠는데 아직도 맞은 데가 얼얼한 것처럼 온몸이 욱신거렸다. 창문을 통해 훌리안의 차가 멀어지는 모습을 지켜보았다. 그러고는 불을 켜지 않고 최대한 발소리를 죽이면서 방으로 올라가 침대에 누웠다. 그날 밤, 아무도 옆방에서 자지 않는다는 것을 알고 있었다. 눈을 감고 다시 뜨지 않았지만, 좀처럼

---

*   음식물 쓰레기, 가축 분뇨, 동식물성 잔존물 등 생물체에서 유래한 썩기 쉬운 유기물질로 이루어진 폐기물을 가리킨다.

잠을 이룰 수 없었다. 나는 마땅히 해야 할 일을 한 것뿐이므로 나 자신을 비난하거나 죄책감을 느끼지 않았다. 하지만 아나의 피 냄새와 불에 탄 살 냄새가 내 몸에 배어 있었다. 이따금씩 잠이 든 것 같을 때마다 그라인더 날이 뼈를 자르는 소리가 꿈결처럼 들려와 구덩이에 빠진 것처럼 화들짝 놀라며 잠에서 깨곤 했다. 다음 날 이른 아침, 아나가 방에 없다고 다급하게 소리치는 엄마의 목소리가 들려왔다. 그러자 당장 친구들 집에 전화해 보라는 아버지의 목소리도 들렸다. 하지만 엄마와 아버지가 미처 전화를 걸기도 전에 전화벨이 울렸다. 아나가 불에 타고 절단된 채 발견되었다는 경찰의 전화였다. 엄마는 충격과 고통을 이기지 못해 울부짖다가도 얼빠진 표정으로 경찰이 했던 말, 익명의 전화를 받고 아나의 시신을 발견했다는 말을 중얼거리며 되풀이했다. 나는 훌리안이 약속한 시간에 자신의 임무를 완수한 것을 알고 내심 기뻤다. 아나한테서 아무 소식이 없어 부모님이 노심초사하는 것보다는 차라리 일찍 알리는 편이 나을 것 같았다. 동생에 대한 애도가 더 빨리 시작될수록 좋을 테니까. 나는 엄마가 울부짖는 소리를 듣고 방에서 나왔다. 아버지는 나를 안고 울먹이는 목소리로 말했다. "아나가 살해당했다는구나." 나는 아버지의 품에 안긴 채, 걷잡을 수 없이 울었다. 갑자기 숨이 꽉 막히면서 기절할 것만 같았다. 그 소식을 접한 이웃들이 하나둘씩 찾아오기 시작했다. 누가 알렸는지 리아도 정오쯤 집에 왔다. 맞은편 집에 사는 여자는 전날 밤 "화장터에서 시신을 태울 때처럼" 살 타는 냄새가 심하게 났다고 했다. 하지만 그녀의 말을 믿는 이는 아무도 없었다.

"시신을 태운 곳이 성당 지나서라면, 여기서 대여섯 블록이나 떨어진 곳이잖아요. 설마 그 냄새가 여기까지 나겠어요?" 그러자 여자는 자기가 꿈을 꿨거나 죽은 내 동생의 혼령과 초자연적으로 연결된 것이 틀림없다고 믿는 눈치였다. 내 가마 안에 있는 점토 항아리에 관해 묻는 이는 아무도 없었다.

하느님의 뜻이었다. 특히 이번만큼은 하느님이 그렇게 되기를 원하셨던 것이다. 하느님 아버지, 이 잔을 저에게서 거두어 가지 마십시오. 그러나 이번에는 제 뜻이 아니라 하느님 아버지의 뜻을 제가 이루었나이다. 오로지 하느님 아버지의 뜻을 말입니다.

알프레도

종교의 폭력은 다양하고, 여러 가지 형태를 띠고 있다.

장폴 구퇴, 《신성모독 옹호》*

---

*   장폴 구퇴Jean-Paul Gouteux(1948~2006)는 프랑스 출신의 의용 곤충학자(병을 유발하는
    병원체나 발병에 관여하는 곤충에 관해 연구하는 학자)로 1994년부터 르완다 인종 학
    살에 프랑스가 연루된 사실을 밝히는 연구에 전념했다. 위의 저서는 《반인륜적 종교:
    신성모독 옹호La religion contre l'humanité. Apologie du blasphème》(1970)이다.

사랑하는 리아, 그리고 마테오에게

　너희 둘이 함께 이 편지를 읽고 있다면, 둘이 만나서 편지를 뜯어보기로 결정했다는 뜻이겠지. 내가 죽은 후에 너희 둘이 함께 있는 모습을 생각하면 마음이 뿌듯해지는구나. 지금 나는 너무 행복해서 말로 채워나가야 할 이 백지를 보면서 혼자 눈물짓고 있단다.

　너희 각자에게 보낸 편지는 아직 읽지 않았을 것 같구나. 내가 상상하는 것처럼 너희가 가족으로서 사랑이 넘치는 관계를 이룬다면, 앞으로 그 편지들을 둘이서 같이 읽을 시간이 있을 거야. 편지에 내 본심을 숨김없이 털어놓다 보니, 과장되고 감상적인 내용이 군데군데 눈에 띌 거야. 부디 이 늙은이의 주책을 용서해주렴. 하지만 그런 감상적인 글을 쓴 걸 후회하지는 않아. 우리에게는 아직 못 다한 이야기가 남아 있으니까. 어떻게든 이야기를 계속하려고 했지만 너희가 받은 편지에서도 결론은 나지 않을 거야. 누가 또 알겠니? 언젠가 우리가 다시 만나서 이야기를 나눌 수 있을지. 사랑하는 무신론자 여러분,

만약 앞에 쓴 문장을 읽고 웃음이 나온다면 계속 웃도록 하렴. 진정으로 우리를 구원하는 것은 종교가 아니라 웃음이니까.

지금 이 편지, 그러니까 마지막 편지에 쓰려고 여태 아껴둔 말이 있단다. 나는 너희와 함께 머리를 맞대고 이 문제에 관해 이야기를 나누고 싶었어. 마치 내가 그 자리에 너희 둘과 같이 있는 것처럼 말이야. 그 문제는 바로 죽음과 사랑, 그리고 믿음이란다.

그럼 먼저 죽음부터 이야기할게. 구체적으로는 지난 30년 동안 우리 가족을 괴롭혀 온 아나의 죽음부터 말이야. 죽을 날이 그리 멀지 않은 지금에 와서야 내 어린 막내딸에게 무슨 일이 일어났는지를 알게 되었단다. 아나, 우리 귀염둥이. 우리의 아나. 대체 누가, 무슨 이유로 아나를 죽였는지 악착같이 그 해답을 찾으려고 오랜 세월을 방황한 끝에 말이야. 하지만 진실을 마주하는 데는 상상할 수조차 없을 만큼 큰 고통이 따른다는 것을 알았지. 바로 그 때문에, 그리고 아나가 죽었을 때 겪은 고통으로도 모자라 또 새로운 고통에 시달려야 할 거라는 생각 때문에, 너희 둘에게 과연 진실을 알리는 게 좋을지 고민에 고민을 거듭했단다. 이 편지를 쓰는 지금도 여전히 마음을 종잡을 수가 없구나. 아마 영혼이 내 육체를 벗어나는 그 순간에도, 나는 이 편지를 너희에게 전하는 것이 옳을지 여전히 갈등하고 있을 거야. 내가 뭔데 너희에게 진실을 감추려고 하는 거지? 설령 그 이유가 너희에게 또 다른 고통을 안기고 싶지 않아서라고 하더라도, 너희가 앞으로도 계속 의혹과 거짓 속에서 살아가도록 만들려고 하다니. 대체 내가 뭔데? 밝히지 못한 진실은 마지막 날까지 우리에게 고통을 주겠지. 하지만 진실이 드러나면 어떻게 될까? 글쎄, 솔직히 나는 모르겠구나. 진실이 드러난다고 해도 나는 어차피 곧 죽을 몸이니까. 내가 말기 암에 걸렸다는 건 진즉 알고 있었지만, 그래도 충분한 시간이 남아 있을 거라고 생각했어. 너희에게 있는 사실을 그대로 모두 말해주기로 결심했을 때, 의사는 내게 살날이 몇 주밖에 남지 않았다고 하더구나. 그 말을 듣고 나니 생각이 달라졌단다. 너희에게 모든 사실을 털어놓으려던 순간, 아주 이기적인 생각이 드는 거야. 곧 내가 죽고 나면 나는 이 끔찍한 고통으로부터 해방되겠지. 모든 고통과 번뇌가 나와 함께 떠나게 될 테니까 말이다. 예전에는 진실을 몰라서 괴로웠던 반면, 지금은 모든 것을 알아서 고통스럽단다. 너희가 이 편지를 읽을 무렵이면, 나는 더 이상 아나 때문에 고통받지 않을 거야. 그런데 너희가 보기에는 그 두 가지 고통 중에서 어느 편이 그나마 견딜 만할 것 같니?

사랑하는 아이들아, 나는 너희 둘이 함께 있을 경우에만 진실을 알려줄 수 있다고 생각했어. 대체 무슨 일이 있었는지 말할 수 있으려면, 이제 와서 그 사건들을 되돌릴 수는 없다는 것을 받아들이려면, 그리고 다시 새로운 삶을 시작하려면 너희 둘에게는 서로가 필요할 거라 믿는다. 진실을 알게 되면 고통을 넘어서 오히려 상처가 덧나게 될 거야. 너희가 서로 만나지도 못한 채 멀리 떨어진 곳에 살고 있어서 마음이 아프구나. 하지만 너희 둘이 함께 있는 모습을 떠올리면 내 마음도 흐뭇해진단다. 반드시 그런 날이 오리라 믿는다.

아나는 살해당하지 않았단다. 적어도 법에서 규정하는 의미—살인죄를 처벌한다는 의미—로 살해당한 것은 아니야. 아나는 불법 임신중지 수술을 받고 그 후유증으로 세상을 떠난 거란다. 원인은 몬도르 증후군이라고 하는 건데, 치명적인 감염으로 인해 발생하는 패혈성 유산을 말하는 거야. 이 병은 한 번 걸리면 대부분 목숨을 잃을 정도로 위험하다고 하더구나. 아나는 결국 그런 비극적인 운명을 맞이한 여자 중 한 명이 되고 만 거지. 열일곱 살의 나이에 임신했다는 사실을 알고 무척이나 두려웠을 거야. 아이를 낳을 수도 없는 처지라 불법으로 임신중지 수술을 해주는 곳을, 안전하지도 위생적이지도 않은 곳을 찾아간 거지. 친구의 손을 잡고 말이야.

그 모습을 떠올릴 때마다 내가 그 아이를 죽인 거라는 생각이 든단다. 아나는 나 때문에 죽은 거야. 그 아이가 임신 사실을 숨긴 것도, 그리고 임신한 채로 살아가지 않겠다고 생각한 것도 모두 내 책임이야. 내가 좋은 아빠였더라면 그 아이 곁에서 더 좋은 해결책을 찾을 수 있도록 도왔겠지. 집에서 허심탄회하게 대화를 나눌 수 있는 분위기를 만들어 주었더라면 그런 일은 벌어지지 않았을 텐데, 다 내 책임이야. 우리는 임신중지는커녕 그런 비슷한 이야기조차 입에 올린 적이 없어. 나도 집에서 **임신중지**라는 말을 꺼낸 적이 없으니까. 누군가 그런 말을 꺼냈다면 나는 아무 말도 하지 않고 외면했을 거고 돌로레스는 놀라 질겁했을 거야. 우리 집에서 "임신중지"는 나쁜 말 정도가 아니라 금기였으니까. 하지만 아나에게 무슨 일이 일어났는지 알았더라면 나는 임신중지를 하도록 도와줬을 거야. 그런 점에서 나는 위선자에 불과해. 돌로레스가 극구 반대해도 나는 그렇게 했을 거야. 그녀에게는 가톨릭 신앙이 세상의 모든 것이나 마찬가지였어. 만약 돌로레스에게 하느님에게 순종하는 것과 자기 딸 중 하나를 고르라고 했다면, 나는 그녀가 무엇을 택했을지 알아. 아, 그렇다고 이제 와서 돌로레스를 비난하는 건 아니니까 오해하지는 마렴. 사실 머릿속에 선과 악이라는 계율밖에 없던 돌로레스는 자신이 할 수 있는 일을 한 셈이야. 그리고 종교는 우리가 자신의 기준에 따라 선과 악을 판단하지 못하도록 만들지.

나는 아나가 조금 더 믿고 의지할 수 있는 아빠여야 했어. 아나가 자기 자신과 자신의 판단 능력을 더 확고하게 믿도록 가르쳐야 했어. 그리고 우리가 종교의 가르침, 하물며 신부의 가르침에 어긋나는 행동을 했다고 해도 자신을 수치스럽게 여기지 않도록 교육해야 했어. 임신중지에 관해서든, 종교가 집단적이고 비합리적인 방식을 통해 한 가지 방향으로만 생각하게 만드는 문제에 관해서든 말이야. 나는 마땅히 그렇게 해야 했지만 그러지 않았어. 그래서 아나의 죽음은 전적으로 아버지인 내 책임이야. 그건 내 삶에 남겨진 오점이지. 그렇다고 모든 죄와 잘못을 나 혼자 뒤집어쓰겠다는 건 아니란다. 그러니 나를 불쌍히 여기지는 마렴. 그건 내 존엄성을 지키기 위한 마지막 노력이니까. 그리고 그것은 또한 내 잘못, 즉 타인이 우리가 옳다고 믿는 것과 다른 길을 선택하지 못하도록 막을 때 그에게 상처를 줄 수 있다는 것을 인정하는 것이기도 하니까.

형법상으로 아무도 아나를 죽이지 않았다면, 왜 군이 사체를 불에 태우고 토막 냈는지 궁금할 거야. 바로 거기서 진실의 또 다른 측면이 드러났단다. 아나는 죽기 전에 갔던 성당 여름학교 캠프에서 훌리안과 관계를 맺고 임신했단다. 훌리안의 이름을 꺼내려니까 행여 마테오에게 마음의 상처를 줄까 봐 심히 걱정되는구나. 하지만 너의 아버지를 언급하지 않고는 달리 이 이야기를 계속할 방법이 없으니 부디 양해해 주기를 바란다. 나는 사건의 진실을 알고 훌리안을 불렀지. 그랬더니 금세 사실을 인정하더구나. 증거가 이처럼 명백한데, 뭘 어쩌겠니? 아나가 임신했을 무렵, 훌리안은 사제가 되기 위해 신학교에서 공부하고 있었지. 그는 임신 사실을 알고 자신의 모든 꿈을 포기했다고 털어놓더구나. 물론 그 일이 있기 전에는 신학교를 그만둘 생각이 전혀 없었겠지. 처음에는 자신도 임신중지에 반대했다고 하더구나. 심지어 그건 **죄**라는 말도 했다는 거야. 그 당시 훌리안에게 임신중지는 가장 큰 죄였을 테니까.

그런데 결국 그가 자신의 신앙에 위배되더라도 아나의 결정을 받아들이겠다고 하면서 책임을 회피한 거야. 아나가 어떤 결정을 하든지 자기는 그 아이의 뜻에 따르겠다고 했다는 거야. 훌리안의 말에 따르면 "네가 알아서" 결정하라고 했다는구나. 이제 열일곱 살밖에 먹지 않은 여자아이에게 혼자서, 그것도 공중 보건 기준도 따르지 않은 위험한 곳에서 임신중지 수술을 받으라고 하다니, 해도 너무하다는 생각이 들더구나. 그뿐 아니라 몇 시간 뒤 염증이 온몸으로 퍼져 죽어가는데도 그 아이를 혼자 내버려 두었지.

홀리안은 불법 시술소 사람들이 사망 원인과 자신들의 과실을 은폐하기 위해 아나의 시신을 태우고 절단했다고 하더구나. 하지만 나는 그의 말을 믿지 않았어. 그 말을 하면서 손을 바들바들 떤 데다, 손에 땀이 끈적하게 배어 있었으니까. 하지만 처음 그 이야기를 나눌 때는 물론, 그다음에도 알고 있는 대로 다 말하라고 더 닦달하지는 못했단다. 울먹이면서 이렇게 말하더구나. "제가 그런 게 아니에요. 제가 한 짓이 아니라고요." 나는 그의 말을 믿었어. 홀리안에게는 시신을 절단할 만한 배짱이 없거든. 하지만 나는 지금 그런 짓이 얼마나 비정상적인지를 홀리안이 알고 있었는지에 대해 말하려는 게 아니야. 내가 볼 때 그런 상황이라면 그는 양심의 가책 때문에 무엇이든 했을 것 같아. 단지 그에게 시신을 절단할 만한 용기가 없다는 얘기지. 그는 "아나의 명예"를 지키기 위해 입을 다물고 있었다고 했지만, 내 딸아이가 왜 죽었는지 알려지지 않는 편이 자신에게도 좋았을 거야.

나는 사건을 재검토하기 위해 법의학자를 고용했단다. 그리고 그와 함께 홀리안을 위해—홀리안이 그렇게 해달라고 부탁했는지 아닌지는 모르겠지만, 아무튼 그를 도울 생각으로—그런 짓을 할 만한 사람이 누가 있을지에 관해 몇 가지 가설을 세웠지. 우리는 명단을 작성했어. 홀리안의 아버지, 그의 형제들, 신학교 급우들 정도가 떠오르더구나. 나는 그의 가족들에게 따져 묻기 위해 바렐라 가전제품 판매점에 여러 차례 갔어. 그들이 나를 만나러 나오면 나는 내 앞에 앉은 이를 말없이 빤히 쳐다보았지. 혹시라도 그중 누군가의 눈빛에서 죄의식을 감지할 수 있기를 바라면서 말이야. 그러나 내가 그들에게서 느낀 것은 동정심, 미친 것이 분명한 이 노인네에게 인내심을 가지고 베풀어 준 연민뿐이더구나.

물론 훌리안은 아나의 시신을 태우고 절단하지는 않았지만, 나와 마찬가지로 그 아이의 죽음에 책임이 있어. 우선은 아나를 혼자 내팽개쳐 뒀으니까. 그리고 임신하기 전, 임신한 동안, 또 임신중지를 한 뒤에도 그 아이를 전혀 돌봐주지 않았으니까. 마지막으로 그 아이가 죽도록 내버려 뒀으니까. 그는 다 알면서도 아무것도 하지 않았던 거야.

반면 나는 카르멘의 마음을 전혀 모르겠어. 어떻게 모든 사실을 알면서도 그와 결혼했는지 도무지 이해가 안 되는구나. 그 아인 분명 내 딸이지만 항상 멀고 낯설게만 느껴진단다. 아무리 노력해도 그 이상 가까워지지 않으니 말이다. 그 아이를 볼 때마다 항상 그런 느낌이 들었지만, 절대 그럴 리 없다고 완강하게 부정했지. 아버지라면 자식들을 똑같이 대해야 한다고 하잖니. 나는 카르멘과 나 사이를 갈라놓고 있는 것이 그 아이의 독실한, 아니 거의 광신적인 가톨릭 신앙이라고 몇 번이고 되뇌었단다. 그런데 그뿐만이 아니었어. 훌리안이 아나의 죽음에 가담했다고 실토한 후, 나는 카르멘과 내가 전혀 다른 세계에 살고 있다는 것을 부정할 수가 없더구나. 카르멘은 자기 동생이 왜 죽었는지 다 알고 있었어. 그가 다 털어놓았으니까. 그런데도 그 아이는 그를 용서하고 입마저 닫아버렸어. 이게 말이 되는 소리니? 둘 사이의 밀약에는 내가 도저히 간파할 수 없는 무언가가 있어. 그 부부에게는 내가 선뜻 이해하기 어려운 무언가가 있다고. 어쩌면 내가 이해하고 싶지 않거나, 감히 그럴 엄두를 내지 못하는 것이 있는지도 모르지. 그 두 사람을 분리할 수 없는 존재로, 마치 한 몸인 것처럼 만드는 그 무언가는 내게 영원히 풀리지 않는 미스터리 같단다. 그건 사랑이 아니야. 사랑은 그렇게 수상쩍은 것에서 자라나지 않으니까. 아무튼 그 두 사람에게서 느낀 어둠의 그림자를 넘어설 수는 없더구나.

나는 우리 각자가 자신이 견뎌낼 수 있는 진실까지만 도달한다고 믿는단다. 그리고 그 자리에 멈춰선 채, 그 이상은 단 한 걸음도 더 나아가지 못하지. 그건 우리 자신의 보호 본능에 의해 정해진 한계점이니까. 비록 살날이 얼마 남지 않았지만, 내게 허용된 한계점은 지금 너희에게 이야기하는 것까지란다. 나는 아나가 죽기 전과 후에 일어난 그 어떤 일에 대해서도 카르멘과 훌리안을 용서할 수 없어. 자기들이 알고 있는 것을 내게 말해주지 않은 것에 대해, 그래서 지난 30년 동안 내가 밤낮을 가리지 않고 누가, 왜 아나를 죽였는지 알아내는 일에 매달리게 만든 것에 대해 그들을 용서할 수 없어.

마지막으로 한 가지만 더 이야기하고 싶구나. 아나의 사건에는 한 가지 커다란 모순이 있단다. 법에 따르면, 실제로 범죄를 저지른 것은 아나뿐이야. 임신중지를 했으니까 말이다. 그리고 임신중지 수술을 해준 의사들도 마찬가지겠지. 법적으로 보자면 그 아이의 아버지인 나는 어떤 범죄도 저지르지 않았어. **임신중지**라는 말을 입에 올리지도 못하는 환경에서 아이를 자라게 했을 뿐이지. 그건 그 어떤 것보다 종교를 더 중요하게 여겼던 아나의 엄마도 마찬가지야. 훌리안도 아나가 죽도록 내버려 둔 것 말고는 아무 죄가 없어. 카르멘도 그렇고.

내가 아나의 죽음에 대해 알고 있는 것은 여기까지란다. 내가 제대로 이야기했는지 모르겠구나. 아무튼 너희 두 사람이 함께 진실을 끝까지 파헤쳐 주리라 믿는다.

이제는 사랑에 대해서 이야기해 보자꾸나. 사실은 한 가지 고백할 게 있단다. 죽기 몇 달 전에 나는 사랑에 빠지고 말았단다. 살면서 사랑에 빠진 것은 이번이 처음인 것 같구나. 지금 내가 느끼는 감정은 예전에 사랑이라고 여겼던 것과 비교할 수도 없을 정도니까. 오래전에 리아 네 엄마이자 마테오의 외할머니인 돌로레스에게 느꼈던 사랑과도 비교가 안 돼. 돌로레스와 내가 만나기 시작했을 때, 우린 고작 열다섯 살짜리 꼬마에 불과했단다. 어쩌면 그사이 정이 들어서 습관처럼 함께 살았는지도 몰라. 그건 진정한 사랑이 아니라는 걸 생각할 수도 없었으니까 말이다. 하지만 이제는 사랑이 뭔지 알 것 같구나. 나는 마르셀라와 사랑에 빠졌단다. 아나의 친구 말이다. 어떻게 딸 뻘이 되는 여자를 사랑할 수 있느냐고 나를 비난하지 않았으면 좋겠구나. 물론 그러지는 않겠지. 마르셀라는 내가 자기를 사랑하는 걸 모르고 있어. 설령 안다고 해도 금세 잊어버릴 테니까 말이다. 아나가 세상을 떠나던 날, 마르셀라는 천사상에 머리를 부딪치는 바람에 선행성 기억상실증에 걸렸거든. 그 때문에 그 이후에 일어나거나 경험한 일을 전혀 기억하지 못해. 가령 며칠 전, 아니 몇 시간 전에 어떤 노인네가 자기에게 사랑을 고백했다고 해도, 그 아이는 그걸 기억하지 못한단다. 나는 헤어질 때마다 그 아이에게 "사랑해"라고 말한단다. 죽는 날까지 나는 마르셀라에게 그 말을 할 거야. 다른 것과 달리 이 말만큼은 절대 공책에 적지 말라고 마르셀라한테 부탁했지. 공책에 기록하는 것은 그 아이가 뭔가를 **기억**할 수 있는 유일한 방법이란다. 그렇게 해야 그 아이도 얽매이지 않고 자유롭게 나를 만날 수 있을 테고, 만날 때마다 나에 대한 자신의 감정을 스스로 결정할 수 있을 테니까. 그리고 나 또한 편하게 그 아이를 만나 두 눈에 도는 광채를 볼 기회, 아니 선물을 얻게 될 테니까. 누구든 처음으로 자기가 사랑받고 있다고 느낄 때, 눈에서 그런 빛이 일지.

마르셀라는 아나가 임신중지 수술을 하러 갈 때도 곁을 지켜주었던 아이야. 그러니까 아나가 가장 믿었던 친구였지. 마르셀라는 엉성한 간이침대에 누워 있는 아나의 손을 꼭 쥐고 끝까지 자리를 떠나지 않았어. 수술이 끝난 뒤에는 아나를 집으로 데려다주기까지 했어. 아나는 결국 그 아이의 품에서 세상을 떠났어. 성당에서. 마르셀라는 죽어가는 아나의 얼굴을 부드럽게 쓰다듬어 주었단다. 그런 아이를 어떻게 사랑하지 않을 수 있겠니?

마지막으로, 믿음에 대해서 이야기해 보자. 나는 너희 둘이 무신론자임을 알고 있어. 너희는 내가 권한 책을 읽고 나와 함께 토론하고 의견을 나누었지. 어릴 적 너희 둘은 우리 가족의 강요에 의해 종교라는 사슬에 묶인 채 살았어. 하지만 그 사슬을 과감하게 끊어버린 너희가 얼마나 대견스러운지 모른단다. 이런 세상에서 아무것도 믿지 않고 살아가려면 용기가 필요해. 그런 너희가 너무 자랑스럽구나. 아니, 존경스럽기까지 하단다. 아무튼 세상을 떠나기 전에 너희에게 고백할 것이 있어. 사실 이성적으로는 하느님이 절대 존재하지 않는다고 생각하지만, 그래도 자신이 없어질 때가 가끔 있단다. 정확히 말하면 한 번쯤 내 생각에 의심을 품어보고 싶은 거지. 내가 조금만 더 젊었다면, 그리고 암 진단을 받고 죽을 날을 기다리는 처지가 아니었다면, 나 또한 하느님을 믿지 않는다고 자신 있게 말할 수 있었을 거야. 하지만 여든 살이나 된 지금으로서는 그럴 자신이 없구나. 며칠 있으면 죽을 테니까 말이다. 그래서 나는 믿어야 해. 아니, 믿고 싶구나.

어쩌면 믿음이라는 건 순진한 속임수일지도 몰라. 적어도 여러 가지 소박한 속임수에 의해 지탱되는 삶에서는 말이다. 지상에서 내게 허용된 시간이 다 끝난 뒤에도 무언가가 더 있다는 것을 알고 깜짝 놀라면 얼마나 좋을까. 그것이 어떤 신에 의해 창조된 곳이고, 어떤 종교가 다스리는 곳이든 말이야. 아니면 우리 인간에 의해 만들어진 또 다른 세계라도 괜찮겠지. 우리가 다시, 그리고 영원히 만날 수 있는 곳이라면 마다할 이유가 없을 거야. 그곳은 공기나 물일 수도 있고, 고즈넉한 저녁이나 살아 있는 사람들의 마음속일 수도 있어. 그러면 우리는 저마다 대성당을 지어 그런 **신**—어떤 이름으로 부르든 지 간에—에게 바치겠지. 내 생각에 마르셀라의 대성당은 검은 나비로 지어져 있을 것 같아. 그리고 아나의 대성당은 자기가 그린 그림으로 장식되어 있을 것 같고. 반면 리아의 대성당은 벽돌 대신 책을 쌓아 올려 벽을 만들었을 거야. 책이 이동식 벽돌 역할을 해서 어떤 책을 빼서 읽든 절대 무너질 우려가 없겠지. 마테오의 대성당은 질문으로 만들어져 있을 거야. 물음표가 다른 물음표와 연결되면서 끝없이 이어질 테지. 내 대성당은 내가 어디를 가든지 함께 가져가고 싶은 말로 세울 거야. 내가 가장 좋아하는 단어, "산타리타" "부간비야" 같은 말과 너희 둘의 이름, "리아"와 "마테오"를 벽에 새겨 넣을 거라고.

나는 그 대성당 속에서 살아갈 거란다. 그러다 보면 언젠가 나의 대성당, 아니면 너희의 대성당에서 다시 만날 수 있을지도 모르지. 그렇게만 된다면 얼마나 좋을까. 장차 우리가 어떤 모습으로 변하든 간에 과거의 우리, 그리고 영원히 변하지 않을 우리의 본질을 통해 서로를 알아볼 수 있을 테지.

너희를 다시 만날 수 있는 날이 오기를 빈다. 그리고 나의 귀염둥이, 너무 일찍 세상을 떠난 아나도. 그런 날이 오지 않는다면, 사랑하는 무신론자인 너희의 생각이 옳았음이 증명되는 셈이겠지. 그렇다면 지금 이 삶이 끝난 뒤에는 아쉽지만 아무것도 없을 거야.

너희를 사랑한다, 언제나처럼.

알프레도

감사의 말

아래 나오는 모든 분께 깊이 감사드립니다.

《신을 죽인 여자들》의 첫 독자인 마르셀로 피녜이로, 마르셀로 몽카르스, 데보라 문다니, 카리나 브로블렙스키, 라카르도 힐 라바데라, 루시아 살루다스와 토마스 살루다스에게.

특히 이 이야기의 상황을 제대로 설명하고, 적절한 단어로 인물들을 구성하는 데 큰 도움이 된 성경 구절을 찾아준 토마스 살루다스에게 고마움을 전합니다.

몬도르 증후군에 관해 상세히 알려준 전문가 에두르네 오르마에체아, 페드로 칸과 레안드로 칸에게, 그리고 내가 열정을 가지고 있는 문제, 즉 범죄학과 수사 과학에 관한 질문에 충실히 답해준 전문가 라우라 키뇨네스 우르키사와 로베르토 글로리오에게도 감사의 뜻을 전합니다. 또한 이 이야기의 인물들이 어떻게 생각하고, 왜 그렇게 행동하는지 상상할 수 있도록 도와준 심리학자 그라시엘라 에스페란사와 페르난도 토렌테에게도 마찬가지로 고마움을 전합니다.

대양을 사이에 두고 스페인어가 어떻게 다르게 사용되는지에 관한 나의 의구심을 말끔하게 해결해 준 스페인의 친구이자 동료인 베르나 곤살레스 아르보우르카를로스 사뇬에게 감사의 뜻을 전합니다.

카페에 앉아서, 또는 시내를 산책하면서 이 이야기를 들어주고, 내가 의구심에서 헤어나오지 못할 때 나를 따뜻하게 격려해 준 여성 작가들, 사만타 슈웨블린과 로사 몬테로, 그리고 신시아 에둘에게도 감사드립니다.

이 소설뿐 아니라 다양한 문제들, 즉 오늘날의 글쓰기, 작가의 상황, 문화 정책, 가족, 국가, 그리고 페미니즘에 관해 자신의 의견을 들려준 동료 작가이자 친구인 기예르모 마르티네스에게도 고마운 마음을 전합니다.

인내심을 가지고 이 소설의 초고를 정확하게 수정해 준 마르코스 몬테스에게, 편집자 훌리아 살스만, 훌리에타 오베드만, 필라르 레예스 포레로, 그리고 후안 보이도에게, 바르바라 그라암과 기예르모 스차벨손에게 감사를 표합니다.

이 소설의 제사로 선택한 에머슨의 문구는 리처드 도킨스의《만들어진 신》에 인용문으로 나옵니다.

〈마테오〉 장의 서두에 나오는 보르헤스의 문구는《기억의 천재 보르헤스: 호르헤 루이스 보르헤스와 안토니오 카리소의 대담Borges el memorioso. Conversaciones de Jorge Luis Borges con Antonio Carrizo》에서 안토니오 카리스가 던진 질문에 대한 보르헤스의 답변 중 하나에서 인용한 것입니다.

마지막으로 레이먼드 카버에게, 그의 작품 전체, 그리고 이 소설의 제목*에서부터 시작해 많은 것을 빚지고 있는 《대성당》에 대해 깊은 존경을 표하는 바입니다.

클라우디아 피녜이로

---

*   본 작품의 원제는 "Catedrales", 한국어로 "대성당"이다.

엄지영

한국외국어대학교 스페인어과를 졸업하고 동 대학원과 스페인 콤플루텐세대학교에서 라틴아메리카 소설을 전공했다. 옮긴 책으로 클라우디아 피녜이로《엘레나는 알고 있다》, 페르난다 멜초르《태풍의 계절》, 사만타 슈웨블린《입속의 새》, 마리아나 엔리케스《침대에서 담배를 피우는 것은 위험하다》, 오라시오 키로가《사랑 광기 그리고 죽음의 이야기》 등이 있다.

신을 죽인 여자들

첫판 1쇄 펴낸날 2023년 12월 15일
　　　2쇄 펴낸날 2024년 2월 22일

지은이 클라우디아 피녜이로
옮긴이 엄지영
발행인 김혜경
편집인 김수진
책임편집 유승연
편집기획 김교석 조한나 문해림 김유진 곽세라 전하연 박혜인 조정현
디자인 한승연 성윤정
경영지원국 안정숙
마케팅 문창운 백윤진 박희원
회계 임옥희 양여진 김주연

펴낸곳 (주)도서출판 푸른숲
출판등록 2003년 12월 17일 제2003-000032호
주소 서울특별시 마포구 토정로 35-1 2층, 우편번호 04083
전화 02)6392-7871, 2(마케팅부), 02)6392-7873(편집부)
팩스 02)6392-7875
홈페이지 www.prunsoop.co.kr
페이스북 www.facebook.com/prunsoop　　인스타그램 @prunsoop

ⓒ푸른숲, 2023
ISBN 979-11-5675-449-7

* 잘못된 책은 구입하신 서점에서 바꾸어 드립니다.
* 본서의 반품 기한은 2029년 2월 28일까지입니다.